花
笙
STORY

让好故事发生

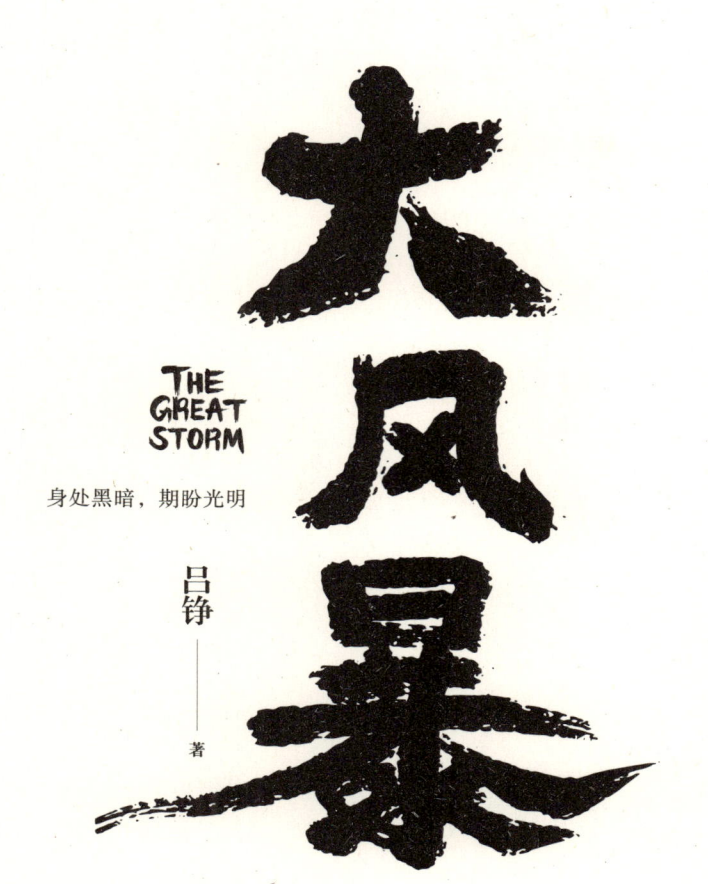

大风暴

THE GREAT STORM

身处黑暗，期盼光明

吕铮 —— 著

中信出版集团 | 北京

图书在版编目（CIP）数据

大风暴 / 吕铮著 . -- 北京：中信出版社，2024.（2025.1 重印）
9. -- ISBN 978-7-5217-6673-8
   I. I247.5
中国国家版本馆 CIP 数据核字第 20245QY263 号

大风暴
著者： 吕铮
出版发行：中信出版集团股份有限公司
（北京市朝阳区东三环北路 27 号嘉铭中心　邮编　100020）
承印者： 嘉业印刷（天津）有限公司

开本：787mm×1092mm 1/16　　印张：22.5　　字数：281 千字
版次：2024 年 9 月第 1 版　　印次：2025 年 1 月第 2 次印刷
书号：ISBN 978-7-5217-6673-8
定价：59.90 元

版权所有·侵权必究
如有印刷、装订问题，本公司负责调换。
服务热线：400-600-8099
投稿邮箱：author@citicpub.com

目录

第 一 章　非常嫌疑犯　　001

第 二 章　海城往事　　016

第 三 章　活着　　034

第 四 章　闻香识女人　　054

第 五 章　雨中曲　　069

第 六 章　血色将至　　086

第 七 章　第六感　　105

第 八 章　心迷宫　　116

第 九 章　教父　　139

第 十 章　黄金时代　　161

第十一章	大人物	193
第十二章	沉默的羔羊	219
第十三章	落水狗	240
第十四章	与狼共舞	258
第十五章	低俗小说	274
第十六章	杀人回忆	286
第十七章	勇敢的心	305
第十八章	国王的演讲	320
第十九章	审判日	330
第二十章	新世界	347

许多时候，我们都要做出选择，没有提示和指引，只能凭一己之力在纷繁复杂的事态中做出判断。有人选对了，迈上台阶，收获利益；有人选错了，跌落谷底，一切归零。也有人原地踏步，不去选择，过着一眼望到头的生活。我羡慕他们的与世无争，也深知这是自欺欺人。无论如何，我们都逃不脱命运的风暴，在它面前，我们的挣扎只会像一片在无助起舞的凋零的落叶。时间、意外、对未知的恐惧，都让我们现出卑微渺小的原形。但即便如此，我们有时还是想去奋力一搏，哪怕螳臂当车，一败涂地。而当风暴过去后，危险并未远走，它可能就潜伏在某处，随时会卷土重来，将我们撕碎。

第一章　非常嫌疑犯

1

每年六七月份，海城都会有场风暴，但今年的格外强烈。

从傍晚开始，豆大的雨点便从天空落下，天色越来越暗，紧接着狂风大作，门窗被刮得呼呼作响，海城港上掀起了几米高的巨浪，一场风暴越来越近。

在距离海港不到一公里的观海湾别墅区里，一群穿着雨衣的警察正在一栋标记为"2A"的别墅前忙碌着。别墅花园的硬化地面已被刨开，深棕色的泥土裸露在外。一个留着平头的中年警官在指挥着，手中的对讲机不时发出刺刺啦啦的声音：

"市局各单位注意，'蒙斯特'风暴已经临近海城，省防汛抗旱指挥部将风暴应急响应等级提升至一级，请严密关注所属辖区存在的安全隐患，敦促渔船、轮渡回港避风，协助市政部门就易积水路段提前做好应急准备……"

平头警官抬手看表，被雨水浸湿的电子表盘上显示：2015/6/27/13:25。

"轰隆隆——"一声炸雷。

一个身材高大的老警察冲他招手："林楠，快过来。"

老警察叫黄杰，人称老黄，是林楠的副手。而林楠则是海城市公安局刑侦支队的支队长。

林楠跑过去，蹲在地上，发现在被挖开的泥土中裸露出一撮毛发。他接过老黄递来的乳胶手套,一丝不苟地戴上,试探着将泥土拨开,将那撮毛发捧在手上,轻抖泥土,放进证物袋里。

"是什么?"老黄皱眉。

"像是一块头皮。"林楠把证物袋举到眼前,仔细地端详着,"从外观上看,像是被切割下来的。"

"又是一条人命?"老黄皱眉。

"交法医吧,尽快和那几个失踪人口的家属进行比对。"林楠说。

"会是那个姓周的吗?"

"不好说。但他最后一次的关机位置就在这里。哎,老黄,我怎么觉得现场不对啊?"林楠眯着眼观察四周。

"你是说有挖掘的痕迹?"老黄皱眉,"我刚才也发现了,这儿、这儿,还有那儿,都没埋好,嫌疑人似乎自行翻动过。"

"也不排除有人过来找过,但并没发现这东西。"林楠琢磨着。

"按说不至于啊,都这么久了,那孙子不像草率的人啊。"老黄说。

"让技术拍照,固定细节,这事儿以后再研究。"林楠说,"我得先回趟局里,郭局想叫上法制科再研究一下采访的方案。你们加快进度,务必在风暴来临之前将工作做完。"

"放心吧。"老黄点头,"哎,你真觉得有那个必要吗?不会跑风漏气吗?"

"案子都捂在手里快一年了,已经重新计算羁押期限两次了,要是还找不到尸体,其他的被害人就只能按'失踪'算。这也是没办法的办法。"林楠叹气。

"这孙子都招了啊!说人就是他杀的。怎么着?尸体找不着就不能算数了?大爷的,这是法治的进步呢,还是退步呢?"老黄摇头。

"哎哎哎,别发牢骚啊。重证据,轻口供,忘了?"

"但我还是那个意见啊,不同意让记者介入。这案子都板上钉钉了,还弄什么节外生枝的事儿啊?你别忘了,上次在省厅汇报的时候,江副厅长是怎么指示的,从严从快,意见够明确了吧?反正也是个毙,两条人命和四条人命有区别吗?"

"当然有区别了。您知道,我搞案子可从不'敞着口儿'。您不也说过吗?当刑警的,为生者言,为死者权……"

"得得得,打住,我继续工作了。"老黄打断他的话,头一转,拎起铁锹走了。

林楠无奈地摇摇头,也不再多说,转身钻进了警车,朝着阴云密布的远方驶去。

2

在海城国际饭店门前,停放着一辆老款的 MPV[1]。车熄着火,驾驶室里没有司机,但在深灰色的玻璃后,一架佳能单反相机却在不停工作着,不时发出"咔咔"的快门声。

镜头瞄准的是一个妙龄女郎。她戴着一副大大的墨镜,穿一件粉红色的连衣裙,皮肤白皙,长发披肩,此时正挽着一位西装革履的中年男士走进饭店大门。风很大,将她的裙摆吹了起来。

车门拉开,一个戴棒球帽的胖子下了车。他正了正领口的设备,快步跟了过去。大约过了十分钟,他出来了,又回到车里。

车里放着滚动新闻:"根据气象部门预报,'蒙斯特'风暴中心经过的海面,阵风可达 15 级以上。为确保安全,海上的渔船和渡船已全部停运,沿海养殖场 1.2 万余人已经全部撤离,78 个景区景点和施工工地停止作业,省内各机场即将取消多架次航班……另据记者报道,涉嫌杀害多人的犯罪嫌疑人路海峰即将被移送起诉。据悉,该人身负多起命案,作案手段极其凶残……"

---

[1] MPV:Multi-Purpose Vehicles,多用途汽车,集轿车、旅行车和厢式货车功能于一身。

车后座坐着一个留着分头的男人，见到胖子就问："哎，拍到了吗？"

"废话。"胖子不屑一顾地撇撇嘴。

"正脸儿？"

"必须的。"胖子笑，"11层行政套房，男的订的房。"

"那男的什么来路？"男人问。

"管他什么来路？只要是男的就行了呗。哎，这消息一放出去肯定炸！'粉红组合'主唱Aiya密会神秘男。魏卓，这题目我都给你想好了。"胖子坏笑。

"俗不可耐。"魏卓摇头，"得想个更离奇的名字才行，给广大吃瓜群众留出遐想的空间。"

"哎，到时那个Aiya的团队不会再危机公关，说她是在'看剧本'吧？"

"随便啊，看大家信不信。"魏卓笑。

魏卓今年刚过三十五岁，是《海城都市报》跑"政法口"的深度调查记者，现在业余经营着一个叫"透视镜"的自媒体公众号。二十郎当岁的时候，他也曾心怀理想，举着麦克风冲进绑架现场，跟绑匪正面交锋；也曾满怀着"公平、公正"的愿景，点灯熬油地写稿，希望能凭一己之力改变一些事情。但随着年龄的增长，他变得越来越现实了，什么新闻理想啊，哪有温饱重要，最终还不是要为五斗米折腰？特别是这几年，光靠报社这个营生是越来越活不下去了。传统纸媒遭到自媒体的巨大冲击，俨然已是夕阳产业。昔日的竞争对手《海城晚报》刚"三十五岁一刀切"裁员了一半，《海城都市报》的领导就跃跃欲试，想要效仿，听说已经着手在做分流计划。魏卓心里有谱，别看自己在报社算是个"老人儿"了，但至今还是个没转正的"派遣制"，再加上跟主编老曹不对付，没准儿这把"达摩克利斯之剑"就会落在自己头上。

车外的风越来越大,吹得车玻璃阵阵作响。魏卓拿过相机,仔细地浏览着:"哎哎哎,这几张可不行啊,都看不清正脸儿。发出来网民能认吗?当事人能认吗?老钱,我真是不想说你,给公家干活拉胯,给自己干活也掉链子。你行不行啊?"

"这能怪我吗?咱们接到信儿的时候就已经晚了,要不是我手快,根本拍不着。"钱宽解释。他是《海城都市报》的摄影记者。从一年前开始,他就被魏卓拽着干一些偷拍明星的私活儿。

"哎,'内线'这次要多少钱?"魏卓问。

钱宽伸出五根手指。

"扯淡!丫疯了吧!你告诉他,抢银行比这个来钱快!哎,你是不是骑驴[1]了?"魏卓撇嘴。

"骑你,你就是驴!我告诉你,现在这帮服务员都学精了,会比价了。刚才他还说呢,要不马上转账,就立马报给其他的媒体。再说了,没他们行吗?这是海城国际饭店,上楼得刷卡,我又不是'007'。"钱宽气不打一处来。

"嘿嘿嘿,开个玩笑,急什么。"魏卓装作大度地摆摆手。

"一个多星期了,你都不去报社露一面儿,不怕老曹又找你麻烦?"钱宽问。

"去那儿干吗?半死不活的。一张报纸、一杯茶,发的工资还不够烟钱呢。"魏卓把相机递给钱宽。

"我看你啊,是给自己的压力太大了。钱不能太着急赚,太着急容易出事儿,咱们干的这事儿本来也见不了光。"钱宽说。

"你这么说我就不爱听了,什么叫见不了光啊?我觉得干这事儿挺好,抨击丑陋,揭开真相,让大家看到那帮人的真面目。这不是在净化社会风气吗?"

---

[1] 骑驴:方言,指某人帮别人办事时,从中捞取好处。

"哼，你还真能给自己灌迷魂药啊，连这话都说得出来。"钱宽摇头，"我看，你是被钱逼的吧？哎，听说你跟老刘借钱了？我可告诉你，那孙子可不是白给的！"

"知道了，没多少钱，有了就还他。"魏卓应付道。

"我不像你，钱宽，没家没业的，一人吃饱全家不饿。我现在'钱紧'，快掰不开了。佳佳马上要出国留学了。希腊。她妈都考察好了，过去买个房子，就能申请'黄金签证'。再加上几年的学费，没一百万根本下不来。"

"我告诉你啊，现在'海归'没什么竞争力，不如'985''211'。这事儿你得跟曾娜好好聊聊，别拍脑门儿就做决定。"

"跟她聊什么，都不在一块儿过了。我只付钱，尽当爹的责任，其他不管。"魏卓轻叹。

魏卓和钱宽刚干这事儿的时候，也找不到门路，学着那些"狗仔队"蹲门口，扒门缝，但后来发现，这么干辛苦不说，成效也不大。于是另辟蹊径，以巧取胜。魏卓是跑"政法口"的记者，在采访中没少领受刑警们的"真传"。他模仿警察发展"线人"的模式，让钱宽出面，在海城最繁华的饭店和酒吧笼络帮手，将服务员发展成"内线"，许诺只要提供明星的踪迹就给予酬劳，如能获取明星绯闻，价格另议。这招果然灵验，没过多久，这份兼职的狗仔事业就上了正轨，他们也收获了不少"猛料"，当然，都是些上不了台面的"下三路"勾当。

钱宽拍了拍单反相机："缺钱，不用借啊，这不是钱吗？"

"哎哎哎，你这是怎么了。忘了？不谈钱。谈钱就是敲诈勒索了。"魏卓说，"我告诉你啊，最近有个老板找我，指名道姓让Aiya给他们做代言。但她经纪人是'茅坑里的石头'，又臭又硬，张嘴就是一个整数。没辙了，人家才找到我。"

"明白，我看过《教父》，利益交换，咱们的钱从别处出，就是

006　大风暴

那个意思呗。"钱宽笑，"哎，还有个猛料呢。"他说着从包里拿出笔记本电脑。

他操作了一下，打开了一个视频文件。在画面中，两个男人坐在桌前正谈着什么，其中一个男人将一个黑色的皮箱递给对方。环境像是个茶楼，视频显然是从远处偷拍的。递箱子的男人正对镜头，他留着个分头，戴着眼镜，挺富态的样子。魏卓觉得这个男人面熟，却又一时想不起在哪儿见过。

"这是哪儿来的？"魏卓问。

"早上在'透视镜'的爆料邮箱里发现的。题目写得挺咋呼，什么'重大曝光'。但看这男的，不像是个明星啊……"钱宽琢磨着。

"也没准儿是个当官儿的。要真是，咱们可不碰。"魏卓摇头。

两人正说着，魏卓的电话响了。他拿出来一看，是市局刑侦支队林楠的号码。他停顿了几秒，接通了电话。

"喂，林警官，您有何吩咐？"他打着官腔，"什么？路海峰？"他有些惊讶。

3

在公安局的接待室里，林楠身着警服坐在魏卓对面。他起身，微笑着将一杯水推到魏卓面前。

"林警官，为什么会是我？"魏卓开门见山。

"让你采访是经过我们慎重考虑的，你有这个意愿吗？"林楠问。

"那是肯定的。但是……因为上次那个报道，我不是被列为不受欢迎的记者了吗？"魏卓试探。

"谁说的？没那回事儿。"林楠轻描淡写地摆摆手，"路海峰的案子你了解吗？"

"据说有四条人命，但还有几个没找到尸体。"

第一章 非常嫌疑犯

"哎哟，看来我们的保密工作做得不到位啊，知道得够详细的。"林楠笑。

"从被采取强制措施到现在，快一年了，虽然已经被批捕了，但证据不扎实，诉不出去。别忘了，我也是跑'政法口'的老人儿了。"魏卓说，"这案子我之前找过你们局的外宣，说是不让采访啊，怎么到起诉阶段倒敞开口儿了？"

林楠看着他，停顿了一下，说："这案子我们办得不利落，有些证据还瘸着腿儿。嫌疑人很奇怪，只供述自己杀人的过程，并不交代尸体的去向，而且每次快到移送起诉的时候，就主动供述新罪，我们就得重新计算羁押期限。时间拖得太长了，我们很被动。但没想到，他主动提出可以接受记者的采访了。哼，我们还猜不透他的意图。"

魏卓轻轻点头，意识到此事不那么简单。他自然知道，这是个好活儿，没准儿下下功夫就能挖出爆料。他摸出了香烟，缓缓地点燃。他想着怎么把丑话说在前面，才能让自己更有余地施展。

"这案子不像表面上看起来的那么简单吧？背后藏着什么，能聊聊吗？"魏卓开门见山。

林楠没说话，下意识地笑了笑。

"你们是想利用我，套出他的话？"

林楠还是没说话，但这次没笑。

"你知道我的工作风格，我从不写那些虚头巴脑的东西，什么和谐警民关系、攻坚克难……我是深度调查记者，不发那些通稿的。"

"我听外宣的小秦说过了。"林楠说话了。

"你们要是让我采访，就得让我自己拟定采访的提纲，而且不能控制我采访的时长。"

"提纲你可以自己拟，时长也可以商量，但是如果想要发稿，必须经过我们的同意和审核。"林楠不是商量的口气。

"怎么了？又是那套'怕效仿'的说辞？算了吧，现在国外的悬疑片比这个劲爆。时代不同了,不要老操着老脑筋了。"魏卓摇头。

"对不起,这点没有商量的余地。"林楠做出肯定的语气。

"那算了,戴着镣铐跳舞,没劲。"魏卓摇头。

林楠看着他,又恢复了沉默。两人僵持了十几秒,林楠起身开始收拾东西。

魏卓绷不住了,说:"哎,审稿是可以的,但不能像前几次那样,隐去过多的细节。新闻报道老百姓看的就是细节,就是故事,就是干货,你们要是什么都不让说,采访就没意义了。"

林楠停住了动作,看着魏卓:"我们会最大限度地予以配合,但你要知道这个案子的特殊性和复杂性。能批准你采访,是经过市局领导同意的。你要明白,这个机会不是每个记者都有的。"

魏卓看着林楠,微微点头:"能告诉我一些细节吗?比如路海峰有没有同伙,他杀人的动机是什么,还有,我想看看你们给他做的笔录。"

"对不起,这些都不行。"林楠摇头,"你在采访路海峰的时候,只要让他自然供述就可以了,不要打断他的思路,但遇到重点问题的时候,可以发问。"

"哼,我就是个套话的,对吧?"魏卓笑。

"也可以这么理解。你要明白,我们之所以让你去采访,不是为了给你提供娱乐爆料,而是要获得对案件有价值的线索。在采访之前,你要签订一个保密协议,不能录音录像,不能未经我们同意擅自发稿,不能对外透露采访信息,更不能为嫌疑人传递消息。如果违反,将承担泄密责任。"林楠正色。

"又回到我问的第一个问题了,为什么偏偏选我,而不用'法制前行时'那些听话的记者?"魏卓问。

"不是我们选的你,是他选的。"林楠一字一句地回答。

"他?路海峰?"魏卓愣住了。

第一章 非常嫌疑犯　　009

"是的。他指名道姓让你采访。魏卓，你和路海峰打过交道吗？"林楠看着他的眼睛。

"没有。"魏卓摇头。

"有私人关系或者经济利益上的往来吗？"

"没有。"

"确定吗？"

"当然确定了！"他用肯定的语气说道。

"好，那你在这儿签字。"林楠将保证书递了过去。

4

雨雾将整个城市笼罩起来，远处的建筑物只能看到轮廓。刚到下午时分，街上就亮起了灯。魏卓站在海城市第一看守所门前，看着两道巨大的电动铁门在黑暗中缓缓打开，发出吱吱扭扭的声音。他随着林楠登记、查验，又接连经过了几道铁门，才走进了狭长的筒道里。微光透过铁栅栏投射在灰暗的墙壁上，黯淡而斑驳，人从这里抬头望去，只能看到狭窄的天空。

又经过了一系列程序，他才坐到了看守所的审讯室里。审讯室空间不大，不到十平方米的样子，审讯台前有一个铁椅子，上面安装着一副手铐，路海峰大概就要坐在那里。

不一会儿，从空旷的筒道里传来了哗啦哗啦的脚镣声，两个制服警把路海峰押了进来。他个子很高却很消瘦，剃着光头，显得很疲惫，和网上爆出的照片有所不同。魏卓与他对视，心里不禁一颤。他的眼神像鹰，看人直接而突兀，里面隐着寒光。

路海峰冷笑了一下，用戴着手铐的双手扶了一下铁椅子，坐在了上面。按照他的要求，采访单独进行，不能摄录像，也不能有警察在场。

审讯室一下就安静了，魏卓觉得浑身发冷，下意识地避开路海峰的眼神。路海峰却故作轻松地哼起一段旋律，声音在清冷的审讯室里回荡着，显现出一种诡异的气氛。魏卓觉得不妥，毕竟采访是要获得主动权的，于是清了清嗓子，抬头发问："你就是路海峰吗？"

路海峰没直接回答，冷眼盯着他，反问道："警察会提错人吗？"他的声音低沉而沙哑。

魏卓愣了一下，没懂他的意思。

"唉……"路海峰叹了口气，"我看过你发的稿子，和别的记者不一样。"他悠悠地说。

"怎么不一样？"魏卓问。

"说好听了，有想法，不循规蹈矩。"

"说难听了呢？"

"哼，就是有野心，敢于破坏规矩。"路海峰看着魏卓。

"你这么说是什么意思？"魏卓皱眉。

"我知道，你表面上给报社干活儿，私下干的却是'狗仔队'的勾当。偷拍行踪、兜售隐私，哎，你不怕被人告吗？"路海峰挑衅地问。

"呵呵，我从不做越界的事儿，我只揭露丑恶。"魏卓回击。

"扯淡。"路海峰摇头。

"为什么让我采访你？"魏卓问。

路海峰没回答，叹了口气："快一年了，被圈在这个地方，晒不到太阳，吹不着风，连时间都得靠猜。还有这个……"他抬了抬腕上的手铐，"从戴上之后就没打开过，一直这个姿势，肩胛骨都完蛋了。但还是不想死啊……以前看电视里演的，说什么脑袋掉了碗大的疤，扯淡！人只有真正面临死亡的时候，才明白活着的珍贵。"

"你还没回答我的问题呢。"魏卓追问。

"这个……以后我会告诉你的。"路海峰说。

魏卓皱皱眉："那些人都是你杀的吗？"

路海峰看着他，并不回答。

"视频监控显示，你被捕当日，潜伏到医院的重症病房，关掉了一名被害人的呼吸机。你为什么要这么做？"

"哎……"路海峰冲他摆摆手。

"还有，警方对你居住的别墅也进行搜查了，据说获得了关键性的证据。我问你，被害人的尸体到底在哪里？你为什么一直隐瞒？有什么心结吗？怕面对现实？怕面对死亡？"魏卓故意刺激他，连连发问。

"嘿！"路海峰"啪"地一下拍在了审讯椅上，魏卓被吓了一跳。"你说的这些，警察都问过不下一百次了。你要想采访我，就得听我说，明白吗？要不就滚蛋！"路海峰凶相毕露，大吼着。

气氛紧张起来，魏卓一时无语。

"好，那你说。"魏卓冲他抬抬手。

"现在几点？"路海峰放缓语速。

"现在……"魏卓看了看表，"下午两点半。"

"哦……"路海峰点点头，闭上眼。

在看守所的监控室里，林楠和老黄紧盯着监控器的屏幕。

"这个记者可信吗？"老黄问。

"我查了，没发现他与路海峰有过交集。"林楠说。

"那为什么路海峰会点他的名？"

"说是看过他的报道。"

"我怎么觉得他的发问不专业啊，一上来就把底儿给露了。"

"专不专业也就是他了。案子到这个阶段，只能死马当活马医了。"林楠叹气，"咱们都快把海城翻个底儿掉了，也没找到那些尸体。仅凭口供，检察院很难起诉。再这么下去，案子就做'夹生'了。"

"保密协议签了？别跑风漏气。"老黄提醒。

"我已经跟报社领导打过招呼了,采访不会发稿,咱们只借这个记者的嘴去问话。"

"嗯……"老黄默默点头,拿起一张 A4 纸,上面打印着魏卓的资料。

在审讯室里,魏卓点燃一支烟,递给路海峰,其间始终保持着距离,似乎生怕对方做出什么危险的动作。路海峰看了出来,不屑地一笑。他并没吸吮那支香烟,而是将烟立在桌面上,看着它慢慢燃烧。

"原谅我吧,所有伤害过我和被我伤害的人。"他自言自语。

"你在祭拜谁?"魏卓问。

"祭拜他们,也祭拜自己……刚被关进号儿里的时候,我整晚做噩梦,一闭眼,那几个家伙就挤到我面前,怎么甩也甩不掉。确实是有点儿害怕。特别是当自己被困在一个没有时间、没有尽头的黑暗之中时,那才叫绝望呢。但后来就慢慢好了,人啊,总是能适应环境,一切环境,好的、坏的,呵呵……"他自嘲地笑着,"后来我也想通了,迟早自己也会到那儿找他们去,怕什么?大不了再干掉他们一次。哎,我是不是就是那种先天的坏人?狠毒,无耻。"

"我不信那套'先天犯罪人'的理论,人性本善,一切都是后天的选择。"

"哼,后天的选择?是命运的选择!哎,你信命吗?我之前不信,后来信了。我的人生就是一趟过山车,一次次地在天空中腾飞、坠落。我害怕面对黑夜,睡觉开灯,做爱开灯,连出去嫖娼都开灯。有人说我像个核桃,有着坚硬的外壳,把自己包裹得很严。其实他错了,我表面上的坚强是软弱无力的伪装,我其实特别愿意相信人、依靠人,但值得相信和依靠的人在哪儿呢?他们哪个不是机关算尽,狼心狗肺!最后你会发现,你之前敞开心扉的那些人,才是你最后的死敌。他们背叛你,算计你,无所不用其极,你只能被迫反击。哼,我该从哪儿说起呢?"他有些急躁。

"随便你。"魏卓反而沉稳了下来。

他叹了口气,稳了稳情绪。"我小时候家里很穷,爸爸是个工人,妈妈工作不稳定,经常要出去打零工。我家房子很小,八平方米左右,进门就是爸妈睡的床,要想写作业得从床上爬过去,到最里面的小书桌。我童年的记忆是狭窄、贫瘠、稀少、缺失,住着很小的房子,吃着将将能糊口的饭菜。所以我特别羡慕大,特别向往大——大房子、宽敞的车……有一次我跟妈妈去足球场打扫卫生,哦,就是城南区那个老球场。我站在球场中间,就在心里做梦,要是有一天自己牛了,能把这儿包下来,就在球场中央放一张钢丝床,然后躺在床上听音乐。黑豹的《无地自容》,唐朝的《飞翔鸟》……呵,你别笑啊,我当时真是这么想的。"

"你喜欢摇滚乐?"

"越缺什么就越喜欢什么吧。我迷恋那种自由洒脱的感觉。"

"你刚才哼的是什么旋律?听着耳熟。"

"约翰·施特劳斯的《狩猎波尔卡》,每次我紧张的时候就会哼起它。"

"你见到我紧张了?"魏卓笑笑。

"紧张和兴奋是一回事儿。听,狩猎的感觉。"路海峰也笑了。

气氛缓和了一些。

"生活虽然苦,我妈却是个乐观的人。她曾跟我说,虽然人生说到底是个悲剧,但要按照喜剧的方式去演。我当时不理解这话的意思,等后来终于理解了,却为时已晚。"路海峰侧目望着窗外的雨雾,"记得十多年前,我上班的第一天,也是这样的天气。哼,一晃而过,物是人非啊……"

"十多年前,你在干什么?做生意吗?"

"从哪儿开始讲起呢?哦,就从那天开始吧,我还是个小科员,在跟着一个小科长干活儿。你看过我的资料吧,我第一次入狱是在2003年,我被利益冲昏了头,从一个国家干部变成了阶下囚。作为一个记者,你是不是又该问我了?问我会不会为此悔恨终身?呵,那不过是你们一厢情愿的答案罢了。我不仅没后悔,反而觉得值。真的,一辈子都没进过监狱的人,不配说有完整的人生,那是个课堂。那次的牢狱之灾,改变了我对世界的看法,让我看透了社会的真相,也让我挣脱了某种捆绑在身上的束缚和枷锁。"

"我知道,你是2003年因为诈骗罪入狱的,被捕前是海城市商务局的干部。"

"是啊,那时虽然只是个小科员,但对外是可以以'甲方'自居的。"路海峰开始娓娓道来。

第二章　海城往事

1

2003年,"非典"刚过,申奥已经成功,中国加入WTO不久,海城在政府的机构改革中撤销了外经贸委和商委,组建了商务局,以助推经济发展。我就是那个时候被招进商务局综合科的,主要从事的是一些招商引资的案头工作。

我小时候穷怕了,所以在学习上特别努力,经过复读考上了个省名牌大学,大家都觉得我肯定前途无量。我不想谦虚啊,在学习方面我确实是有天赋的,上课的时候懒懒散散,但每逢考试只要突击几天,成绩就能名列前茅。大学毕业后我被招进了商务局,成了一名公务员。我爸妈高兴坏了,凑钱摆了席,请邻居过来庆祝。他们在心里可能觉得自己的儿子从此捧上了铁饭碗,就可以衣食无忧、一帆风顺了。但他们不真正了解我到底是个什么样的人。别看我表面上谦虚有礼,头发梳得一丝不乱,衬衣掖在裤子里,内心却十分叛逆。用现在的话说,我是个不满足于现状的人。虽然在商务局工作听上去很像那么回事儿,但我所在的综合科,其实日常干的就是些迎来送往的活儿,说白了就是请客吃饭。那时还没有"八项规定",吃喝风很盛。我从工作到出事儿,一共就用了一年零三个月的时间,当然,这一切都要靠那个老科长启蒙。

老科长是个酒腻子,在机关属于那种"血压高、血脂高,但职务不高"的老油条。但在他带我的那段时间里,我懂得了许多社会上的潜规则。我因为归他直管，所以总跟着他去接受一些商人的宴请，在别人的恭维下推杯换盏，也不乏和各色女人逢场作戏。我虽然只是个最底层的科员，但在酒桌上被别人叫成"路科长"，而老科长则被称呼为"老大"。我那时刚刚二十出头，初尝了受人恭维的滋味。在跟着老科长混了一段时间之后，我的言谈举止也慢慢有了甲方姿态。

我至今还记得有一次跟他喝大的情景。那是一个深夜，第一场的海鲜已经被随同的"钱包"埋了单，第二场只有我们两人，我们蹲在他家楼下的一个烤串摊旁，静静地喝着啤酒。他家的房子是单位分的，七十五平方米的大两居。按照当时分房的政策，我只要能熬够十五年工龄，也能住上这样的房子。

老科长在微凉的夜风中推心置腹地跟我说："小路啊，我老了，折腾不动了。年轻的时候，不要说一场两场，就是整个三场四场也不在话下。人呀，要趁着年轻多干事啊。"

我当时已经喝了不少酒，但头脑还算清醒——这是我的一个优点，日后成就了我许多事情。我就恭维老科长怎么在酒桌上耍得开，怎么有排面，他却摆摆手。

"这么多年了，别看我只是个科级干部，但能入我法眼的没几个。你，算一个。有几句话我想告诉你。"他指着我说，"第一句，原则立场不是必需的，必需的是获得利益。懂吗？"。

我似懂非懂地点点头。

"哼，看来你不懂。"老科长笑了，又喝了一口啤酒，"第二句，记住了啊，做事要有交朋友的心态，不要怕麻烦朋友，越麻烦越是朋友。"

"嗯，我记住了。"我再次点头。

"还有，看一个人能不能办成事儿，看的不是台面上的说辞，而是饭桌上的做派。永远得防着对你笑的。对你笑的人别有用心，他能引诱你说出掏心窝子的话，一旦反水就后患无穷。就比如那谁，你懂的。"他笑着跟我碰杯。

我知道他指的是赵处长，那个人称笑面虎的"地中海"。当然，最后老科长的落马也与他有关，但那是后话了。

最后他拍了拍我的肩膀，满嘴酒气地说："干咱们这个的，表面光鲜，觉得别人都捧着你，实际上什么都不是。干久了你就会知道，所谓的铁饭碗是个枷锁啊，领导怎么说你就得怎么干，领导说你不行你就翻不了身，干活儿漂不漂亮与你能不能受提拔关系不大，台面儿底下的事儿比台面儿上的事儿重要得多。刚开始你还会有理想，有抱负，有纠结，有愤怒，但久而久之就被磨没了。领导说什么你都认，上班就来，到点儿就走，干什么都不当真。到那时候，你就成了现在的我，混吃等死，行尸走肉。所以有机会还是得自己干，自己当自己的老板才有出头之日。"

那晚我们喝了好些酒，说了许多掏心窝子的话，但最令我记忆犹新的，也是对我日后为人处事影响最大的，就是他那句"关键时刻可以出卖朋友"。当然，他说的"朋友"指的是那些商人，应该不包括赵处长。我对他的话是深信不疑的，起码在人生的某个阶段深信不疑。

那段时间，我迷上了摇滚乐，上班的时候，MP3 耳机也塞在耳朵里。在没人的时候，我会把掖在裤子里的衬衣拽出来，撸起袖子，随着音乐起舞。在商务局的那段日子里，我渐渐窥见了内心的那股力量，或者说是那头野兽。我开始不甘于眼下的生活。虽然我已对灯红酒绿习以为常，但每次过后都是一地鸡毛，之前有多喧嚣，之后就有多寂寞。每当聚会结束，看着那些商人前呼后拥地送走老科长时，我都会借故离开，然后绕到某个街巷，骑上自己那架破旧的二八自行车，在寒凉的夜色中独自回家。

车子、房子、票子，我一无所有。于是怎么能挣钱，怎么能挣快钱，就成了我首先需要解决的问题。当然，我不会傻到做兔子吃窝边草的那种事儿，在商务局的一亩三分地儿打主意。再说有老科长把着，那些事儿也根本轮不到我去插手。我知道，他平时拽着我胡吃海塞，无非是拉我下水，结成攻守同盟，我不过是个麻将桌上的"会儿"[1]。于是我便动起了别的脑筋，想借鸡生蛋。我通过工作关系私下找到一些商人，想通过借款的方式获取本金，但那帮人都是铁公鸡，一毛不拔，以各种理由拒绝了我。别看在饭桌上他们都叫我科长，但实际上我一无决策权，二无审批权，不过是个老科长的跟屁虫而已。我找了一圈儿也没寻来半个子儿，但就在这个时候，有一个人进入了我的视线，那就是马林。

2

他当年留个大背头，穿着时髦的破洞牛仔裤，一张嘴就山南海北，似乎没有他不知道的事儿。我跟他相识在一个饭局上，饭局具体是谁组的早就忘记了，但我清晰地记得他举手投足间的那种亢奋。在后来的另一场饭局，酒到酣处时我问他，你小子也没个正经的工作，怎么还拿着诺基亚最新款的手机呢？马林微微一笑，颇为神秘地低声问我，听说过卖头发能赚钱的故事吗？我有点儿摸不着头脑，忙问怎么赚。马林笑了，便向我娓娓道来。

某天在一个小县城里，有个人扛着个大包走进一间发廊，问老板，你这儿有头发卖吗？老板诧异，说没听说过头发还能卖钱呢，就问这人头发怎么卖。那人长相淳朴，张嘴就是五十块钱一斤，老板听罢赶紧拿笤帚扫了扫地上的余货，上秤一称，正好一斤。那人现场点钱，五十块收走，临了还给老板留了电话，希望以后多多益善，

---

[1] 会儿：指麻将规则中可以替代任何一张牌的万能牌。

说是有家生物制药公司在利用头发制作中药。于是从那天开始，老板便"惜发如金"。你想啊，剃一个头挣五块，卖一斤头发挣五十，这可是无本万利的好买卖。有时碰见来剃秃子的，老板都能笑出声来。之后那人又来了第二次、第三次，头发也从一斤买到了五斤、十斤。但仅凭这个速度，挣钱还是慢的，于是发廊的老板动了心眼儿，开始从其他发廊收头发。他当然不会傻到用五十块的原价去收，而是"半价打八折"，以每斤二十块的价格进货，而且自己还不上门，让其他老板攒够了往他这儿送。不久后，那人第四次来收头发，他一下就卖出了二十多斤，盈利达到一千多块，算是小挣了一笔。但世上没有不透风的墙，头发能卖钱的事儿不胫而走，没几天整个县城开发廊的都知道了。众发廊老板纷纷"醒攒儿"[1]，谴责那个老板见利忘义，"骑驴"竟能高出60%。这个中间商迅速被踢走，其他的发廊老板都变成了直销，头发的收购价却没有因此而下降，反而在最新的一次收购中卖出了新高。当然，这次小贩一共也没收上来多少头发，几个发廊加起来也就将将十斤。小县城的人口是有限的，头发的生长也需要周期。没几个月就到了秋天，剃头的人渐渐减少，刮秃子的几乎绝迹，各位发廊老板也从"双管齐下"恢复到了单一经营，卖头发的生意冷清起来。但就在这时，一个卖头发的小贩在同一天分别出现在了几位发廊老板面前。他背着一个巨大的麻袋，问他们是否想买头发，价格也不贵，三十元一斤，五十斤起卖。老板们想都没想，掏钱买货，干脆利落。据统计，那一天县城里的八家发廊花了共计一万多元购买头发。当然，明眼人都能看得出这是个骗局。买头发和卖头发的是一伙的，那是个唱双簧的圈套。

我边听故事边喝酒，拿眼睛瞥着马林："看这意思，你就是那个卖头发的？"

---

[1] 醒攒儿：方言，指醒悟。

"我可不是,我就是给你讲一个道听途说的故事。"他摆了摆手。

"为什么要跟我说这事儿?"我凑近了问。

"因为你长得像个国家干部。"

"我就是个国家干部啊。"

"哎,能赚大钱的买卖,你入伙吗?"他看着我的眼睛。

"你见过国家干部到发廊收头发的吗?"我撇嘴。

"时代不同了,生意升级了,那个时候挣一万,现在干好了能挣这个数。"他伸出五根手指。

我心里一动,问他怎么搞。于是马林便带我去了当时海城玩儿得最"嗨"的夜店燕朝汇细聊。我们在各吹了一打"科罗娜"互诉衷肠后,马林才告诉我,现在的道具已经从头发变成了帆布。

马林这人有个毛病,就是抠门儿、吝啬、贪图小利。记得他离开燕朝汇的时候,还拎走了一大袋空酒瓶,引得小姐们一阵发笑。

记得那天回家的时候,外面下着小雨,雨滴落在映照着霓虹灯的路面上,泛起一片不真实的光影。我的头是晕的,视线是模糊的,内心却是火热的、躁动的。我学着好莱坞经典电影《雨中曲》里的片段,收起了雨伞,在雨中起舞,任雨水淋湿我的衬衫和西裤,一点儿都没觉得冷。我不知道跟马林合伙到底能不能挣到大钱,却憧憬着即将要实施的这个骗局。一年多的机关工作将我憋坏了,我觉得自己像匹被绳索捆住的野狼,只要有机会挣脱出去,就要玩儿命撒野。

第二天一早,我和平时一样衣冠楚楚地夹着手包出了门,却没去单位。我给老科长打了电话,说自己发烧,请了三天病假。我找到马林,开始商量详细的实施计划。马林说,万事俱备,只欠我的加入。我们选择的作案地点自然不会在海城,而是在相邻的襄城。这也符合兔子不吃窝边草的安全原则。

马林已经从南方进口了一批价格低廉的帆布,存放在襄城郊区的一个货运站里,还办好了几个未实名登记的手机号。现在需要做的事儿就是先去"钓鱼"。我跟马林煞有介事地策划了一下午,之后开始了具体实施。马林原来交过一个广东的女朋友,为了把姑娘搞上床,下狠功夫学过粤语,模仿起南方口音一般很难被人识破。他先通过各种渠道获取了几十家轻工业品贸易公司的电话,然后操着南方口音自称是一家公司的业务员,希望这些贸易公司成为他们公司的代理商。并称其公司刚刚生产了一种叫"T55"的特种帆布,近期正在全国推广。这种帆布是一种高科技产品,每米三十元,销售前景很好,同时将帆布的资料传真给了这些公司。当时互联网还在起步阶段,商家的购销信息传递并不顺畅。在信息不对称的情况下,其中有七八家与马林达成了初步合作意向。反正成为代理商他们也不用出一分钱,多个进货渠道也有利无害。马林做的这一系列操作,就是照搬卖头发骗局中"投石问路"的手段。至此,饵已布好。

　　但在这个过程中,我一直不知道自己要扮演什么样的角色。而且马林在寄出样品后,也并未再实施什么动作。过了大概两周的时间,马林给我拿来一个剧本,让我烂熟于心。我念了一遍,就明白自己要干什么了。他让我伪装成一个军队后勤处的干部,向这些公司提出购货申请。在他的指导下,我开始拨打第一个电话。我自称是襄城某部队的后勤处干部,现在急需两万米T55特种帆布,问商家能不能供货。商家一听来了生意,热情有加,但刚谈了不到十分钟,我就被对方识破,被挂断了电话。我有点儿犯晕,没明白自己在哪儿露了馅儿。还是马林经验老到,说我之所以被对方识破,主要有两个原因,一是说话太客气,没有甲方姿态,二是一些细节没有说清,让对方听出了是外行。于是我又练了好几遍,才开始拨打第二家的电话。在通话中,我模仿着老科长在酒局上的派头耍起了官腔,操着一副爱卖不卖的劲头,让对方认为我是在例行公事。此举果然奏效,人说商场如战场,你强他就弱,经过十分钟的通话,这个商家初步进了套,开始询问我购货的底价。我按照马林的指引,先让对方报价,结果对方一口给出了个每米五十元的价格。而我不但没还价，还给对方涨了五块，但提出两点要求：一是供货要快，不能耽误了军队建设营房的进度；二是暗示要有 10% 的回扣。商家在心里一打小算盘，觉得这笔生意稳赚不亏，于是半小时后，马林的手机便响了起来。那个商家希望他尽快供货，两万米，但每米砍到了二十块。马林这时耍起了官腔，告诉对方货没问题，但是价格绝对不让。双方经过一番讨价还价，最终以二十三元每米的价格达成了两万米 T55 特种帆布的购销意向，并通过传真确定了合约。我还是觉得不踏实，问马林需不需要租车，那些布到哪里去找呢？马林大笑，说你装得再真，也备不住被人识破。经商的人都是火眼金睛，随便一个细节就能查出破绽，但有时也会被欲望遮住双眼。所以人的欲望不能太大，我们只要能骗他 10% 的定金就算成功。这下我算是明白了。在与对方通过传真签订合同后，马林便要求对方先支付 10% 的定金，这样工厂才能大量进行生产。对方不假思索就答应了，于是第一个 10% 就顺利进了兜儿。我看着这轻易得来的四万多块觉得不可思议，想不到这些精明的商人也会如此愚蠢。但马林说人的贪欲没有止境，商人更会如此，其实他们也在赌，都希望能憋个大的，一下就赚个盆满钵满。于是我们又照方抓药，利用跟厂家承诺的一周生产周期作为时间差，短短半个月就诈骗了近三十万元。之后二一添作五，平分了这笔赃款。那是我第一次赚到这么多钱。

"赚了这笔不义之财之后，你的生活发生了什么变化？"魏卓不禁问。

"确实是发生变化了。当时年轻，压不住，不懂得低调、锦衣夜行，兜里有了子儿就露出穷人乍富的德行。"路海峰笑着摇头，"买名牌儿衣服，换手机，还给自己弄了辆二手的桑塔纳。这一通造，钱就没了。"

"那马林呢？"

"他？哼……"路海峰满眼鄙夷，"他是出了名地抠门儿、吝啬，据说那些钱他一分没花，都存银行里了。"

"那后来呢，用这个套路继续进行诈骗了吗？"

"还没来得及再玩儿一把，警察就冲进了我的办公室。那一刻，我知道自己完了，从一个堂堂的国家干部成了阶下囚。后来细琢磨，应该是马林没听我的话，舍不得扔掉诈骗用的手机，才让警察摸到了线索。"

"他也被抓了？"

"没有，脚底抹油，早就颠儿了[1]。但存在银行里的钱没能拿走，都让警察给冻结了。后来他'漂白'了个新身份，重新开始，但那是后话了。"

"他的新身份是什么？现在在哪里？"

"哎，这是你该问的问题吗？咱俩说好了，我讲故事，你听，还记得吧？"路海峰一字一句地问。

"嗯……"魏卓点点头，"那你在被抓之后，就没供出马林？"

"我就是想瞒也瞒不住啊，你以为警察是傻子？我们唱的是双簧，一唱一和，缺一不可。但他一直外逃，反倒对我的定罪量刑有了很大好处。在供述中，我将自己描述成一个被他诱惑拉拢而失足落水的受害者，在贪欲的腐蚀下，昔日的国家干部步步落入深渊。我追悔莫及，痛斥马林的罪恶行径，主动要求协助警方尽快将其绳之以法。当然，这一切都是我做的表面文章，我希望以此来获得从轻处置的机会。最后经过法院判决，我被处以了三年有期徒刑。三年，二十嘟当岁里最好的三年，就因为这事儿耗在里边了。"

"觉得冤吗？后悔吗？"

---

1 颠儿了：方言，指跑了，溜了。

"不。我一点儿没觉得后悔,因为这都是我自己的选择。"路海峰说,"有句俗话怎么讲来着,人这一辈子呀,如果没进过号儿里,就不算经历完整的人生。好了,这次我的人生完整了。"他笑。

　　"入狱之后就是另一番天地了。在监狱里,我们被冠以一个统一的名字,那就是囚犯。我们穿着相同的灰蓝色囚服,剃着同样的发型,吃着同样的饭菜,喊着同样的口号,有着同样的作息。所有人看似都蛰伏了,但你根本想象不到,他们都曾经在社会上干过什么事儿。他们有欺行霸市的流氓,有机关算尽的骗子,有小偷小摸的扒手,有拉拢腐蚀公务人员的掮客,还有杀人越货的歹徒。当然,还有我命中的贵人,老吴。"

　　"老吴?"

　　"对,下面我就讲讲他的故事。"路海峰缓缓地说。

3

　　入狱之后,我的名字就变成了一个代号——419。对,他们都这么叫我。我所在的宿舍一共有四个人,分里外两个上下铺。我住在外面的上铺,下铺是个年轻的"佛爷"[1],叫小范,初中文化程度,痴迷武侠,金庸小说每个人物的段子都能脱口而出,在里面属于墙头草式的人物,谁胳膊粗傍谁。对这样的人,我是不会往眼里夹的。靠里边的上铺是个难缠的混混,名叫贺喜,那名字简直是个反讽。他虽然身材不高大,但浑身腱子肉,后背有好大一块刺青,说不清是二龙戏珠还是皮皮虾打架,十分粗糙。他话不多,一贯以"老炮儿"自居,动不动就好勇斗狠。我刚入监的时候,他就跟我叫号儿,告诉我如果家属续钱,就得给他进贡点儿"好的"。我那时初来乍到,

---

1 佛爷:方言,指小偷、扒手。

情况不清，也不想贸然顶撞，就随声附和了一下。没想到他变本加厉，不仅在打饭时多吃多占，抢我的主食，还把擦地、打水的活儿一股脑儿地全推过来。我憋着一肚子气却没有反击，我知道现在还不是机会。从小到大，总有人说我智商高、有心眼儿，说我长大之后一定能成就大事。上小学的时候，我就有一个让父母哭笑不得的习惯，只要上课老师批评了哪个孩子，下了课我就会主动跟他玩儿。在工作之后，我能跟着老科长成为商人们的座上宾，凭借的可能也就是这种会来事儿的能力。于是在这种态势下，我权衡利弊，准备"忍"字当先。说到这里，就不能不提老吴了。

老吴是贺喜的下铺，大名叫吴永伟，是个所谓的贪官。一个国企的正处级干部收了人家一万块钱，之所以事发，是那帮行贿的人出了事儿，连带着把他给供了出来，吃了挂落儿。相比小范、贺喜这种流氓混子，我自认为和老吴是有共同之处的。我仔细观察过，贺喜虽然在号儿里横行霸道，但很少招惹老吴。老吴当时已经过了四十，在监狱里混得不错，帮狱警搞教育宣传，每周出一次改过自新的小板报。他平时在完成劳动之余，嗜书如命，床头总摆着一本《百年孤独》。但就有个毛病不好，洁癖，床铺轻易不让人动。但不知那天贺喜犯了什么毛病，因为一件小事儿就跟老吴生起口角来，混劲儿一上来，将老吴的那本《百年孤独》扔在了地上，还狠踩了几脚。老吴气得浑身哆嗦，指着他的鼻子大声理论。但秀才遇上流氓，有理管个屁用。贺喜不但不收敛，反而变本加厉，冲着老吴就是一拳，号称从今天开始就准备拿他的书垫脚了。老吴这下不干了，想要还手，但贺喜仗着人高马大，一脚就将他踹倒。

如果在外边，老吴和贺喜是很难遇到一起的，两人分属不同阶层，可以说是泾渭分明。但在监狱里，每个人都被剥去了社会上的外衣。名誉、地位、财富、阶层通通被打破，回到了最初始的野蛮状态，恢复了弱肉强食的丛林法则。如何能不被伤害，更好地生存下去，是当务之急。这就是残酷的现实。那一刻,我目睹了老吴眼里的无助,但也是那一刻,给了我千载难逢的机会。我忍贺喜很久了,一直想找个适当的机会灭灭他的威风。而面前这个机会恰逢其时,从道义上,我替老吴出头,占了道德制高点,不算寻私仇;从利益上,这是我和老吴结成同盟的机会,可以借此争夺监室的主动权。我相信在贺喜被灭之后,小范那个墙头草会主动靠拢。想到此处,我便动了手。

我可不会像电影里演的那样公平比武,大喝一声挺身而出,那是江湖剑客,而我只是一个监狱的囚徒。我要的是短平快的有效结果,一场可控的局部性战斗。从小到大我都很少与别人打架,但我爸告诉过我,只要动起手来,就要一鼓作气干到底,干到对方服气,干到对方恐惧,哪怕不敌也要留下痕迹。于是我便瞅准机会抄起了板凳,猛地向贺喜的脑袋砸去。贺喜猝不及防,被我一下砸趴,我顺势骑在了他的身上,想继续压制。不料这小子力壮如牛,用脚一蹬就把我踹翻,监室里顿时大乱。

其他监室的囚犯都过来围观,小范更是嗖地一下蹿到了门外,隔岸观火。最令我不解的是,老吴也并未与我并肩作战,而是坐在下铺冷眼旁观。这时我已经失去了作战的先机,面对比我整整高一头的敌人,只能一不做二不休地硬扛下去。

我刚才那一下砸得不轻,贺喜的脑袋被敲了个口子。他表情狰狞,眼睛通红,脖子上的青筋暴露。"姓路的,这儿有你什么事儿?吃饱了撑的找死吧!"他大声叫嚣着。

我不做无意义的回嘴,只攥着板凳关注动向。

贺喜看着我的样子哈哈大笑:"瞧你那德行,要搁外边儿,我一准儿灭了你。知道我因为什么进来的吗?重伤害。不光这个,我还杀过人呢。"他说着就抹了一把头上的血,一下把脸弄得血淋淋的,让人看着惊悚。他猛地冲我扑了过来,我下意识地退后两步,一下到了门前。身后的囚犯大声起哄,又一下将我推了回去。我确实低估了这场战斗，想得过于简单了，但此刻已经没有回旋余地，既然出了手，哪怕不敌也要留下痕迹。于是我又抡起了板凳。

  我一次次被击倒，又一次次冲过去。在肉搏之中，任何谋略、计策、智慧、情商都不值一提，起到决定作用的是力量的大小和出拳的强弱，以及不计后果的疯狂程度。我承认，我处于下风，甚至可以说是在被贺喜碾压。我就是从那时开始相信"先天犯罪人"这个理论的，我从他眼里清晰地看到了一种亢奋的情绪，我甚至以此推测他真杀过人，而且会将死者大卸八块，连眼睛都不眨一下。我的腿部、腹部多次受创，眼睛也被打得看不清东西。我像一头困兽，用双手抡着那个板凳大声咆哮，试图以此来喝退对手。但贺喜一不做二不休，一把抢过了板凳，猛地上扬，冲着我的脑袋就砸了过来。那一刻我呈"木僵"状态，身体发麻、动弹不得，只下意识地用双手护脸。我开始为这次出头而后悔，开始怨恨老吴的袖手旁观，但在那一刻，老吴竟出手了。令我没想到的是，那么一个文绉绉的国企干部，下手竟如此果断。他猛地蹿到贺喜身后，用右臂狠狠勒住了贺喜的脖子，一下将他带倒。我见此机会，立即转守为攻，浑身的血也沸腾起来。我扑到贺喜身上，挥起双拳朝他脸上猛砸，打到他满脸是血。

  那场战斗让我被禁闭了五天，出来后贺喜被调了监室，换过来一个犯了"花事儿"[1]的犯人。出来之后，许多人都不敢在我面前参刺儿了。我知道他们都是纸老虎，只要你豁得出去跟他们干，他们就会原形毕露。而经此一役，不但老吴对我有了好感，连小范这个墙头草都倒向了我。我抻了两天，找了个茬儿跟贺喜谈和，当然我带了礼品，小恩小惠是江湖规矩。贺喜也知道我是个不好惹的主儿，便就坡下驴给老吴道歉。老吴挺有面儿，以"亲情餐"的名义申请了一顿"小炒儿"，约我和贺喜小聚。至此，我们仨的关系便近了起来。

---

1 花事儿：一般指男性对女性进行猥亵或强奸的案件。

之后，我们的日子开始顺风顺水，能攀上老吴、贺喜这两个朋友，自然会被高看一眼。老吴告诉我，不要荒废时间、不学无术，要趁机多学点东西，为日后出狱做准备。在他的敦促下，我重新捡起了书本，读了不少金融类的书籍。他还告诉我，要想在社会上出人头地，不仅要有智商，还得有品味。音乐、美术、古玩、字画，多少都要懂一些，才能在饭桌上有谈资，让人觉得与众不同。是他教会了我欣赏古典音乐，德沃夏克的《e 小调第九交响曲》、霍尔斯特的《行星》组曲，以及约翰·施特劳斯的《狩猎波尔卡》，我都是在那个阶段接触的。我问他什么叫作"波尔卡"，他笑而不语。我知道这是个挺文艺、挺装的东西，但我喜欢，我喜欢这种仪式感。他比我大了一轮多，从某种意义上来说，算是我人生中的一个导师，从某种程度上改变了我对世界的看法和人生的方向，商务局的老科长相较于他，算是小巫见大巫了。

4

时间一晃而过，老吴刑满出狱，走的时候我还给他摆了"小炒儿"局。老吴说来日方长，以后在外面有相见的机会。他走之后，时间便慢了下来，总体而言，那段日子乏善可陈，除了贺喜又与他人斗殴两次之外，再无值得提及的事情。又过了一段时间，三年期满，我终于离开了那个灰色、冰冷、压抑、闭塞的牢笼。我例行公事地和狱友拱手道别，说来日方长、江湖再见，但在心里明白，这个鬼地方最好永不再来，和那些垃圾人最好永不相见。随着铁门徐徐拉开，我踏上了自由之路，心里却空落落的，不知道等待自己的会是什么。我这个昔日的国家干部，如今刑满释放的"两劳人员"[1]，该如何从头

---

1 两劳人员：劳动改造人员和劳动教养人员的简称。

开始?

我出去之后便四处打听马林的消息。他出事儿之后就跑了,至今还在被警方通缉。无奈之下,我只得回到父母家暂住。那段日子,我极度压抑,面对父母的长吁短叹,恨不得钻进地缝。那是个乍暖还寒的初春,我白天蒙着被子佯装大睡,实在无聊了就到街上闲逛。我给好几个昔日同事打过电话,想约他们出来见见,但都无一例外地遭到了拒绝。唯一的收获就是得知老科长落了马,因受贿被判了十年徒刑。我知道自己完了,已经被世界抛弃了,成了无用之人。为求谋生,我又辗转找到了几个昔日的关系,同学的同事、同事的同学以及同学的同学……能找到的人我都找了,然后厚着脸皮以各种理由跟人家套近乎、论交情,只希望能找到一个饭碗,不用每天回家看着面如死灰的父母。但希望一次次落空,我甚至开始琢磨着重操旧业,再用卖头发的伎俩干上一票,大不了再回去蹲上几年。但就在这时,老吴竟有了消息。

联系我的不是老吴,而是小范。他刚刚出狱,几经辗转找到了老吴,之后又几经辗转找到了我。在我父母家院外的粮油店前,小范跟我透底,说老吴又"抖"起来了,出来没多久就傍上了大领导,从一个阶下囚华丽转身,成了私营企业家。在监狱里的时候,我就隐隐地觉得老吴身上有事儿。凭他的关系和人脉,怎会连这一万块钱的小事儿都搞不定呢?让他入狱的原因只有一种可能,那就是舍车保帅、替人消灾。所以当我听到老吴重整旗鼓的时候,我一点儿都不觉得惊讶,反而多了几分对自己判断力的认可。老吴在我心中的形象更加立体了,似乎越来越接近我之前描摹的样子。而这也正是我在狱里接近他的原因。

周五的傍晚,天气转暖了,我倒了两班公交车才来到了海城国际饭店。当我迈上考究的大理石台阶时,突然为自己的穿着感到自惭形秽。我停住了脚步,甚至在心里打起了退堂鼓。我开始对小范的话产生怀疑，琢磨起老吴约我的真正目的。摆谱？充大个儿？老吴不是这种人。或者有事相求？呵呵，我不知道自己还有什么可被利用的价值。但就在这时，身着廉价西装的小范从里面迎了出来。他笑得极其夸张，亲热地搂住了我的脖子，让我心生厌恶。但我没有与他撕破脸的资格，三年的牢狱之灾已经将我们的身份拉平，我们现在在一样的起点。我如此隐忍，为的就是求一个机会，和这个"佛爷"一样的机会。

我不是个没见过世面的人，也并不是第一次来这里，四年前曾跟老科长在这儿赴过一个东北商人的局。当时喝的是五粮液，抽的是中华烟，位菜是鲍鱼和海参，一顿饭花了好几千，算是让我见了世面。但如今再走进这扇古铜色的大门，踏上这部金碧辉煌的楼梯，来到这个装修考究的狭长通道，走进这个古色古香的中式包厢，内心的感受早已是天壤之别。当时是站着，提着气、拔着范儿，生怕别人看不起自己；而现在则是趴着，泄了劲儿，生怕自己撑不下去。

我以为会是一个大局，老吴拿我和小范当"会儿"，借此向朋友炫耀他的东山再起。却不料当我进了包厢，偌大的圆桌旁只坐着老吴一个人。桌上摆的还是五粮液和中华烟，但我再也不是那个懵懂冲动的年轻人了。

老吴穿着一件 BOSS 西装，头发梳得油光锃亮，戴的也不再是监狱里那副塑料腿的黑框眼镜，而是换上了一副金丝镜框的。他没有想象中的那样激动、亲热、充满感慨，而是例行公事地站起身，过来和我握了手。

"看你这表情，不太顺？"他嘴角轻微地上扬，说不出是关心还是嘲笑。

我很敏感，也收起了准备好的热情："老吴，你找我有事儿吗？"我控制着自己的语气。

小范站在我俩中间，佯装亲热地拢过我们的肩膀："两位大哥，

第二章　海城往事

从今以后我可就跟着你们干了啊。咱们是有福同享，有难同当。"

却不料老吴把身一闪，用手挡开了他的胳膊。"小范，这儿没你的事儿了，以后要找不到事儿做，联系这上面的人，他会帮你安排。"他说着从西服口袋抽出一张名片，递了过去。

"老吴，我……"小范惊呆了，一时无语。

"我说得不够明白吗？"老吴笑着问。

"哦，懂了懂了。那我不打扰你们说事儿了。"小范连连点头，尴尬地整了整西装，退了出去。

我愣住了，注视着老吴。

"哎，愣着干吗，坐啊。"老吴冲我伸伸手，"呵呵，他的历史使命已经完成了，可以退出了。"他微笑着。

见我不坐，他自己退回到座位上，跷起二郎腿，点燃了一支香烟，默默地凝视我。

我见状也坐了下来，学着他的样子也跷起了二郎腿，宛若无事地与他对视，尽力压抑住内心的波澜。

老吴叫来服务员，点了一锅鸡煲翅，要了海城特色的炖海鱼和小炒皇，然后拧开了五粮液的瓶盖，满满倒上了两杯。我们什么话都没说，也不吃菜，仰头干了杯中酒。老吴又倒满酒，我们再干。不一会儿，一瓶五粮液便下了一半。

借着酒劲儿，我压不住话了："老吴，你找我到底想干什么？"

"你现在在干什么？"他反问。

"我？一条丧家之犬，无事可做，没什么可利用的价值。"我摊开双手。

"这才哪儿到哪儿啊，刚受点儿挫折就没信心了？"

"我没有一技之长，不像你，能力强，人脉广，能重整旗鼓。"

"条条大路通罗马，只要敢想敢干，就能峰回路转。还有，我能重整旗鼓，你就能拨云见日。"老吴举起酒杯。

我不再回嘴了，痴痴地看着他。

我俩又干了一杯，老吴让服务员开了第二瓶五粮液。

我浑身热了起来，心中的坚冰融化了，身体也不再绷着了。我之所以对老吴有抵触，是之前被马林坑怕了，不想再当傀儡和替罪羊了。

"我能帮你做些什么？"我又回到了第一个问题，只不过换了个表达形式。

"哼，说实话，不知道。"老吴笑。

我也笑了："你那本《百年孤独》，我其实偷着翻过，都是些外国人名儿，看着就让人犯困。"

"哈哈哈，我也不怎么爱看那本书，就是想让你们觉得我与众不同。"

"明白，那是你的尊严。所以你忍受不了让人践踏。"

"是。"老吴点头。

"其实那天帮你出头，我是为了我自己。我早就看他不顺眼了。"

"我懂，你是一箭双雕。"老吴笑，"但你起码还有血性，还敢碰比你强的人，还能在表面上装仗义。这在那个环境里就很不容易了。所以你要相信自己，换到外面这么干也不会错。"他端起酒杯。

气氛轻松起来，我俩开始吃菜。鸡煲翅、炖海鱼、小炒皇，吃了个干干净净，然后又相继到卫生间里吐了个干干净净。之后又点了若干啤酒，一直从中午喝到晚上。

我至今记得那个包房的编号——VIP8。

"老吴找你就真的没事儿吗？"魏卓不禁问。

"我当时觉得他是有事儿，但后来又觉得他没事儿，但实际上他还是有事儿。"路海峰说得绕嘴。他慢慢地吸吮着魏卓给他的第三支烟："在那次之后，大约过了半个多月，我接到了他的电话。"

第三章 活着

1

"五一"节前,老吴给我打了电话,让我带着身份证到位于海城市中心的高新大厦十五层去找他。我本还想多问几句,但鉴于老吴那天的仗义之举,就没多犹豫,出了门。在路上,我几乎都猜到了下一步会发生什么,老吴肯定是成立了一个皮包公司,然后想让我去代持股份或充当法定代表人,说白了和马林当时干的事儿一样。但没想到一进门,事情却并非如我所想。那是个名叫"新起点"的贸易公司,在公司的会议室里,老吴把我介绍给了副总经理陈铭。他直截了当地告诉陈铭,我是他的狱友。我没想到老吴会这么直接,但陈铭并未有什么抵触情绪,而是表现得很热情。老吴告诉我,陈铭是他的合作者,如果愿意在他这儿干,就先从最基层的司机干起,也算是个新开始。我自然求之不得,就答应下来。于是我就这样糊里糊涂地找到了工作,成了一个月薪三千元的司机。

这钱虽不算多,但毕竟能养家糊口、安身立命了。我立马在外面租了房,搬离了父母家,开始了新的生活。我表现得很积极,对陈铭可谓是鞍前马后。每天天不亮就开车到他家,先送他女儿到幼儿园,再送他上班。下班后无论他有没有局,应酬到多晚,我都会将他安全送回。他对我很满意,在自己权限范围内给我连涨了两级工资。在日常的交往中,我从他嘴里听到了一些关于老吴的信息。按他的话说,老吴是百足之虫,死而不僵,他出狱之后,不但没受到排挤和冷遇，反而收到了不少公司的邀请。特别是海城宏远达房地产开发公司的老板，几乎是三顾茅庐请他出山。老吴当年在位时，没少帮他筹谋，现在人虽不在其位了，但人品还在，能力还在。这就叫德位相配。他这么说，更印证了我此前对老吴的判断。

这期间，有次老吴带我去了一个游船上的餐厅。天色近晚，远处轮渡鸣咽，我看着蒙蒙夜色中的点点灯火，问他为什么会选择我。

那天老吴穿着一身藏蓝色的风衣，一双眼睛在金丝眼镜后显得深邃难测："你知道吗，我第一次看到你的时候，就知道你是个危险人物。"

"危险？我？"我瞠目结舌。

"你的外表和内心截然不同。从外表上看，你低调、隐忍、谦恭、仗义，做事一丝不苟，遇事一丝不乱，言谈举止彬彬有礼，懂得把衬衣掖在裤子里。在桌面上冠冕堂皇，有甲方姿态，能把蝇营狗苟说成大义凛然，年纪轻轻就能老道地待人处事，这可能与你的经历有关。"

"那内心呢？"

"内心？呵呵，这只有你自己知道。但我想，你一定不是那种能按部就班、画地为牢地生活，一辈子只愿低头做事的平庸之辈。你的心里，有头野兽。"

我笑了，他也笑了。

"但你要知道，这头野兽能成就你，也能毁灭你。这世界上所有的美好，最终都会换来孤独和毁灭。"他看着我的眼睛说，"记住，商场是战场，但更是江湖。江湖拼的不仅是做事，更是为人处世。为人处世不能太直接，要懂得润物细无声、曲径通幽，为人处世不能拖泥带水，要当机立断。人最大的弱点是感情，凡事只要从感情入手，就能事半功倍。攀关系、交朋友，最终要将你的目标变成他们的目标，懂吗？"

"懂。"我似懂非懂地点点头。

"你不用马上懂，但要按照这个方式去体会。"

"你是我的老师，我愿意跟你去学。"

"扯淡，任何人都不会成为你的老师，因为他们讲的都是他们自己的人生体验。"老吴撇嘴，"生活才是你最好的老师，失败才是你最好的老师。要自己去体会，明白吗？"

"嗯。"我点头。

"还有，要学会原谅。与自己和解，与敌人和解。"老吴放缓语速，观察着我的表情。

"嗯。"我再次点头。

"哎，今天来，是有个人托我约你。"老吴突然转换了话题。

他停顿了几秒，冲船舱的方向招了招手。不一会儿，一个穿黑色夹克的男子走了过来。我一看就火了，来人正是马林。

"王八蛋！你丫这么多年跑哪儿去了?！"我终究绷不住火，跑过去揪住他的衣领。

"老路，我也是迫不得已，没有办法。老路……"马林下意识地向后退去，跟我呈角力状态。

"忘了我说的话了？与自己和解，与敌人和解。"老吴不动声色地看着我，语气冷了下来。

我下意识地松开手，看着老吴，又看着马林。我突然懂了，老吴不是老师，他不是在教学生，而是在驯兽。

我还是高估了自己的价值，同时也没参透他说过的道理。

"他现在不叫马林了，叫张伟，在和我一个朋友合作做事。他知道你出来了，一直想表示表示。怎么样，给我个面子，冤家宜解不宜结。"老吴用甲方的姿态对我说。

我知道自己的表情肯定很难看，站立的姿势也一定显得愚蠢。我低下头，努力压制住心中的怒火，想把这些年的无助和愤恨都埋藏起来，起码在此刻能有所掩饰。

"怎么表示？"我抬头看着马林。

马林笑了一下，那德行和每次用餐过后将喝完的饮料瓶子夹走时一样。

"老路，之前的事儿抱歉了。现在吴总帮我解决了问题，我是自由之身了。"他走过来，从兜里掏出一张卡，塞进我手里，"一点儿意思，算是对你的补偿。"

我没问金额。但无论多少，都弥补不了我失去的时光。

我没有犹豫，将卡揣进裤兜。

"好，上道。"老吴笑着拍了拍手。

马林也笑了，过来佯装亲热地搂住我，却不料我突然用力，一把抄起他的胯部，猛地将他扔到了河里。

这下老吴惊了："你干吗?！"

周围的顾客也围了上来，有一个描眉画眼的女人甚至大叫起来。

"哈哈，哈哈哈哈……孙子，你丫也有今天！记住，你欠我三年，欠我一条命。快游啊，我等你上岸。"我大笑着，涕泪横流，心里却有着断腕之痛，仿佛在同自己的昨天告别。

老吴看着我，表情冷静，但内心也一定有所触动。我要以此告诉他，我路海峰，不会再成为傀儡。

2

一晃数月，我都过着朝九晚五、按部就班的日子，开车，接人，迎来送往，简单又单纯。我开始适应这种生活，觉得也挺好，老吴曾说我不是那种只愿低头做事的平庸之辈，我想那大概是忽悠我的说辞。哼，危险人物？扯淡吧，除非是交通肇事，其他哪有让我去制造危险的机会？陈铭对我不错，越来越信任我，从刚开始的每天一上车就闭目养神、缄口不语,到时不时地跟我开些小玩笑,分享点儿小秘密。我能看出来,每天在车上是他最放松,最惬意的时间。商人只要出了家门,披上西装就像披上了铠甲,无论在光鲜耀眼的办公室还是觥筹交错的社交场,都要紧绷着神经,维持着人设。而每次上车,才能短暂地喘口气,所以在这个时间段的他也是最像个"人"的。

于是我便知道了他有个小三儿,叫艾米,是个美容院的小店主,长得不如原配好看,学历也只是初中水平,但能让陈铭放松。每周三的下午,他会提前离开公司,去位于城西区药厂街的一个地址,我想那个美容院肯定就在附近。我还知道他偶尔会去一个"嗨局",那是个隐秘的圈子,都是商人老板在玩儿。每次他去那种局就不会用我了,毕竟是违法的勾当。只有一次他玩儿"嗨"了,可能是忘了不让我接送的规矩,在凌晨给我打了电话,让我到一个临海的别墅区去接他。我到的时候狂风大作,找了半天才看到陈铭的身影。他搂着一个衣着暴露的女人,冲我大呼小叫,怪我来得太晚。我本以为要帮他开房,结果他让我把车开到临海的堤岸就将我支下车。我在狂风中吸了半包烟,那辆车才停止了抖动。第二天下班的时候,他拍给我一万元的红包,说是近期的分红。呵呵,一个司机有什么分红,那不过是用来堵我的嘴的。

到了六月初,天暖和起来了,我到市中心的华贸商城给自己置办了一身新衣服。登喜路的衬衣、BOSS 的西装、梦特娇的皮鞋,花了我整整一个月的工资。我觉得现在自己有个"人样"了,不能再那么灰头土脸了。但还没到家,我就接到了陈铭的电话,他让我马上到燕朝汇找他。我问用不用回公司开车,他说不用,人来就行,之后就挂了电话。我琢磨了一下,估摸着大概是想约我赴局,于是便返回商城,在卫生间撕掉了新衣服的标签,披挂上身。我对着镜子整理自己的仪容,用自来水梳了一个背头的发型,然后随手就将旧衣服丢在垃圾箱里。

燕朝汇是海城最大的娱乐城,进门的时候,两排礼宾小姐冲我鞠躬问好,我随意地摆摆手,一点儿不觉得违和。走在大理石的地面上,我的新皮鞋嘎嘎作响,新西装笔挺合身,将我的精气神也拔了起来。走进包间之前,我还刻意整了整发型,想着该以什么口吻去说第一句话。但当我进去的时候,发现是另一番景象。

正对面的皮沙发中间坐着一个秃头男人。那人一脸横肉,对身旁的小姐左搂右抱。他身边还坐着十多个男青年,都是一脸凶相,一看就是些"社会人"。我没看到陈铭,以为走错了包间,刚要离开,却发现陈铭正蹲在角落里。我有点儿发蒙,愣在了原地。

"哎,你是干什么的啊?"那个秃头问。

"我……"我一时语塞,不知该怎么介绍自己。

"东哥,这兄弟也是你们道上的,过来接我……"陈铭声音很弱,试探地说。

"杀人偿命,欠债还钱,想走?没门!"那个秃头突然发作,一下拍响了桌子,吓得身边的小姐往后躲闪。

"道上的?哪个道上的?"秃头轻蔑地看着我。

我没说话,也没动地方,冷眼与他对视。也许他们看我的样子很厉害,也没敢轻举妄动。

"我告诉你啊,五十万,一分都不能少,要是今天凑不够这个数,谁来都没用。你要是觉得孤单,我就叫人把你家孩子带来。"秃子威胁道。

"别别别,千万别。"陈铭赶忙摆手,刚要站起来,又被身边的混混按下。

这下我明白是什么意思了。陈铭今天叫我来,就是让我跟这帮地痞流氓掰掰手腕。我心里一空,浑身的劲头一下就泄了。自己真是想多了,一个前科人员,穿上西装也不会改变。也许这就是我在他眼中可以利用的价值吧。

我轻轻地叹了口气,抬手将衬衫的领口解开,然后顺时针地转了转脖子,将手机拿出来操作了几下又塞进裤兜,迈步走了过去。既然说要人尽其能,物尽其用,那我就当好这个工具吧。

我走到秃头面前,旁若无人地搬了把椅子坐下,然后抄起一瓶科罗娜起开,缓缓地喝了两口:"东哥是吧,陈总到底欠你多少钱?"我波澜不惊地看着他。

"哼,过来'拔闯'[1]的是吧?怎么称呼啊兄弟,从哪儿冒出来的?"秃头眯着眼睛问我。

"就叫我小路吧,海城监狱,故意伤害,刚出来半年。"我对自己的"履历"作了修改。

"哦……海城监狱,故意伤害,厉害厉害……"秃头点头,"但你问问在座的,哪个没进去过,哪个没故意伤害过啊?"他突然提高嗓音。

一听这话,几个混混腾地一下站了起来,包间里顿时剑拔弩张。陈铭被吓坏了,下意识地抱住头。

我不为所动地看着他们,撇嘴笑了:"怎么茬儿?吓我?"

"对,我就是吓你了。"秃头仰身靠在椅背上,跷起二郎腿。

"这五十万怎么算的?"

"怎么算的跟你有关系吗?你是要帮他付吗?"秃头瞥着我。

"陈总,本金是多少钱啊?"

"本金是十万。"陈铭垂头丧气地说。

"十万?你做梦呢?那是什么时候的事儿了?"秃头又拍响了桌子。

"哎哎哎,打住打住。"我冲他抬抬手,"东哥,我是来解决问题

---

[1] 拔闯:方言,指为他人出头,打抱不平。

的。您看这样行不行？先放他走，让他去筹钱，我押你这儿。"

"你押我这儿？哼，你丫值五十万吗？"

"我看他连一万都不值。"身边的混混哄笑。

秃头站起来走到我面前："还故意伤害……你有那个血性吗？看你穿得人模狗样的，别是个'伺候'老娘们儿的吧。"他边说边用肥胖的手掌拍我的脸。

我侧身避开他的手："那你说怎么办？"

"我说？行啊。那这样，你卸他一个膀子，我们今天就放了他。"

"我要是不卸呢？"

"那我们就卸了你的！而且还会绑了他的孩子。"

我笑了，也学着他仰身靠在椅背上，跷起二郎腿："你知不知道，如果你们卸了我的膀子，算是故意伤害，根据法律规定，起码得蹲几年大牢。绑架儿童更是要从重处理，没准儿这辈子都牢底坐穿。"

秃头一听这话，猛地起身，抄起一个酒瓶子就给砸碎了，然后用尖头指着我的脸："我们就是在放高利贷，怎么了？我们就是黑社会，就是想要你们的命，怎么了？"

"行，那你来吧。"我靠在凳子上，等着他动手。

这下倒弄得对方骑虎难下了。

"干他！"秃头终于绷不住了，一招手，那些混混就蹿上来对我拳打脚踢。

我没有还手，任他们的拳头如雨点般地砸到我脸上、身上。我蜷缩在地上护住要害部位，忍受着接踵而来的袭击。说实话，这帮孙子没下狠手，大多是出工不出力地意思意思，他们也不想真把我打出毛病。告一段落后，我躺在地上，满脸是血。

"怎么着，还叫号儿吗？海城监狱，故意伤害，没看出来啊。"秃头撇嘴。

我爬起来，摸过桌上的一盒"摩尔"，自顾自地点燃、吸吮，然后整了整布满污渍的新西装，拢了拢头发，招呼也不打地蹒跚着出了包间，身后爆发出一片哄笑。

十分钟后，我回来了，身后跟着几个警察。

"就是他们，涉嫌放高利贷、敲诈勒索，还准备绑架儿童。"我指着皮沙发的方向。

秃头愣住了，没想到我会这么干。但警察一哄而上，将这帮人控制起来。

"警官，这是误会，我们是经济纠纷，不归你们公安局管。"秃头忙解释。

"经济纠纷？"我笑了，拿出手机，播放出录音。

"你知道不知道，如果你们卸了我的膀子，算是故意伤害，根据法律规定，起码得蹲几年大牢。绑架儿童更是要从重处理，没准儿这辈子都牢底坐穿……我们就是在放高利贷，怎么了？我们就是黑社会，就是想要你们的命，怎么了？"

警察皱眉："这是你说的？"他问秃头。

秃头愣住了，一时无言以对。

当然，我不会天真到认为仅凭这段录音就能让秃头牢底坐穿，他们只是一帮收账的，算不上什么黑社会，说白了就跟我今天扮演的角色一样，是给人"拔闯"的工具罢了。但这件事儿在我的运作下得到了妥善的解决。

在派出所，我向东哥提出，陈铭还款十五万，之前的债务一笔勾销，之后我会主动提出撤案。东哥打了一通电话，最后与我达成了协议。我找到警察，说这是个玩笑，如果追究，我愿承担责任。警察早就从系统摸出了我的底细，批评教育一番也就没再深究。也许正像那句话说的，江湖事江湖了。陈铭感恩戴德，承诺给我升职加薪，以后别做司机了，当他的助理。但我直接向他提出了辞职，离开了那家公司。

3

"看不出来啊,你还挺有血性的。"魏卓看着路海峰笑。

"算是一时冲动吧。当时还拿自己当人。但辞职以后就后悔了,这几千块钱可不是谁都能给的。"路海峰摇头。

"后来呢,又去了哪儿?"

"唉……"路海峰叹了口气,"你喜欢坐过山车吗?飞升的时候觉得爽啊,整个天空都是自己的,可以将一切踩在脚下。但下降的一瞬间呢,你会觉得眩晕、害怕,不知道自己到底能不能平安落地。但这……不就是人生吗?"

我辞职之后,就回到自己租住的小房子里,又恢复了无所事事的状态。那段时间,我没再去找工作,也不想再跟任何人接触。可能是被那件事儿刺激到了,觉得自己再怎么努力,也改变不了别人的看法。又过了几天,老吴找到我,对我嘘寒问暖。我们在那个游船上的餐厅喝酒,他漫无边际地聊了许多事儿,最后将话题落到了陈铭身上。他问我陈铭的小三儿住在哪里,陈铭的"嗨局"每周几次,还问我陈铭经常拿茅台给谁送去。我没有隐瞒,如数家珍地告诉了他。我观察着,虽然老吴问得事无巨细,但他唯独没问陈铭欠赌债的情况。我在心里琢磨着,他会不会就是秃头东哥的幕后。

哈!他介绍我到陈铭的公司,竟然是让我去做卧底。

喝完酒,老吴递给我一张名片,让我明天到这个公司报到。我摆手拒绝,说想自己去应聘试试。老吴笑了,说,兄弟,这是咱们自己的买卖。我仔细看去,公司的名字叫"险峰国际",老吴名字下的职位是总经理。

我明白了,在陈铭的这件事儿上,我已经通过了他的考试,纳了投名状,现在可以正式成为他的手下。我没再纠结,接过了那张名片。

我两手空空地去了"险峰国际",没想到办公地点也在高新大厦。公司位于大厦的顶层,二十三层。透过落地玻璃窗,可以一览海城风貌。老吴给我找了个朝阳靠窗的工位,让我先别着急,适应一下公司的节奏。我问他该怎样尽快学习业务,他笑了,说业务是那帮戴眼镜的员工要学的,你要学的是一些别的。

"你知道为什么叫'险峰'吗?无限风光在险峰。要想赚大钱,风险与收益永远是成正比的。"老吴说。

其他员工也许是知道我的底细,或者碍于我和老吴的关系,总之都对我敬而远之,除了必要的工作交流之外,几乎不与我做私下沟通。这里的工资比我当司机的时候少,我又恢复了在写字楼里将衬衣掖进裤子的生活。

那段时间,我一直在暗中观察陈铭的动向。因为同在高新大厦办公,每天午餐时,我们几乎都能在地下一层的餐厅遇见。陈铭见到我,还是操着那个熟悉的笑容,彬彬有礼,但我知道他肯定蹦跶不了几天了。老吴做事目标明确,陈铭落马只不过是时间的问题。而令我意外的是,没过几天,我又在食堂见到了一个熟悉的身影,竟然是马林,他成了陈铭的司机。我百思不得其解,尝试用自己的认知去勾画老吴的设计,却依旧没能找到答案。半个月后,陈铭所在的新起点公司出事儿了,老板蒋伟达被警察带走,据说涉嫌多宗经济犯罪。树倒猢狲散,没多久公司就散了摊子,陈铭和马林也再未出现在地下一层的餐厅。这时,我觉得自己明白一些了。老吴的目标并不是陈铭,他只不过是个有价值的工具而已。我闲来无事,在 A4 纸上画了张草图,上面有老吴、陈铭、蒋伟达、我和马林的名字,我用虚线和实线来标注几人间的关系,画着画着就笑了,不由得对老吴伸出大拇指。

"老吴,你不会有一天也坑了我吧?"我笑着问他。

"我有必要去坑你吗?"他用手扶了扶金丝眼镜反问。

"跟着你干,有天被你卖了,还得帮着你数钱。"我半开玩笑地说。

"一个人在社会上混，身上会存在两种价值。一个是自己所认为的价值，一个是可以被别人利用的价值。你觉得哪个更准？"老吴问。

我没说话，冲着他笑。他拍了拍我的肩膀说："不能总绷着，得松弛。松弛，才是迷惑敌人的武器，松弛了才能更好地博得他们的信任。"

我想我懂了。

监控室里，老黄听得有些着急："这姓路的絮絮叨叨说了这么半天，对杀人的事儿却只字不提。这明显就是耍咱们呢！"

"先别急。"林楠劝住老黄，"从批捕之后，很少见路海峰这么放松，这记者有两下子，懂得循循善诱，引他说了不少细节。没准儿会有意想不到的收获。"

"是吗？我怎么没觉出来呢？"老黄皱眉。

"没听他说吗？不能总绷着，得松弛。松弛才是迷惑敌人的武器，松弛了才能更好地博得他们的信任。"林楠笑着重复路海峰的话。

他伸手调大监控器的声音，全神贯注地盯着屏幕。

"哎，是不是觉得没劲了，我说的并不是你想要的吧？"路海峰看着魏卓。

"那倒不是，我就是想听点儿刺激的。"魏卓引导他。

"刺激的？哼……"路海峰摇头，"人生百味得一一尝试，上来就是辣的，你受不了。"他坐正了身体，"现在几点了？"他问。

魏卓看看表："现在是……五点四十了。"

"哎，你快下班了吧？得回家陪媳妇了。"路海峰说。

"没事儿。"魏卓摇头。

"那就是没媳妇，离了。"

魏卓避开他的眼神，并不回答。

"你还有个女儿啊,岁数不小了。"

"什么?"魏卓愣住了,"你……怎么知道?"

路海峰并不回答,面无表情地看着他。

"你调查过我?"魏卓警觉起来。

"哎哎哎,别紧张别紧张。我就是随意这么一说,害怕什么?"路海峰面带不屑。

"不对,绝不是那么简单,你告诉我,你为什么找到我,让我采访你?"

"我不是说过吗?你有野心,敢于破坏规矩,适合听我的故事。"

"不可能!"魏卓打断路海峰,"你告诉我,你怎么知道我有个女儿?还知道我离婚了?"他一激动,站了起来。

路海峰收敛了笑容,静静地看着他,眼神像水,深不见底、难以预测。审讯室里突然安静下来,气氛非常压抑。过了好久,路海峰笑了。

"哈哈,哈哈哈哈……"他大声地笑着,旁若无人,歇斯底里,"我是猜的,猜的……"他指着魏卓背包上一个粉色的美羊羊毛绒钥匙链。

魏卓下意识地拿起背包,茫然地看着,看了许久又转头看路海峰。

"像你这么一个务实的人,估计是没时间看动画片的吧。那这个钥匙链,大概率就是你女儿送的。如果你和女儿能朝夕相处,那大概率是不会把这么个毛绒钥匙链挂在背包上的。如果她不在你身边,那就是被判给你前妻喽……"路海峰不急不缓地分析着。

魏卓听着他的分析,额头不禁冒出了冷汗。

"你女儿多大了?"路海峰问。

"这个跟你没关系。"魏卓回避着。

"呵呵……"他又笑了,一副胜利的表情。

魏卓不得不承认,他已经沉浸在路海峰的故事里了,接受了路海

046　　大风暴

峰的自我评价甚至一部分价值观。在故事里，路海峰是低调的、隐忍的、谦恭的、仗义的，做事一丝不苟，遇事一丝不乱，平时有甲方姿态，关键时刻可以无所不用其极，和老吴评价的一样。但此时此刻，他感觉到了一种危险，一种可以将自己吞噬，干扰自己判断的危险。他不能让这次采访的主动权落于路海峰之手，那样就失去价值，毫无意义了。想到这里，魏卓稳了稳情绪，再次与路海峰对视。

路海峰微笑着，似乎早就看透了魏卓所想，叹了口气："我本以为你是个特别的记者，所以才选中你。想跟你掏掏心窝子，把这些年的经历都说出来。没想到你跟别人一样，心浮气躁。如果是这样，你就不要采访我了，我不想被断章取义，被写成一个脸谱化的罪犯。但我也为你可惜啊，错过了这么好的故事……知道什么才是好故事吗？不光要在情理之中，意料之外，还得突如其来。就像人生一样，永远不知道下一秒会发生什么。功名利禄、荣华富贵，唰！转眼就不属于你了。这才是人生的魅力啊！"

魏卓没接话，看着路海峰表演。但他知道，这次采访肯定是自己记者生涯中可遇不可求的机会。昔日前呼后拥的明星企业家，如今恶贯满盈的连环杀人犯，当这两个有天壤之别的名词碰撞在一起的时候，就已经迸发出极高的新闻关注度了。而现在，自己只要能抓住这个机会，没准儿就能度过报社裁员的"三十五岁危机"。

"现在几点了？"路海峰问。

"现在……"魏卓看了看表，"六点零五分了。"

"哦……"路海峰点头，"魏记者，再给我支烟呗？"他抬抬右手。

魏卓没吝惜香烟，把一整包都递了过去，并帮他点燃。他没有吸吮，而是和刚开始接受采访时一样，将香烟立在桌面上，看着它慢慢燃烧。

"你在祭拜谁？"魏卓问。

"一个要死的人。"

第三章 活着　　047

"谁?"

他叹了口气,并没有回答,又扬起脸,闭上双眼,唱出一段难听的旋律。声音诡异而悠长,飘荡在审讯室里:

"哆,西,来,西,咪,咪,索,西,拉,索,发。"

"你唱的是什么?"魏卓不解。

"记住了吗?"路海峰呼了一口气,睁开双眼。

"哆,西,来,西,咪,咪,索,西,拉,索,发。"他又唱了一遍,"好了,看你采访得这么辛苦,送你条新闻吧。"

"什么新闻?"魏卓问。

"有个人应该刚刚被杀。这个消息,能登上你们报纸的头条吗?"他凝视着魏卓的眼睛。

"什么?"魏卓惊讶,"是谁?谁被杀了?"

"还记得我刚才唱的那段旋律吗?"路海峰问。

"旋律?记住了啊。"魏卓下意识地点头。

"那就好。"路海峰轻轻点头,把身体靠在椅背上,"既然是游戏,就不能马上解谜,要你自己去寻找才有意思。哎,你们,也听到了吗?"他抬头冲着审讯室的监控器说。

4

不一会儿,林楠和老黄便闯进了审讯室。

"路海峰,我警告你!你要是想检举揭发、戴罪立功,就踏踏实实地供述。甭跟我们这儿装神弄鬼、捕风捉影!你要是做伪证,将承担法律责任。"老黄站到他面前说。

路海峰看着老黄,扑哧一下就笑了:"装神弄鬼?我都这个德行了,还有必要吗?"

"你说的人是谁?现在在哪儿?"林楠质问。

"林警官，这个人是死是活，跟我没一点儿关系。我只是把这个猜测说出来而已。我现在被你们关在这儿，既没能力去害他，也没能力去救他。但我想，他大概率是活不了了。"他说完便大笑起来，之后任凭林楠和老黄如何发问，都一言不发。

林楠无奈，只得结束采访，将路海峰押回了监室。

在看守所的监控室里，林楠问魏卓："他刚才对你进行过什么暗示？"

"暗示？"魏卓有点儿慌，思索着。

"没提过哪个人的姓名，或是地址什么的？"

"你们不是一直看着监控器吗？别光问我啊。我不明白，他在这儿关着，怎么能知道外面的情况呢？"魏卓有些焦虑。

"你再想想，他有没有什么不对的地方。我记得他唱歌来着？"林楠问。

"对对对，他刚才特别奇怪，唱了一段难听的旋律，还问我记没记住。"魏卓突然想了起来，

"怎么唱来着？"

"好像是……哆，西，来，西，咪，咪，索，西，拉，索，发。"魏卓试着还原。

林楠赶忙打开监控录像，调到路海峰哼唱的时间段。

"哆，西，来，西，咪，咪，唆，西，拉，唆，发。"林楠重复着这段旋律。

"这是什么音乐啊？前后不搭啊。会是……什么暗语吗？"魏卓皱眉。

"暗语……"林楠想了想，他拿起笔，在纸上画着，"哆——1，西——7，来——2，西——7，咪——3，咪——3，索——5，西——7，拉——6，索——5，发——4。然后将数字进行组合——

第三章 活着 049

17273357654。"

"是个电话号码!"魏卓震惊。

"老黄,马上让技术查这个号码的机主信息和落地位置,快!"林楠急切地说。

林楠将魏卓送出了看守所,拒绝了他继续跟进的请求,同时要求他履行保密约定,对今天的采访守口如瓶。

老黄已经查实,那确实是个电话号码,机主未实名登记且刚刚关机,最后的落地位置在海城东郊。林楠马上组织警力赶赴现场,数辆警车迅速出动。而与此同时,魏卓也驾车紧随其后,他要一探究竟,看看路海峰这葫芦里到底卖的是什么药。

车灯像利剑一样斩断着前方的黑暗。外面风雨交加,道路积水严重,前方迷雾重重。魏卓穿得不多,浑身颤抖,不禁打开空调供暖。一路无话。

当晚八时,数辆警车驶进了东郊"财富方舟"别墅区。这个别墅区已建成快二十年了,由于地段较偏,居住的人并不多,许多建筑年久失修,已显老旧。

林楠和老黄找到别墅区的物业,在技术人员的协助下,按照那个号码确定了位置。那是一栋标号为4B的独栋别墅。他们按动了门铃,却无人应答。据工作人员反映,这里的住户叫张伟,是一个四十多岁的男子,平时深居简出,很少与人交往。

"张伟……"魏卓心里一震,他听路海峰说过这个名字。他有些紧张,一种不祥的预感充斥着大脑。他不相信这会是路海峰的胡乱猜测,也不认为路海峰能神到在看守所里运筹帷幄。生活就算高于故事,也不可能脱离常识。

林楠让警员撬开门,率先走进了房间。魏卓见状也跟了进去。

林楠摸索着打开了房灯,突然发现一个人正躺在门厅里。魏卓惊呆了，站在原地动也不敢动。老黄赶忙跑过去，戴上乳胶手套，抚住那人的颈动脉。

"死了。"老黄表情严肃地说。

5

4B别墅门前闪烁着警灯，被拉上了警戒带。穿制服的民警、穿便装的刑警、穿勘查服的技术人员以及穿白大褂的法医，都在别墅里外忙碌着。虽然下着大雨，但门前还是挤满了围观的群众。

技术队的负责人是个女警察，叫车菲。她穿着一身勘查服，正蹲在被害人的尸体前，跟林楠说着情况。

"肩胛部位表皮剥脱，皮下肌层出血，头部损伤，颈部骨折，很明显是被勒死的。"车菲用手指着尸体的颈部。

"用的是什么凶器？"林楠问。

"跳绳或者闸线，就是那类不易折断的橡胶物。"她比画着，"林队，你们怎么发现的现场？"

"一个在押嫌疑人供述的。"林楠回答。

"在押嫌疑人？他怎么知道的？这可是现案，被害者刚死亡不久。"车菲皱眉。

"还没弄清楚，正在进一步讯问。"

"凶手是有备而来的，你看这儿、这儿……"车菲指着几个地方，"刚才我和技术核对了，门锁没有动，现场没有搏斗痕迹，可能是尾随作案或者是熟人作案。"

"也就是说，凶手是和被害人一起进的房间？"

"是。"车菲点头，"你们调监控了吗？"

"老黄去调了，但这个别墅区太老旧了，设备没有升级，只能隐约看到一个穿深色雨衣的身影，没有面部信息。"

"那得继续往下追啊，这是唯一的线索。"

"是，我们正在做这方面的工作。"林楠点头。

"凶手很老练，力气也大。你看，这儿几乎勒断了。"车菲用戴着乳胶手套的手轻抚被害人的颈部，"还有，现场也经过了处理。足迹、指纹，什么都没有。门前的地疑似被擦过，凶手应该是自己带了清洁用具。"

林楠环顾现场，叹了口气。他叫来几个民警，布置着："小吕、老崔、老徐、老潘，你们马上分组，做几步工作。第一，调监控，寻找凶手，我判断他应该还没逃出本市；第二，尽快确定死者的身份，围绕死者身份调查社会关系；第三，找到他的手机，调取通话记录，同时做一下死者今天的活动轨迹图。快，赶快！"

"林队。"车菲叫住林楠，"门口那人是干什么的？"她指着魏卓。

"哦，《海城都市报》的记者，临时跟过来的。"林楠答。

"外宣确认过吧？要是跑风漏气，可是你们的责任。"车菲不冷不热地提醒。

"放心，签了保密协议。"林楠冲她点头。

魏卓撑着伞，站在别墅的门外。他心里很乱，大脑一片空白。他不明白路海峰为什么能清晰预测死者被害的时间，为什么要讲给自己听。他听到了那个女警察做出的判断，被害人的死亡时间是在下午五点前后，而那个时间，路海峰正在跟自己东拉西扯，什么是不是离婚了，有个女儿啊……现在来看，他是在拖延时间。魏卓望着眼前的重重雨雾，觉得深不见底，就像路海峰讲述的故事一样。一种恐惧油然而生。他知道，路海峰绝不像他自己形容的那样低调、隐忍、谦恭、仗义，他是个恶贯满盈的凶手、作恶多端的禽兽！

魏卓没再等待，驱车回到了报社，用一整晚的时间写好了第一篇采访路海峰的报道。他并没有按照保密协议的要求对案情守口如瓶，写好后直接将稿件发到了主编老曹的邮箱。他关灯出门，撑起伞走进黑暗的雨雾，但没有想到，就在此时此刻，一双眼睛在默默地注视着他。

在报社对面的小巷里，停着一辆墨绿色的越野车，一个戴渔夫帽的人坐在驾驶室里，看不清面容。他看魏卓开车走了，也默默启动了车，跟了上去。

第四章 闻香识女人

1

海城市公安局的会议室里座无虚席，林楠复盘着现场的调查情况，主管刑侦的副局长郭俭认真地听着，不断在笔记本上记着重点。

"经过现场勘查，这是一起有预谋的故意杀人案件。我们从以下几个方面开展了工作，第一，确定死者身份。死者的姓名叫张伟，年龄四十五岁，名下注册有三家公司，户籍地为孟州市，在海城城中区的晶茂府有一栋三百平方米的房产，被害地点为东郊区双桥镇西马村 15 号财富方舟小区 4B 栋，是他的暂住地。"

"晶茂府？就是万达广场旁边的高档小区？"郭局问。

"是。朝南的三百平方米四居室，算是咱们海城最好的房子了。"林楠回答。

"那租赁的别墅呢？"

"九十年代的别墅，很老旧了，一百五十五平方米，一个月租金也就不到一万吧。"

"家里有现成的好房子，却要到郊区去住。为什么？是在躲着谁呢？"郭局皱眉。

"我们也是这么认为的。"林楠说，"第二，我们围绕他的通信工具做了工作。在现场，我们发现了两部通信工具，一部是尾号 8888 的苹果手机，另一部则是尾号为 7654 的三星手机。我们分别调取了两个号码的通话记录，并对被害人死亡前二十四小时的位置轨迹进行了还原。发现他在被害前的三个小时，曾到海城市商业银行城中区分理处办理过临柜业务。"

"什么业务？"

"一张今天到期的大额存单转存业务。"林楠说，"我们经过查证发现，一年前，曾有人以张伟的名义办理了一张金额为三百万的大额存单，年利率是 3.15%，今天是到期日，必须到开户网点临柜办理提现或者转存。张伟将这笔钱转到了其名下的另一张卡里。我们调取了银行的监控，对他的身份进行了确认。"

"那笔钱还在他的卡里吗？"

"在。所以我们排除了凶手谋财的可能。"林楠说。

"这张大额存单不是他办的？"

"不是，是一年前有人用他的身份证进行的代办。"

"必须今天去银行吗？这笔钱不能提前转存或提取？"郭局不解。

"不能。如果他提前转存或提取，年利率就不是 3.15% 了，而会按照活期的 0.35% 去算。"

"三百万，也就是……会损失不到十万？"

"也就那样吧。"林楠点头，"还有，就是最重要的一点，经过对死者张伟的人像对比，我们发现了他的另一个身份，叫马林。"

"马林？"郭局惊讶，"就是路海峰说的那个用帆布诈骗的人？"

"对，就是他。他曾于 2003 年因为涉嫌诈骗被上网追逃，但一直没有到案。"林楠说，"该人在 2005 年左右利用非法手段将身份'漂白'成了张伟，至今一直以这个面目示人。"

"凶手的情况呢？"郭局问。

"这个凶手很老练，在现场没留下任何有价值的痕迹。我们从监控中获取了他的体貌特征，正在全面进行排查追踪。"

"会不会是路海峰雇用的凶手？"

"不排除这种可能。在记者魏卓采访路海峰的过程中，他曾透露

第四章　闻香识女人

马林最大的毛病就是抠门儿、吝啬，就连外出吃饭也要把喝完的饮料瓶子带走。路海峰很有可能利用了他的这个弱点。"

"哼，为了这么点儿钱，就送了自己的命……"郭局摇头，"好，我听懂了！所有参加专案的人员，下一步要继续加大力度、加快速度、提升进度地开展工作。第一，要继续围绕死者的通信工具做文章，看马林在东郊躲藏的这一年，到底去过哪里，跟谁有过交集，同开房、同乘机、同乘车的记录有没有疑点，务必细致全面；第二，排查马林的社会关系，跟谁有矛盾、有恩怨，跟谁有合作、有利益关系，跟谁交往密切，然后落地查人，如果人手不够，我给你们调派力量；第三，要细化现场勘查，提取微量物证，让视频侦查部门广泛搜索杀人者的去向，一定要尽快将其绳之以法；第四，加大对路海峰的审讯力度，不管用什么方法，一定要撬开他的嘴，查清这件事儿到底是谁做的！"郭局用拳砸响了桌面。

"明白。"大家齐声回答。

"还有，能找到他所说的那个老吴吗？真实身份是什么？还有陈铭、蒋伟达等人。"郭局问林楠。

"查了，都是假名。他说话半真半假。"

"嗯……"郭局默默点头，合上了笔记本。

在会议结束时，林楠又走到郭局面前。"郭局，还有一件事儿……"他欲言又止。

"怎么了？"郭局皱眉。

林楠笑笑，看了看郭局身边的秘书谭彦。

"小谭，你们先走，我再聊两句。"郭局说。

等众人纷纷散去，林楠才说："那个魏卓，还让他继续采访吗？"

郭局停顿了一下："你的意见呢？"

"我建议继续让他采访，以获取更多的线索。路海峰从被采取强制措施以来，虽然承认自己的故意杀人行为，却始终对关键问题缄口不言。但经过上一次记者魏卓对他的采访，他似乎有意愿吐露一些真相，我想顺势而为，让记者引他说出更多的情况。哪怕是假的，也有去伪存真的机会。您知道，移送检察院的时间就快到了，一旦他被换押，人就不归咱们管了。这是最后的机会。"

郭局没说话，思索着："但你要知道，这么做是存在巨大风险的。一旦那个记者跑风漏气，出了什么问题，咱们会落到非常被动的局面。"

"我明白，一定做到万无一失。"

"但一失……可就万无了。"郭局强调，"这个案子拖了这么久，无论是市局还是省厅都很有压力。今早江副厅长又给我打电话了，问案件进展，要求尽快结案，移送起诉。"

"明白，我尽力。"林楠点头。

2

清晨，"蒙斯特"台风依然在持续着，海城的部分单位和学校已经停工停课。人们都蜷伏在家里躲避着危险。在《海城都市报》的报社食堂里，雾气布满了窗户。魏卓和钱宽坐在角落里，各自吃面。

魏卓望着窗外，有些出神。

"哎，想什么呢？"钱宽推了他一把。

魏卓这才收回眼神。

"那个'粉红组合'的经纪人真是茅坑里的石头，又臭又硬！就算我痛陈利害也不为所动，口口声声说给咱们包个红包就算了。"钱宽边说边吸溜米粉。

"钱不能要，一分都不行。"魏卓心不在焉地说。

"哎哟，你以为他真给呢？狗屁！他就直接在微信里给我发了个红包，1666.66。哼，拿咱们当要饭的呢。"钱宽摇头。

第四章　闻香识女人

"你没提具体的时间和地点啊，这事儿那小明星应该心里有数啊。"魏卓说。

"当然说了，但那经纪人一副死猪不怕开水烫的德行。我估计是那个Aiya的'花事儿'太多了，经纪人都来不及灭火了。"钱宽撇嘴，"要我说啊，咱们得给他加点儿码儿，把视频发一段过去，震慑一下！"

"你疯了？那可不是在室外光明正大的拍摄，那是偷拍，上着'设备'呢。"魏卓皱眉，"再说了，一发就露底了，'头悬利剑'，忘了？不战而屈人之兵。"

"扯淡！什么'头悬利剑'啊。这种事儿就得直给，我把视频处理一下不就得了，说是网友投稿。"钱宽大大咧咧地说。

"打住打住，咱们就算再缺钱，也不能触碰红线，风险太大了。"魏卓摇头。

"那你说怎么办？总不能这么就算了吧？白忙活半天了？"

"放心，不会白忙活的，我自有办法。"魏卓低头吃面。

"哎，还有那个匿名投稿啊。还记得吗？俩男的递皮箱的那个。我查了一下那个戴眼镜的，好像是咱们市里的一个领导。"钱宽又说。

"领导？"魏卓抬起头。

"但我也不确定啊，我就是把他的截图放在网上'滚'了一下，被识别成了一个叫彭博发的人。"钱宽说着拿出手机，操作了几下送到魏卓面前。

魏卓看去，是网上的一张图片，画面里有几个领导模样的人在视察。为首的那个留着分头，戴着黑框眼镜，挺富态的样子。"要真是这个人，这事儿可别沾。"魏卓说。

"是啊，也没油水。哼，这帮网友，拿咱们当反贪局了。"钱宽撇嘴。

"我让你查的那个叫吴永伟的，有信儿了吗？"魏卓问。

"我托人查了，吴永伟、吴勇伟、吴咏伟……这同音的、同名同姓的太多了。你得有个准谱儿啊。还有，他现在在干什么啊？是党政干部、企业老板，还是平民百姓啊？"

"是路海峰的狱友，年龄比他大不少。"

"我看你是真掉进他挖的坑儿里了。他能跟你说实话吗？要真是实话，那警察是吃闲饭的吗？不早就给他抓了？"

"嗯，你这么说也有道理。"魏卓点头，"等等吧，我再套套他的话，争取憋个大的，放个卫星！"他信心满满。

"稿子报了吗？"钱宽问。

"报主编了，他说马上看。"

"乖乖，第一次采访就闹出一条人命，在号儿里还能知道外面的事儿。你可注意点儿啊，小心他在外面还有同伙儿。"钱宽提醒。

他这么一说，魏卓也沉默了。

"我觉得吧，这事儿你得悠着点儿，挣钱再重要，也得保证安全。"

"放心吧，这么多警察盯着呢，能有什么事儿啊。"魏卓摆摆手，故作轻松。

"等出事儿了就晚了。"钱宽端起碗，喝完剩下的面汤。他打了一个饱嗝，靠在椅背上："还有啊，老曹那边你也得尽快'打点'，据说名单快出来了，一下裁一半儿。咱们身边可都是豺狼虎豹，为了争口食儿，什么都干得出来。我可听说了，这两天他的后备箱天天满……"

"行了行了，别说了，我都懂。"魏卓心不在焉，"哎，你待会儿给我拿点儿设备啊。"

"什么设备？"

"你说呢？"魏卓指了指胸口。

"干吗用啊？"钱宽皱眉，"哎哟喂，你不会是想带进去吧？哎，你开什么玩笑，警察允许吗？要被发现了怎么办？"

"别管了，我自有办法。"魏卓胸有成竹，"老钱，你记住，要想

第四章　闻香识女人

赚大钱，风险与收益永远是成正比的。"

"这是谁说的？"钱宽皱眉。

"这个是……"魏卓一时也没想起来，"嘻……"他摇摇头，没想到自己重复了路海峰说过的话。

3

雨渐渐小了，这场风暴似乎将要过去了。但穿着墨绿色裙子的天气预报主持人却说，"蒙斯特"远未结束，昨晚只是"前菜"而已，但仅仅这个"前菜"就造成了二十余架次航班停驶，百余家酒店停业，间接损失达上亿元。

魏卓来到看守所的时候，门前的路已被积水淹没，十多名市政人员正在用机器排水。在等了半个多小时之后，市政人员才取走了警示牌，盖上了井盖。

进入看守所大门之后，就面临着安检。魏卓背着一个墨绿色的帆布背包，里面鼓鼓囊囊的不知装着什么。安检员要求他把背包过一下安检机，魏卓配合地操作。按照相关规定，摄像器材未经报备是不能带入审讯区的，所以背包里的录音笔被暂时扣下。

"我不是提醒你了吗？怎么还带？"林楠在旁边叉着腰问。

"这是我们吃饭的家伙啊，就跟你们腰里插着的手枪一样。"魏卓冲林楠笑，"哎，您可别给我丢了啊，里面的资料还没备份呢。"他边说边走向安检员。他拿着一个大号的钛金属水壶，故作轻松地张开双臂。

"对不起，请把外套脱了。"安检员拿着金属探测器说。

魏卓脱掉外套，放进了安检机，之后又走回到安检员面前。他打开水杯，里面冒着热气。"这个，是要喝一口吧？"他问。

安检员点点头。

魏卓煞有介事地喝了一口水，喝完后把水杯递给了林楠："林警官，麻烦您。"

林楠接过水杯，站在旁边等待。魏卓不一会儿就通过了安检。他接过水杯，冲林楠点了点头，那个藏在夹层中的微型摄像机便被带了进去。

"纪律不用我再重复了吧？"林楠边走边说。

"不能录音录像，不能未经同意擅自发稿，不能对外透露采访信息，更不能为嫌疑人传递消息……"魏卓如数家珍，"哎，昨天死的那个人是谁啊？"他突然问。

林楠没有回答，继续在前面引路。脚步声回荡在空旷的通道里。

"透露一下啊，林警官，做采访也得有'抓手'啊，要不我怎么跟他聊，套他话啊？"魏卓凑过来与林楠并肩。

"按说，我是不应该告诉你的。"林楠停住脚步，环顾左右，看到这里并没有探头，"但考虑到你签署了保密协议，为了保证你采访的连贯性，我可以向你透露。死者叫张伟，但这并不是他的真实身份。他真实的身份是，马林。"他声音很轻，在魏卓的耳朵里却像响起了一个炸雷。

"马林！"魏卓感到震惊，"就是……路海峰给我讲的那个马林吗？"他张大了嘴。

"是的。"林楠点头，"哎，我可提醒你啊。你不是在单纯地采访，而是在配合我们办案。你有责任引导他说出更多的情况，明白吗？"他一字一句地说，似乎生怕魏卓听不懂。

"明……明白。"魏卓下意识地点点头。

到审讯室的时候，路海峰已经被铐在铁椅子上了。他仰靠在椅背上，若有所思。见魏卓来了，他下意识地抬抬手，手铐发出哗啦哗啦的声音。

第四章　闻香识女人　　061

"昨天睡得怎么样？"魏卓做着开场白。

"哼，你这纯粹是没话找话。"路海峰微微一笑，"但我想，你们都没睡好吧？"他话里有话。

"你不是和马林分道扬镳了吗？"魏卓边放背包边问，想打他个猝不及防。

"那是早先的事情了。"路海峰做了个模棱两可的回答。

"你怎么知道他死了？"魏卓坐在审讯台后，双手伏案。

"我怎么知道他死了？"路海峰反问。

两人都不说话了，但沉默了几秒，路海峰又问："这么说，他真的死了？"

魏卓并没回答。

"哎，这是个好新闻吧？"路海峰抬抬下巴，换了话题。

"是。"魏卓点头，"路海峰，我问你呢，你是怎么知道马林要死的？"

"哎，你不是在审问我吧？"路海峰打断他的话，"忘了？我说，你听。"他用手比画了一下。

"好，没问题。"魏卓点头，摊开双手。

"其实，答案都在故事里。"路海峰笑了，眼神里竟没有忧郁，"哎，你有爱的女人吗？"他问。

"嘿，你拿我寻开心是吧？知道我离婚了，故意这么说。"魏卓配合着他的轻松的状态。

"你太敏感了。"路海峰摇头，"我不关心你的故事，但听你的回答，往事一定不堪回首。老吴跟我说，一个成功的男人要把灵魂和肉体分清楚，懂得什么是爱，什么是欲。如果分不清，就难免会在这上面栽跟头。我一直觉得自己不会被哪个女人迷住，但在遇到她之后，哼，彻底沦陷了。"

"她？是谁？"

"别急，听我慢慢讲。今天，咱们就聊聊女人吧。"路海峰缓缓地说。

4

在那个阶段，我百无聊赖，在父母的催促下见了几个女孩。

记得第一个是个幼儿园老师，个子不高，长相还可以，属于那种不难看的。见面的时候是初秋，她穿着一件深灰色的大衣。大衣并不合体，看不出身材。那时我还没有结婚的打算，跟着老吴工作心里也不是很有底，所谓的相亲实际不过是种消遣。我请她吃了麦当劳，周围的环境很嘈杂，没有理查德·克莱德曼的轻音乐，也没有披头士的"Let It Be"（《顺其自然》），只有快节奏的歌曲，似乎是在催促食客赶紧用餐，然后滚蛋。女孩说话的时候很拘谨，显得不太舒适。其实我也不太舒适，因为对她根本提不起兴趣。我虽然好几年都没碰女人了，但看着对方，想象着此时此刻哪怕是在那个灯红酒绿的燕朝汇，我可能也不想对她动手动脚。我怀疑自己是不是被关得太久了，有点儿性冷淡了，失去了男人的能力。于是就耐着性子，铁杵磨针般地跟她拉扯。我们尴尬地聊着，一杯接一杯地续着饮料，最后那女孩终于绷不住了，起身去厕所。那一刻，她脱掉了那件深灰色的大衣，露出了原本的身材。与她小巧的脸庞相比，那身躯简直就是个庞然大物——胸大腰粗，像个中年妇女。哦，我不是歧视这种身材啊，只是不喜欢而已。我心目中理想的女人，应该是那种眼里有光，会昂着头走路，有些小傲娇的姑娘。身材不一定呈S形，但腿一定要长，要有干净的脚踝和小腿，要有白净纤细的手指。我承认自己是个理想主义者，从小到大对别人的要求比对自己要高很多，所以生活中的期望和失望总是结伴而行。当那女孩如厕归来，我已经走了，我结了账单，用番茄酱在汉堡盒子上写了一个"88"。我想那女孩应该也不会沮丧，而是会披上那件深灰色的战袍，拿出手机去预约下一个"面试"的对象。

之后我又见了两个女孩，一个是事业单位的职员，一个是医院的护士。职员很现实，上来就问车子、房子和票子；护士很理想主义，问的是哲学、诗歌和音乐。我回答职员说自己没车、没房、没票子，但有前科；回答护士我讨厌哲学，不懂诗歌，不听音乐，看见酸文假醋的文艺青年就想吐。职员直接被我劝退，借故接个电话就撤了；而护士似乎还想说服我，问如果没有艺术，该如何度过漫漫长夜呢？我竟被问得哑口无言。是啊，我是如何面对漫漫长夜的呢？

在快乐的时候，时间是个稍纵即逝、欢蹦乱跳的小兔子，你不知道它什么时候就溜走了。但在郁闷的时候，时间就是个拄着拐棍、步履蹒跚的老太婆，它的每一步都能让你觉得艰辛难熬。有一次，老吴带我去夜店潇洒，我喝了半打"嘉士伯"就醉了，躺在歌厅的长沙发上，做了一个特别真实的梦。在梦里，我蜷缩在高新大厦顶层的小工位里直到终老，成了个白发苍苍的小老头。醒来之后，我就不那么淡定了，心中的那头野兽似乎又掉进了囚笼之中。我开始有了离职的打算。就在这个阶段，我认识了蒋澜。

在一次例行公事的局上，我陪着老吴应酬。桌旁坐满了社会上的三教九流，有商人、官员、掮客，也有凑数的"会儿"。我对这种局早已见怪不怪，参加这些也算是我的日常工作之一。我自然明白自己要扮演的角色，寒暄、暖场，迎来送往，按照饭桌上的规矩，沏茶倒酒，见机行事。在老吴说笑时"捧哏"，在他嘴瓢时兜底。我没有喝酒，因为完事儿之后要送老吴回家。我一直表现得很得体，压抑着心里的那几句话。我都想好了，一会儿完事儿我就跟他提出辞职。我不想再这么继续耗费人生了，我不能让自己一辈子都窝在那个小隔断里。

酒过三巡，众人微醺，坐在主位上的王局有些高了，开始冲对面的一个女孩说黄段子。这次局是老吴为他组的，他自然决定整体的走向。我瞥见老吴冲那个女孩使了个眼色，她便主动过来敬酒。那女孩话不多，给人一种有点儿冷的感觉。她穿着一件深蓝色的风衣，头发烫成了大波浪的样子，眼睛不大，也不是双眼皮儿，但里面充盈着一种东西，看人的时候，眼神像汪池水，又像一片大海。她的身材不算傲人，个子也不算高，但比例很好，特别是一双腿，修长、纤细、白嫩。我不自觉地盯着看了几眼，但没想到撞上了她的视线。

　　王局架子不小，举手投足都和他留着的大背头相配。他对老吴恰到好处的恭敬之词表现得既接受又谦虚，一看就是久经沙场的老手。面对女孩的敬酒，王局很痛快，自己满饮之后还劝对方要少喝，一下引起了众人的起哄。特别是老吴，说很少见领导这样怜香惜玉。王局很享受这种酒桌上的暧昧，哈哈大笑，女孩也表现得很得体，说了一些场面上的话就撤了回去。我拿眼瞄着那个女孩，觉得老吴今天叫她来一定有故事，大概率是在完事儿后要陪王局去风流。

　　一场大酒之后，众人散场，王局却意犹未尽，暗示老吴想练练嗓子。于是老吴开了"二场"，拽了几个人陪着王局一起到了燕朝汇。我没有喝酒，自然当起了司机。老吴有两辆车，一辆是黑色的帕萨特，2.0排量，中规中矩，平时自用；另一辆是辉腾，W12发动机，3.6升自然吸气，主要用于迎来送往。这车的外形跟帕萨特区别不大，一进车厢却别有洞天，价格更是相差数倍。老吴要的就是这种低调奢华。他公私分得很清，白天坐帕萨特，办公事，说人话；晚上坐辉腾，办私事，说鬼话。在跟了他一段之后，我发现，他之所以能成，就在于他能做别人不能之事。他是草根出身，见识过社会的残酷，经历过人情的冷暖，嘴严、心硬，懂得趋利避害，能通过各种方式广结良缘，编织出庞大的关系网。无论是此刻坐在后面的王局，还是之前的陈铭、马林，只要能对他有所帮助的，他都来者不拒，然

第四章　闻香识女人

后迅速与之结成利益共同体,让他们为自己所用。这才是百足之虫,死而不僵的原因。想到这里,我又对老吴多了一份新的认识。

燕朝汇我是去过几次的,但进入顶层包间却是第一回。据说那里的费用不菲,可见王局对老吴的重要性。一个穿着暴露的领班跟老吴打情骂俏,不叫他吴总叫他伟哥,让人听了浮想联翩。一个精明的商人是要能白天做人,晚上做鬼的,老吴显然符合这样的标准。他收起了眼镜,拽掉了领带,把衬衫拽到了裤子外,陪王局走进了包间。我在门外等着,时刻准备听老吴差遣。只要他一招呼,我就立马到一楼结账。每次组局,老吴都会分若干次结账。第一次是在客人到来之前,那时已点好菜肴,醒好红酒,询问好是否能赠送果盘,依据基础的人数点好例份的菜品,然后结账,不开发票。这样既避免了被别人抢着买单,失去主动权,又能游刃有余地在局上周旋,中途不离席。而其他几次结账就要看宴请的进展了。总的来说,客人是不会在局中抢着埋单的,因为每个局都有一定的目的,或洽谈项目或拉拢关系,借着饭桌说一些在办公室不好挑明的话,借着酒劲儿探一下对方的底线,而一旦被人抢着埋单,不但这个局白组,而且丢了面子。所以我得时刻绷紧神经,别忘了,凭着王局的身份,抢着埋单的不在少数,万一燕朝汇的老板显起"勤儿"[1]来把账给免了,就更没意思了。

但没想到,当我来到前台准备结第一次账的时候,服务员告知我,账已经结完了。这下我急了,忙问是谁干的。服务员想息事宁人,就在那儿装糊涂、和稀泥、推太极,我却不依不饶,非要问出个子丑寅卯。正在这时,那个女孩出现了,就是那个穿着深蓝色风衣,单眼皮儿,大波浪,一双大长腿的姑娘。

"路总,我已经结了。"她说。

---

[1] 显勤儿:方言,指献殷勤。

我直视她的眼睛，没有说话，猜测着她的身份。会是这里的"妈咪"吗？看样子不像。要知道，在这儿耍一次可不是个小数。

"别误会，我叫蒋澜，也是吴总的朋友。"蒋澜刻意加重了"吴总"二字，"我经常听他说你，有能力、懂规矩，是个不可多得的人才。"她客套着。

我知道这个时候，自己该谦恭地笑笑，或者与她握手，但我没这么做，而是冷冷地说："把发票给我，报销之后我打到你账户。"我的语气不容置疑。

蒋澜笑了："我看没这个必要吧。"

我停顿了一下，审视着她："草字头的蒋，兰花的兰？"

"波澜的澜。"蒋澜并没有被我的气势吓倒。

"波兰就是被德国'闪电战'的那个波兰？"我表情不变。

蒋澜笑了，算是接受了这个冷笑话："你跟别人说话也一直这样吗？带有威胁性和压迫感？像个第三帝国的军官。"

我挤出一丝笑容："没有没有，我是怕老吴找我麻烦。"

我们一来一往地试探着虚实。蒋澜从坤包里拿出一支笔，走到我面前，用她的右手拽起了我的左手，在上面写下了自己的名字和电话，然后婀娜地转身，款款地走了。这下轮到我发愣了。我没想到这个女人做事这么干净利落又潇洒果断，在光怪陆离的灯光之中，像个谜一样地等待我去解答。

其实在入狱之前，我身边是没怎么缺过女人的。我在上学的时候就是个情种，大学时女朋友换了三个，每次分手我不会像哲学家、诗人或音乐家那样在雨中漫步，顾影自怜。我总是很决绝，说断就断，然后重新开始。我一直能把灵魂和肉体分得很清楚，懂得什么是爱，什么是欲。所以即使在之前的事上栽过跟头，也自认为不会折在女人身上。但不知为什么，从那晚开始，蒋澜的身影总在我脑海中挥之不去。她像个未解的谜语，引人浮想联翩，令人魂不守舍。

我知道自己遇到对手了。

那天的局很成功，虽然老吴没有明说，但从他的表情就能看出，他达到了预定的目的。王局很尽兴，操着麦克风高唱着，在一通"Let it be, let it be"之后，才出了门。他走的时候，没坐老吴的辉腾，而是被一辆商务车接走了。车停在了地库的电梯门口，具体上了几个人，只有王局和老吴知道。

我在开着辉腾送老吴的时候，本想问他关于蒋澜的情况，但话到嘴边又停住了，我不想让自己被动，以免在日后的接触中落于下风。但我直到目送他上楼，也没把辞职的事儿说出口。我不知道自己为什么突然就不想走了，是不是因为蒋澜。我有预感，自己会和她发生些什么。

第五章　雨中曲

1

那年多雨，街上总是湿漉漉的。在一个下午，老吴带我去了一家位于闹市区的拍卖行。我按他的要求，穿得西装革履，煞有介事。拍卖行里人声鼎沸，座无虚席。老吴从工作人员的手里接过一个牌子，交给了我，让我坐到后面第四排的位置，并戴上耳机，随时听他的指令。我看了看手中的牌子，上面的号码很吉利——"66"。

拍卖很快就开始了，这是一次艺术品的专项拍卖。拍品在灯光的映照下，显出曼妙的身姿。但我始终看不懂，一个破旧的花瓶怎么能起拍价就几十万？一幅普通的水墨画，怎么就能叫价到上百万？但我知道，我不需要看懂，只要按照老吴的指令举起手中的号牌就算完成任务。我只是他的傀儡。

这是我第一次当老吴的傀儡，因为我向他纳了投名状。

在那次局之后，老吴曾单独跟我喝过一顿酒。他借着酒劲儿问我是否相信他，我自然做出了肯定的回答。

"呵呵，这不是你的真心话。"他指着我笑，"你是个聪明人，说话懂得节制。要换作别人，他们肯定会说些矫情造作、溜须拍马的话。但你不会。"

"但我觉得，你并不相信我。"我也借着酒劲儿说。

"信任是相对的，利益是永恒的。有个贬义词叫狼狈为奸，你听过吗?"他醉眼惺忪地问我。

我点点头,没说话。

"这其实并不是个坏词,他讲的是狼和狈的合作关系。没有狼,狈就跑不快,无法成功捕猎,甚至会成为别人的盘中餐;而没有狈呢,狼就会方向不清,捕猎的效率就会下降。所以狼狈如果能恰当地结合,互不争抢,就能形成互补的关系,达成双赢,一荣俱荣;但如果各怀鬼胎,就会互为拖累,一损俱损。"

"你的意思是,我是狼,你是狈?"

"呵呵……我可不是这个意思。"他摆摆手,"但现在在社会上,想当狈的人太多了,他们自以为聪明,能指挥别人干事,自己则稳坐钓鱼台,指点江山。咱俩都是狼,也都是狈。咱们是一样的人。"他认真地说。

我和他碰杯,满饮一杯白酒。我觉得自己听明白了。

"老吴,前几天我本来想辞职来着,但后来又改了主意。"我开门见山。

"我知道,就是陪王局吃饭那天。"

"你怎么知道?"我一愣。

"哼……那天你跟平时不同,跟我说话总吞吞吐吐的,一看就是憋着事儿呢。"他笑。

"之所以想离开,是因为我觉得你不重用我,后来之所以没离开,是因为我觉得你总会重用我。"我不失时机地说。

"为什么想被重用?要地位,要财富?"他问。

"当然,你说过我不是按部就班,一辈子只愿低头做事的平庸之辈。"

"嗯。"老吴点头,"但你要知道,你越深入,就越危险。"

"要想赚大钱,风险与收益永远是成正比的。我既然跟着你干,就没什么可怕的。我已经进去一回了,出来后不会再那么冒失了。"

我说着端起酒杯，一饮而尽。

老吴笑着，也干了杯中酒。

拍卖会还在进行，台上正竞拍着一件明清家具。在投影的展示中，拍卖师介绍，这是一件黄花梨大料制作的家具，起拍价 50 万元。台下纷纷举牌，我不敢怠慢，紧张地听着耳机中的动静，生怕错过了老吴的指令。几轮过后，家具以 67 万的价格落锤定音，被别人拍走。之后的拍品是一块汉代的古玉，竞拍随即开始。这是我第一次参加拍卖会，没想到原以为枯燥无聊的举牌落牌，竟这么刺激。在一次次叫价中，钱变成了数字，供竞拍者好勇斗狠、孤注一掷。这里看似文明，实则充满了血腥的味道，与其说是场竞赛，不如说是场豪赌，令人上瘾，令人着迷。甚至在某些时刻，连我都跃跃欲试，期待能从耳机中得到老吴的指令，也能高举手臂，拔得头筹。但耳机始终保持着静默，没有发出任何声音。

转眼间，拍卖会过了大半，只剩下最后几件拍品——一些名人字画。拍卖师照例将拍品的介绍打在投影上，字画的作者从未听过，画作也看似平淡无奇，底价却令人惊讶——66 万，和我手中的号码一样。拍卖随即开始，身后有人举牌，价格提升了 1 万。拍卖师随后询问，还有出高价者吗？现场一片静默，似乎都对此拍品兴趣不大。这时我的耳机却有了动静。老吴言简意赅："举牌。"我果断操作，抬起了沉寂已久、几乎僵硬的手臂，将价格抬到了 68 万。但没想到，身后的人继续加价，又将价格抬到了 69 万。现场哗然，竞拍者重新对拍品进行审视，生怕走了眼，不识庐山真面目。我和对手接连举牌，其他几个竞拍者也加入了"战团"。经过几轮的博弈，字画的价格被抬到了百万以上。我觉得不可思议，下意识地回头望去，想看看那个竞拍者到底是何方神圣。却不料刚一回头，就看见了蒋澜。她正面不改色地看着我，表情毫无波澜，眼神却像一片大海。我下意识地笑了，彻底懂了。哼！这就是个局。

临近傍晚，拍卖会结束了。最后的三幅字画都收入了号码为"88"的蒋澜名下。我做出一副乘兴而来、败兴而归的样子，离开了拍卖场。我、老吴和蒋澜没有走到一起，也没有约在哪里相聚。按说那天的故事就该这么结束了，但走在细雨里，我却想起了那个她写在我手上的电话号码。我有点儿魂不守舍，有点儿跃跃欲试，我知道心里那个铁笼子里的小野兽急迫地想要出去散散心了。我犹豫良久，拨打了那个号码，问她有没有空。她竟然说有空，问我想约在什么地点。于是我就挑了个豪华考究的西餐厅，把地址发给了她。我隐隐地觉着，她也一直在等着我的电话。

2

西餐厅的环境很好，面朝大海，背靠山谷，开窗就能闻见泥土的香味儿。是个幽会的绝佳场所。蒋澜似乎重新补了妆，显得很有气质。她没穿外套，就穿着一身紫色的连衣裙，坐在我对面。

我们相视无语，她突然笑了："作为手下败将，你有何感想？"

"看得出你是字画方面的行家，能看懂那副野猫叫春和小鸡啄米，我是自愧不如。"我说着反话，看着她的眼睛。

"那是猛虎下山和飞鹰掠食好吗？"蒋澜又笑了，表情如沐春风。

我这才发现，她笑的时候，脸上有两个小酒窝，即使在阴雨的天气下，也让人感到温暖。

我们有一搭没一搭地聊着，但不会涉及钱款的来源和字画作者的姓名。我们知道这就是一场戏，具体为什么演，演给谁看，这些都不是自己分内的事儿。我们只是演员，为雇主达到目的，就算完成了使命。

"喝酒吗？"我问。

"喝啊。"蒋澜说。

"喝什么酒？"

"莫吉托吧。"

于是我要了两杯莫吉托。当然，那在我眼里根本就不算是酒。

我平时只喝烈酒，度数越高的越喜欢，鸡尾酒是不碰的。但不知怎么的，今天和蒋澜一起喝却别有一番味道。我们从莫吉托开始，到玫瑰娇人、天使之吻，几乎尝遍了餐厅的所有鸡尾酒。我给她讲了一个蹩脚的笑话，她被逗得哈哈大笑，引得邻桌的客人不禁注目。我们却旁若无人，毫不在意他们的感受。我们在生活中都是占领主场的人。

"哎，老吴没少带你出去耍吧？"她媚笑着问。

"何以见得？"

"看你的举止老练啊，对那些花花草草一点儿不为所动。"

"我是司机啊，司机不能越界啊。"

"哼，司机还到拍卖会举牌呢？"

"那还不是为了陪衬你？"

我们心照不宣地说出了秘密。

"哎，你觉得冷吗？"我问。

"冷？不觉得啊。"蒋澜说，"嘿，你是在挖苦我？说我冷？"

"你那不叫冷，叫气质。没听说过吗？漂亮的女人爱答不理才能叫冷，丑女人绷着脸那是不给报销的会计。"我不失时机地恭维她。

蒋澜又笑了，没再让人觉得冷，那样子像个邻家女孩。我们借着酒劲儿逐渐褪去了伪装，跳过敏感的话题，开始小心地相互接近。她聊了很多，比如哲学、诗歌与音乐。我对答如流，几乎是照搬那个护士的说辞。她显得很惊讶，没想到我与她志趣相同。我们又聊到了房子、车子和票子，我没有破罐破摔地说自己一无所有，而是说一切都无所谓，一切随缘。我们见解相同，都有着复杂的经历。当她问我为什么喜欢艺术时，我反问她，如果没有艺术，该如何度过漫漫长夜呢？

经过逐步的探寻，我掌握了她的一些信息。她出身于知识分子家庭，有过澳洲留学的经历，上学时还获得过全国性的奥数大奖，会解那种我最不擅长的在池子里一边注水一边放水的谜题。她留学后选择回国创业，现在正在经营一家不大的公司，与老吴是合作关系。那天的局是老吴帮她组的，目的是介绍王局给她认识，所以她才到燕朝汇埋的单。我看她这么坦诚，也有节制地说了一些自己的情况。

不一会儿，西餐厅的音乐响起，几个舞者来到了台上开始表演探戈。蒋澜的脸已经红了，浑身散发着一种成熟女人特有的味道。她站起身来，拉住我的手。

"来啊。"她说。

"我不会。"我有些扭捏。

"我教你。"她又说。

我没再拒绝。

她在台上和几个舞者一起挑起了探戈，那样子虽不能说专业，却也八九不离十。而我只能照猫画虎地胡乱舞蹈，那样子肯定特别可笑。

"知道吗？我在澳洲留学的时候，见过一种野犬。"她大声地对我说。

"野狗？"我听不太清楚。

"是野犬，澳洲野犬。"她重复着，"它们奔跑起来，就是你这个样子。"她说完大笑起来。

我听她这么一说，不但不收敛舞姿，反而更加肆无忌惮地狂舞起来。餐厅的客人们都笑了，还不约而同地鼓起掌来。一曲奏罢，我们回席的时候，已经成为这里的焦点。

我看她额头微微出汗，就拿起她的外衣为她披上。她扭头看我，眼神很特别。而就在我的手指"无意间"触碰到她的皮肤时，一种化学反应在细微中产生。我故意停顿了一下，她似乎并不反感，默默地转回了头。

夜深了，餐厅打烊了，我们成了最后一桌客人，似乎再也没有留下去的理由。外面的雨越下越大，不远处的大海在退潮。浪拍在海城港上，发出巨大的声响。

蒋澜开着车，执意要送我回家。我拗不过她，便坐上了副驾。我们似乎都有点儿心照不宣，预感到将会发生点儿什么。外面很冷，车里更冷，蒋澜打开暖风，但手还在不住地颤抖。从西餐厅驶向大路，要经过一段狭长的山路。周围一片漆黑，静谧得像世界末日一样。蒋澜打开收音机，广播里竟是那首歌：

When I find myself in times of trouble（当我发现自己深陷困境）

Mother Mary comes to me（玛利亚来到我身边）

Speaking words of wisdom, let it be（述说着智慧的话语，顺其自然）

And in my hour of darkness（在我最黑暗的时刻）

She is standing right in front of me（她就站在我的面前）

Speaking words of wisdom, let it be（述说着智慧的话语，顺其自然）

Let it be, let it be, Let it be, let it be（顺其自然，顺其自然）

Whisper words of wisdom, let it be...（述说着智慧的话语，顺其自然……）

车行到半路，不知怎么突然熄了火。她怎么打也打不着，我见状便下了车。我打开了机器盖子寻找原因，大雨瓢泼，立马就把我淋透了。蒋澜也下了车,用她的外套替我挡雨。她的身体靠在我的后背上,湿湿的、滑滑的,我能感觉出那精致的曲线和柔软的丰茂。一种冲动立即被点燃,我猛地转身一把将她抱住,狠狠地吻了上去。她毫不躲闪,迅速做出反击。我们欲望爆棚,像两个战士一样,相互攻击着,毫不心慈手软。暴雨将我们淋透,却燃起了我们心中的火焰。我们从雨中到车里,数次发起冲锋,两败俱伤却越战越勇。我们有分歧,却又能在妥协中达到统一;我们步调不同,却都在极力拉长驶向终点的过程。我一直自认为能把灵魂和肉体分得很清楚,在蒋澜面前却失去了判断。我觉得面前的这个女人是个奇迹,她满足了我对性和爱的一切幻想。和她在一起的那夜,我第一次觉得时间稍纵即逝。我极力地想用好每分每秒,甚至希望这个夜永远不要过去,雨也永远不要停。

　　过了凌晨,车奇迹般地打着了火。我们稍做整理,开车进了城,随意找了个宾馆,一直激情到清晨才沉沉睡去。那是我到老吴公司之后,第一次请假。我知道自己在这个女人身上栽了跟头,自己失控了,任由心中那头野兽破笼而出。但我舍不得那迷人的肉体和神秘的灵魂,甚至任由自己被这个女人欺骗,就比如那辆车的神奇熄火。

3

　　在监控室里,老黄有些不耐烦了:"他这么东拉西扯地说些乱七八糟的艳遇,跟案件有什么关系?"他一甩手,把材料拍在了桌上。

　　"别着急,再听听。你知道的,这个蒋澜可不一般。"林楠说。

　　"哼,最后还不是让他给弄死了。"老黄撇嘴,"这个姓路的就是个禽兽。我看什么肉体啊,灵魂啊,都是扯淡!他一切都是为了满足个人的私欲,为了自己可以出卖一切,毁灭一切。"

　　"哎,听说那个陈铭查到了?马林是在他的公司任过职吗?"林楠问。

"查到了，陈铭的真名叫陈明，明确的明，一字之差。那个新起点公司实际上是海城启程贸易公司，但早就注销了。这个陈明于五年前移民澳洲了，至于马林是否在公司任过职，很难查到，起码在公司的注册登记上没有体现。"老黄说。

"嗯，云里雾里，半真半假。"林楠点头，"这样，我在这儿继续盯着，你继续带人梳理马林这些年的生活轨迹，一定要查出与路海峰的交集。还有，再追追那个所谓的吴永伟，看他到底是谁。"林楠补充道。

"明白。"老黄说着站了起来。

在审讯室里，路海峰抽着魏卓的一支烟，缓缓地吞吐着。魏卓调整着自己的坐姿，尽量让伪装成纽扣的摄像头拍得更清晰一些。

"看得出来，你很爱那个女人。"魏卓说。

"爱？不知道。但起码算是相互吸引吧。"路海峰似笑非笑地摇头，"我们在一起干了许多疯狂的事儿，有时会在深夜开车一个多小时，去一个海潮拍岸的地方，一直聊到天明；有时在周末突发奇想，订最近的航班飞到很远的城市，连续几天腻在一起。我不知道这算不算爱，但起码算是彻头彻尾地不顾一切。我觉得她和我很像，做事不循规蹈矩，有着'为达目的不择手段，不达目的誓不罢休'的劲头。与其说我们是在表面上相互吸引，不如说是我们心中的野兽在惺惺相惜。"

"但你们依然在老吴的掌控之中。"魏卓不失时机地说。

"对，你说对了。我们都是工具人。"

"为什么这么说？"

"你别跟我这儿明知故问。我不就是老吴的傀儡吗？"路海峰叹了口气，"哎，想听后面的故事吗？呵呵，有点儿刺激啊。"他挑衅

第五章　雨中曲　077

似的对魏卓笑了一下。

"当然，求之不得。"魏卓回以笑容。

"好，那你就好好听着。"他边说边看似无意地用手指了一下魏卓的胸口。

魏卓心里一紧，下意识地侧身。路海峰笑了，又开始了讲述。

那段时间，我通过老吴认识了许多人，生意场的、官场的，各个领域的，我也从老吴的司机摇身一变成了"路总"。老吴的生意越做越大，涉及的领域也越来越多，他似乎什么都干，只要是有缝隙的地方，就有他大展身手的机会。他和南方的几家公司过从甚密，开始经营起电脑的生意。但并不经营电脑整机，而是经营 CPU 等零配件。这是个高科技的买卖，算是当年的"风口"，按说应该成为公司的主业，但他没将这项业务放在公司里，而是在南方和别人合伙了多家公司进行经营。我曾在一次传真中看过一些材料，有报关单、外销核销单等材料，应该是做的进出口贸易，但具体的事宜我没多问，这项业务他也没让我参与。

我和蒋澜的主要工作还是在外场上。我负责联络、招待，蒋澜负责具体事宜的确定和签约，而老吴则身居幕后，把控全局。而这个时期，我也借此建立了许多日后用得上的社会关系，就比如"招财猫"。

"招财猫"当然是个外号，他姓彭，是政府部门的一个科长，当时刚刚三十出头，算是个"潜力股"。可能是碍于他的级别，在宴请他的时候老吴就没亲自出马，而是让我和蒋澜代劳。我想他在那段时间，应该正忙着和南方公司合作 CPU 的进出口业务。

我选择了一家较为高档的酒楼，点了菌菇汤、乳鸽和几样时令菜，上的是五粮液。老吴指点过我，钓鱼下饵要循序渐进，不能一蹴而就，胃口养大了就很难收回。所以我不会一上来就带他去燕朝汇那样的地方。这个小科长看着还算实在，起码不像其他人那样一上桌就瞄着蒋澜的腿看，但他的表情始终紧绷着。

"彭科长，以后有劳了。"我看第一道位菜上了，就举起酒杯，做着开场。

"路总，实在不好意思，我不饮酒，就只能以茶代酒了。"他没接招，客气地端起茶杯。

我有些尴尬："哦，那您吃菜。"我谦恭地抬抬手。

"呵呵，不好意思，我蘑菇过敏。"他又冲我摆摆手。

我和蒋澜面面相觑，不明白他葫芦里卖的什么药。说他廉洁吧，他今天能来赴约就说明有接近我们的意思。而此时的举动又令人费解。

"路总，你别误会啊，我不是挑你的菜点得不好，而是真的过敏。其实按照规定，我是不应该私下跟你们吃饭的，但你们的吴总找到了我的处长，处长让我来，我也不得不从。所以……"他举起茶杯，"这杯茶算是我替我们处长敬你们的，祝你们生意兴隆，财源广进。"他说着官话。

这下我们听明白了，他是挑理了。"哎，彭科长，您可千万别误会，我们吴总本来今天是要来的，但公司有个突发的紧急事件，他得马上处理，就分身乏术了，所以特意吩咐我和蒋总要陪好您。还有啊，吴总跟我说了，他和你们处长是点头之交，没什么深入的联系，以后在工作中主要得仰仗彭科长多多关照呢。"我解着他心中的扣儿，"我们做生意的当然求的是财源广进，生意兴隆，但基础上得有您这样的领导支持啊。您要是不给我们指明大方向，我们今后怎么有效地开展工作啊？那不是两眼一抹黑吗？"我笑了起来。

我一笑，他也笑了，连连摆手："哎，话不能这么说，我们的工作就是为你们服务。把你们服务好了，生意兴隆了，海城的经济也就好了。这才是良性循环嘛。"

"您说得对，我们要的就是良性循环。"我不失时机地说。

趁着这个机会，蒋澜叫来服务员，让他收走了菌菇汤等山珍菜品，换上了黄焖鱼翅和一些海鲜。彭科长这才动了筷子，我的心也放了下来。

我知道这人不是个善茬，便直入主题："彭科长，我们那个项目还得麻烦您尽快报上去，需要做什么，我们随时配合。"

"哦，那个好说。"他喝着鱼翅点着头，"哎，你们吴总和我们处长到底是什么关系啊？我上次看他推门就进。"他看着我问。

"据我所知，也没什么深入的关系，就是通过朋友找到的处长。"我打着马虎眼。

"哦……"他微微点头，"那什么，上报的事儿好说，明天一早我就办。"他答应得挺痛快。

我赶紧端起茶杯敬他。

"哎，有个小事儿，你看看能不能帮帮忙。"他放下茶杯问，"我们厅主管商贸的白副厅长你知道吗？"

"白厅？哦，您说。"我赶忙点头。

"他有个侄子，刚从外地来海城，想找个工作，你们看……"

"哦，这事儿好办，我明天就找人安排。"

"别别别，这个可不要为难。"他摆摆手，"他那侄子的学历一般，不是'985''211'毕业的，但年轻人心气还挺高，想找个待遇好一些的活儿。你说这事儿，唉……"他摇摇头。

"放心，这事儿我肯定办好。第一，他不会在我们公司任职。我们公司庙小，不利于年轻人的发展。第二，他所任职的公司一定发展前景好，而且收入可观，不但让他满意，还会让白厅满意。"我打着包票。

"哦，那就最好了。"彭科长笑点着头，"那……我就借花献佛，敬二位一杯。"

我将茶满饮，摸清了他的套路。我知道，彭科长在借此说明，他不仅是处长的人，更和上层的白副厅长有关系，我们日后要高看他一眼。

　　茶喝完了一壶，饭局便在他的提议下结束了。送他出门的时候，他从口袋掏出了一串钥匙，用其中一把打开了停在餐厅门口的自行车。

　　我在冲他挥手道别的时候，心生感慨，不禁想起当年自己酒局后骑车回家的情景。但他显然在我之上，不仅深谙潜规则，敢说话、会办事，而且对自己的现状毫无自卑感。这可不是无知者无畏，而是笃信自己未来能成。这是个狠人，我想过不了多久就能超过他的处长。于是我便暗下决心，趁这个"潜力股"还不太贵的时候傍上他，以后为自己所用。

4

　　第二天一早，我就把给白厅侄子安排工作的事儿报给了老吴，老吴对这个彭科长有点儿"不感冒"，觉得他位微言轻，做事还有点儿装，但碍于白厅，就让我在几个下属公司随便找一个，看着办。我琢磨了一下，就以老吴的名义联络了一家关联公司，让他们协助予以解决。彭科长对此很满意，还特意组局答谢了对方公司的老板。在席间，我见到了那个白厅的侄子，长得倒跟彭科长有几分相似。后来我探了一下那人的底细，籍贯和彭科长是一个地方。我明白了，这孙子这大概率是借着领导的名义在为自己家人办事。哼，这是条狼崽子啊，刚长齐牙齿就要和人争食。但做事，是需要与狼共舞的。

　　那个项目很快便被批准，不但批准了，而且相关部门还给予了很大的支持。老吴对此很满意，特意给了我一笔奖金。但我拒绝了奖金，提出了另一个要求。他琢磨了一下，点头同意了。我从司机班领了钥匙，开着公司的一辆新车去了趟海城的渔港，找渔民批了两箱海货，大约就是些螃蟹鱼虾那样的东西。我把海货打包好，装在后备箱里，驱车到了彭科长的楼下，约他下来。天已经很晚了，他下楼的时候穿得很随意。一来二去，我俩算是熟人了，说话也不再藏着掖着。我说自己刚从海城港回来，给他带了些海鲜，就把车钥匙递给了他。

"什么意思啊？"他的脸有点儿红，显然刚喝了酒。

"你一个大科长，不能总骑着自行车满处跑啊。"我笑。

"自行车怎么了？锻炼身体还环保，你们资本家就是歧视劳动人民。"他也笑。

"放心开，油票我放手扣儿里了。车需要维修、年检什么的，给我打电话。"我说着上前一步，把钥匙塞进了他的口袋。

"哎，这是你们吴总让办的吧？"他问。

"跟他没关系。别忘了，我在公司也是'总'。"

他笑了："行，路总，那我以后就跟你混了。"

"别，是我跟你混才对。咱们是一荣俱荣，一损俱损。"

"啊？怎么讲？"

"哈，听过臧天朔唱的那首《朋友》吗？就是那意思。"

"扯淡。"他摆摆手，"老路，就冲你这么仗义，我认你这个朋友了。以后有什么事儿就随时说，我能办的，肯定一路绿灯。"

"得嘞，那我就仰仗你了。"我拱拱手。

"哎，有句话我想提醒你，凭你的能力没必要总窝在那个姓吴的手下啊。其实在他们眼里……"他抬手往上指了指，"对姓吴的并不是很'感冒'。"

我一愣，琢磨着他话里的意思。

"他能做的，你也能做。你单挑了，我才能更好地帮助你。"他挑明了意思。

我这下明白了："好，那我努力。"我笑着回答。

"都说'君子之交淡如水'，其实'水'才珍贵。和酒不同，水是必需品，相互融合、成为一体才是交往的前提。所以如果咱们成了朋友，就要一荣俱荣，一损俱损，就要在一条船上经历风浪，智慧、财富、关系都要共享，而且要携手共进，奔着更高层次努力。"他循循善诱。

"呵呵……"我笑了，"这么说，咱们已经是朋友了？"

"当然，如水的朋友。"他正色道。

这小子显然是想摆脱主管处长的控制，所以才和我"单论"的。他是个有野心的人，敢攀附、敢要价，事儿上也能见真章。在他的帮助下，我和蒋澜逐渐打开了局面，在老吴忙于他进出口大业的同时，为公司开辟了一番新的天地，不但那个项目大有起色，而且又接连拿下了几个新项目。老吴对我刮目相看，在公司给予了我更大的权限。

记得有次摆局，在酒过三巡之后，老吴跟我说了许多商场的经验。当然，不是那些书本上的东西。

"知道什么是生意吗？"他问我。

"利益互换，各取所需。"我回答。

"不仅如此。"他摆摆手，"生意不仅在口头上、合同里，更在饭桌上、江湖上。要想获得更多的生意伙伴，搭建更牢固的合作基础，就要懂得诱惑别人的方法。"他卖了个关子，夹了口菜。

"诱惑别人？"我配合地问。

"低调入场，高调做事，消息互通，利益共享，晓之以理，诱之以利，动之以情，挟之以灾。最后……成为上帝。"

"成为上帝？"我不解。

"呵呵，扩大对方的舒适区，让他信任你、依赖你、托付你、不能没有你，无论他是什么身份地位，都会成为你的奴隶。就算他站在台上，你也要明白，他的灵魂被你踩在脚下。"他得意地说。

"明白了。"我点着头。

"要想俘虏别人，信任是第一步。第一步走稳了，才有以后。水滴石穿，绳锯木断，这不是每个人都能做到的。"

"嗯。"我再次点头。

"而信任之后呢，就是打造人设。记住，人设才是真正的外衣。无论何时何地，你都要相信自己是个成功者，或者一定会成为一个成功者。"他强调着。

"成功者？就像你一样？"我打趣道。

"呵呵……"他笑了，默默地喝了一口酒，"就算你一无所有、一事无成，也要逞强，也要欺骗自己。相信自己行，才能让他们觉得你行。憋住一口气，总能站起来，不然就会死得很惨。你我都落入过谷底，如今不也起来了吗？"他看着我说。

"对，我们不会被别人打倒。"我与他碰杯。

"成功者永远不缺追随者，披上成功者的外衣，才能成为他人眼中的焦点。你要时刻告诉自己，你与绝大多数人都不同。你要不惧强势，要结交强势；你要笃信自己的能力，你的能力才是自己的砝码，才是别人要结交你、利用你的价值；不要怕被别人利用，不要在意蝇头小利，失就是得，失就是赢；说话要笃定，无论真话假话，都要笃定。但不要傲慢，要傲慢地谦和，要真心去爱你的对手和残酷的世界。因为他们属于你，这是你的战场。芸芸众生永远是他们，他们是你的分母，才能让你踩着他们的尸体前行。"老吴一口气说完。

"懂了。"我点头。

"懂什么了？呵呵，我自己都不懂。这些所谓的道理要化于无形，要深入你的灵魂，在你平时的一举一动、一言一行中体现。"他仰靠在椅背上，散着酒气，"咱们说白了，干的不是那些光明正大、脚踏实地的活儿，要想活下去，就得投机取巧，曲径通幽。财富是水，稍不留神就擦肩而过、一去不返。咱们得抓紧时间去挣钱啊。"

"也不至于像你说的这么不堪，不就是倒买倒卖吗？起码不是骗子吧。"我插嘴。

"骗子怎么了？骗成了就是成功人士。哎，知道怎么成为一名骗子吗？呵呵，三点：有一定专业知识，有一定心理素质，最重要的是要无耻。"

"哈哈，这个够直接。"我点头。

"无耻不是耍流氓，而是为了达到目的敢于破釜沉舟。真正做大事的人都是勇士，无惧牺牲才能奋力一搏。牺牲，就包括自己以及所有妨碍前行的人。"他叹了口气，若有所思，"说白了，商人和骗子是有相同之处的。只不过商人为了继续发展，不能一把一结，要更深入地欺骗自己，扩大梦境，同时拉别人下水，成为同路人，才能扩大商业版图。海峰，你要能做到低调、冷静和专业，就能获得小成；你要能做到自信、冷漠和无耻，就能大获成功。新公司开了，我帮你三个月，为你搭建所有客户的关系网。之后的三个月，你要完成一百万的纯利。你行吗？"他看着我的眼睛。

"行，我肯定能提前完成。"我自信地回答。

"不要，千万不要提前完成。记住，事缓则圆。稳定的、长期的关系才能让你获得更持久的利益。咱们不是骗子，是商人，不杀鸡取卵、一把一结。"他叮嘱。

第六章 血色将至

1

2008年8月,奥运会在北京开幕了。记得当时看开幕式的时候,真是热血沸腾、心潮澎湃。场面震撼,无与伦比,漫天烟花,人潮人海……那时候似乎所有人都满怀着憧憬和期待,认为成功就那么顺理成章、唾手可得。而我也在老吴的扶持下,从幕后走到了台前,成了当之无愧的"路总"。

我和蒋澜告别了憋屈的小隔断,有了自己独立的办公室,踏上了更广阔的舞台。事业上的发展让我们的感情也在升温,在有了自由支配资金的权力后,我们做事更加大胆了。我们在海城山上租了一个农家院,那里依山傍海,风景奇美,附近只有不多的几户村民。我花了一大笔钱对房子进行了改造,把原来卧室的屋顶拆了,换成了一块巨大的钢化玻璃。虽然到了中午的时候,由于阳光直晒,房间里会很热,但一到晚上就能看着漫天星斗。我们会在那个卧室里憧憬、聊人生、谈未来,勾画许多不切实际的美梦,也会在那儿成宿成宿地缠绵,花样频出、不知疲惫。我们都对彼此有着贪婪的占有欲,用句难听的话说,就跟"有今儿没明儿"似的。她激发了我的欲望,撬开了我紧闭的心门。按她的话说,我以前是个核桃,将自己封闭起来,永远与外界隔着一层铠甲,让人难以猜透。所以她要用一把钥匙将我打开。我承认,她做到了。

我曾冲动地想和她结婚,一起白头到老,但她说:"我不会和任何人结婚,不想失去自由,与其长相厮守,不如及时行乐。"

我知道她这是戏言。她表面上孤独高傲,内心却十分缺乏安全感,很难将自己轻许他人。我准备慢慢来,水滴石穿,绳锯木断。就像老吴说的:"扩大对方的舒适区,让他们信任你、依赖你、托付你、不能没有你……"

"有钱真好啊,可以憧憬未来,以为自己能拥有一切。我不再害怕漫漫长夜了,曾经的辗转反侧,变成了在她怀中的安眠。有时甚至不愿从酣梦中醒来。那真是一段短暂却美好的时光啊……"路海峰感叹着。

"为什么说短暂呢?"魏卓问。

"因为厄运马上就要到来。哼,人生就是这样吧,起伏跌宕,物极必反。"路海峰缓缓地说,"那时我被突如其来的成功迷昏了头脑,竟然忘了老吴让我成立分公司的真正目的是避险,与他正在做的'大买卖'进行切割。他应该是预感到了风险,但没想到出事儿会这么快。我清晰地记得,那是一个周一,老吴没来公司,手机也打不通了。我感到意外,他从没这样过。到了下午,一帮警察找上门来。"

直到那个时候,我才知道老吴在南方到底干着什么样的大生意。同时也了解到,在他的手下并不只有我和蒋澜一对傀儡。

2

在那几年,国家为了鼓励出口企业的生产经营,陆续出台政策提高出口退税率。老吴摸准了形势,从 2007 年开始,在南方陆续以他人名义注册了多家公司,然后分别与上海、广东等地的多家进口代理商签订了代理销售 CPU 的协议。他玩儿得很大,当然,他是不会按照正常程序进货、销售、赚取差价的。他所谓的代理销售只不过是挂羊头卖狗肉的幌子而已，他真正的目的是骗取国家的出口退税款。

第一步，他先从上海、广东等地的正规进口代理商购进CPU并取得同等金额的增值税专用发票；第二步，他购得的这些CPU并不进行出口销售，而是以不开票的形式卖给国内的电脑配件零售商，回笼资金；第三步，他从南方收购一批价格极低的淘汰CPU，以这些"破烂"冒充已经被销售的CPU，同时以真实取得的增值税发票为掩护，虚假报关出口。

就这样，"李鬼"成了"李逵"，出口到国外的那些淘汰货被伪装成了报关单上所列的最新型号。之后再从香港将那些破烂走私入境，循环操作。就这样，截止到案发，老吴掌控的那些南方企业累计退税了三千余万，可谓是一本万利！这确实是个"高科技"的活儿，但实际上跟我和马林倒卖帆布"空手套白狼"的招数也大差不差。我回顾了一下，他从2007年开始策划这事儿，而那时也是他拉我入伙的时候。

但前来调查的警察，手里拿的并不是拘留或逮捕的手续，而是传唤证。他们除了询问老吴的去向，还一直追问一个叫陈迟的人。我自然不认识，而且就算认识也是不会说的。在警察走后，我翻看了《刑法》，意识到了这件事儿的严重性。我尝试着联系老吴，发现他的所有联系方式都已中断，看样子是真的慌了。我和蒋澜商量对策，我们怀疑那个叫陈迟的人，很有可能也是被老吴推到幕前的傀儡，是南方那些公司的代持者。这时，蒋澜的手机响了，来电是一个陌生的号码。

老吴的语气很沉重："海峰，这次的事情闹得很大，不但金额巨大，而且牵扯到很多人，要想平安度过，非常困难。"

"我不懂啊，你一直这么谨慎，为什么要蹚这片浑水呢？"我问。

"其实做这事儿风险不大，起码我最开始是这么认为的。那边的人都这么玩儿，而且相关部门也都打点了。但广东的一帮人玩儿得太疯了，结果被警察盯上了，这才东窗事发。"他叹了口气。

"那下一步你想怎么办？"

"我准备去公安局自首。"

"自首？"我惊讶。

"哼，不是你理解的自首。"他故作轻松，"我不是那几个企业的法定代表人，经营、联络、开票、退税都是一个叫陈迟的人做的。警察之所以找我，也是核实情况，毕竟我曾出现在陈迟的身边。"

他这么一说我就明白了，陈迟果然就是他的傀儡。

"那如果警察不相信呢？如果按住你不放呢？"蒋澜抢过电话问。

"我咨询过律师了，传唤一般是12小时，之后如果还有嫌疑，可能会刑事拘留37天。只要警察找不到确凿的证据，检察院就不能批准逮捕，我就能恢复自由。因为这事儿，我不能亡命天涯，这是唯一的选择。"他显然已经做好了准备。

我听着他在电话免提里的声音，大脑在飞速运转着。我知道，在此刻面临危险的已经不光是老吴本人了，他也牵连到了我和蒋澜，一旦他扛不住警察的审讯，被认定为犯罪嫌疑人，那势必会引起警方对他所经营的企业的更广泛的调查，那样必然会让我和蒋澜的事业也前功尽弃。

"海峰，海峰。"他在电话里叫着我的名字。

"啊，你说。"我回过神来，凑到电话前。

"你要帮我办件事儿，这件事儿关乎我的安全和咱们的事业。那个陈迟现在就在海城，我让他躲在一个隐秘的地方了。你尽快找渠道安排他出境，千万不要被警察找到。"他郑重地交代着。

"好，好。"我点着头回答，"我怎么找到他？"

"你记一个电话……"他说出了号码，"出境的渠道你找一下马林，我之前让他办过一个。记住，一定要盯住这个陈迟，控制好他，

第六章 血色将至 　089

既不要让他被抓到，也不要让他跑了。这个人关乎我们的未来。"老吴说完就挂断了电话。

我和蒋澜对视着，久久无语。

"险峰国际还有他的股份吗？"这是蒋澜问我的第一句话。

"没有了，持股人已经变更成我了。"我回答。

"哦……"蒋澜点头，起身在屋里踱步，"你准备怎么办？"

"还能怎么办，没听老吴说吗？要尽快把那人接过来。"

"接到哪里呢？"

"接到……"我犹豫了。

"马林可靠吗？"她看着我。

"说实话，不知道。"我摇头。

"如果老吴被抓，对我们会有什么影响？"

"那要看他说多少了。"我没有直接回答。

蒋澜点点头，在做着预判："去海城山吧，那里隐蔽。"她看着我。

"你是认真的吗？那里可是……"我皱着眉，没把话说完。

"除了那里，我想不出更好的地方了。"她说。

3

她说的没错，除了那里之外，确实没有更好的地方了。于是我连夜拨通了那个号码，用隐秘的方式将陈迟接到了海城山的农家院。

他跟我想象的完全不一样，瘦小、枯干、虚弱、胆怯，才三十多岁的年纪却显得苍老，坐在副驾驶的时候，身体不住地颤抖。

"你冷吗？"我问他。

"我怕。"他如实回答。

我安顿好他，烧了壶热水，给他沏上茶。我把一件自己的旧夹克披在了他的身上。

"还冷吗？"我问。

他左顾右盼，并没有回答，而是问道："这里是什么地方？下一步我该怎么办？"他眼神茫然，说话是南方口音。

"先在这里住几天，等我安排好了，送你出境。"我回答。

"然后呢？"

"然后……"我一时语塞，"先避避风头吧，然后再说。"我敷衍着。

"吴永伟呢？他为什么不来见我？他在哪里？"他有些激动。

"他……"我犹豫了一下，不知该不该向他吐露实情。

"不行，不行……"他腾地一下站起来，旧夹克掉在了地上，手一抖，差点儿将茶杯掀翻，"我要找到他，我不能这么不明不白地走。"

"他现在不方便与你见面。"我站起来，拉住他的胳膊，"放心，只要躲过了这阵风头你就没事儿了，到时老吴会给你交代的。"

"你们要把我送到哪里？我出去了，我老家的老婆孩子怎么办？钱呢？他还没分给我呢！"他十分焦躁。

"他没给你钱吗？"我问。

"算是给了，但比起他赚的，那可是小巫见大巫了。"他苦笑，"我就是个替罪羊，帮他出头的。实际上我什么都没干，也不懂业务。但现在我倒成了警察追捕的逃犯，我冤啊，冤啊！我要是出去了，什么时候能回来呢？你们有能力让警察撤案吗？"他连连发问。

这个我就没法回答了。我拿起水壶，也给自己倒了一杯水，然后吹着热气，缓缓地饮着。我凝视着面前这个瘦小的男人，也不禁想到了自己。是啊，我和蒋澜为老吴办事，到底获得了多少利益呢？而一旦出事儿，会不会重蹈这个人的覆辙？

我知道自己不能走了，陈迟太焦虑了，留他一人在这里，弄不好就会出事儿。我想这也是老吴急于让我接手的原因。我安顿他到卧室住下，自己睡在门厅的沙发上。夜晚很安静，耳畔都是虫鸣鸟啼

第六章　血色将至　　091

的声音，透过窗能看到漫天星斗。但谁能想到，在这个如画境般的地方，竟然隐藏着一个逃犯。我与他同吃同住了三天，每天要忍受他越来越歇斯底里的抱怨，要耐心做好他的安抚工作，同时还要负责他的一日三餐。见鬼，我竟然成了一个保姆。马林那边的动作很慢，据说近期管控较严，他正在想办法尽快处理。

又过了一天，我接到了蒋澜的电话，她说老吴已经到南方的公安局自首了，据律师说前景不太乐观。我正通着话，却不料被陈迟听到了。这下可坏了。

"不行，我得走！他自首了，肯定会把所有事儿往我身上推！"他说着就往门外闯。

我赶忙扔下电话，过去劝解："你别误会啊，老吴跟我说过，他去自首只是缓兵之计，用不了多久就能出来。只要你不露，这个案件就肯定能解决。"

"别骗我了！"他一把推开我，"我都听到了，前景不乐观。哼，你别拿我当傻子，你们肯定是把所有事儿往我身上推，让自己摆脱干系。送我走？呸！你们这是往我身上栽赃！告诉你，我不走了，我现在就到公安局自首！"他脸色铁青，似乎下定了决心。

"不行！你不能去！"我快走几步阻挡住他的去路，"在老吴出来之前，你哪儿都不能去！"

"你给我走开！"他再一次推开我，猛地用手拉门，却不料农家院的门早就被我锁上了。

"救命啊！救命啊！"他突然大喊，歇斯底里，几近疯狂，"杀人了！杀人了！"他进一步升级事态。

"你干什么？闭嘴！"我上前阻拦。但他力气奇大，一把就将我拽倒。他双眼通红，表情扭曲，像一只求生的困兽。

"你给我闭嘴，闭嘴！"我也急了，上前勒住他的脖子，"你听我说，这事儿不能着急，一切等老吴出来！"我试图劝解。

他奋力地挣扎着，张嘴就咬住我的手臂。我大叫一声，松开了手。他抄起一把凳子，冲门锁砸去。我低头一看，手臂鲜血直流，于是又憋足一口气，冲了上去。

我与他在屋里缠斗起来，桌椅、茶几、衣帽架被撞得七扭八歪，门前的玻璃也碎了一块。我知道不能再任他这么胡来了，一旦被附近的村民发现，报了警，后果将不堪设想。于是我用尽全力将他压倒在地，勒住了他的脖子，试图让他安静下来。渐渐地，他不再那么剧烈地挣扎了，一分钟之后，他终于平静下来。

我喘着粗气，松开了双手，一下躺在了地上，精疲力竭，浑身是汗。

"哎，你起来，咱俩聊聊。"我用脚踹了一下他。

"嘿，说你呢。"见他没说话，我又踹了一脚。

他还是不说话。

我这下慌了，赶忙凑到他身边。他仰躺在地板上，面无表情地大睁着双眼，直视着门厅的天花板，一动也不动。我用手抚住他的颈动脉，已经没有了脉搏。

"陈迟，陈迟！"我大声喊着，晃动他的身体。但他毫无反应。

"陈迟，你别装死啊！哎，你醒醒！"我被吓坏了，赶忙学着电视里的样子，用双手抵住他的胸口，给他做心脏复苏。

一下，两下，五下，十下……我整整折腾了十多分钟，却没有效果。

我瘫软在地上，彻底颓丧了。我的心在急速地跳着，似乎要冲破身体，大脑却一片混沌，不知道自己该做什么、该去向哪里。

时至午后，窗外的阳光倾泻在门厅上，不时能听到鸟的叫声和风吹树叶的响动。我看着这景色，听着这声音，觉得特别不真实，觉得自己是在地狱仰望天堂，而自己的灵魂则不知去处。

我又停顿了十多分钟，然后木然地站起来，将倒在地上的桌椅和茶几扶正，从抽屉里拿出胶带，把门前破碎的玻璃补上，又拉上窗帘。我坐回到沙发上，喝着一杯已经冷透的茶水，然后拿起电话，输入蒋澜的名字，但停顿了一下又放下了手机。我走到陈迟的尸体旁，用手拉住他的双腿，将他拖拽到卧室里，手忙脚乱地翻箱倒柜，找出了一个旅行箱、一把斧头和一卷透明胶带，然后拿起这些工具，却不知道要如何使用。这时，电话响了，我手一抖将电话掉在地上，捡起来一看，是蒋澜的来电。

"你那边怎么样？刚才怎么话说一半？"她似有预感。

"没事儿。"我敷衍着回答。

"他没闹吧？实在不行就换个地方。"她说。

"没事儿，你放心吧。"我说完就挂断了电话。

我清醒了一些，去卫生间洗了把脸，出来的时候已经做好了打算。我知道，从这一刻起，自己的身份已经发生了巨变，我已经是个罪无可恕的杀人犯了。无论何时，面前的人命都将与我如影随形，深植在我的灵魂和生命里，让我在遭受良心的谴责和惩罚的同时，随时面临执法者的抓捕、审判。这是命运跟我开的玩笑吗？还是我日积月累的罪孽换来的报应？我不得而知，只知道此刻我唯一的选择，就是尽全力掩盖，脱罪，逃出生天！

在不久以前，我看过一部美国电影，叫《沉默的羔羊》。我忘了是不是那里面的情节了，罪犯在杀人之后，用极其残忍的手段毁尸灭迹。我将陈迟拖到卫生间里，模仿着电影里的手法，用所有能找到的工具进行"处理"，忙活了大半天才告一段落。我身心疲惫，打开洗手池的水龙头一遍遍冲洗着满是血污的双手。我走出卫生间，又喝了一口冷透了的茶水，然后到厨房找了一块面包，囫囵地吃下。我回到那个玻璃顶的卧室，躺在床上，沉沉地睡去了，没有做梦，非常香甜。等醒来的时候，周围已是一片漆黑。我感觉恢复了一些体力，也不开灯，换上一身黑色的衣服，回到卫生间把那些"东西"装进旅行箱,然后拖到了门外的车上。

4

我漫无目的地开着车,在黑夜里寂静地行驶。山里开始降温了,车窗布满了水雾,我的额头却不停渗出汗水。我用手擦汗,手也在剧烈地颤抖。我从副驾驶的储物箱找到几盘磁带,随意拿出一盘塞进音响里,车里顿时响起了卡朋特的《昨日重现》。我听了一会儿,又把磁带退了出来,换上了一盘老吴给我的古典音乐专辑,约翰·施特劳斯的《狩猎波尔卡》在耳畔响起。我听着那个旋律,感觉心情平静了一些,之后竟随着哼唱起来。

不一会儿,我把车停在了海城山下山路段的一处悬崖边上,下面波涛拍岸,海潮汹涌。我熄了火,下车点燃一支烟,等待了几分钟,看并没有车经过,于是打开了后备箱。我拿出了一把斧头,放在水桶里,然后提着它来到悬崖边上。我观察了一下环境,悬崖异常陡峭,从这里到海面大约有几十米的距离,如果把"东西"扔下去,大概率会随着退潮卷到深海,应该不会冲到岸边。于是我放下水桶,准备返回车里把旅行箱抬下来。但不料这时,两道刺眼的灯光照在了我的身上。我吓坏了,定睛望去,竟是一辆警车。

警车的速度并不快,缓缓地停在我面前,从车上下来一个年轻警察。他裹着大衣,戴着帽子,表情很轻松。

"哎,这么晚了,干什么呢?"他问。

"我……"我犹豫着,"没事儿,看看风景。"我随意地回答。

他几步走到跟前,凝视着我。我距离他很近,极力控制着身体的颤抖,同时不自觉地攥住放在桶里的斧头。

"借个火。"他掏出一包香烟,"点火器坏了,犯烟瘾了。"他笑道。

"哦……"我赶忙松开斧子,把桶放在身后,然后从裤兜摸出打火机递给他。

他不急不缓地点燃香烟,然后把火机递给我。"谢了。"他说。

"没事儿,给你吧。"我故作轻松地回答。

"那谢谢啊。"他冲我点点头。

我见状赶忙提着水桶想返回到车里,但警察又把我叫住了:"喂,等等。"

我停顿了一下,转过身看着他。

"这里危险,不能停留,快回去吧。"他提醒道。

"好,好。"我连忙点头。

我开着车与那辆警车朝着相反的方向行驶,从后视镜可以看到,他的车速很慢,应该是在例行巡逻。我只拐了一个弯,停车,掉头,又回到原处。我确认警车走远了,才将车里的"东西"拖到悬崖边,然后分几次扔到海里。

"哗——哗——"面前的大海汹涌澎湃,似乎在冲我怒吼。仿佛在说,你是个罪人,不可饶恕!你的所作所为,必将付出代价!

我没有逃走,刻意停在原地,让自己面对大海。我掏出一支烟,给自己点燃,然后长长地吞吐。我笑了,大笑起来,像被黑暗中的魔鬼附身。我突然想起了在上学的时候,邻居们一直说我是个人才。我确实是个人才,无论干什么都有模有样,连杀人都得心应手。我笑得歇斯底里、涕泪横流,烟头都掉到了海里。我没再停留,把水桶和斧头放进后备箱,然后打开音响,随着《狩猎波尔卡》的旋律向山上进发。我开着车窗,夜风很大,将我的头发吹得散乱。等我回到农家院的时候,发现里面亮着灯,门外停着蒋澜的车。

我进了屋,见到了蒋澜,我们什么也没说就抱在了一起。她问我人在哪儿呢,我没说话,苦笑了一下。

"跑了?"她惊讶。

我摇摇头。

"那就是老吴让人给接走了？"她探寻着。

"人在海里了。"我看着她，言简意赅地回答。

"海里？"她没懂我的意思。

我自顾自地坐到沙发上，尽量克制地给她讲了刚才发生的一切。她惊呆了，大张着嘴，一动也不动。

"你……"她下意识地抬手指着我，却没把话说完。

"我是个杀人犯了，对吗？"我没有避讳那个词语，有些自暴自弃地说。

"你为什么要这么做，你知道这么做的后果吗？你会毁了自己的！"她突然大叫起来，吓了我一跳。

"我也不想这么做！我是失手。失手，你懂吗？"我也大叫起来，情绪爆发。

"有一万种解决的方式，你为什么就选择了最坏的一种？路海峰，你不要命了！"她还在大叫。

看她这样，我反倒冷静下来，四处寻找了一会儿，摸到一盒烟。

我抽出一支，想点燃，拿起打火机却怎么也点不着。蒋澜走过来，帮我点燃，然后缓缓地吸吮，又递给我。

我吸了几口，情绪平静了一些。"一了百了，干干净净。"我说。

她看着我，身体在颤抖着。"干净吗？会不会让人发现？"她的声音也同样颤抖。

"别忘了，他是个逃犯。"

"用不用……再做些什么？"

"那样会画蛇添足，适得其反。"我说，"老吴进去多久了？"

"四天了。"

"等他出来，再做打算。"

她点点头，不再问了。

我们依偎在一起，一宿都没合眼，只觉得外面狂风大作，似乎

第六章 血色将至 097

要将整个世界毁灭，而这个房子则是最后的避难所。到了后半夜我睡去了，却做了噩梦。梦里漆黑一片，没有一丝光亮，我感觉很冷，似乎置身于海边，耳畔是狂风的呼啸和海浪的巨响。同时还有个声音，似乎在呜咽。那声音离我很近，几乎触碰到我的耳畔。我害怕极了，左躲右闪，却突然感到脚下一空，就坠落下去。我猛地惊醒了，发现自己满头是汗，看手机上的时间，还未到清晨。我环顾四周，并没有蒋澜的身影，便走到窗前向外查看。她的车没了，她应该已经走了。我没有开灯，默默地抽完了剩下的半包烟，然后做出了决定，要正视这件事儿，并想出下一步的对策。

对，我不会坐以待毙，我要主动作为。

我做了几件事儿。第一，照常出现在公司，和员工们混在一起。我没表现出异样，保持着往常的作息，最大限度压制自己的情绪。第二，我做好了蒋澜的工作，告诉她不要为此担心，一切都会过去。我让蒋澜继续通过律师和其他的社会关系去"捞"老吴，如果再遇到警察来询问陈迟的情况，就一口咬定从未见过。我叮嘱她，这件事儿能否过关，并不在于那些警察，而在于我们是否能将它遗忘。第三，我对马林编了一个谎言，说老吴通过其他渠道安排陈迟离境了。他自然求之不得，也没有过问细节。我想老吴一定是预付了他报酬，这样不干事还能收钱，又何乐而不为呢？第四，我密切地关注着警方的动向，时刻保持着警惕。我回忆了与陈迟之间的每一个细节，确认他未带手机，且没留下痕迹。于是到了周末，我又拿着工具去了一次农家院。这次我收拾得非常彻底，不但烧毁了他留下的衣物，还对房间进行了反复的清扫。在下山的时候，我又途经那段悬崖，没有停车，只是放慢了车速。我眺望着悬崖下的大海，正是午后时间，海面很平静，阳光照在海上映出山崖的碎影。我努力让自己释怀，觉得这里也不失是个安葬的好地方。想到这里我笑了，觉得不再那么愧疚了。

哼，我真是个恶魔！

5

日子比想象的要平稳得多，大约过了二十天，老吴就出来了。我和蒋澜没去接他，自然是为了避嫌。他前几天没来公司，似乎也是怕被警察盯上。一直过了"十一"，我才接到他的电话。他说想找我们聊聊。于是我和蒋澜便驱车前往了他指定的地点。

那是个老地方，我刚跟他混的时候去的那个游船餐厅。天色近晚，轮渡呜咽，那情景和之前一模一样。他瘦了不少，双眼深陷，显得很颓。他戴着一顶灰色的渔夫帽，将身体倚在游船的护栏上，注视着远方。看我们来了，他便站直了身体。

"你们做得很好，帮了我的忙。"他平静地说。

我没懂他的意思，不知道他说的这个"很好"是在指什么。

"你没事儿了？"我问。

"还不算完，留了一个尾巴。警察对我变更了强制措施，从刑事拘留改为取保候审。十二个月内，不能离开本市，要随传随到。"他说。

"我已经通过律师把东西给他了，他说帮助解决……"蒋澜还没说完，就被老吴用手制止。我知道，那个"他"应该是蒋澜打点的人。

"都烂在肚子里，忘了？"老吴皱眉，"下一步，咱们不能在一起了。"他说出了重点，"公司全归你们，以后我就不参与经营了。等过了取保候审的期限，我会离开海城，销声匿迹。"

"这么说，这件事儿还没完全摆平？"我问。

"小心驶得万年船，你了解我，做事不会冒险。"他看着我的眼睛。

"哎，说了半天了，你怎么不问问那个人啊？"我皱眉。

"我相信，你一定会处理得很好。"他说。

"你……"我浑身一颤，张开嘴又缓缓闭上。我与他对视着，看着他那双黑洞般的眼睛，知道他肯定知情。甚至在想，他可能在把那个人交给我的时候，就预测到了结果！但此时此刻，我又能怎么办呢？这一切都是我自己的选择，犯下的罪孽。

"吴永伟，你是个懦夫！"我狠狠地说。

"哼，呵呵……"他笑了，然后深深叹了口气，"我退出了，你们自由了，难道不是件好事儿吗？而且我还给你们留了全部的股份，那可是一大笔钱啊。"

"为什么？你为什么会选择我？"我旧事重提。

他没马上回答，用审视的眼光看着我："以前我觉得你低调、隐忍、仗义，但近期我才发觉你果断、冷静、凶狠，做商人可惜了，做战士倒是个好手。"他笑了。

"你！"我再也忍不住了，冲过去一把揪住他的衣领，"你从没拿我当过兄弟，对吗？你一直拿我当傀儡，在利用我，对吗？"我低声地咆哮着。

"海峰，你放开他，放开！"蒋澜冲过来劝阻。

"是的，我当然是一直在拿你当傀儡。不然，你有什么利用价值呢？"他冷冷地问。

我的心似乎被什么硬物碰了一下，我下意识地松手，感觉浑身都僵硬了。虽然这是个再明显不过的答案，但直接从他口中说出，也足以令人震撼。

"但被人利用又何尝不说明你的价值呢？"他继续对我洗脑，"你不愿当一辈子低头做事的平庸之辈，就必须走凶险之路。路海峰，从本质来说，你和我是一样的人。"

"不，不！我和你不一样。"我摇着头，后退了几步。

"蒋澜，你知道吗？我第一次看到他的时候，就知道他是个危险人物。你和他在一起，是与狼共舞。"他笑着说。

"你信不信，我也杀了你！"我往前一步，咬牙切齿地说。

"无所谓，早晚都是个死，只不过方式不同。"他轻描淡写。

"如果有一天我出事儿了，会不会和那个人是一个结果？"我逼近他。

"所以我要离开啊，我不想看你重蹈覆辙。"他收敛了表情。

"哼，我明白了。"我叹了口气，"'人最大的弱点就是感情，凡事只要从感情入手就能事半功倍。攀关系、交朋友，最终要将你的目标变成他们的目标。'你对我们，用的也是这个方法。"

"你通透了。"他笑着点头，"任何人都不是你的老师，生活才是，失败才是。要自己去找寻，懂了吧？"

"懂了。"我点头。

"还有，要学会原谅，与自己和解，与敌人和解。"他放缓语速。

"明白了。"我再次点头。

"以后你不会再见到我了，即使在某个场合遇见，也要视而不见。我们的关系结束了，这一切都烟消云散，就像从没发生过一样。路海峰，你好自为之吧。蒋澜，记住我的话。"他说完就转身走了。

他的速度很快，走得很决绝，连一次回首都没有。我听着他噔噔噔的下船声，心里竟然有一丝不舍，眼里的泪水也流了出来。我想这可能就是所谓的斯德哥尔摩综合征吧，被他控制又依赖于他，在他内心，我已经沦为一个奴隶。

这时，蒋澜走到我身边，轻轻地揽住我的手臂。"咱们自由了，不是吗？"她说。

"自由……"我重复着她的话，"对，自由了，自由真好。"我鼓起勇气说。

"哎，你相信他的话吗？"我转头看着蒋澜。

"我只相信你。"她给出了答案。

第六章 血色将至 101

6

　　路海峰说到这里的时候，显得很激动。他的双手颤抖着，连手铐也响了起来。魏卓不停地记录着，在笔记本上标注着重点。

　　"吴永伟不是他的真名，对吧？"魏卓问。

　　"什么？"路海峰还沉浸在自己的讲述中，下意识地抬头。

　　"我是说，警方查遍了你服刑期间的狱友，并没找到这个名字。"魏卓开门见山。

　　"哼，名字只是代号，不重要的。"路海峰恢复了常态。

　　"然后呢？之后发生了什么？"魏卓意犹未尽。

　　"之后……发生了一系列的事情。特别是在Z先生出现后，每个人的生活都发生了改变。"路海峰缓缓地说。

　　"Z先生？是谁？"

　　"呵呵……他会出现在随后的故事里。"路海峰笑了笑，"哎，现在几点了？"他问。

　　"现在……"魏卓抬手，"快五点了，怎么了？"因为上次马林的事儿，他显得警惕。

　　"我今天说得够多了，而且你那个设备也快录满了吧？"他冲魏卓抬了抬下巴，"我敢说，用不了几分钟，那个警察又会冲进来，阻止我们的对话。而且还有可能，这是你最后一次对我的采访了。"

　　"为什么？"魏卓不解。

　　"因为我说得太多了，再往下说，就会触及很多人的利益。所以……"他停顿了一下，"你还想继续往下听吗？或者说，还想知道更多的情况吗？"他盯着魏卓的眼睛。

　　"当然，我当然要继续听下去。"

　　"你要想好了，这么做会有两个结果。一个是获得爆料，让你得到好处；另一个是将你卷入，给你带来麻烦。你准备好了吗？"路海峰缓缓地问。

"别那么多废话，想说什么就说。"魏卓不想被他牵制。

路海峰笑了："要想继续得到爆料，你就必须帮我一个忙。当然，这也是在帮你自己的忙。如果你按我说的做了，我会给警方一个不得不让你采访的理由。"

"什么？"

"我知道你记性很好，现在你听着，但不要往纸上记。"

路海峰话还没说完，筒道里便响起了急促的脚步声。

"听，他们来了。"路海峰笑了。

"说！"魏卓来不及多想。

"登录一个S开头的网站，进入邮箱，用户名是我名字的第一个字母加上3377，密码和用户名一样。登录后在草稿箱里有一封待发邮件，你只要点击发送就行。"

"邮件的内容是什么？"魏卓警惕地问。

"你最好不要去看，只管发送就行。我不想你惹上麻烦。"路海峰说。

"你不说我是不会管的，我可不会被你控制。"魏卓摇头。

"随便你。但如果你不做，我以后不会再接受你的采访。"路海峰说。

"那如果我说自己做了，但实际上没做呢？"魏卓问。

"我会知道你做没做的。"路海峰自信地说，"作为交换，我告诉你一个信息。"

这时，脚步声已经临近门口。

"我当时虽然将陈迟的尸体抛到海里了，但是处理尸体的一些东西却没丢，就埋在那个农家院的附近。在西侧一棵最高的树下。"

他还没说完，审讯室的门就被推开了，林楠和老黄闯了进来。

"魏记者，今天的采访到此结束了。"林楠说。

"为什么结束？他还没说完呢。"魏卓问。

"一会儿我们要对他进行提讯，请你配合我们的工作。"老黄说。

"提审我？我刚才说得还不够多吗？你们没听见吗？"路海峰仰靠在椅背上，故作轻松地问。

"别废话，你那都是张冠李戴、胡说八道！"老黄不客气地说，"魏卓，你记住，对他的采访不能随意发布，如果违反将承担法律责任。"他勒令道。

魏卓不喜欢他的语气，起身收拾东西。

"哎，那什么时候魏记者再来采访我呢？"路海峰问。

"要等上级通知，我们无权做出决定。"林楠说着官话。

"哼，呵呵，看吧？"路海峰笑了，"魏大记者，记住，我说过的话。"他叮嘱。

"他刚才说什么了？"林楠问魏卓。

"说什么了你们不是能听见吗？"魏卓反问。

"有什么我们没听见的？"林楠问。

魏卓犹豫了一下，转头看了眼路海峰，低头将纸和笔放进了背包。"没什么。"他给出了答案，将背包背在肩头，"现在送我出去吧。"他语气轻松。

林楠没动地方，审视着魏卓："我提醒你，别耍小聪明，你已经签订保密协议了，要为自己的行为负责。"

"当然，我知道自己在做什么。"魏卓与他对视着。

与此同时，路海峰笑了。

第七章　第六感

1

外面的雨很大，魏卓拉下了冲锋衣的帽子，用身体护着包，跑出了看守所的大门。他来到了停车场，找到了商务车，拉了几下车门，门却没有开。隔着玻璃一看，钱宽竟然在驾驶位上睡着了。他敲了半天玻璃钱宽才醒，对此魏卓有些不高兴。

"采访得怎么样啊？'干货'多吗？"钱宽睡眼惺忪地问。

"你说呢？硬盘都快录满了。"魏卓撇嘴。

"有这么夸张吗？"钱宽打了个哈欠，"我就说吧，要说挖料，还得是魏大记者，魏大记者一出马就没有办不成的事儿。"他竖起大拇指。

"别扯淡，我在前面冲锋陷阵，你在这儿呼呼睡大觉。我看以后咱俩的分成得改改了。"

"嘿嘿嘿，干吗呀？你这鼻子不是鼻子、脸不是脸的，我不就眯了一会儿吗？哎，我可告诉你，刚才那'粉红组合'的经纪人可给我回信儿了，说咱们的条件都答应，还想约着见见。你可真神了，是用了什么招儿？把他孩子给绑了？"

"哼，他手底下就只有'粉红组合'一对明星啊？'蓝颜知己'那些不算啊？我跟他说了，我们平时闲着也是闲着，要是Aiya的事儿不够劲爆，那我们就继续盯着，看看他手里的这些明星到底有多少事儿，然后打包爆料。"

"你够狠！也够无耻！"钱宽竖起大拇指。

"得得得，先别提这事儿了，马上开车去海城山。"魏卓系上了安全带。

"去海城山干吗？这么大的雨，那盘山路不好走啊。"钱宽为难。

"你干不干了？不干走人，我一人去。"魏卓不耐烦起来。

商务车行驶在海城山的盘山路上，雨很大，风很急，海潮汹涌，惊涛拍岸。魏卓用手机连上了车里的蓝牙音响，在音乐软件中找到了约翰·施特劳斯的《狩猎波尔卡》，调大音量播放起来。他望着窗外，随着音乐的旋律回顾着路海峰叙述的故事，仿佛目睹了十多年前发生的一切。

"老钱，如果你在郊区弄了个农家院，会在屋子里预备一把斧头吗？"魏卓问。

"斧头？要那玩意儿干吗，劈柴吗？"钱宽反问。

魏卓没说话，琢磨着："还有，如果你杀了人，会把凶器藏在作案现场附近吗？"

"我疯了，这不是给自己留证据、找麻烦吗？肯定得扔远点儿啊，或者直接销毁。"

"嗯……"魏卓点头。

"嘿，你这是什么意思啊？套我话？哎，我可告诉你啊，当初进咱们报社的时候，我可是经过政审的。三代贫农，根红苗正，没有前科。"

"哼，你倒是想有前科呢，你有那个胆儿吗？"魏卓撇嘴。

"你可别告诉我咱们是去挖尸体吧？这事儿我可不干。"钱宽转头。

"没那么邪乎，哪有那么多尸体让你挖啊。去找个证据。"魏卓敷衍。

"你可别冲动，别忘了，你可是签过保密协议的。"钱宽提醒。

"你真以为一张白纸就能捆住我吗？哼，他们太小瞧'透视镜'了。"魏卓不屑，"放心，我会拿捏好尺度的，就算爆料也让那帮警察心服口服。"魏卓换了个舒服的姿势，"电脑呢？"

"包里呢，自己拿。"钱宽往后指了指。

魏卓取过笔记本，登录了众所周知的S开头的网站，在邮箱的用户名一栏输入了"LHF3377"，但就在要输入密码的时候，停住了动作。他想了想，又合上了笔记本。

"3377……有什么含义呢？"魏卓不禁回忆起路海峰唱那段旋律的场景，"哆是1，西是7，来是2，咪是3……如此翻译，3377应该是咪、咪、西、西……但这又有什么意义呢？"

他正思索着，钱宽又说话了："哎，你刚才采访的时候，老曹一个劲儿地给我打电话，问你这些天干什么呢。还威胁说啊，让咱们好自为之，不能肆意妄为，不然肯定会被分流。"

"别理他。"魏卓随意摆摆手。

"不理他不行啊，咱们饭碗让丫攥着呢。我觉得明天是不是咱们也过去一趟，说点儿好话送送礼。起码也有个面儿。"

"有面儿管个屁用。他能收你的礼吗？那孙子一板脸跟扑克牌似的。再说，咱们这是国企，你想向国家工作人员行贿啊？"

"那也不能坐以待毙啊。听说刚退下来的老陈跟老曹关系不错，要是让他带句话呢？"

"行了行了，先专心做事吧。想不被分流不能光靠人情，还得有立得住的报道。把现在这事儿弄好了，保准儿他没理由对咱们下手。"

两人正说着，车已经行至一处缓坡，再往上开个两三公里就到了山顶。这里依山傍海，风景奇美，靠西的方向是一片悬崖。

魏卓让钱宽停车，拉开门走了下去。他穿过雨雾，来到悬崖旁，望着下面汹涌的海潮。风很大，吹得他睁不开眼。

钱宽见状也跑了过来："怎么了？有什么发现吗？"

第七章　第六感　　107

魏卓并不回答，左顾右盼了一会儿，从附近搬起了一块大石头，艰难地挪到悬崖边，用尽全力，将石头掀到山下。

悬崖异常陡峭，随着"砰！咚！"的几声巨响，石头掉进了海里。从声音上判断，起码有几十米的高度。

魏卓喘着粗气，凝视着海面。

"你这是什么意思？"钱宽不解。

"走，上山。"魏卓抬抬手，回到了车上。

商务车继续向山顶进发，但魏卓没注意到，就在车后几百米的距离，有一辆黑色的索纳塔轿车在紧紧尾随。那辆车没开车灯，像个幽灵一样。

2

十多分钟后，魏卓来到了山顶，他原以为根据路海峰的描述，能轻易找到那个农家院，不料却大失所望。眼前的山顶荒草丛生，到处都是残垣断壁。能看得出这里曾是一片别墅区，如今却被拆除殆尽，那个农家院早已不复存在。他拿出手机，查了下关于海城山违建的信息，果不其然，一个开发商曾在这里兴建过一个叫"绿梦谷"的别墅区，但因为没有手续，刚建到一半就被政府强拆了。估计在建设别墅区的时候，路海峰和蒋澜的爱巢就不复存在了。

魏卓叉着腰，在山顶踱着步，后悔自己在采访时，没多问路海峰一些细节。比如他那个农家院在山顶的具体位置，产权是谁的，是公司的还是个人的，在他和蒋澜不住的时候有没有人管理……当然，现在说这些为时已晚，而且下一步还能不能继续采访都得打个问号。魏卓环顾四周，笃信路海峰没有说谎，他试图从黑暗中获得蛛丝马迹，视线却被雨雾遮挡。

四周万籁俱寂，魏卓走到一处平整的区域，抬起头，任雨打在脸上。他也不顾地上的泥泞，仰躺下来，想象着自己此刻就躺在路海峰的那间卧室，正透过玻璃房顶仰望星空。雨还在下，他的视线模糊起来。但就在这时，他突然看到了一棵树。那棵树在几十米之外，又粗又壮，目测足有十四五米高，像个驻守在山顶的战士。

他猛地起身，跑了过去："老钱，手电！"他边跑边喊。

两人来到树前，魏卓借着手电的光亮仔细地看着。经过观察，他发现就在距离这棵树十几米的位置，有房屋地基的痕迹。魏卓用脚丈量、测算，发现房屋纵向大约有十五米，横向大约有十米，占地面积在一百五十平方米左右。

"对，对！就是这里！"他兴奋起来，"车里有铲子吗？"魏卓问。

"咱们是去采访，又不是去野营，哪儿来的铲子？"钱宽皱眉。

"我记得有一把。"魏卓快步跑到商务车旁，打开后备箱，翻找了半天，取出了一个手掌大小的除雪铲。

他回到大树前，撸起袖子就往地上铲。但就在这时，身后发出了声音。

"魏记者，这个工作交给我们吧。"

魏卓一惊，下意识地回头，发现林楠、老黄和四五个穿着雨衣的警察正站在身后。

"你们……"他瞠目结舌。

"是在那棵树下吗？"林楠用手指着。

"藏着什么？"老黄问。

魏卓一时不知该怎么回答。

"说！别藏着掖着，这可不是儿戏。"老黄走到魏卓面前，严肃地说。

魏卓想了想，知道不能再瞒下去了，于是就说出了路海峰告诉他的情况。

林楠立即招呼众警察分组搜索。他们带着全套工具，手电、铁锹、盛土的铁桶，显然是有备而来。

"怎么回事儿？忘了保密协议的要求了？连声招呼都不打，自己就干上了？"林楠在魏卓的身旁问。

"杀人犯的话能当真吗？我也是先过来探探，要真有了情况再向你们报告。"魏卓狡黠地回答。

"哼，那我是应该感谢你了？"林楠撇嘴，"他说的死者叫陈迟？这个人还有什么具体情况吗？"

"具体情况他描述得不多，他说这个人瘦小、枯干、虚弱、胆怯，当时应该三十多岁。"

"没说是哪里的人？"

"没有。"魏卓摇头。

"老黄，耳东陈，迟到的迟。按路海峰的描述，当年三十多岁。涉嫌的案件大概率是当年的'12·18'骗取出口退税案。查查至今在逃未抓获的嫌疑人，比对一下。"林楠说。

"来之前就查了，那起案子涉案金额巨大，涉及公司众多，咱们不是主办单位，只是协助办理。我问了一下主办单位的民警，他们说嫌疑人至今还有十多名在逃呢，其中并没有叫这个名字的。"老黄说，"那孙子说话半真半假，能信吗？"

"哎，你们当着我的面说案情，就不怕我报出去？"魏卓插嘴。

"我们这是让你帮着分析呢？如果没有这个人，路海峰的故事会不会是虚构的？"林楠问。

"我觉得不像。他为什么要这么长篇大论地说谎呢？能达到什么目的？"魏卓反问着，也同时在问着自己。

"是啊，他有什么必要这么长篇大论地说谎呢？"林楠重复着魏卓的话，"先不管了，看看能不能挖出证据吧。"林楠说着也拿起一把铁锹，走了过去。

警员们忙碌了半个多小时的时间，几乎将大树周围的泥土都翻了一遍。就在众人感到无望之际，奇迹发生了，一个民警在挖掘时碰到了一个硬物，他拨开泥土一看，是一个黑色的旅行箱。

"林队，黄师傅，有发现。"民警大喊。

林楠赶忙凑到近前，又将泥土刨松了一些，然后小心翼翼地将旅行箱拉了出来。旅行箱显然已经被埋藏多年，外面的塑料皮已经破裂，箱体也变了形。林楠佩戴上医用口罩和乳胶手套，蹲在地上轻轻地拉开旅行箱的拉锁。众人屏住呼吸，默默注视着，看着箱子一点点被拉开。魏卓悄悄拿出手机，试图拍照，却被眼疾手快的老黄拦住。这时，林楠已经打开了旅行箱。

钱宽本来就胆小，下意识地捂住双眼。而魏卓定睛望去，发现里面只有一个透明的密封袋。凑近一看，密封袋里是一把斧头。

"对，他提到过有一把斧头。"他赶忙说。

林楠拿过一个大号的证物袋，将装有斧头的密封袋放了进去，然后将袋子提在眼前仔细地观察着。木质的斧柄已经发霉了，斧头也生锈了，但凭借肉眼却依然可以看到，斧头上有一些黑色的污渍。他判断，这很有可能是路海峰在处理陈迟尸体时留下的血迹。

"老黄，回去立即填写《法医鉴定申请书》，获取上面的微量物证。"林楠将证物袋递了过去。

"林警官，这么说路海峰没有说谎？"魏卓凑过来问。

"旅行箱、斧头都能对上，至于上面的痕迹，就要等法医的结果了。"林楠说，"但是，我们还得查出到底谁才是陈迟。路海峰说的只是化名，如果获取不了陈迟的真实身份，就无法做更详细的比对和认定。魏记者，你还有什么细节没跟我们说吗？"他看着魏卓。

"我……真的把该说的都说了。"魏卓装作无辜。

"我回看了录像，在我和黄警官进屋之前，他曾经跟你窃窃私语。但那个声音太小了，监控根本捕捉不到。魏卓，告诉我，他跟你说了什么？"林楠质问。

"我不都说了吗?就是在树下埋着东西。"魏卓搪塞。

"除了这些呢?"

"别的……真没了。"魏卓下定了决心,准备隐瞒邮件的情况。他弄明白了,路海峰之所以告诉他树下埋物的情况,是让魏卓继续给警方提供线索,以获得继续采访的机会。而发出邮件,则是能继续采访他的条件。魏卓自知不能被路海峰控制,但强烈的好奇心驱使他去一探究竟。于是权衡利弊,他才选择了暂时隐瞒。

"陈迟……为什么要杜撰出这个名字呢?"林楠自言自语。

魏卓看着他,大脑也在急速地转动着,不禁又想到了邮箱用户名的那个"3377"。

"林警官,路海峰的生日是什么时候?"他问。

"生日?如果我没记错的话,应该是4月6日。"林楠回答,"怎么了?"他问。

"没什么。"魏卓摇头,"陈……迟……chen……chi……"他似乎突然开窍了,脑海里的几条线索碰撞在一起,形成了一个模糊的形象。他随手找到一根树枝,在泥土上画起来。

chen,chi,3,3。他写着。

"什么意思?"林楠问。

"他提到过两个3,我想如果按照拼音首字母的排序,应该就是C、C。"魏卓说,"那如果是两个7呢,G、G?郭?高?"他又在泥土上划出了两个"G"。

"林警官,你说的那起案件中,有姓名首字母都是G的吗?"魏卓问。

"老黄,马上查一下资料。"林楠说。

老黄拿起电话,拨给刑侦支队的内勤,不一会儿就得到了答案。在"12·18"特大税案的在逃人员名单上,有一个叫高歌的犯罪嫌疑人,姓名两个字的首字母正是"G"。

"高歌，男，籍贯南方某地，案发时三十二岁，至今在逃。"老黄说。

"他的身高、体重呢？"魏卓问。

"身高 1.68 米，体重不掌握，但从在逃人员信息表上的照片看，应该很瘦小。"老黄说。

"这就对上了！就是他！"魏卓激动地拍手。

"这个 3377 是怎么来的？"林楠皱眉。

"是他偶然说出来的。"魏卓随意地回答。

"怎么说出来的？也和第一次一样，是唱出来的吗？"林楠刨根问底。

"不是，就是随口说出来的。"魏卓闪躲着，"哎，林警官，这个重要线索可是我挖出来的。要能对外报道，可得保证我独家首发啊。"他故意打岔。

"前提是必须证明斧头上的血迹就是高歌的。"林楠说，"哎，你还没回答呢，是怎么发现那四个数字的。"他还在追问。

"我都说了，就是无意中听到的。林警官，时间太晚了，我们要走了。你定好了下次采访的时间就通知我啊。"他说着就要溜。

"等等，你还没回答问题呢。"老黄拦住了他的去路。

"嘿，怎么个意思？我好心好意地协助你们办案，你们还拿我当嫌疑人了，审上了？"魏卓冷下脸。

林楠见状拉开老黄，走到魏卓面前："我承认，找你采访的目的不是提供什么新闻线索，让你去爆料，而是希望你能协助我们从路海峰嘴里挖出相关的情况。但为了表达感谢，如果，我是说如果啊，这起案件有对外报道的机会，我们一定会将独家权留给你。所以从这个角度来说，咱们算是各取所需、相互利用。"

"林警官，有必要把话说得这么难听吗？"钱宽在旁边插嘴。

魏卓抬手，止住他："我喜欢你这种交流方式，简单又直接。"

第七章　第六感　　113

"好，那你就听我把话说完。"林楠继续，"既然是各取所需，就要争取双方利益的最大化。俗话说，来而不往非礼也，有来就有往，你敬我一尺，我就敬你一丈。就我们而言，是希望你能配合我们，但如果没有我们的同意，你也不可能继续进行采访。所以你要想获得新闻线索，就必须如实地向我们反映情况，这样我们才会给你'开绿灯'，让你达到目的。不然我们就会停止你的采访，封存你的采访记录。这么多报纸，这么多记者，我想再找个'备份'也不是难事。"

"你这是在威胁我吗？"魏卓问。

"不，是在告诫你，希望你履行诺言，不要节外生枝。"林楠说。

"好，我听懂了。"魏卓点头。

"不仅要听懂，还要照办，不然我无法保证你有继续采访的机会。"

3

魏卓到家的时候已经过了凌晨。外面的雨小了一些，但还是没有停的意思。他打开写字台上的笔记本电脑，登录了那个网站，几次在邮箱界面输入了"LHF3377"的用户名和密码，却始终不敢按下"登录"按钮。他犹豫着，权衡着这样做的后果。思忖良久，他又穿上了冲锋衣，带着一个U盘重新回到雨夜中。

他来到了一家通宵营业的网吧，网吧已经开了许多年，设备陈旧，濒临倒闭。魏卓借口没带身份证混了进去，代价是多支付了老板二百元现金。他坐到一台电竞电脑前，登录那个网站，在邮箱界面输入用户名和密码，毫不犹豫地点击了"登录"。邮箱果然打开了，他操作鼠标，在草稿箱里发现了一封待发邮件。他没有点击"发送"按钮，而是打开邮件查看详情。邮件的建立时间是在一年以前，里面有十多个附件，都是视频文件。小的有几十兆，大的有几百兆，名字诸如"20120708""20120521",应该都是视频拍摄的时间。他想打开一个观看,却又停了手。他想起了路海峰说过的话:"你最好不要去看,只管发送就行。我不想你惹上麻烦。"

他看着待发邮件密密麻麻的一大串收件人地址,最前的是 ccdi0902@163.com。他查了一下,这是中纪委的举报邮箱。魏卓手一颤,一股寒意油然而生,预测着这么做的后果。发还是不发,做还是不做,已经成了摆在他面前的选择题。他沉默了良久,吸了两支烟,终于抬手操作起鼠标,点中了"发送",将这封沉睡了一年的待发邮件发了出去。他知道这是支有去无回的断弦箭,从此自己将进入这起案件的深水区,与路海峰捆绑得更加紧密。他无法预料后果,就像不知道路海峰将如何讲述之后的故事一样,但他决定跟下去,追下去,破釜沉舟。

不一会儿,邮箱陆续收到"已收到"的回复,从字面上看,收件人基本都是纪委和新闻部门。魏卓环顾左右,发现网吧里都是些熬夜打游戏的网络大神。他想了想,取出 U 盘,插进电脑,将附件中的视频文件都拷了进去,然后退出邮箱,关闭电脑,离开了网吧。

那夜,魏卓预测到了自己这么做会造成一定的后果,却没想到后果会这么严重,会把这么多人牵扯进来。同时,这也让他成了众矢之的。

第八章　心迷宫

1

肆虐海城的"蒙斯特"风暴减弱,另一场风暴却席卷了整个城市。一周之内,海城的三名官员接连出事儿,两个被查,一个跳楼自杀。据传,被查的官员是海城主管文教、卫生的副市长蔺强和海城银行的行长闻章,跳楼自杀的是商务局的局长彭博发。

彭博发今年四十五岁,曾是海城官场的"黑马",年纪轻轻便跃入了局级干部的行列,可谓前途无量。他其实不是商务局的一把手,而是个牵头的副局长,但据坊间传言,他会在近期被扶正,却不料这一脚蹬空,去见了上帝。他是从海城金城大厦的二十六楼楼顶跳下去的,时间在凌晨过后,现场没有多余的脚印,可以推测,他毫不犹豫、非常决绝。在他的家里发现了治疗高血压、糖尿病以及其他病症的药品,家人说他现在朝九晚五,很少出去聚会,注意养生,从不喝酒,当然,这与社会传闻相悖。

在这个世界上,传闻往往更接近真相。在传闻中,这个彭博发可是个能人。所谓能人说的并不是他工作能力强或业务水平高,而是说他为人处世圆滑,社会关系复杂,而且还通着上面的渠道。这个人有两个外号,一个是"招财猫",一个是"财神爷"。这两个外号分属于不同时期。据说在他当科长、处长的时候,外号叫招财猫,在社会上以会拉拢关系、广结善缘著称,什么局都去,什么人都交,只要能用到的,他都笑脸以待。但到了局级之后,他权力更大了,脾气也变了,"甲方姿态"更明显了,一般的局很难再约到他,只要他在场,肯定是坐主位,他享受那种众星捧月的感觉。于是外号就改成了"财神爷"。

关于他的自杀,在社会上有三种说法。第一种是官方的口径,短短几个字:正在调查中;第二种是说他久病缠身,近期还患上了抑郁症,才导致的不幸;第三种是普通"吃瓜群众"喜闻乐见的,说他是贪污受贿畏罪自杀,在跳楼前曾多次接受纪委的审查。

魏卓自然也听到了这个消息,他怀疑这几个官员出事儿与路海峰的那封邮件有关,但又无法确定。于是他仔细查看了那些视频文件,并震惊地发现,里面的信息量极大,不仅多次出现彭博发、闻行长和蔺强的身影,还牵扯到一大批官商。这些人被拍摄的地点大都是声色场所,被拍摄的内容也都是些见不得光的交易和勾当。这些内容无异于一颗炸弹,不,应该是一颗核弹,足以令海城的官场、商场震动。就算彭博发死了,更多的人势必会被牵连出来,遭到调查,然后再牵扯出另一批人,引发裂变效应。而令魏卓不解的是,他之前收到的那个匿名投稿,里面也出现过彭博发的身影。这是巧合还是有人在故意而为呢?他一时下不了定论,但隐隐地觉得,似乎有一只无形的手在幕后兴风作浪,酝酿一场巨大的风暴。而此刻的自己,也正处于这场风暴的旋涡之中。

为了获得真相,他接连给林楠打了几次电话,要求继续采访路海峰,却都被拒绝。林楠以官话作答,说鉴于现在的情况,路海峰暂时不方便继续接受采访,之后索性不接魏卓的电话了。魏卓急了,想叫上钱宽一起去市局堵他,却不料钱宽也打了退堂鼓。钱宽称病,说肚子疼,正在医院检查呢。魏卓知道这孙子胆小,怕惹祸上身,无奈之下就自己去了市局,但不料还是吃了闭门羹。采访路海峰的工作被搁置了,那只无形的手堵住了他的嘴,封闭了传递消息的最后途径。

第八章 心迷宫

2

魏卓异常焦躁,开车回了报社,想趁着中午蹭顿饭,再做打算。却不料刚一进门就被叫到了主编室。

主编老曹五十多岁的年纪,梳个大分头,说起话来好仰着头拿鼻孔看人,一副道貌岸然的样子。

他一上来就操着兴师问罪的口吻:"魏卓,你多少天不上班了,请假了吗?我就想问问,你还能不能干了,想不想干了?"

魏卓本来就气不顺,一听这话立马就炸了:"主编同志,我倒想问问,是我不干活啊,还是你不干活?那个关于路海峰的采访报道我发你邮箱多久了,你有过回复吗?这么好的新闻素材为什么不能上头条呢?"

"那起案件很特殊,公安局已经打好招呼了,要想发头条必须经过他们的允许。嘿,你别跟我说这事儿,我问的是你脱岗的情况。"

"我是记者不是保安,干的是风里来雨里去,搜集新闻线索,充实版面的活儿,不能总在单位守着。再说了,采访路海峰也是经你批准的啊,怎么就被扣上脱岗的帽子了?"

"哼……"曹主编冷笑一声,"我知道你嘴厉害,一般人说不过你。但有理不在声高,我之所以这么问你,是经过调查的。公安局在一周前就来过电话,说暂停你对路海峰的采访了。既然工作暂停了,你就该回单位报到啊,而你呢?人呢?"他咄咄逼人。

魏卓一听这话,立马熄了火。他停顿了一下,换了个温和的口气:"曹主编,没跟单位报告确实是我的不对。但这些天我也没闲着,一直在搜集着那起案件的相关资料。您平时不是总教导我们吗?作为《海城都市报》的记者,不要总跟那些平庸的新闻,要有精品意识,冲着一鸣惊人做,冲着石破天惊做……"

"得了得了。上面已经给我打电话了,路海峰的案件不能报道,你的工作停了。"曹主编粗暴地打断魏卓的话。

"上面？哪个上面？他们凭什么不让报道？在怕什么吗？"魏卓连连发问，"主编，我跟你说过的，这起案件不像表面上那么简单，里面还藏着许多惊人的细节。我第一次采访，他就交代了一个即将被害的案件相关人，第二次采访又爆料了许多官商勾结的内幕，这些消息要是放出去，肯定引起轰动啊。不但一鸣惊人，而且石破天惊！我甚至怀疑啊，前几天跳楼的彭博发，可能也与路海峰的案件有关……"

"你不必再跟我说这些情况了。我说过，采访结束了。"曹主编看着魏卓，面无表情地拿起茶杯，喝了一口茶，"我这次找你，不光是要说业务上的事儿，还有关于你工作上的事儿。"他不急不缓地说。

一听这话，魏卓心里一揪，生出了不祥的预感。

"你知道，《海城晚报》已经完成了人员分流，超过三十五岁的人员裁员一半。哦，我不是说咱们要去效仿他们啊。咱们是为了进一步提升报社的工作效能，集中力量干好工作，所以结合实际情况，权衡利弊，经过报社领导班子的集体讨论和慎重决定，才对相关人员做出了一些调整。"他又喝了一口茶，"最后决定，将你调整到咱们报社的下属印刷公司去。"

"印刷公司？"魏卓张大了嘴，"哎哎哎，曹主编，你这是什么意思啊？"

"简单地说，就是你的岗位变了，从即日起，你不再是一个记者了。"曹主编一字一句地说。

"你这不是装孙子吗？哦，我在前面冲锋陷阵，你在后面撤梯子啊！"魏卓急了。

"魏卓，请你说话放尊重点儿！这不是我个人的决定，是报社领导班子集体讨论的结果！"曹主编提高了嗓音，"你还记得入职时的誓言吗？书写真实与客观，捍卫公平与正义，心怀对天下苍生的悲

第八章　心迷宫　　119

闷。魏卓，你看看自己，做到这些了吗？"

"胡扯！你别跟我这儿唱高调，你这是公报私仇，给人穿小鞋！你就是一直看我不顺眼，想着办法整我。"魏卓炸了，"裁我，可以，但我先要问问，编辑部的小冯呢？王刚呢？他们裁不裁？"他质问道。

"他们的工作暂时没有调整。"曹主编冷冷地回答。

"哼，那我明白了。全明白了。"魏卓点头。

"你明白什么了？"曹主编反问。

"你裁掉的是懂业务、干真活儿的人啊，不干活儿的、溜须拍马的、逢年过节给你送礼的，都不裁啊。"魏卓大声说。

"你这是一派胡言！"曹主编拍响了桌子，"你口口声声说自己是懂业务、干真活儿的人，那我问你，你干的是报社的真活儿吗？还是占用工作时间干的自己的私活儿！你别以为我不知道，你表面上道貌岸然的，实际上干的都是些乌七八糟的勾当。哼，偷拍、勒索，你的所作所为我都不好意思说！"曹主编一副唾弃的表情。

"嘿嘿嘿，你这么说可得有真凭实据！说我偷拍、勒索，有证据吗？我偷拍谁了？勒索谁了？人家控告了吗？凭你这三言两语就把大帽子给我扣上了。你要是这么说，我可以举报你诽谤污蔑。你要是无缘无故地想开除我，我要申请劳动仲裁！"魏卓也拍响了桌子。

"可以啊，我等着你去举报我呢，只要你有胆量。同时我还要告诉你，让你去印刷公司只是报社内部的正常调动，并不涉及裁员。你没有任何理由申请劳动仲裁。"曹主编操着老练的语气说。

魏卓知道跟他多说无益，转身一脚踹开了大门，闯了出去。但没走两步觉得余怒未消，又转身返了回来，没想到正和追出来的曹主编撞了个满怀。魏卓比曹主编高了半头，凭借身体的优势一把将他按在沙发上。

"你、你想干什么？"曹主编指着他问。

"干什么？让你听听故事！"魏卓满脸凶狠。他回手从包里掏出录音笔，操作了几下，播放出录音：

女声："哎哟，上班的时间你还这么不老实，万一让别人看见怎么办？"

男声："我刚才出去转了一圈，都出去采访了，放心，这时间没人来我办公室……"

魏卓啪地一下暂停了录音，站直身体，俯视着曹主编。

"你……你……你无耻！"他半天挤出来这么一句话。

魏卓一下忍不住，笑了："我无耻还是你无耻啊？你说你，论岁数都能给她当爸爸了……哎，这录音要是传出去，可有损咱们报社的脸面吧？我想想啊，要是起个吸引眼球的题目，那就是'某报社主编在光天化日之下密会女编辑'。哎，这个题目不好，太俗了，一点儿没有想象力。"他佯装摇头。

"你在我办公室安装了什么东西？你想干什么？"曹主编警惕地问。

"哼，你说呢？我只是想留个后手。"魏卓撇撇嘴，"我告诉你，我要是走了，你也好不了！"

"哎，别别别，咱们有话好好说。"曹主编是多精明的人啊，肯定不能吃眼前亏。他赶忙坐起来，关上办公室的门。"那这样吧，你工作先不动了，我再给报社的领导班子做做工作。"他压低嗓音说。

"呵呵……"魏卓笑了，摆出一副无赖的嘴脸，"哎，曹主编，你也有怕的时候啊？行，那我听你的，就继续在记者岗位坚守了。"

"但是……你要交出这些录音。"曹主编提出条件。

"行，那就看你的表现了。还有啊，我这儿可不止这一段录音啊，还有更劲爆的呢。你想听听吗？"他往前逼近了一步。

第八章　心迷宫

"魏卓，我提醒你，不要做事不留余地，欺人太甚！"曹主编压抑着怒气说。

"哎，我听一个名人说过，在社会上做事，要'为达目的不择手段，不达目的誓不罢休'。你、我，不都是这样的人吗？"

"哼，行。"曹主编点点头，"你还有什么要求吗？"他与魏卓对视。

"以报社的名义给公安局发函，要求继续采访路海峰。"魏卓说。

"这事儿……"曹主编面带难色，"魏卓，你就不要再往这个案子里裹了吧。"

"一句话，行还是不行？"魏卓逼问。

曹主编停顿了一会儿，叹了口气，"行，我答应你。"

"好，只要你照办，这些录音就不会流出去。"魏卓说，"既然事情都闹到这种程度了，我再死皮赖脸地耗在这儿也没什么意思。你只要把我的岗位保留到采访路海峰的工作结束，我就会主动申请离职，不再给你添乱。"

"好，我没意见。"曹主编点头。

"那……主编同志，谢谢了。"魏卓伸出手，表情变得谦恭。

曹主编看着魏卓，也无奈地伸出手，与他相握。

3

魏卓离开报社回到家里，他拿出U盘，打开笔记本电脑，噼里啪啦地操作起来，将采访路海峰的部分细节进行了整理和撰写。刚才与曹主编的对峙让他气愤至极，他想好了，无论遇到了什么阻碍和困难，都要对这个案件死追不放、不结不休。他写好初稿之后，登录到"透视镜"的公众号平台，然后把稿件录入，又做了一遍校正，同时配上了他用微型摄像机偷拍到的路海峰接受采访时的视频片段。他琢磨了一下，起了个劲爆的题目——"死刑犯临刑前的最后供述"，又想了想，加了个副标题——"连环杀人案件涉及众多狱外之人"。写完之后，他想点击"预览"，却不料手一抖，直接点了"发送"。他叹了口气，知道无法挽回，索性就破罐破摔了。

他合上电脑，看外面的天色已暗，一看表竟忙了三个多小时，这时才略微放松，仰头躺在了床上。他开始预测这条消息发出去之后的效果。"透视镜"他已经运营好几年了，固定用户有了上百万，虽然平时阅读量参差不齐，但每逢明星出轨、小三上位等"下三路"话题，弄个"十万加"是肯定没问题的。而这条"死刑犯"的爆料更加不同，里面不仅引述了路海峰的基本案情，还添油加醋地描写了一名深度调查记者单枪匹马审讯死刑犯的过程，文笔虽然油腻但可读性强，堪比侦探小说。结尾更爆出了路海峰哼唱歌曲引出狱外死者马某手机号的细节，既引人入胜，又为下一期留了"扣子"。他想着想着，昏沉沉地睡去了。

这一觉睡得很香，等醒来的时候，竟然已经过了晚上十点。他撑起身体，觉得浑身无力，肚子发空，这才想起自己竟一天都没吃饭。于是他摸过手机，想随便叫个外卖，却没想到手机上有几十个未接电话。

他胡噜了一把脸，尽量让自己清醒，查看手机，发现那些电话分别来自曹主编、钱宽、报社的王刚和其他好几个媒体同行，最后两个是前妻曾娜打的。他犹豫了一下，先给曾娜回拨过去。

电话没响两声就被接通了，魏卓以为曾娜找自己还是因为孩子出国留学买房的事儿，却不料曾娜上来就是一顿咆哮："魏卓，你是出了什么事儿了吗？怎么似乎这个世界上的所有人都在找你啊？你不接电话倒清净了，但别连累我和女儿啊，这一晚上我电话都快被打爆了，也不知道他们是怎么知道我的号码的。还有，有几个人都找到女儿学校了。"

"都是什么人？"魏卓脑袋一蒙，赶忙问。

"你们报社的主编、同事，还有其他几个你的狐朋狗友。还有，我们医院的领导也在问你的下落，真是奇了怪了，他们找你干什么啊？"曾娜抱怨着。

"你说有人找到女儿学校了，这么晚了，学校不早关门了吗？哎，是些什么人，没找女儿麻烦吧？"魏卓急切地问。

"是下午的事儿。他们倒是没找麻烦，看着挺客气的，说是一家新媒体公司的人。他们一直在学校等着，在我接女儿的时候，给我留了名片，让你尽快给他们回电。"

"新媒体公司？"魏卓皱眉，"叫什么名字？"

"你等等啊……"曾娜放下电话，找到了名片，"名字叫新蓝海，电话你记一下。"

魏卓打开笔记本电脑，将电话记了下来。

"放心，没事儿，都是因为工作。我下午的时候用'透视镜'发了一个爆料。"魏卓说。

"哦，没出事儿就好。"曾娜说，"那你赶紧给他们回吧，别让他们再折腾我们了。"她说完就要挂电话。

"哎，等等。"魏卓叫住了她，"你们……最近还好吧？"他的声音变得柔软。

"都好，就是缺钱。"曾娜的语气里带着无奈。

"我会想办法的。"魏卓说，"我最近在跟一个选题，这个选题非常特别，只要做成了肯定能爆，我的事业也能更进一步。"

"哼，又是什么娱乐圈见不得光的脏乱差吧？哎，我说魏卓，你也积点儿德，别总干这些偷鸡摸狗的事儿。连女儿的同学都挖苦她，说她有个'狗仔'爸爸。"曾娜没好气地说。

"你听我说，这次不一样，这可不是什么娱乐圈的丑闻，而是……"魏卓犹豫了一下，并没把话说完。他知道，路海峰的案子涉及面太广，前妻和女儿不知道才是最安全的。

"行了行了，你的工作我不想听，我只是告诉你，好自为之，别总给自己找麻烦。"曾娜说完就挂断了电话。

魏卓叹了口气，并没给其他人回。他想这些人来电无非就是为了那条爆料。他打开微信，发现上面有几十条语音，简单播放后，与他的猜测一模一样。但当他听到钱宽的语音时，他惊出了一身冷汗。

钱宽说："魏卓，你丫是不是有病，干吗把那个官员的视频发出来啊？"

魏卓赶紧来到电脑前，重新登录公众号平台，然后点击一看，才知道坏了。在最新发布的这条关于死刑犯的消息中，他不仅展示了在看守所偷拍的路海峰视频片段，还连带发出了那个匿名投稿的视频。他回忆了一下，应该是选取的时候错点了。点开那个视频可以看到，两个男人坐在桌前谈着什么，其中一个男人将一个黑色皮箱递给了对方。这个男人留着分头，戴着黑框眼镜，挺富态的样子，正是几天前跳楼自杀的商务局副局长彭博发。

魏卓坐不住了，起身在屋里踱步，预测着此事将引发的后果。自己这么做，明摆着是在往枪口上撞。彭博发刚刚出事儿，他的死因尚不明确，是否涉案正在调查，受他牵连的人想必不在少数。就在这个节骨眼，"透视镜"又爆料出他与别人交易的视频，肯定会引发新一轮的震动。他已经"成功"地将所有目光吸引到自己身上了，之前通过网吧发送邮件等自作聪明的手段早已无济于事。他知道，聚光灯下是最危险的地方。

见鬼！他愤怒地砸着自己的脑袋，恨自己的粗心大意酿成恶果。这时，他的电话又响了，是一个陌生的号码。他不想接通，任手机响着，对方却很执着，一直不挂断。他受不了了，接通了电话。

"喂，谁啊？"他没好气地问。

"是魏记者吗？"那是一个略带沙哑的男人的嗓音。

"说，什么事儿？"

"你那个视频是从哪儿来的？"

"从哪儿来的关你什么事？"

"我警告你，在这件事儿上要慎重行事。你有妻子，也有孩子，不考虑自己，也要考虑他们。"对方不急不缓地说。

"你是谁？"魏卓感到了威胁。

"我是谁不重要，重要的是你要知道自己是谁。记住，你在明，我在暗，你找不到我，但我随时可以找到你们。"对方说的是"你们"。

"哎，有事儿你冲我来，别动我的家人。"魏卓故作强硬。

"哼，你的稿件里不是说过吗？'为达目的不择手段，不达目的誓不罢休'。我，就是这样的人。"对方说完便挂断了电话。

魏卓愣住了，抬起头注视着窗外的黑暗。他知道，自己惹上大麻烦了，自己已经被裹挟到了这场风暴之中。

4

魏卓一宿没睡，第二天一早就拨通了那个新媒体公司的电话，对方约他尽快见面，魏卓很痛快地答应了。说实话，他其实并不留恋记者这个岗位，他这段时间接触了好几家新媒体公司，一直在骑驴找马。面对新媒体的直接冲击，传统纸媒的信息传播优势早已荡然无存，读者习惯通过手机等移动媒体获得信息，而不再是具有单一性、滞后性的传统报纸。广告商少了，利润低了，从业者的工资也降了。魏卓知道，在一个夕阳行业中是很难有所作为的。想要钓到鱼，先要找到有鱼的池塘。在他眼里，新媒体就是那个有鱼的池塘。但他毕竟已经过了三十五岁，没了年龄优势，学历也不算高，虽然有多年的记者从业经验，而且还运营着一个"透视镜"公众号，但面对那些冲劲十足、眼里有光的新媒体从业者，还是略逊一筹。所以找来找去，并没找到合适的落脚之地，于是就只能在《海城都市报》这么混着、耗着。混得久了反而觉得这样挺好，工资虽然不多但旱涝保收，外面干着私活收入也不少，这可能就是所谓的"温水煮青蛙"吧。但如今温水没了，就倒逼魏卓另谋下家了。

"新蓝海"位于海城中心商务区地标建筑高岚国际大厦的顶层，公司装修得很气派，一进门就是彰显创意且富有现代气息的巨型标志。魏卓本以为自己手攥爆料会受到重视，却不料坐了冷板凳，在接待大厅等了半天也没见到负责人。

大厅的 LED 大屏上正放着一个动物纪录片。在海岸边的一处悬崖，数以万计的幼鸟离开巢穴，跃下峭壁，开始第一次飞行。这宛如一场"成人礼"，只要能落入一公里外的海面，就能摆脱对父母的依赖，独立生活。但与此同时，这也是一场浩劫。因为此时此刻，许多野生动物正隐藏在谷底，虎视眈眈地眺望。只要有幼鸟撞到礁石，跌落谷底，它们便会一拥而上，撕咬捕猎。于是幼鸟的"成人礼"便成了别人口中的盛宴。自然界遵循着优胜劣汰的丛林法则，所谓的适者生存不仅让野生动物们获得了捕食的机会，也变相地让鸟类的族群更加强大，得以延续。

魏卓正看得入神，一个男人走到他身旁问："是魏记者吗？"

"哦，你好。"魏卓站起来与他握手。

那人不到四十岁的年纪，身材保持得很好，穿着一身精致的西装，头发梳得一丝不乱，一双眼睛睿智有神。

"我是'新蓝海'的总裁助理，叫巴培德。"他自我介绍。

"你们公司很特别啊，大厅不放公司的形象片，放纪录片。"魏卓笑着说。

"呵呵，我们郑总喜欢看纪录片。"巴培德也笑。

他引魏卓进了会议室，让秘书倒上两杯今年的明前新茶。魏卓喝了一口茶，味道确实不错，心情也如春风拂过。"你们为什么找到

第八章 心迷宫

我?"他开门见山。

"当然是希望你能加盟了。"巴培德直来直去。

"你们了解我吗?"

"深度调查记者,网络大V,运营着一个百万粉丝的公众号。"他摊开手说。

"嘻,我算什么大V啊,比上不足比下有余。"魏卓摆摆手,有点儿"凡尔赛"。

"咱们的时间都宝贵,那我也就有话直说了。关于我们公司的情况,想必您在来之前也有所了解。'新蓝海'作为全省首屈一指的新媒体公司,主要面向企业提供品牌策划、网络推广等营销服务,已经拥有了上千家固定的用户群体以及由上百家长期合作的公司构成的矩阵,同时拥有'蓝海融媒体平台',为客户提供新闻资源汇聚、专业内容生产、信息传播分发等服务。而请你来,就是做融媒体的相关工作。"

"但我已经过了三十五岁,只是本科学历,还不能接受'996'的工作模式,如此看,我还有优势吗?"魏卓把丑话说在前面。

"我们请你来,不是要找一个码字的'码农',而是看重你深度调查的能力。"

"呵呵,我那些深度调查,都是些上不了台面的花边新闻。"

"花边新闻也是新闻,别人挖不到的你能挖到,就足以说明问题。《死刑犯临刑前的最后供述——连环杀人案件涉及众多狱外之人》,呵呵,这是好新闻啊。"巴培德间接点出了路海峰的案件。

魏卓看着他,想了想,问:"你们让我加盟,不怕我捅娄子?"

"我们不是传统媒体,对狗咬人没兴趣,要的就是人咬狗,或者人咬人。有句话可能不好听,但也不妨供你参考。新闻报道讲的是实事求是、原汁原味地陈述,目的是还原真相;但我们公司看的是数据、流量和点击率,目的是获利。两者是有所不同的。我想你也深谙此道，不然你运营的'透视镜'也不会成为新媒体领域的一匹黑马。"巴培德笑，"我向你承诺，如果来'新蓝海'工作，我们会帮你组建班子，最大限度保证你的工作自主性，让你能一展身手。"他抛出了条件。

魏卓看着他，思索了一下，问："年薪多少？"

"你报价。"巴培德摊开了双手。

"税后，一百万。"魏卓伸出一根手指。

"呵呵……"巴培德笑了一下，"可以。"他轻描淡写地点头。

魏卓一愣，怀疑自己是不是报少了。

"我还要带一个人过来，一直跟我合作的摄影师。"他又说。

"可以，但入职要经过人力资源部门面试。"巴培德说。

魏卓点点头："那你们对我……有什么要求？"

"要求肯定是有的……"巴培德笑了笑。

这时，会议室的门开了，一个男人走了进来。那人五十多岁，中等身材，戴着一副无边眼镜，头发往后背着。他缓步走到近前，微笑着冲魏卓伸出手，显得温文尔雅。

巴培德赶忙站起来介绍："魏记者，这是我们董事长，郑总。"

"哦，郑总，您好。"魏卓与他握手。

"魏记者，久闻大名啊。我叫郑远大，幸会幸会。"他谦恭地寒暄着。

三人重新落座，郑总和巴培德坐在魏卓的对面。

"说实话，我们不是开慈善机构的。企业讲的是经济效益，之所以想请你来，是看重你做事的精神。"郑总说。

"精神？我有什么精神？"魏卓笑。

"你不是在文章里写了吗？'不达目的誓不罢休，为达目的不择手段'。"

"嗐，您还看了那篇文章？"

第八章　心迷宫　129

"我一直是'透视镜'的忠实粉丝。"郑总表现得很诚恳,"这两句话虽然听着挺有攻击性,但这正是我们新蓝海需要的精神。一张报纸、一杯茶,一耗就是一整天的日子已经一去不复返了,传统报业的陨落已成定局,如果不在这个时候尽快转型,以后将后悔莫及。这点你是清楚的。而我们公司也正处于上升期,急需像你这样的人才。所以我想,如果我们能够合作,肯定是两全其美、强强联手。"

"您对我有什么要求吗?"魏卓又回到了刚才的问题。

"当然有要求,我们希望路海峰的案件是你进入公司的第一个项目,你获得的所有信息和资料都要与公司同步,保证独家性和排他性。"郑总一字一句地说。

魏卓看着郑总,没有轻易点头。他知道这是自己进入"新蓝海"的投名状。

"说实话,刚才巴总承诺的年薪已经很诱人了,但是……"他停顿了一下,"您该知道现在有好几家公司在联系我,希望我过去。"魏卓有点儿后悔刚才的报价,就放了个烟雾弹。

郑总笑了:"这算是保底年薪,是可以落袋为安的。如有重大的新闻线索,还会有分红和提成,上不封顶。"他承诺。

"那我摄影师的工资能不能……也高点儿?"魏卓试探着问。

"那要看人力资源部门对他的面试结果了。魏记者,希望你明白,我们看重的是你,而不是你的搭档。如果需要的话,我们会为你搭建更专业的班子,会有更多的专业人员来配合你完成拍摄和采访。"郑总扶了扶眼镜,摆出了甲方姿态。

魏卓知道不能再得寸进尺了:"好的,你容我想想。"

"有什么事儿随时和巴总联系,我们满怀诚意,期待你的到来。"郑总微笑着说。

5

到了下午四点，魏卓去了女儿的学校，松柏林小学。这是一所普通的公立小学，门口的牌子褪色了，显得老旧。学校建在一片平房区里，校舍不大，操场很小，上体育课长跑时，老师会带学生去附近的松柏林公园，拿公园的步道当跑道。有家长戏言，这群孩子都是在公园里长大的。

女儿马上就要小学毕业了，按照前妻曾娜的规划，她将通过申请"黄金签证"的方式到希腊读书。这个政策是在2013年颁布的，只要花二十五万欧在希腊买房，就能获得长期居留许可，享受当地的公共医疗和教育福利，并能免签入境欧盟的其他国家，从而为未来到欧洲名校上学打下基础。其实魏卓对此颇有异议，觉得女儿现在还小，还没尝试过国内的教育"内卷"，贸然出国留学，就走上了一条无法回头的单行道。曾娜却说，之所以让女儿办"黄金签证"，目的就是能两条腿走路。这个项目第一条路就是借希腊为跳板，以后到欧洲的名校深造；而另一条路还可以曲径通幽，在希腊入籍之后，等高中毕业可以通过"华侨生联考"的方式考取国内的"985""211"，录取分数线比国内低。这下魏卓没话了，加之对妻女的亏欠，只得照方抓药。

魏卓没在学校门前等待，而是伫立在不远处一个僻静的地方。他在人群中看到了前妻曾娜。她还是那个样子，化着淡妆，一袭长发披散肩头，蓝色的套装衬托出高挑的身材。魏卓和她曾共度过九年时光，但最后因为各种原因劳燕分飞。失败的婚姻有着不同的失败原因，但孩子都是最终的受害者。魏卓心里愧疚，唯一能做到的就是经济补偿。

下课铃响了，不一会儿孩子们鱼贯而出。魏卓没有上前，看着女儿背着蓝色的书包走出校门，扑到曾娜怀里，然后坐进了那辆白色的奥迪A3。他不想打扰她们的生活，只想看她们一眼，让自己踏实。昨夜那个匿名电话还在耳畔回响，让他觉得心有余悸。

他叹了口气，转身离开。却不料此刻的一切正被一个黑衣人注视着。那人戴着墨镜，隐藏在十米外的一个角落里，用手机拍摄下了刚才的一切。魏卓却浑然不觉。

魏卓穿过一条胡同，来到另一条街上，刚拿出钥匙开了车门，身后就出现了两个人影。

"魏卓吗？"一个声音问。

魏卓警惕地回头，上下打量着两个人："你们是？"

"我们是海城市公安局纪委的，找你了解情况。"为首的男人说。他四十多岁，中等身材，留着寸头，表情严肃。

"这是纪委的刘处长。"另一个男人说，他年轻一些，三十出头的样子，比刘处长高出半头，戴着无边眼镜，看人的眼神有些咄咄逼人，"我姓郝，是纪委的民警。"他自我介绍。

"公安局的纪委？"魏卓皱眉，"你们找我有什么事儿啊？"

"找你了解一些情况。走吧，咱们回局里说。"刘处长说。

在公安局纪委的询问室里，魏卓坐在一张挺硬的椅子上，面前放着一杯清茶。他喝了一口，味道寡淡，远比不上"新蓝海"的明前新茶。

纪委的两位民警坐在他对面，隔着一张长条桌。小郝操作着一台联想牌的笔记本电脑，做着询问前的准备。

魏卓抬头看着询问室的牌子，猜测着他们找自己的目的。作为跑"政法口"的记者，他是了解询问与讯问的区别的。询问一般对待证人，不强制进行，说不说看自愿；而讯问则是针对嫌疑人，带有强制性。

刘处低头喝了口茶，皱了皱眉，可能也觉得茶叶难喝。他抬起头，注视着魏卓:"魏卓,你是什么时候认识路海峰的?"他开始发问。

"我跟他不认识,之所以有接触,是因为受公安机关的要求去采访他。"魏卓就知道是为了这事儿。

"你们以前也不认识吗?"刘处又问。

"当然不认识了。"魏卓肯定地回答。

"你既然不认识他,为什么手里会有彭博发的视频录像?"

魏卓看着刘处,知道他们在找到自己之前,一定做了非常详细的调查。他回答:"那是有人匿名发给我的,我不知道是否与路海峰有关。至于将那个视频发布到网上,完全是我的操作失误。"

"失误?"刘处皱眉。

"是的,我推送消息的时候本来没想发这段视频。这视频来源不明,且与我推送的内容无关,但在操作中,我误把视频添加到了推文里,于是就发了出来。"魏卓解释。

"魏卓,你这么说自己相信吗?会有这么巧的事情吗?"小郝发了声,"我告诉你,这里可是公安机关,你要对自己所说的一切负责!"他提高了嗓音。

"当然,我当然会对自己所说的一切负责。同时,也希望你们能依法依规对我进行询问,否则,我有拒绝回答你们的权利。"魏卓回嘴。

"你!"小郝语塞。

刘处赶忙拦住他:"魏卓,我们找你也是为了查清情况,希望你能配合我们的工作。"

"那我重复一遍,那个视频是我误发的,郝警官,你可以记录了。"魏卓说。

"魏卓,你发布关于路海峰案件的信息,经过公安机关同意了吗?"刘处问。

"我……"这下魏卓无话可说了。

第八章 心迷宫 133

"在采访路海峰的过程中进行录像,也是公安机关认可的?"他又问。

"不是。"魏卓摇头。

"那你是怎么把录像设备带进看守所的?"

魏卓没说话,挪开了眼神。

"为什么不遵守与公安机关签订的保密协议,私自将信息发布?"刘处拍响了桌子。

魏卓自然知道这是自己的问题,无论怎样辩解也无济于事。但他并没有选择退缩。"作为记者,我的职责是如实报道,还原事实,保证公众的知情权,我不认为自己有什么问题。"他诡辩。

"但这是个未结的刑事案件,我们还在侦查的过程中。"刘处说。

"那对不起,我已经这么做了,该怎么处罚,你们看着办吧。"魏卓知道多解释无用,摊开双手,摆出一副破罐破摔、油盐不进的样子。

小郝快速地在笔记本上打着字,刘处瞟了一眼,继续发问:"你与路海峰之间有什么经济、利益往来吗?"

"当然没有。"魏卓回答。

"你确定吗?"刘处盯问。

"当然确定了。"

"好,记上。"刘处用指关节敲击了一下桌面。

"你的搭档钱宽,与路海峰有经济、利益往来吗?"刘处继续提问。

"他……"魏卓停顿了一下,"应该没有。"他谨慎地回答。

"有还是没有?不要模棱两可地回答。"小郝又插嘴。

"我只能说,我认为没有。但具体有没有,你们不应该问我,而应该去问他。"魏卓有些不耐烦。

"放心,我们会问的,他就在隔壁的房间。"刘处抬手往一侧指了指。

魏卓没说话，知道这事儿闹大了。他又说："放心吧，我会如实陈述的。采访路海峰是工作上的事儿，我没有私利。"

"那就好。"刘处点头。

就这样，两名纪委民警又接连询问了魏卓多个问题，快结束的时候已经到了傍晚七点。

刘处拿过小郝的笔记本电脑，通篇看过了，最后问："你与林楠是何时认识的？"

魏卓一愣，没想到会牵扯到林楠。

"我与他……"他犹豫了一下，想着措辞，"我与他之前就认识，因为我是跑'政法口'的记者，而他在刑侦支队工作，所以有过一些接触。但是我们之间没有任何经济、利益的往来。"魏卓解释。

刘处笑了："嘿，魏记者，你都学会抢答了。"

他一笑，魏卓也觉得轻松了一些。

"但林楠为什么没经过'三选一'的程序，就直接决定由你来采访了？这是违反相关程序规定的。"小郝突然发问，他在这儿等着呢。

"这……我怎么会知道。"魏卓皱眉，"他按没按程序办，这个我不清楚。我只是接到他的通知，报请了报社领导，才来采访的。"魏卓如实说。

"你确定吗？"小郝又问。

"我确定啊！"魏卓斩钉截铁地说。

魏卓离开纪委询问室，却并不着急走，在楼道点燃一支烟缓缓地喷吐。不一会儿，钱宽出来了，魏卓没说话，摆摆手，示意让他先走。魏卓打开窗户，一股潮湿的空气扑面而来，暴雨过后，天空依然没有放晴。他注视着阴云密布的远方，又等了好一会儿，林楠才走了出来。

林楠看到魏卓，愣了一下："你在等我？"

"是啊。"魏卓回答。

第八章 心迷宫

"你怎么知道我在这儿？"

"听话听音儿，纪委询问我，是冲着你去的。"魏卓撇嘴。

"当然，我是这个案件的主办，出了事儿自然难逃干系。"

"出什么事儿了？不就流出去一些情况吗？"魏卓轻描淡写。

"一些情况？看守所里的照片、彭博发的视频，这些还不够吗？你还要爆出多少料？"林楠皱眉，"魏卓，你也是个跑'政法口'的老记者了，这点儿规矩都不懂吗？而且你还与我们签订了保密协议，你知道这么做的后果吗？"他提高了嗓音。

"我……"魏卓语塞，但随即又摆出一副无所谓的样子，"事已至此，悉听尊便。"

林楠看他这样，叹了口气："在你爆料之后，省里、市里的各级领导纷纷打来电话，我们的压力很大。有消息说路海峰马上就要被换押了，可能以后也不归我们审讯了。"

"什么？"魏卓一愣，"但是我的采访还没结束呢，他的好多情况还没挖出来呢。"

"但你这么一折腾，觉得还有采访的可能吗？"林楠苦笑。

魏卓沉默了。林楠也叹了口气。魏卓掏出一支烟，递给林楠。林楠犹豫了一下，任魏卓帮自己点燃。

"那个斧头上的痕迹检测出来了吗？是高歌的吗？"魏卓不失时机地问。

"检测出来了，但上面的血迹不是高歌的。我们采了高歌父亲的DNA，与斧头上的不符。我们同时又对上面的其他微量物证进行了提取，并未发现与路海峰有关的。"林楠说。

"不是高歌的，也与路海峰无关。"魏卓愣住了，"那斧头上的血迹是谁的？难道他是在说谎吗？这些故事都是编造的？"

"暂时还未查清，我们还在做着工作。也有可能……"林楠停顿了一下，"是另一个被害者的。"

"谁？"

"暂时还不能向你透露，我们还不确定他是否被害了。"

"是Z先生吗？"

"Z先生？你怎么知道……"林楠一愣。

"我当然知道了，他都跟我说了。"魏卓微微一笑。

"他跟你说什么了？"林楠问。

"这个……保密。"魏卓故作神秘。

"哼……"林楠也笑了，"跟我打哑谜是吧？想套警察的话？"

"哎哟喂，我可不敢。我只是觉得，要想挖出更多的真相，是需要我们相互配合的。我知道，路海峰的案子很深，除了杀人之外，还牵扯到方方面面的人和错综复杂的势力。那些人都在外面，自然不会坐以待毙，肯定会兴风作浪，所以你们才会有巨大的压力。"他看着林楠。

林楠与他对视，面无表情。

"如果你想查出真相的话，敢不敢跟我赌一把？"魏卓说。

"赌什么？"

"赌我能挖出更多的情况，帮你们破案。"

"哼……"林楠笑了，"说来说去，还不是让我继续给你放行，提供采访的机会？"

"这是我的机会，更是你的机会。这点毋庸置疑。"魏卓加重语气。

林楠停顿了一下，想了想，说："从理论上讲，你的采访已经结束了。但我还没正式接到停止采访的命令。"他抽了一口烟，话里有话。

"也就是说，我还有机会？"魏卓赶忙搭话。

"但是，如果再有案情泄露，我将承担泄密和渎职的责任，这身警服能不能继续穿都两说。"林楠加重语气。

"放心，我不会再乱来了。我……"

"你听着。"林楠打断魏卓，"为了将案件的所有事实查清，我可

第八章　心迷宫　137

以扛这个雷。但这真的是最后的机会了。"

"我会珍惜的。"魏卓点头,"但是……你为什么要扛这个雷?"他有些疑惑。

"前段时间,我们在路海峰居住的院子里,发现了一块腐烂的头皮。经过法医鉴定,就是那个 Z 先生的。"

"他……也被路海峰杀了吗?"魏卓皱眉。

"我们还没找到他的尸骨,还不能确定他的死亡,只能推测他已经被害。"林楠将烟蒂丢在地上踩灭,"他在路海峰的案件中非常重要,参与了许多事儿,如果都被揭出来,肯定触目惊心。"

魏卓轻轻点头,琢磨着林楠话里的意思。"那咱们什么时候开始?"他问。

"记住,不能录音录像,不能未经我们同意擅自发稿,不能对外透露采访信息,更不能为嫌疑人传递消息。如果这次再违反,我会依法对你采取措施。"林楠严肃地说。

"放心吧,吃一堑长一智,我肯定不会重蹈覆辙了。"魏卓保证。

"好,那咱们对一下时间。尽快开始。"林楠抬手看表。

第九章　教父

1

深夜，空气异常潮湿，天气闷热无比。"蒙斯特"显然还未远去，正酝酿着新一轮的袭击。看守所的审讯区只有一盏灯亮着。审讯室里，魏卓与路海峰相对而坐。路海峰并不看魏卓，而是抬着头，看着一只小虫在顶灯下盘旋。

"彭博发死了。"魏卓说。

"哦……"路海峰看着魏卓，"死了好啊，一了百了。"

"不仅是他，副市长蔺强、海城银行的行长闻章都出事儿了。"魏卓补充。

"呵呵……"路海峰笑了，"那是拜你所赐啊。"

"这都是你计划好了的吧？让人杀害马林，然后逼死彭博发？"

"你相信因果吗？凡事除非不做，只要做了，就一定会有一个结果。果随因至，如影相随。他们的'果'在多年以前就被种下了。"

"他们是你的敌人吗？"

"哼，商场之上，没有朋友和敌人，只有利益。马林、彭博发、蔺强、闻章，还有其他那些人，都是为利益而来。他们曾经很敏锐、很警惕，懂得如何规避风险、躲避风浪，在风平浪静时，却放松了，麻痹了，认为高枕无忧了。唉……其实风平浪静的时候恰恰最凶险，永远不要以为敌人走了，他们可能就潜伏在暗处，随时准备向你扑来，将你撕碎。"

"在你的世界里，只有生存和死亡吗？你解决问题的方式太极端了。"魏卓引导着。

"我不惧怕死亡，但惧怕无意义地活着；不惧怕一无所有，但惧怕被别人践踏和背叛。我在这个城市用鲜血和汗水搏命，不就是为了获取少得可怜的利益吗？如果这些利益也要被人剥夺，那我就只有以命相搏了。"

"如果这些利益根本不属于你呢？就算你暂时获得，也必将失去呢？就像你现在，不就是在无意义地活着吗？路海峰，你搏命争夺，不过是为了填补内心的空虚罢了。"魏卓提高了嗓音。

路海峰语塞，停顿了几秒，但随即又笑了起来："不愧是海城的'名记'，很有一套啊……怎么？急切地想听我下面的故事了？"他抬眼看着魏卓。

"当然，不然我到这儿来干吗？"魏卓反问。

"好，那我就继续讲。"

"我要听Z先生的故事。你该知道，我采访的机会不多了，而你讲述的机会也不多了。"魏卓提醒。

"外面的风暴过去了吗？"路海峰一语双关地问。

"暂时过去了，但天气预报说，今晚还会再来。"魏卓也一语双关地回答。

"嗯，那估计这波会更猛烈。"路海峰点点头，"你不是想听Z先生的故事吗？那我告诉你，他姓周，叫周屿，曾是我最好的兄弟。"

"周屿……"魏卓默念着。

"他年轻、帅气、很有风度，而且非常聪明，有时连我都自愧不如。我遇到他的时候，也正在事业的上升期，那真是一段美妙的时光啊……哎，如果我说自己曾经有过理想，你信吗？但起码那时，我自己是信的。还记得我那个幼稚的梦想吗？把城南区的那个老球场包下来，在中央放一张钢丝床，一个人躺在空空荡荡的草场之中听音乐。在那个阶段，我真的实现了。"路海峰娓娓道来。

2009年，在老吴退出之后，险峰国际便在真正意义上属于我们了。我和蒋澜重新做了分工，我负责外场，她负责勾连关系。我们配合得很好，公司不但没有衰落，而且走上了正轨。当然，我说的这种正轨并不是正经的经商办企业，而是在投机取巧的路上更进了一步。在此期间，我跟蒋澜开始谋划用信用证赚钱的事情。

我们模仿着老吴的方式，同时吸取了他的教训，通过马林在境外注册了好几家名头挺大的公司，比如"寰宇""环球""世界""东亚"……然后又通过"招财猫"联络到了多家有出口资质的企业，用"随风潜入夜"的方法，慢慢"下饵"，将他们的主要经办人拉下水，让他们成为与我们同船共渡的利益共同体。所谓的信用证生意，说白了也是个骗局，手法比当年马林的帆布生意高明不到哪里去，只不过金额更大、利润更丰。我们在建立好境外公司之后，用自己控制的国内公司与其签订医疗器材的购销合同，然后以3%左右的代理费，通过海城几家有开具信用证资质的公司，从银行开出不可撤销且可转让的90天至180天的远期信用证。当然，合同里所谓的医疗器材只不过是道具而已，并没什么实际的价值，我们只是以此为标的物，来骗取信用证项下资金的使用权。这些资金动辄几百万美金，足够我们提现后用于开展其他业务了。这就叫作借鸡生蛋。

这是个无本万利的好买卖，我和蒋澜以最短时间积累了巨大财富，投入股市、楼市去钱生钱。但信用证开具之后，只有最长180天的使用期，到期之前必须进行偿付，所以我们要保证不出问题，就必须"后单跟前单"地循环做下去。一旦某一单延期或停滞，就会引发系统性风险。这是个在钢丝上起舞的危险游戏，我们随时有坠入深渊的危险。所以我们尽量把风险分散，不会只走一路循环。我们通过各路关系，将这张循环透支的网络尽量做大，以冲抵可能出现的局部风险。但老吴的前车之鉴依然历历在目，于是我们开始谋划设置防火墙和缓冲带。

2

那时我总去一家叫"Hometown"的酒吧，在那里认识了一个叫 Neo 的酒保。那个酒保年轻、帅气，很有亲和力，特别是那双眼睛，像一汪水，无论是男人和女人都会为之着迷。他和别人说话的时候也很有风度，会看着你的眼睛认真地倾听。我有时甚至觉得他不像个酒保，与酒吧的氛围格格不入，更像一个海归的学子，在这里不过是为了体验生活而已。

有一次我端着酒杯走到他面前。"嘿。"我同他打了个招呼。

"要加什么酒吗？"他问我。

"为什么到这里打工？"我问他。

"为了生活啊，还能为了什么？"他笑着耸了耸肩。

"你是什么学历？"我又问。

"我？"他犹豫了一下，"我在国外读了几年书，回国觉得没什么可做的，就先到这里打打工。"他很随意地回答。

"哪个国家，什么学校？"

"嘻，美国的一个学校，加州国际大学。听说过吗？"

"哦……"我轻轻地点头。

我点了两杯威士忌，把其中一杯推到他面前，却被拒绝了。

"对不起，我只喝手打柠檬茶，多糖少冰。"他浅笑着说。

我觉得这个小伙子挺有意思，说话办事礼貌得体，有着自己的坚持。虽然他跟我说的不一定都是真话，但回答得挺艺术，可见头脑灵活。从那之后，每次去酒吧我都会找他服务，也会和其他客人一样给他小费。这个 Neo 不简单啊，他记得所有人喝酒的喜好、聊天的话题，甚至生日。一来二去我跟他混熟了，像朋友一样。他告诉我，他姓丁，是襄城人，父母都是高级知识分子，从小到大望子成龙，逼着他成为学霸，但他偏偏叛逆，所以才在重压下选择了躺平，来到海城这个陌生的城市。而酒吧的工作并不算忙，所以权当是让自己度假。我问他为什么会选择海城，他笑着说，因为这里有山、有海、有自由的空气，还有相对友善的人群。听他这么回答，我知道他是在扯淡了。有一次，我跟蒋澜提到了这个酒保，没想到她也印象深刻。

"他是不是说自己是个海归的学生，毕业于什么加州国际大学？"蒋澜笑着问我。

"是啊，你知道这个学校？"我有些诧异。

"我只听说过加州理工学院，压根不知道有个国际大学。听不出来吗？这个 Neo 是个骗子。"蒋澜肯定地说。

她这么一说，我倒是来了兴趣，于是便通过隐秘的关系，摸了一下这小子的底细。没想到结果惊人，他竟是个逃犯。他在酒吧留的是假名，但根据他的手机号调查，他的真名叫丁小炜，确实是襄城人。他根本没出过国，只是高中肄业，两年前因涉嫌对非国家工作人员行贿罪被上网追逃，至今还在公安机关的名单上。我将这个消息告诉了蒋澜，她似乎一点儿也不惊讶，但反而琢磨起我的意图。她知道，我是不会这么无缘无故地对一个酒保上心的。当时我俩正窝在那个用巨大钢化玻璃做屋顶的卧室里看电视，电视上播放着一个动物纪录片，一只蜥蜴被白鹭细长的喙紧紧叼住，在命悬一线的时刻突然自断尾巴逃出生天。蒋澜看着我专注的样子，似乎明白了原因。

"你想怎么做？"她问我。

"让他成为我们当初的角色。"我说。

"你觉得这个人可用？"

"不知道，还得试试。"

"别忘了，他可是个逃犯，有一定风险。再说了，就凭这么几面

第九章　教父　143

儿，你就想拉他入伙？"

"但如果他不是个逃犯，能踏踏实实地为咱们所用吗？"我阐明了道理。

我这么一说，蒋澜不说话了，低头思索着。

"我想这样……"我搂过她，说出了计划。

蒋澜笑了，轻轻地给了我一拳，算是认可。

于是我便开始实施计划。这就是我的性格，认定的事情说办就办，毫不拖泥带水。第一步，我要让他尽快跟我熟悉起来。于是在一次去酒吧的时候，我故意多点了几杯威士忌，然后佯装醉倒，一直到酒吧打烊。我给了他小费，让他送我回家，并把随身的皮包交给了他。那个包里装了不少现金，拿在手里沉甸甸的。那小子替我叫了车，犹豫了一下，上车一直将我送回了公寓。我那天其实喝得并不多，但进了门就烂醉如泥般地瘫倒在床上。他没多停留，放下我的皮包就离开了。我看他走了，就翻开手包清点现金，发现竟然一张也没少。之后我便以答谢的名义请他聚餐，一来二去，我们便混得熟识了。老吴不是说过吗？为人处世，不要怕求人，有来有往，关系才能更进一步。晓之以理，诱之以利，动之以情，挟之以灾。我现在做的，就是动之以情。

能看得出，他还是很重视与我的关系的。他无论曾经是谁，如今只不过是个以做酒保为生、隐姓埋名的逃犯，住在狭小的群租房里，过着朝不保夕的日子。而我则是个名副其实的有钱人、成功者，能如此平易近人地接触他，怎会不令他动容？所以此刻，我已占尽了心理优势，等时机成熟，就开始酝酿第二步——挟之以灾了。

我选择了一个热闹的周末傍晚，用匿名电话拨打了110，说Hometown酒吧有人销售违禁药品，然后大摇大摆地坐上吧台，若无其事地与Neo聊天。警察出警的速度比他们宣传的要慢很多，大约半个小时后，酒吧的灯突然全亮了，警察入了场。他们勒令所有人拿出证件，以供检查。Neo 慌了，扶在吧台上的手不禁颤抖。他找了个借口想去后厨，却被一个警察拦住。那一瞬间，他惊慌失措，仿佛动物纪录片里的那条蜥蜴遇上了天敌。我知道不能再袖手旁观，不然会出大事儿，于是便走上前去跟那个警察盘道，同时拢住了 Neo 的肩膀，让他跟我走。但那个警察有点儿不开面[1]，再次将我阻拦，无奈之下，我只得提到了他所在派出所一个领导的姓名。警察上下打量着我，确认我不像个瘾君子，才抬手放行。于是我便带着 Neo，回到了公寓。

他惊魂未定，坐在我的进口沙发上连喝了两杯威士忌。

我笑了："你不是只喝手打柠檬茶吗？还要多糖少冰？"

他也笑了，长呼了一口气，说："今天要不是你，我就折了。"

"为什么啊？"我明知故问。

他犹豫了一下，看着我的眼睛，表情渐渐紧绷起来："如果我说自己是个逃犯，会不会令你惊讶？"

我沉吟半晌，又给彼此的酒杯倒满威士忌，然后将自己的那杯一饮而尽，说："没什么可意外的，人生本就充满了不确定性。我也一样啊，有过服刑的经历。"我与他对视着。

他有些意外，没想到我如此坦诚。

"好多年前的事儿了，那时为了挣钱，跟一个哥们儿一起做局，事情败露，被判了三年。"我轻笑着说。

这下轮到他惊讶了："为什么要和我说这些？"

"哼，因为我第一眼看见你的时候，就知道你身上有故事。因为在美国，压根就没有你说的那个大学。"

他哈哈大笑："是吗？我也是从网上看到的……我没去过美国，都是瞎编的。"他也挺坦诚。

1　不开面：方言，指不给面子。

"编可以,但不能瞎编。"我正色,"你现在有两条路可以走,第一条是继续逃亡,再换一个城市,重新开始。但这是一条没有尽头的路。"

"第二条呢?"

"第二条就是换个身份,重新开始。这个世界上,有许多人从这个人变成了那个人。"我放慢语速。

"我试过,但很难做到。"他轻轻摇头。

"我可以帮你,但是……"我停顿了一下,"我必须知道,你到底是谁,犯了什么事儿。"

他看着我,沉默了良久,开始讲起了自己的故事。他根本不是出生在知识分子家庭,他是工人的儿子,从小在充满噪声的机床旁长大。父母都是老实人,靠双手吃饭,曾经的生活也就勉强温饱。但后来父亲因为工伤失去了右手,工厂甩包袱,给父亲办理了提前退休。而仅凭母亲一个人的收入,日子就捉襟见肘了。那时他正上高中,经济上的拮据也让他无心学习。他想尽了各种办法去挣钱,贴小广告、卖盗版光盘,什么来钱做什么,结果学习成绩自然一落千丈。最后在高考前夕,他因为倒卖黄色光盘被警察抓获,被勒令退学。父母狠揍了他一顿,逼他转学再考,他却趁夜逃了出去,跟几个狐朋狗友借了些钱,离开了老家。

他辗转到了孟州,成了一个游手好闲的盲流。为求生存,他捡过破烂,打过零工,摆过地摊,最后从一个贩子手里买了个驾驶本,跟着一个混社会的大哥开起了黑车。但黑车哪是那么好开的呀,不仅要和同行抢活儿,还要打一枪换一个地方,时时躲避"管局"的追查,一旦扣车就面临高额罚款。况且车是人家的,他只是个寄人篱下给人打工的马仔,虽然每天十个小时奔波在路上,但一个月下来的收入只够勉强糊口。但他无可奈何,毕竟身无长技。

就这么干了一年多,他觉得不是办法,就到各处去应聘司机,想找个相对稳定的活儿。几经周折,他谋得了一份在服装厂开车的工作。这工作相对简单，每天四趟固定路线，虽然收入微薄，但还算稳定。起码不会像开黑车那样，风里来雨里去地辛苦。这时，他遇到了人生中的一个贵人，那个留着地中海发型、满嘴烟酒臭的黄厂长。黄厂长觉得他很聪明，干活也不惜力，就将他从货运司机的岗位上调到了自己身边。于是丁小炜便成了厂长的司机。在踏上这个平台之后，他确实成长了，陪着黄厂长走南闯北，见了不少世面。饭局、酒局、麻将局，酒店、桑拿、KTV……他从战战兢兢到游刃有余，只用了不到半年时间。他虽然学历不高，但脑子灵活、会来事儿，深得黄厂长的喜欢。干得久了，黄厂长就把许多上不了台面的事儿交给他办。比如逢年过节的"礼尚往来"，小到茶叶、烟酒，大到现金、礼品卡，黄厂长不便出面的，就由他去办。他每一次都办得妥妥帖帖的。别看丁小炜收入不高，但他在钱上从没含糊过。他之所以不做雁过拔毛之事，是不想因小失大毁了前程。黄厂长对此十分满意。

　　服装厂是个集体企业，黄厂长虽然管着好几百号员工，但工资是一个固定的数。工厂的产值和他的收入并不挂钩。久而久之，他就动起了脑筋，以各种不同的方式为自己创收。比如购买假发票，为自己进行大额报销；又比如虚构会议，利用办卡退卡的手段中饱私囊。他每次的动作都不是很大，算是细水长流、蚂蚁搬家。但这些钱积累起来，凑成了一个巨大的数额。这些事儿他都交给丁小炜，同时也给他留了一些甜头。比如报销之后，他常留下千元左右的红包，算是慰劳，每次到温泉会议中心办卡之后，他也会让丁小炜免费使用。那意思再明显不过了，就是我吃肉你喝汤，出了事儿一起承担。丁小炜那时还感恩戴德呢，觉得厂长对自己不错，却不知道这会给自己留下多大祸根。之后果然东窗事发，黄厂长被实名举报，锒铛入狱。而丁小炜间接侵占的公款也已高达三十余万元，他知道自己的罪过，于是便在警察动手之前脚底抹油，离开了孟州，又辗转了几个城市来到了海城。其间他重操旧业，开过黑车，摆过地摊，最后通过一个老乡的介绍，来到了这个 Hometown 酒吧。

我听着他的经历，觉得和自己如出一辙。他遇到的那个黄厂长，和我之前的老科长又有什么不同呢？

"你后悔吗？"我没头没尾地问。

"嗐，没什么后悔的。自己选择的路，自己承担后果。"他大大咧咧地摆摆手，又喝了一口酒，"再说了，我一没学历二没背景，就是再活一次，估计也得走这条路。"

"嗯。"我点头认可，"那你有什么打算？"

"你刚才不是指点过我吗？让我换个身份重新开始。那你告诉我，该怎么做？"他的眼里闪出了光芒。

我笑了，端起酒杯，自顾自地喝了一口。

"从此以后，你就不是丁小炜了。以后不要再提什么加州国际大学，那一听就是假的。记住了，你出生在一个商人家庭，父母都已移民海外，哥哥在新加坡从事外贸生意。你从新加坡国立大学本科毕业，之后到伦敦大学学院读的研究生。你在学校举办的商业竞赛中屡创佳绩，在二十出头就创业获得了人生的第一桶金，五百万美元。因为判断国内的经济向好，充满商机，于是去年回国发展，已经在北京和上海有了合作伙伴。上个月才来到海城，准备组建新公司，一展身手。"我把关于他的"新故事"娓娓道来。

他瞠目结舌地看着我，一时无语。

"怎么了？背不下来吗？"

"你这是要干什么？"他警惕地问。

我叹了口气，说："认识这么久了，你还不知道我是干什么的吗？"我冲他摊开了双手。

"你……不是个生意人吗？"

"第一，我是个生意人；第二，我是个投机者；还有第三，我是个野心家。这么说你懂了吗？"

他看着我，揣测着话里的意思，似乎在心中权衡着利弊，预估着风险。

"你还有什么可害怕的吗？或者说，你还有什么怕失去的吗？"我追问道，"现在就是二选一。想上船就跟我走，不上船咱们就各走各路。"我喝完杯中酒，把空杯子蹾在桌上。

"为什么要帮我？"他开了口。

"我是个生意人。生意人不搞慈善，不做赔本的买卖。我找你是互相帮助、各取所需。我给你新的身份、洗白的机会、从头开始的可能，而你要全心全意地为我办事，帮我达到商业上的目的。我算是说明白了吗？"

"我明白了。"他点头，"那……我之前的案子？"

"我会找人帮你摆平。我既然今天能救你，以后也会让你安全。"我向他打着包票。

"好。既然你这么说，那我就跟你干。"他重重地点头。

我拿起了威士忌，倒满了彼此的酒杯："来，干一杯。"

他没有犹豫，一饮而尽。

喝完酒，我拉开了皮包，取出了两万元现金。

"干什么？我不需要你的钱。"他说。

"这是预付你的工资。明天一早，你就收拾行李，离开酒吧。我会帮你租间房子，让你安顿下来。用这些钱置办点儿生活用具，给自己买上几件体面的衣服。其他的，等我召唤。"我缓缓地说。

"那我……以后叫什么名字？"他皱眉。

我笑了："我会想办法给你弄个新的身份。但是你得容我段时间，我得找人算算，取个什么样的名字能保你平安。"

他也笑了。我起身拍拍他的肩膀，穿上外衣离开了公寓。街上很寂寥，但我的心里很充实。我知道，崭新的阶段即将开始。

我回去跟蒋澜说了情况。蒋澜找了个大师，给他起了个新的名字。这个名字是有讲究的，我的名字带水，合作者的名字不能有火，水遇火则熄，火太旺就会烧到自己，所以之前的丁小炜是不能用的。于是大师就借着我和蒋澜名字中的水，给他起了一个"屿"字。屿浮于水上，水可淹屿，屿却不会覆没水。

于是丁小炜摇身一变，就成了周屿。

3

外面起风了，窗户被刮得咣咣作响。魏卓提问的时候，一声响雷在外面炸开，一场暴雨又开始了。

"你们就放心把这么大的生意交给他？不怕他应付不来？"

"当然不会。我们找他的目的，无非是设一道防火墙，让他当提线木偶，是不会把真正的生意交给他的。还记得我说的那部动物纪录片吗？在危急时刻断尾求生。"路海峰理性地回答。

"他符合你们的要求吗？"

"嗐……干什么都不能一蹴而就啊，得循序渐进。比如你，也不是一出道就能成为'名记'的吧？偷拍人家隐私这活儿，是得经过长期磨练的。"他坏笑着。

魏卓没接他的话茬儿，自嘲地笑了笑："所以你们就开始培训他了？"

"聪明。"路海峰点头，"说实话，这小子真是个精明人，在许多事情上一点就透。进步的速度远比我想象的要快。"他继续回忆起来。

过了大约一周的时间，我让他来到了公司。他换了身新的衣服，还理了发，虽然那身装扮与公司的氛围格格不入，但起码还算得体。我把蒋澜引见给他，告诉他从此以后见面要叫"蒋总""路总"，而我们则会称他为"周总"。这便是他重新开始的起点。

他显得有些拘谨,眼神左顾右盼。于是我告诉他,跟人谈事的时候要真诚,眼睛要直视对方,不能躲闪,即便自己用的是假身份,说的是假话,拿的是假支票,坐下来以后也要让自己踏实。相由心生,只有自己踏实了,才能让对方踏实,让对方踏实了,才能达到自己的目的。

他似懂非懂地点点头。蒋澜笑了,告诉他不要着急,一切都会慢慢好起来的。

蒋澜打开公司的保险柜,把一个文件袋递给了他。他打开查看,里边装着一套身份证件和学历证明,同时还有一部最新款的手机。

"周屿……"他默念着自己的新名字。

"怎么样,这个名字可是蒋总亲自为你起的。"我笑着说。

"挺好。"他点头,"那我爸妈叫什么?这些事儿是不是都得编圆?"

"你爸叫周伯通,你妈叫周芷若,你哥叫周星驰,记住了吗?"蒋澜在旁边插嘴。

我们都笑了。

"哎,今天你有事儿吗?"我问他。

"今天?"他显然没做好准备。

"中午有个局,你陪我一起去。"我点燃一支香烟,叼在嘴里。

"这……"他有些犹豫。

"怎么了?害怕被识破?不会吧,你在 Hometown 不是还当了一年的 Neo 吗?"

"好吧。"他点点头。

"不要紧张,你要有种娱乐的心态。年轻人不是流行玩儿一种叫 cosplay[1] 的游戏吗?你现在做的就是 cosplay。你可以借此试试自己的

---

[1] cosplay:英文 costume play 的简略写法,一般指利用服装、饰品、道具以及化妆来扮演动漫作品、游戏中的角色。

第九章 教父 151

能力,能不能建立自己的人设,取得别人的信任,达到自己的目的。从现在到中午……"我抬手看表,"还有两个小时的时间。这两个小时,你要熟悉人物、细化前史、确立形象、谋划台词,而最重要的是要让自己相信,你跟别人说的一切都是真的。可以吗?周总。"我冲他抬抬下巴。

"可以。"他故作轻松地回答。

我没再多说,让他在会议室里准备。到了中午,我带了一瓶茅台,和他一起乘车来到了位于海城山脚下的松林餐厅。

这里很清静,特别是在工作日的中午,客人很少。我带他走进了一间名叫"竹韵"的包厢。客人已经到了,是个穿着蓝色西装的中年男士。

"冯总,久等了啊。"我双手抱拳以示歉意,同时将茅台蹾在了桌上。

"没有没有,是我到早了。离约好的时间还差十分钟呢。"冯总上来与我握手,"这位是……"

"这位可是大人物啊。我今天带他来,就是要介绍给你。"我煞有介事地说,转身一把将周屿搂了过来,"年轻有为的企业家,周总。在北京和上海都有大买卖,最近才来到海城,准备投资。哎,他可是我的财神爷呀。"

"哎哟,失敬失敬,幸会幸会。"冯总赶忙过来与他握手。

周屿显得有些紧张,但紧绷的表情稍纵即逝之后,就恢复了正常。"你好,冯总,刚才路总言过其实了。我刚到海城,初来乍到,以后还要多跟你们请教啊。"没想到他官话说得不错。

"您是做什么生意的呀?"冯总问。

"我……"周屿一时语塞,显然没做好准备。

"他呀,除了军火、毒品、人口贩卖,什么都做。"我打趣道。

"那正好,我公司正缺两颗原子弹呢,您给想想办法。"冯总捧哏。

"哈哈，不说笑了。周总来海城时间不久，还没有固定的投资方向，正处在手里攥着资金没处投放的阶段。"

"哦，哦。"冯总连连点头。

我们又扯了几句，便各自落座。冯总将周屿让到主位，拧开了茅台，率先给他倒满。周屿下意识地推辞，但手抬起来又落了下去。

"怎么了？不喝白酒？"冯总问。

"周总爱喝手打的柠檬茶，多糖少冰。"我插话。

"不是不是。"周屿赶忙解释，"我是说您别这么客气。咱们之中我最年轻，倒酒的事儿应该我来。"他缓解着尴尬。

"嗐，你刚来海城不久，算是客人。我为你服务是应该的。"冯总把手一挥，"再说了，咱们以后常来常往，这打交道的日子多着呢。你说是不是，路总？"

"对，对。"我连忙应和。

"我们路总可是海城的能人啊，不但生意做得大，为人也好。他能给予你这么高的评价，我想你肯定错不了。"

"嘿，这酒还没喝上呢，冯总就说醉话了。谁不知道您在海城商界的位置啊，我们还得仰仗您的关照呢。"我也打着官腔。

酒已斟上，三人碰杯满饮。冯总夹了口菜，又开始问周屿的情况。

"周总，你是学什么的呀？"

"我……是学商科的。"周屿背着自己的履历。

"哎哟，那跟我学的是一个方向啊。"冯总笑了，"是什么专业啊？金融、会计、管理学、经济学？"

"我……"他犹豫了一下，"我是学金融的。"

"你毕业于哪所学校？"

"我从新加坡国立大学本科毕业，在伦敦大学学院读的研究生。"

"哎哟！这么巧啊！那咱俩可是校友啊。我研究生也是在伦敦大

第九章　教父　　153

学学院读的。哎，你是哪一届的？"冯总来了兴趣。

这下周屿慌了，没想到麦芒掉进针眼里——凑巧了。

"我是……"他表情紧绷，额头冒出了汗水。

我见状赶紧解围："嘿，没想到你俩还是校友啊。那废话不多说，我提议再干一杯。"我说着就端起酒。

"嘿，人生四大喜事是什么来着？他乡遇故知！荣幸之至啊。"冯总也见好就收，不再追问。

周屿喝完酒就有点儿发闷了，似乎怕言多语失，露出马脚。而冯总也算配合，没再继续追问。其实商人之间的交流，谁也不想刨根问底，只是借着相同的经历和话题攀关系、套近乎罢了。

中午的时间本就不多，饭局仅进行了一个多小时就结束了。我找冯总主要是请他协助联络一笔贷款的事宜。钱不算多，事儿也不算大。饭后我给他拿了十万块现金作为运作款，事情就算办完了。

在回程的路上，周屿坐在副驾驶的位置沉默不语。我坐在他后边，看着他新修剪的那个工整的发型，觉得可笑。

"我是不是搞砸了。"他许久才说。

"嗐，那个人根本不重要，只是我办事的掮客，你以后也不会与他有直接的生意往来。咱们只是拿他练练兵。"我波澜不惊地说。

"我明白了，确实是我准备得不够。还有许多事儿是要去学的。"他点着头说。

"什么叫实践出真知啊，就是只有在真正的操作中才能发现纰漏和问题。你知道你刚才犯的最大错误是什么吗？"

"我知道。就是在跟他说话的时候眼神躲闪，没有底气。我是心里发虚，所以相由心生，才引起他的怀疑。你说得对，就算自己用的是假身份，说的是假话，拿的是假支票，但是只要坐下来，就要让自己踏实，这样才能让对方踏实，才能达到自己的目的。"他一点就透，理解了我说过的道理。

我默默点头，觉得这小子是个可造之材。

"没事儿，咱们循序渐进地来。一而再，再而三，你早晚能变成名副其实的周总。哎，从明天开始，你什么也别干，接受我的培训。"

"培训？"

"对，我要系统地让你成为一个成功者和有钱人。"我认真地说。

4

这次试水让我看到了周屿身上的优点和不足。我知道，让这个穷小子一夜之间变成一个富人是不现实的。富人不光有钱，还有地位和傲慢。从穷到富不光是财富的提升，更要实现阶层的跨越。当然，这次试水也是我安排好的。那个冯总也并不姓冯，而是姓马。他名叫马林。据他反馈，这小子还行，虽然在被追问时有些紧张，但起码没有实质性地露出马脚。

我和蒋澜商量后，决定拿出一笔专门的资金用于对他的培训。得真金白银地滋润他，才能消除他对钱的敬畏和自卑。首先，我要消除他心中的羞耻感，解下他身上的禁锢。我问他身上还有多少钱，他说除了置办新衣服和租房等费用之外，一共还剩下五千九百元。于是我让他全部带上，跟我去了燕朝汇。

我在燕朝汇开了间中包，叫来了四个姑娘，洋酒、果盘摆满了茶几。

"哎，你们几个，得好好敬敬周总啊。他可是大老板！"我在震耳欲聋的音乐中大声地说着。

那帮女孩都是人精，看我这么说，立即将火力齐刷刷地对准了周屿。敬酒的、劝酒的、拉他唱歌的，像蛇一样缠在他的身旁。周屿显然不适应这种光怪陆离、声色犬马的环境，显得非常拘谨，下意识地躲闪。但他越是这样，姑娘们就越放得开，对他上下其手。我

第九章 教父　155

冷眼旁观，自顾自地开了一瓶洋酒自斟自饮，隔岸观火地看着她们的表演。无论周屿怎么不上道，他毕竟是个男人，面对美色怎会坐怀不乱？不一会儿他便开始了反击，跟几个姑娘闹作一团。

"哎，周总，你觉得她们怎么样啊？"我坏笑着问他。

周屿有点儿发蒙，没明白我话里的意思。

"我是问，一会儿你需不需要带走？"我把话挑明。

"不用不用。"他一紧张，身体一挺，差点将一个姑娘掀翻在地。其他人顿时笑作一团。

我带他在燕朝汇整整折腾了四个小时，这场"培训"才算告一段落。他喝得脸红脖子粗，脸上还印着好几个殷红的唇印。当然，他不会真的将哪个姑娘带走，那笔费用他承受不起。但即便这样，在结账的时候，他面对五千三百多元的账单，双手还是不禁颤抖。

我告诉他，在社会上混，不光要敢玩儿、会玩儿、能玩儿，还要敢花、会花和能花。你要想陪好客人，就不能在乎钱，为了达到目的可以不择手段、不计后果，你首先要做到的，就是拿钱不当钱，不在结账的时候手抖。

他懵懂地看着我，似乎听懂了。我就是要他有这种切身体验。

我带着他花天酒地了好几天，酒吧、KTV、桑拿浴、高尔夫……体会了富人生活的寂寞和无聊。然后又教他如何组局，如何喝酒，什么叫主宾，什么叫主陪，如何提酒，如何敬酒，怎么点菜，怎么结账……他很聪明，很快就学会了各路规矩，而且还无师自通地对各种酒类如数家珍。比如要想装相，就要喝红酒或洋酒，要想摆谱，就要喝茅台和五粮液。他在酒吧工作过一段时间，对红酒有所了解，比如红酒按照含糖量可以分为干型红葡萄酒、半干型红葡萄酒、甜型红葡萄酒和半甜型红葡萄酒；如果按照起泡来分类，又可以分为静止葡萄酒、起泡葡萄酒和加气起泡葡萄酒。至于红酒的产地、年份，他更是如数家珍，什么叫波尔多，什么叫单宁，什么酒醒多长时间，他在这方面确实算个专家。我笑着告诉他，要运用好这个优势，好把自己伪装成在国外挥金如土、生活奢华的公子哥，这招肯定能碾压海城的那帮土包子老板。

而在穿着打扮上，蒋澜也下了功夫。她教周屿西装、皮鞋、领带和袜子该如何搭配，什么样的品牌适合什么样的场合。有句话叫人靠衣服马靠鞍，其实穿衣戴帽的目的，无非是打造人设，让对方能在最短时间里判断出你的身份和阶层，这样才能达到物以类聚、人以群分的目的。在她的建议下，周屿淘汰了之前那身阿玛尼的西装和李（LEE）的牛仔裤，置办了意大利的定制西装和昂贵的名表。当然，那块金色的迪通拿不是真货，是我从表贩子手里花两千块收的"超A"。同时蒋澜还给他报了一个商科的学习班，让他尽快熟悉基本常识，以便在日后的交往中不露马脚。

经过一段时间的培训，周屿渐渐发生了变化，举手投足都不再像那个昔日的酒保。特别是他的眼神里，已经少有那种卑微、虚弱、退缩和闪躲，取而代之的是一种自信和从容。但我还觉得不够，希望他的眼神里还要有几分不屑和傲慢，这才有成功商人的气质。但这显然是急不得的，因为他还没拥有过真正意义上属于自己的事业和成功。

为了加快进度，我继续投入真金白银。我在燕朝汇给他开了一个专门的包间，给了他签单权，让他尽快适应在那里的逢场作戏。那帮姑娘自然成了帮他消除内心羞耻感的最佳陪练。我眼看着这小子从次次被姑娘们灌醉，到次次把姑娘们灌醉，而就在他即将陷于温柔乡乐不思蜀之际，我果断取消了他的签单权。

每天中午，我都会拉他到公司楼下的健身房锻炼。在跑步机上，我挥汗如雨地问他："怎么样，你觉得自己可以出师了吗？"

"可能还不够吧？我觉得自己还不像个商人。"他气喘吁吁地回答。

第九章 教父 157

"还不够？你都造了我十多万了，再不出师我就破产了。"我苦笑，"哎，你还在怕什么吗？"

"当然是怕被别人识破，坏了你的事儿，前功尽弃。"他如实回答。

"你练过拳击吗？"

"拳击？"

"知道泰森吗？一名凶狠的拳击手。他的个子不高，臂展也不算长，在重量级比赛中，面对同级别选手是处于劣势的。但他的特点就是好胜心强、凶狠、坚韧、迎难而上，永远在进攻的路上，以攻为守。这才铺就了他的拳王之路。"

"呵呵，你越来越像个老师了。"周屿笑。

"当然，无论是年龄还是阅历，我都配做你的老师。但我可不是白教，需要在你的配合下赚钱。咱俩有一天要双剑合璧，开创一片新的天地。"

"我真的值得你下这么大的功夫吗？"

"当然，我是不会看错人的。"我给予他肯定的答案，"一个好汉三个帮，我再强也是孤掌难鸣，我需要你的协助。"我诚恳地说。

"我不会让你失望的。"他点着头。

"加速！"我调快了跑步机的速度，奔跑起来，"记住啊，干咱们这行的，不能允许自己失败，就算倒下也要保持进攻的姿态。一旦认输，就没有翻盘的可能了。"我大声地说。

"我知道自己底儿潮，再折一次就彻底完蛋了，所以会保持攻势，不计后果。"他也大声说。

"哼……我们都底儿潮，但我们未来一定比别人混得好。"我喘着粗气，调慢了跑步机，"你不光要强硬，还要学会傲慢，懂吗？傲慢不是昂着头对别人无礼，而是要从内心不拿对方当回事儿，语言礼貌，态度冷漠。"

"明白，就是操着那股不以物喜，不以己悲的劲儿，该笑的时候不笑，不该笑的时候我笑了，他们也得陪着笑。"

"对对对，就是这意思。"我笑了起来，

"还有，你的人设可不是个在外国留学的高材生。只有穷人家的孩子才点灯熬夜地努力奋斗。你的人设是个有钱有势的公子哥，之所以能上名校，也是凭借家族的财力和父母的关系。所以如果再有人问你从哪儿毕业，学的什么专业，你大可不必纠结，就说自己的学历是混的，在国外也没好好念过几天书。你要表现出对那些名校的傲慢和不屑，这样才能更好地躲过别人的刨根问底。"

"哼，你的意思是我越说自己学得不好，他们反而越会认可我？"

"不仅是认可，还要让他们崇拜。商人崇拜的永远不是文化和知识，而是权力和财富。记住，你要把近期学到的一切，都反复练习，形成肌肉记忆。你要从内心忘记那个丁小炜的名字，让自己真正变成周屿。这个周屿，就是你的新生。"我叮嘱道。

在健身之后，我们都饿了，就到外面的一家麦当劳就餐。在大嚼汉堡的时候，我看他的眼神一直停留在一个前台姑娘身上。那姑娘二十三四岁的样子，梳着个马尾辫，长着一双会笑的眼睛，皮肤很白，身材很好，说话的时候露出两颗小虎牙，显得特别活泼生动。我知道这小子动心了，于是抬抬手："哎，还有一个任务。"

"什么？"他停住咀嚼，不解地看着我。

"用最短的时间，将她拿下。"我冲那个姑娘努努嘴。

"你这是……开玩笑吧？"他面带难色。

"连夜店的小姐都能周旋，不会对一个良家女孩束手无策吧？"我笑着说，"让你把她拿下，不是把她摁倒。给你十分钟，只要能把她的手机号要来就算过关。"我收起了笑容，正色道。

他犹豫了一下，放下汉堡，走了过去。

在我的注视下，他跟那个姑娘聊了起来，也就五分钟的时间，那个姑娘就拿出笔在他的手心写下号码。他得意地坐回到我身旁，煞

第九章 教父　　159

有介事地张开手掌向我展示。

"行啊，你小子用的是什么方法？"我问。

"呵呵，我就说看她眼熟，问是不是在同一个学校读过书。她说看我也眼熟，虽然不是同一个学校的，但肯定在哪儿见过。"他得意地回答。

"切……真够俗的。"我摇头。

"虽然俗但是有效啊。你不是说过吗？简单有效的方法才最实用。"他在这儿等着我呢。

"哼，想听真相吗？"我要破除他的小自信，"她之所以愿者上钩，第一，是因为你年轻、够帅；第二，是因为你穿着巴宝莉的运动服，戴着迪通拿的手表。"

"哎，不会所有人都像你说的这么现实俗气吧？"他有些失望。

"下一步，你可以试试约她出来，如果连吃三次路边摊，她还能跟你交往，就算我误解了她。"

周屿没说话，抬手看着腕上的迪通拿："但……这可是块假表啊。"

"那说明你已经像一个拥有财富的成功者了。成功者的腕子上没有假表。"我笑着说。

第十章 黄金时代

1

在完成初步培训后，我成立了以他为法定代表人的新公司——屿岸国际。当然，公司不是新注册成立的，是通过代办中介找的那些年头长、看着像模像样的公司变更过来的。俗话说，人靠衣装马靠鞍，舍得孩子才套得住狼。在规划好形象之后，我便琢磨着如何让周屿尽快进入圈子。如果只是通过介绍让其他人认识，那会有两个缺点：第一就是太刻意，显得唐突，会让别人怀疑我这么做的目的；第二就是难脱干系，无法和周屿做到彻底切割。我拉他入伙的目的，自然不是想找个合作伙伴以达到共赢，而是要让他成为我的防火墙和缓冲带，一旦出了问题就与他切割，用他的牺牲换取自己的安全。所以他出场的方式和时机很重要，弄不好就会事倍功半，甚至起到反作用。经过仔细谋划，我想到了一个让他以最快速度、最舒服的姿势进入圈子的方法。

要想混进圈子，自然离不开酒场、牌场和欢场。这三个场不仅充满了人情世故，还暗藏着刀光剑影，如果处理不好人情世故、抵挡不住刀光剑影，就很难立住人设，就得不到别人的信任，从而也很难达到自己的目的。作为初学者，酒场暗流涌动，牌场杀机四伏，唯有欢场在灯红酒绿之间，有"随风潜入夜，润物细无声"的机会。于是我让马林在燕朝汇组局，订了一个超豪华的包间，然后叫上了海城银行副行长闻章、商务局的招财猫以及帮我们办信用证的廖总。

而我，则作为被邀者入局。

那是一个周五的晚上，在到达燕朝汇之前，我们已经在酒场上喝得微醺了。这种局一般不设主题，算是日积月累的沟通拉拢。在局上，闻行长和廖总有点儿较劲，两人为了一个花边新闻争得不亦乐乎，而我和招财猫则在一旁敲边鼓，闹着让两人拼酒。结果两人先玩儿了个"拎壶冲"，再来了个"壶里净"，一瓶五粮液便见了底。为了缓解气氛，马林果断叫停，提出到"二场"喝洋酒，于是几个人便到达燕朝汇的包间，开始了"歌舞升平"。在光怪陆离的灯光下，在酒精的麻醉下，大家渐入佳境，剥去了外表的伪装，露出内心的兽性。在他们的生活里，一切都可以拿来交易，没有什么是不能用钱去衡量的，而我逐渐陷入这种氛围，从最初的不适应到现在的如鱼得水，似乎也变得和他们一样。但我知道，我反感这里，厌恶这里，从未拿他们当过朋友，跟他们混在一起的唯一目的，就是发展，就是有朝一日能有资格说"不"，之后跳脱出这个圈子，做自己想做的事。当然，之前我做的一切，已经让我难以回头了。我不仅入了局，还落了水，可能这辈子都要背负那些罪名。但我在等待着一个机会，能玩儿一票大的，然后功成身退，离开海城，断绝与所有人的往来，漂白自己，用一个新的身份生活。这显然是个奢望，或是种不切实际的自我麻醉，就像武侠小说里那些杀人无数的所谓侠客想去牧马放羊一样，他们最终也洗不掉手上的鲜血，为了逃避而越发无所顾忌地作恶。

我陪着这几个人在燕朝汇玩儿到了深夜。闻行长看了看表，发现已经接近凌晨，闹着要走。这下廖总不干了，说自己还意犹未尽，得陪到姑娘们下班的时间。招财猫见状就让马林先去结账，没想到一问服务员，包间的账已经被别人结了。这下马林不干了，赶忙问服务员是谁干的。服务员指了指一旁的包间，说是那边的先生结的。这时，身穿白色西装的周屿走进了包间，他拿了一瓶洋酒，见到我就笑了起来。

"路总啊，玩儿得尽兴吗？"他戴着一副金丝眼镜，笑得很灿烂。

"这是谁呀？"马林配合演着戏。

"嘻，你连他都不认识啊，这是屿岸公司的周总啊。"我咋咋呼呼地回答。

"周总？"马林故作陌生，眯着眼看他，"哦，我记起来了，您怎么也在这儿？"他起身跟周屿握手。

见我们如此寒暄，另外三人也来了兴趣。

"哎，老路，这是你的朋友啊？"招财猫投石问路。

"是，周总可是年轻有为、实力雄厚啊。"我操着夸张的语气说。

周屿随即走到三人面前。

"坐坐坐，路总的朋友就是我们的朋友。"廖总拍了拍旁边的沙发——他一直是个笑面虎。

"各位老板好，我来海城时间不久，初来乍到，能通过路总和马总认识各位实在是我的荣幸，以后还得承蒙各位关照啊。"他说着江湖上的官话。

"嘻，客气什么啊。抱团取暖，多个朋友多条路，以后大家多多沟通、共同发展。"廖总说得很客气。

闻行长却冷眼旁观，一言不发。我知道这孙子是在"起范儿"，想让周屿上赶着讨好他。闻行长在海城银行是资格最老的副行长，平时一帮商人在身边围着，自然有傲慢的资本。他赌瘾很大，有时在牌局上一玩儿就是十几个小时，输了钱总想翻盘，不回本就不散牌局。我陪过两次，实在是心有余而力不足。而廖总呢，看似热情，实际上是绵里藏针，暗带杀招。他深谙以退为进的手段，对人都是先拉拢再利用，从不做亏本的买卖。在我做了几单信用证生意之后，他不断给我加价，令我不胜其烦。而招财猫呢，是个彻头彻尾的实用主义者、精致利己主义者，雁过拔毛、贪得无厌。这三个臭皮匠

第十章　黄金时代　　163

放在一起，诸葛亮都难对付。而周屿能否获得他们的信任，就看这一场了。

周屿开始自由发挥了。他先是叫来服务员，要了两瓶昂贵的洋酒，然后倒满几个酒杯。他不卑不亢地先干为敬，然后分别敬酒。他表现得很好，或者说是表演得很好，将我对他的培训熟烂于心、化为无形。与位高权重的人打交道，必须要不卑不亢，他们傲慢、冷漠，拿别人当工具，要与他们交往就必须拿捏好分寸，怎么聊天，怎么摆谱，怎么喝酒，怎么对自己的背景点到为止，这都有很深的学问。信息的不平等是世界上最大的不平等，学会将饭桌上的道听途说转化为自己的信息，才能让别人觉得自己更神秘、更有背景。我看他和众人聊得挺好，就独自去如厕，一是为了避嫌，二是留给他充分发挥的空间。不一会儿，招财猫也尾随而来，借机问我周屿的背景。我煞有介事地告诉他，这小子来头不小、背景很深，据说跟省里的周汉军沾亲带故。周汉军当年是省里的常委，手握实权，是许多人想巴结的对象。一听这话，招财猫眼里放光，似乎闻到了鱼腥。等我们回去的时候，周屿已经跟闻行长玩儿起了骰子，两人兴致很浓，用猜单双的方式进行赌博，看来他已经摸到了闻行长的脉。当然，这与我之前的培训密不可分。闻行长好赌，廖总好财，招财猫好色，这些都是他们的软肋。

于是欢场变成了赌场，在几个人的围观下，周屿节节败退。不一会儿就输了不少局。廖总在一旁拿扑克牌计数，我在心里暗算，数额已经在十万以上了。当然，这是周屿故意而为，他干了多年的酒保，要想赢不容易，想输易如反掌。

这一下就耗到了凌晨两点，闻行长虽然意犹未尽，但也准备见好就收。他打了个哈欠，伸了个懒腰："哎呀，周总这是让着我啊。再这么玩儿下去，我都觉得不合适了。"他心满意足地喝了口酒。

"没事儿没事儿，我就是跟闻行长学习学习。我看这样，今天时间太晚了,咱们就先结束,等明天我组局,咱们再好好聚聚。"周屿发出了邀请。

闻行长正好就坡下驴,于是满应满许。

"哎,今天现金带得不够,就送您个小礼物吧。"周屿当着众人的面,解下了手上的迪通拿,笑着走到闻行长身边,将表放进了他的兜里。

"哎哎哎,这可不合适啊,咱们就是玩儿玩儿,不来真的。"闻行长自然知道那块表的价格,赶忙推辞。

"那哪儿行啊?您是赢家,怎么能空手而归呢?"周屿笑着,表情波澜不惊。

"这不行,不行。我可不能夺人所爱。"闻行长赶忙掏出手表,塞到周屿手里。

"嘿,您跟我客气什么啊?"周屿根本不接。

马林见状,上去解围:"嘿嘿嘿,要我看,这样。这笔账先记着,等以后再玩儿的时候一并算呗。"他找了个折中的方法。

但没想到,他这么一说,周屿不干了。他冷眼看着马林,脸一沉,就把手表攥在了手里:"马总,你这么说是什么意思?觉得我玩儿不起吗?"

"嗐,周总,你怎么这么说话啊?我可是为你好啊。"马林喝了个脸红脖子粗,语气不客气起来。

"那你的意思是,刚才我们玩儿的这几局都不算,让人家闻行长吃亏是吗?"周屿提高了嗓音。

"姓周的,你有毛病吧?拿我这好心当驴肝肺?"马林也不甘示弱。

包房里的气氛一下就变了,从刚才的其乐融融变成了剑拔弩张。闻行长显得很尴尬,说也不是,不说也不是。招财猫和廖总都坐不住了,站起来也想劝解。但谁都没想到,就在这时,周屿突然打开

第十章 黄金时代

了包厢的窗户,然后随手一抛,将那块迪通拿扔了出去。包间在三楼,房间里的人能清晰地看到手表在漆黑的夜空中画出一道抛物线,然后啪的一声摔在了地上。

众人皆惊,瞠目结舌。而周屿则冲几个人拱了拱手,转身就走。

马林刚想发作就被我拦住。"嘿,这孙子……"他欲言又止。

闻行长显然不高兴了,仰身靠在沙发上,一言不发。周屿刚才的举动让他跌了面儿。

"这位周总脾气还挺大,什么来路啊?"闻行长眯着眼睛问。

"是啊,拿块破表塞来塞去,不高兴了还扔到楼下,什么意思啊?这几十万的东西,我们是没见过还是怎么着啊?"廖总也不高兴了。

"呵呵……"我笑了,坐到闻行长的身边,"这是个少爷,公子哥。要不是有他爸撑着,他也不敢这样。"我故弄玄虚地说。

"他爸?"闻行长不屑地撇撇嘴,"姓周的还能有谁?难道是省里的周汉军吗?"

"哼,还真让你说着了,这小子他爸还真就是周汉军。"招财猫在一边插嘴。

他这么一说,闻行长愣住了:"他……是周汉军的儿子?"

"怎么说呢,算是也不算是。"我给了个模棱两可的回答,"要说他也是苦孩子出身,跟着妈一直在国外,直到近两年才回国发展,后面当然是有他爸做推手,但一直也没个名正言顺的身份。"

"嗐,说了半天是'二房'生的啊。"马林不屑。

"嘿嘿嘿,这么说,那个传闻是真的?"廖总来了兴趣,"我很早就听人说过,这周汉军有个私生子一直在英国读书,不会就是这小子吧?"

"他从新加坡国立大学本科毕业之后,在伦敦大学学院读的研究生,对外说是品学兼优,从二十出头就开始创业,获得了人生的第一桶金。你们信吗?"我笑着问。

"鬼才信！"马林插嘴。

"境外账户，给他爸代持。"廖总说。

"常用手段，都是套路。"招财猫也说。

"哎，你还别说，从眉眼上一细看，还真有点儿像。"闻行长点头，"行啊，老路，这小子的底你都给摸透了。"

"嘻，也不算，跟他是萍水相逢。但咱们也不能打无准备之仗，是吧？"我笑着说。

"对对对，路总说得极是。这叫知己知彼，百战不殆。"招财猫也笑了。

我瞄着，几个人的眼睛都闪出了欲望的光芒。如果周屿的身份是真的，他们是不会放过这个攀附周汉军的机会的。当然，他们也很难真正查到周屿的底细，就算有公安的朋友，也很难查到私生子的情况。而我在伪造他身份的时候，就已经将他的籍贯做成了和周汉军一样的。正如招财猫所说，知己知彼，百战不殆。

"那今天这事儿，我就替他向各位道歉了。实在是不好意思，没想到这小子年少轻狂，做出这么无理的举动。"我露出歉意的表情。

"嘻，公子哥儿嘛，年少轻狂也是正常的，有多大本事就有多大脾气，可以理解。"闻行长态度来了个一百八十度大转弯，摆摆手，佯装大度。

"那快让服务员把表给拿上来啊，别再丢了。"廖总用手向楼下指着。

"放心，我已经让服务员去找了。"我笑着说。

"那明天的局？"马林皱着眉头，没把话说完。

"这可全看大家啊。我看他今天也是喝多了'闹炸'，明天一醒肯定后悔，大家要觉得不舒服，就别搭理他。"我接话。

"别别别，得去啊。人家刚到海城不久，初来乍到的，咱们就因为这么点儿事儿，就跟人家闹掰了，显得也太不大气了吧。"闻行长

第十章 黄金时代 167

赶忙说。

我心里暗笑。"那您两位呢？"我转头问。

"明天是周末，我倒是没事儿……你们要是去，那我就陪着。"廖总说着活话。

"他爱喝什么酒，白的还是红的？我明天带过去。"招财猫显得很积极。

我看火候到了，就约定了明晚六点的时间，在海城山脚下的松林餐厅。于是这场戏便完美收场了。

2

回到公寓的时候，天已经蒙蒙亮了。一进门我发现周屿根本没睡，一直在等着。

"怎么样？我表现得如何？是不是做得太过火了？"他赶忙站起来问。

"当然，你做得太过火了。"我夸张地回答。

"唉……"他叹了口气，坐在了椅子上，"我就说吧，第一次出场不能这么过激，你让我表演先温和再傲慢，我就知道自己演不好。什么反其道而行之啊，你说得容易，但做起来可难啊！"他摇着头说。

我笑了，走过去拍着他的肩膀："你刚才的表现确实不像一个睿智的学子，更不像一个成功的商人，而像一个纨绔子弟和公子哥儿，但是这个人设正是咱们想要的。忘了？利用人性的弱点，为己所用。"

"这么说，我没失败？"周屿试探着问。

"不但没失败，而且大获成功！这帮孙子是不能舔的，你越惯着他们，他们就越不拿你当回事儿。而你要是起范儿了，灭了他们的威风，才能显出自己的实力，激发他们的奴性。你做得很好，今天是满分。"

我这么一说，他显得有点儿激动了。

"记住，咱们不是一般的生意人，咱们干的事儿是付出最小的代价来获得最丰厚的收益，是利用最有效的方法去获得成功。如果想这样，就不能走寻常路，要另辟蹊径，明白吧？"

"明白。"他点头。

"不要有道德约束和心理负担，记住，你面对的人都不是良善之辈，他们都是野兽。所以做生意要像狼，只要出击就不能给对手还手之力。"我说着从兜里掏出那块迪通拿，递给了他。

"可惜了，都摔坏了。"他用手抚摸着那块表。

"以后不能再用假的了，得给你配块真的。"

"真的？那下次再需要扔的时候怎么办？"周屿皱眉。

"要扔就扔真的，要玩儿就玩儿大的。"我正色道，"哎，听过一首歌叫'Let It Be'吧，知道那歌词什么意思吗？"

"歌词？"周屿不解。

"Let it be，去他的！"我笑了起来。

我们正说着，蒋澜走了进来。她显然已经听到了我们的对话。她拿起一瓶红酒，倒满了三杯，笑靥如花。

我酒劲儿未消，一把搂过蒋澜，与她激吻。周屿有些尴尬，移开了视线。

我笑了："对女人也要如此，三垒打，明白吗？"

蒋澜打了我一下，举起酒杯："我提议，为咱们的远大前程干杯。"

"周屿，你好好干，我们都会支持你做出样子，咱们一定能做出大事来。"我也举起杯。

"路哥，蒋姐，如果没有你们，估计我现在正在看守所里待着呢。就算不被警察抓到，还不是继续在那个Hometown给人倒酒？你们放心，以后我肯定会好好干的，不干出点儿人样来，我自己都不会饶恕自己。"

第十章　黄金时代

我们相互表态，将红酒满饮，之后稍作休息，又于当晚赶赴了那场酒局。

在我的铺垫下，闻行长、廖总和招财猫已经对周屿刮目相看了。周屿调整了自己的人设，在酒桌上摆出一副公子哥儿的架势。几个人经过试探、寒暄、旁敲侧击，不一会儿便笃信了他与周汉军的关系。那场酒喝得很到位，廖总甚至当着周屿的面儿，说周常委如何仗义、英明。招财猫赶忙将他打断，岔开话题。闻行长也狠狠瞥了他一眼，示意他不要心急，得"随风潜入夜"才能搭上周家的关系。

经此一役，周屿在海城的商圈里声名鹊起。一传十、十传百，大家都知道了海城来了位周公子，他的背景是省里的周常委。同时还越传越邪乎，说周屿其实就是周汉军的"白手套"，要做生意也是帮着他老子洗钱。都说谣言止于智者，但面对巨大的利益诱惑，往往精明的人都会变得愚蠢。于是在我的包装下，周屿的身份越发神秘起来，而在生意上，他也开始顺风顺水。

在我的培训下和不断的实践中，周屿越来越上道，进步的速度远远超出我的预期。他在小试牛刀大获成功之后，便正式出道。他越来越多地出现在海城的各种场合上，酒场、牌场和欢场都不乏他的身影。他深谙我的教诲并熟练掌握，比如说话时很少用疑问句而多用祈使句，显得笃定有底气；说出决策时不咄咄逼人但板上钉钉，语速要慢但语气要重，让人觉得毋庸置疑。他也熟练运用信息的不对称，把道听途说的许多事情都转化成自己的信息，有意无意地点到为止，虽是捕风捉影但有名有姓。正如之前老吴教我的，真正的骗子说话是九真一假，九句真话是为了铺垫、引人信任，那一假就可以达到目的、获取利益。

这个阶段是最费钱的，为了夯实基础、扩大关系网，周屿要大量组局、呼朋唤友。而我渐渐地淡出，撤到了幕后，于是在许多的场合，少了险峰国际的路总和蒋总，多了屿岸国际的周总。我们初步达到了目的，让周屿衔接上了大量的生意。而与此同时，周屿在情场上也有了收获，他真的通过"三垒打"把那个麦当劳姑娘给拿下了，但对此我是充满警惕的。

那个姑娘叫佟莹，长得不算惊艳，只能说是耐看，带着一种邻家女孩的味道。我想周屿之所以找上她，可能是为了获得一种安全感。我曾认真地提醒过他，在创业初期不要轻易动感情，女人只是我们的猎物而不是寄托。周屿却说，如果身边没个女人，反而显得人设不真实，所以才找了一个单纯简单的女孩作为身边的道具。我同意他的说法，但知道这只是托词，从他每次提到佟莹的表情就能看出，他已经对这姑娘上了心，动了真感情。但我知道，周屿是不会把自己的真实身份告诉佟莹的，他已经习惯了现在的生活，害怕再回到过去。所以我也没多做干涉，毕竟还要借着他想干事的心气，让他为自己所用，更好地成为一名提线木偶。

周屿开始起范儿了，借着闻行长、廖总和招财猫的人脉，结识了更多的合作者，建立起了更广阔的关系网。而我也借此将那些脏活、"雷活"都抛给他，特别是在信用证上的生意。

高新大厦的老办公室显然是不够用了，于是我又租了一套16层的200平方米办公用房，花了大几十万精致装修。我修建了高档的格子间，扔掉了之前老吴留下的那些看似高档却甲醛超标的冒牌家具，换上了实木的大班台，又雇了十多个高学历的员工装点门面，让周屿的屿岸国际显出勃勃生机。那是一段令人亢奋的美好时光，在我和蒋澜的推动下，屿岸国际的订单源源不断，资金也滚滚而来，他的办公室从开始的冷冷清清逐渐变得人来人往，他那大班台前的真皮沙发上几乎不停地有来客更迭，茶几上的水晶烟灰缸总是插满烟蒂。我们不断地开着红酒举杯庆祝，从廉价的国产品牌到澳洲品牌，一

第十章 黄金时代 *171*

直喝到昂贵的拉菲。每次红酒的升级，都对应着生意的更上一层楼。

记得那段时间我总是睡不着觉，躺到床上还觉得内心燃烧着一团火，亢奋、狂热，想闭上眼睛让黑暗淹没自己，但黑暗又被欲望点亮，即使在下雨的时候也无法安宁。蒋澜给我找来了安眠药，我却拒绝服用，我不想束缚自己内心的野兽，我知道真正大干特干的时候到了。我甚至真的把城南区的那个老球场包了下来，在球场中央放了一张钢丝床，然后躺在床上听音乐。球场的音响不间断地播放着黑豹的《无地自容》、唐朝的《飞翔鸟》以及威猛乐队的"Careless Whisper"（《无心快语》），当然，还有德沃夏克的《第九交响曲》、霍尔斯特的《行星》组曲和约翰·施特劳斯的《狩猎波尔卡》。我觉得自己开始理解我妈说的话了，人生虽然说到底是个悲剧，但是要按照喜剧的方式去演。

我知道自己成了，真的成了，我幻想着再弄几大笔就全身而退。周屿虽然表面光鲜，但毕竟只是个傀儡，对公司没有实际的控制权。每次资金成功回笼并获利之后，我都会通过隐秘的手法，将款项转到我和蒋澜实控的账户之中，只将其中10%的利益分给周屿。但就算如此，他的生活也发生了巨变。他在开发区买了一栋三百多平的联排别墅，又置办了一辆新款的奔驰轿车，能看得出来，他非常享受此刻的生活，已经将昔日的丁小炜忘得一干二净了。但久而久之，他就不满足了，露出了贪婪。

3

在一个阳光明媚的日子，周屿约我和蒋澜去东郊的渔场钓鱼。我以为他是压力大了想去散散心，没想到却是个鸿门宴。到渔场的时候，我发现佟莹也在，心中有一丝不悦，却并未表露出来。毕竟此时，我和周屿已经成了相互依存的关系。

周屿包下了整个渔场。他穿着一身高档的白色运动装，显得很精神，身边小鸟依人的佟莹也显得和他很般配。我看着他，觉得有点儿恍如隔世，一时真的分不清他到底是周屿还是丁小炜了。

佟莹确实很单纯，这个"单纯"不光是褒义，也是贬义。褒义是说这姑娘像白纸一样，不对别人设防，从眼睛就能看出内心，而贬义则是说她未经世事，与我们这群人格格不入。

周屿似乎看出了我的担忧，忙搂过佟莹，说："路总，她是个好姑娘，特别信任我。她说过，即使全世界都抛弃我了，她也会站在我这一边。"

我自然知道这是女孩在热恋中说的情话，就伸出大拇指敷衍着笑笑。

"路总，谢谢您的介绍。我都听周屿说了，那天要不是您，他是不会找我要电话的。"佟莹说，"你们都是这个世界上最优秀的人，一定能成就大事的。"她努力说着赞扬的话。

"哈哈，他是这么告诉你的？"我笑了，"其实那天我让他找你，只不过想续两杯免费的可乐，没想到他就把你拿下了。"我并不随声附和。

周屿显得有些尴尬，但随即也笑了起来："你不是告诉过我，要娶一个傻女人，而不是聪明女人吗？所以我就照方抓药了。"他自嘲地说。

"那你的意思是蒋总很难嫁出去喽？"我反唇相讥。

"你们打嘴架可别拉上我啊。"蒋澜佯装生气，但说完又笑了起来，"哎，小妹妹，你知道周总的经历吗？"她开始试探。

"知道啊，在新加坡上的本科，在英国读的研究生，父母都在国外，哥哥也在经商。在上学期间，自己创业并获得成功。还有……"她想了想，"他还热爱运动，懂得品酒，喜欢喝单一麦芽的威士忌。"她如数家珍。

第十章　黄金时代

我无奈地笑笑，知道她对周屿的认识还是最初的人设，于是便补充："除了这些，周屿肯定还有一些没跟你说的，以后你会慢慢了解的。还有啊，除了咱们，跟外人可不能说这么多。"我一语双关。

周屿一愣，自然听出了我话里的意思。他冲我使了个眼色，暗示我不要再往下说。那一刻，我意识到这个女孩将是他日后的软肋。

但周屿约我们到渔场，自然不只是要介绍自己的新女友。我们钓了一上午鱼，收获颇丰，数一数差不多二十条。我们每个人钓鱼的风格都不同，我的习惯是丢掉小鱼只钓大鱼，钓上来的数量虽不算多，但总斤数是第一；蒋澜挑鱼种，不爱吃的鱼钓了又放掉，只留下自己喜欢的；而周屿则显出了贪婪，所有上钩的鱼一条不放，悉数留下。我告诉他对待对手不能赶尽杀绝，既要抓也要放，同时还要懂得如何止损。他却笑着回答，自己与我们不同，我们都吃饱了，而他还饿着，所以要尽力收获。

在佟莹去车里拿餐食的时候，我们放下了鱼竿，抽着"高希霸"雪茄，喝着单一麦芽的威士忌，享受着片刻的安静。但不久，周屿就将话题引到了我们的分成比例上。他颇为郑重地提出，希望自己的分成比例从 10% 提升到 20%。蒋澜不悦，刚要反驳，我却痛快地答应了。我早就预感到这是他约我来的目的，而他提出的分配比例还是小于我预估的。他看我答应了，笑着和我干了一杯酒。我知道，他的胃口越来越大，而且在未来肯定还会变本加厉。

在钓完鱼之后，我告诉蒋澜，你要永远记得他的出身，他是一个逃犯，永远不能真正地视他为合作伙伴，要明白他是颗用完即弃的棋子。蒋澜冲我点点头，但我要她直视我的双眼，告诉我记住了。我隐约地觉得，周屿的贪念会在未来某个时段爆发出来，从而造成不可收拾的麻烦，所以我要未雨绸缪，提前做好准备。

周屿显然是爱上佟莹了，不是逢场作戏，而是动了真心。他在一个周末,开着那辆新款奔驰和佟莹一起回了老家。那是一个南方的小村庄,山清水秀,民风淳朴。周屿很正式,不仅给佟莹父母带了礼品,还拿了几万元的礼金。老人对他赞不绝口,摆席招待。

  同时,他们也引起了全村的关注,一个农村的打工妹攀上了城里的大老板,这则爆炸性的新闻不胫而走,村民纷纷围观,村干部闻讯而来。大家都想巴结巴结这个富豪。周屿拆了两条中华烟,发给村干部和村民们,更拍着胸脯承诺会支持村里的建设。在那一刻,他是真的相信自己已经成功了,已经彻底摆脱丁小炜的阴影,漂白成周总了。那晚他喝了很多酒,已经到了酩酊大醉的程度,搂着村干部的脖子,一个劲儿地说红酒按照含糖量可以分成四个种类……什么叫波尔多,什么叫单宁,什么酒醒多长时间……他早已忘记了自己的人设。喝到最后他哇哇大哭,显现出卑微和恐惧,不再有白天的自信和傲慢。村干部和村民都看傻了,让佟莹扶着他去休息,他却没完没了,闹着要不醉不归。

  我在得知他陪佟莹回老家之后,给他打了个电话,提醒他言多语失,绝不能让人发现了真实身份。而他还没醒酒,回答:"知道了,路总。"

  我开始把他引向深水区,让他接触更多的人,涉猎更多的生意。我说过周屿不简单,他在当酒保的时候就能记住所有客人的生日,跟所有人搞好关系并获取最多的小费。在这个社会上,有两种人能成功,一种是含着金钥匙出生的各种二代,富二代、官二代、商二代……还有一种就是像周屿这样的人,虽是草根出身,但懂得隐忍,会低着头走路,为求生存和发展能把自尊放得很低。但这种人成事之后,往往会变本加厉地弥补当年的损失,会渴望人上人的待遇。我承认自己也是这样的人,但周屿和我比起来还要加个"更"字。

  在周屿的建议下,屿岸国际成立了公关部,招聘了一批女孩作

第十章 黄金时代

为公关的尖兵。他不想拿燕朝汇作为活动据点，于是我就在海城东郊买了一栋五百平方米的独栋别墅。那里的环境很好，绿化率很高，从露台就能直接看到大海，而且交通方便，距海城港只有不到一公里的距离。我们对别墅进行了重新装修，餐饮、KTV、按摩、桑拿、别墅外的泳池，形成了一条龙的服务。搭建完毕，周屿请来了第一批客人，老熟人——闻行长、廖总和招财猫，美其名曰让他们"品品菜""验验货"。几个人自然乐于奉陪。与我们不同，周屿因为那个虚构的背景，在与这些人的接触中一直处于主导地位。虽然对他与周汉军的关系只是雾里看花，谁也无法确定，但大家几乎都会把他当公子哥对待。而在我和蒋澜的谋划和策应下，周屿的表演也越发驾轻就熟，言谈举止、行为做派都越来越符合自己的人设。而佟莹也经他包装，从那个麦当劳姑娘摇身一变成了某商学院的才女。有时我冷眼旁观那些人对周屿的追捧，在心里都觉得好笑。同样的一个人，在 Hometown 的时候要低三下四、任人驱使，仅仅换了一个背景就能登堂入室、受人尊敬。这个世界真是荒唐啊……

我不禁想起了老吴曾经说过的那些话："人设才是真正的外衣，无论何时何地都要相信自己是个成功者，或者一定会成为一个成功者……成功者永远不缺追随者，披上成功者的外衣才能成为他人眼中的焦点……"而周屿已经掌握了这个 cosplay 的密码，已经让面前的这些人成为垫脚石，踩着他们的欲望前行。而我和蒋澜的角色也已悄然发生变化，从主导者逐渐变为参与者，在席间的位置也从主陪变为跟从。当然，这是我们的有意为之，越是如此就越说明我们的运作的成功。但有时在觥筹交错的时候，我心底还是不免有一丝失落。

我们开始了更大的动作，周屿利用公关部广结良缘，不仅拿到了我和蒋澜之前的关系，而且建立了更多新的关系。各种关系纠结在一起，编织得越来越密，延伸得越来越广。他对这些人投其所好、有的放矢。喜欢俗的，就带他们去东郊别墅，让公关部的女孩陪他们花天酒地；喜欢雅的，就带他们去看古玩字画，再通过拍卖等方式变相行贿。他使用的方法越来越多，手段也越来越娴熟。我曾亲眼见证过一次他给某人送礼，不仅送钱送车还送姑娘，车的后备箱里装着现金，车的后座上坐着美女，再由他亲自驾车将对方送到门口，最后留下钥匙。这种"伺候"大概没几个人能扛得住。但我仍一再提醒他，做事要有底线，不能随意撑大对方的胃口。对此他只随意一笑，似乎并没把我的话放在心上。

我们继续做着"前单跟后单"的信用证生意，将积累到的大量资金全部投放到股市和楼市里，获利颇丰。但这必定是危险的，于是我们开始寻找其他的渠道。我们开始进入房地产领域，周屿负责打前站，表面沟通、暗地买通，而我则围城打援、筹集资金、组局围标、一举中第。我们配合得很好，甚至可以说是默契。但不久后，2010年4月，国家为了遏制房价过快上涨的趋势，颁布了"新国十条"，楼市交易迅速降温，我们的一部分投资也被锁住。这时，周屿谋划出了新的生意，那就是进行私募股权投资项目。

这听着玄乎，实际上就是通过银行私募高端客户的资金，然后购买即将上市企业的股权，在企业上市之后，等股权过了解禁期，在二级市场出售，最终获得利益。这对我们来说是个完全陌生的领域，周屿之所以敢做也源于他搭建的关系。他一方面通过闻行长结识高净值的客户，吸取资金，一方面通过招财猫介绍相关的项目，收购股权，而他则在中间左右逢源、获取利益，这确实是个一本万利的好买卖。他瞄准的客户一般为存款300万以上的高端客户，按照合伙企业法，募资客户在50名以内，然后成立专门的项目公司，再将募集到的资金以项目公司的名义投资到即将上市的企业之中。一般此类的投资不承诺保底，风险由周屿和其他投资人共同承担，而最终的收益由周屿与投资者2∶8分成。这其实是个借鸡生蛋的买卖，实际上周屿不仅在推动公司上市后能获得20%的收益，还能按照投资总额每年

第十章 黄金时代

收取一份3%的项目管理费。这笔管理费也相当可观，当然，这里面还有闻行长和招财猫等人的份额。

在我和蒋澜同意后，周屿成立了新的项目公司。他起了个响当当的名字，叫"远大前程"。他任法定代表人，注册资金是1000万元人民币，经营项目是资本管理、投资管理、企业管理、咨询投资等。他的第一个项目对象是孟州的碧水水务公司，这是个老牌国企，经他运作后便启动了上市程序，而那50名投资人则成了水务公司的第一批股东。只要有朝一日公司上市，他们的投资便会翻倍，甚至翻数倍。我认真地看完了可行性报告，参透了其中的意思。这个项目说白了还是挂羊头卖狗肉。这样的公司虽然属于基础建设的范畴，但想要成功上市非常困难，别说一年半载，就是十年八年也不一定能推进。但对周屿来说，他需要做的只是拿着投资人的钱去办事，聘请相关推动上市的企业进行运作。运作好了，他获得20%的丰厚利润；运作不好，他每年也能收取数百万的资金管理费。他已经掌握了经商的真谛，那就是借用富人的钱去做看似能盈利的事情，而实际上则是拿着更大的"镰刀"，割更茂盛的"韭菜"。

在他的运作下，公司规模迅速扩张，还不到半年的时间就吸纳了十多亿资金，成了海城商界的新星。更有媒体盛传他是在海外学成归来支持国家建设的商业奇才。而我则在幕后时时关注着事态的走向，紧盯他的言行举止，生怕他在某处做得过了，出了漏洞。但奇妙的是，人们往往会被成功者的光环所蒙蔽，忘记去深究他光鲜谎言中的漏洞。

4

在一次活动中，周屿在台上演讲。他振臂高呼、全情投入："努力，不一定会成功，但放弃，一定会失败。坚持就是胜利，虽然在最后一秒到来之前输赢未定，但是努力的过程就是证明自己的过程；

只要我们拥有梦想、敢于拼搏，就能梦想成真，看到最美的彩虹……"

这是蒋澜给他写的演讲词，经他的嘴说出，不但令人信服，还极具煽动力。台下掌声雷动，拥趸众多。而闻行长、廖总和招财猫也热烈鼓掌。这时，他们和周屿已经成了利益共同体，一荣俱荣、一损俱损。而经过蒋澜的巧妙运作，招财猫也通过省里的关系"确认"了周屿的背景，当然，为此我们又支付了一笔不菲的费用。

在演讲后，周屿入席，率先举杯。"祝大家都能梦想成真，有远大前程。"他颇为真诚地说。

众人一起举杯，活动现场气氛热烈。

敬完几轮酒之后，周屿来到我身边，坐了下来。这时，我已经上不了主桌了，距他有几桌的距离。

"路哥。"他这么称呼我。

"周总，讲得不错。"我露出笑容。

"这还不是承蒙你的教诲？"他笑着说。

"哼，是你悟性高，一点就透。"

"呵呵……"他又笑了，但是那种带着傲慢和不屑的笑，他真的像个成功的商人了。

"人性是没有底线的，是黑洞，懂吗？如果不加节制，会吞噬一切的。"我提醒。

"你觉得我做得有点儿过？"他皱眉。

"你拥有了一辆豪车，能兴奋多久？获得一个女人的青睐，能兴奋多久？财富、地位能满足你的占有欲吗？之后呢？还要进行更多的拼抢，填补无尽的空虚。所以，梦想成真是陷阱，是扯淡！"我借着酒劲儿给他泼冷水。

"但我不想再回到过去了，回到那个要低眉顺目给别人服务，还要把紧绷着的衬衣掖进裤子里的日子。"

"你现在的衬衣不也掖进裤子里了吗？"我笑着打断他。

第十章 黄金时代　179

"现在的衣服合体，和以前不同。"他看着我一字一句地说。

我心里发冷，说不出话来。

"我以前总在封闭自己，对别人隐瞒自己的过去，不敢袒露内心，说出自己的想法。但现在好多了，这也要感谢你。"他由衷地说。

"哼，你这是在开玩笑吗？你现在是真正的自己吗？"我反问。

"当然，我就是周屿，一个成功者，一个无所不用其极、为达目的不择手段的商人。"他看着我说。

"忘了？封闭心灵，不让人参透，才是成功者的基础。而无论何时，闭上双眼，还要知道你自己到底是谁。"

"唉……"他长叹一声，"也许吧，但我没时间闭上双眼。路哥，我觉得咱俩是绝配，一里一外，双剑合璧，肯定能打赢天下。"他开始"PUA"我。

我没接他的话茬，喝了一口酒。"你那个新业务会不会有风险？"我问他。

"呵呵，我已经让所有投资人成了水务公司的股东，他们与项目融为一体，共担风险，无论是一年两年还是十年八年，他们都会憧憬着一夜暴富。而我只是个衔接人、经办者，即使有一天退出，为了那每年3%的管理费也会有人接手。这个'雷'不会炸，你觉得会有风险吗？人傻，钱多，速来，明白吗？"他笑着回答。

我很讨厌他这种说话的语气，但又找不出辩驳的理由。

"刚开始是骗，借鸡生蛋，但只要有了鸡，就能生蛋了，然后再生鸡，我们就不是骗了。对吗？"他问。

"但如果蛋孵不出鸡呢？一切都不会如想象般完美。我们做的不是正经生意，不然那帮人……"我冲坐着闻行长等人的主桌努了努嘴，"也不会像群苍蝇一样地围绕在你身旁。记住，他们不是朋友，是敌人。"

"我倒认为，他们能让我成长。敌人帮我的目的是获利，只要利益给得足,他们就不会轻易下手,只要时刻警惕、如履薄冰、如临深渊,就能与敌人结伴而行,成为合作的伙伴。"他反驳我。

"那现在,他们是你的朋友吗?"我问。

"不,既不是敌人也不是朋友。他们都被我打败了,是吃了饵的傀儡。"他笑。

"周屿,别说了,我明白自己为什么会担心了,这才是你最大的危机。"

"危机?什么?"他不解。

"傲慢、轻率、目空一切。"

"哼,如果马能投票,汽车就不会诞生了。路哥,时代在发展,总会有最新的路可以走。"

"你呀……"我叹了口气,"风平浪静的时候,不要以为安全了,以为敌人走了。他们就潜伏在暗处,随时可能向你扑来,将你撕碎,夺走你的一切。"

"这些话听得耳朵都快磨出茧子了,你太悲观了。"他笑。

"是,我是悲观的,因为我曾在阴影里生活。我不惧怕死亡,但惧怕被囚禁、被控制、失去自由的感觉。难道你不怕吗?"我话里有话。

他默默地喝了口酒。

"我不惧怕一无所有,因为我本来就一无所有。但我惧怕自己获得的一切会再次失去。我在这个城市用鲜血和汗水搏到的就一定要继续占有,绝不容许被再次剥夺。你懂吗?"我有些激动,拿起酒杯一饮而尽。

看我又要倒酒,他按住了我的酒杯:"路哥,你喝醉了。"

"胡说,我怎么会醉?"我甩开他的手,"我就是要提醒你,不要轻易起范儿,觉得自己真是个成功者了。这里的人,这里的一切,其实都不属于你,注定要失去。你搏命争夺的目的,无非是告诉自己没有失去罢了。"

第十章 黄金时代 181

"别说了，你说得够多了。"他不耐烦起来。

"我只想问你，能听懂吗？"我上前搂住他的脖子，盯住他的眼睛。他的眼神相比以前变得强硬了，他直直地看着我，与我对视，竟然毫不示弱。但过了一会儿，他的眼神渐渐弱了下来，开始低眉顺目。

"我知道了。"他轻轻点头。这才是我要的答案。

我们正说着，蒋澜陪着乔总走了过来。乔总是海城商界搞私募投资的大佬，年过五旬，大腹便便，身上的黑色西装包裹着肥胖的身躯，像只滑稽的企鹅。

"周总啊，你可是年轻有为、前途无量啊。蒋总你熟吗？和你一样是海归背景。"他说着就拢了一下蒋澜的后背，笑容非常暧昧。

我知道这是个老色鬼，周屿没少把他往东郊的别墅里带。他刚被拉进圈子不久，显然还不知道我们之间的关系。

"嘻，您过奖了，我是您的晚辈，还要靠您扶持才行。我哪能跟蒋总比呀，蒋总，不光是海归的人才，而且人美心善，可是咱们海城的一枝花啊。"周屿调笑着说。

"哎呀，周总总结得不错呀！是啊，当然是一枝花了，人美心善……"这个乔总也喝多了，转过身一把搂住蒋澜，想要揩油。

我绷不住了，腾地一下站了起来："乔总，我还没敬你呢。"我说着就拿起一瓶茅台，然后将酒倒满了两个分酒器，把其中一个递到他面前，"来！咱俩感情深一口闷，来个'壶里净'。"

他一看我也在这儿呢，面带尴尬，赶紧将手收了回来："哎，路总啊，咱们就别自相残杀了，留着这酒好好敬敬别人吧。"他示弱道。

"那不行啊，这是我敬你的酒。敬别人的酒，我待会儿单论。"我继续逼宫。

周屿眼珠一转，赶忙替乔总解围。他一把接过我手里的分酒器，仰头一饮而尽，然后痛苦地皱皱眉，但嘴上还说着漂亮话："哎，这杯酒我替乔总干了啊，祝咱们都顺顺利利。"

我凝视着他，看看乔总，又看看蒋澜。

乔总不说话了，显然被我的气势镇住了。但随即我就大笑起来："乔总啊，你看你多有面儿，我就是想敬你杯酒，都有小弟替你拦着。要不说，你才是海城的老大呢。来来来，我自罚一杯，向你致敬啊。"我说着一仰头，将酒饮尽。算是破解了尴尬。

乔总也就坡下驴地大笑起来，他是个混迹江湖多年的老油条，怎么会看不出这其中的微妙之处。他又寒暄了几句，就撤回到主桌。周屿的表情也松弛下来。

"路哥，你跟这财神爷较什么劲啊？他是什么人你也不是不知道，澜姐都没说话，你发什么飙？"周屿皱眉。

我绷不住了，一把将他拽到面前："我告诉你，无论到什么时候，也不能让蒋澜付出代价。懂吗？"我恶狠狠地质问道。

"懂……懂了。"他点着头。

"佟莹不是跟你说过吗？等挣够了钱，就去一个海岛定居。等这个目标实现了，你们就走！记住，真正的成功者不仅要高位出局，还要能平安降落。"

"那你呢？会走吗？"他反问。

"我？"我一时语塞。

"我们都离不开这个局了，一个海岛填不满我们的欲望。我还年轻，既不想高位出局，也不想平安降落，我只想跟着你好好地混下去。可以吗？"周屿站直了身体，抚平了被我揉皱的西装。

"可以，只要你听话。"我平静地说。

5

雨又大了，雨借风势，风助雨威，看守所的窗户被刮得哐哐作响。路海峰似乎有些疲惫，说了一半就低头不语了。审讯室顿时安静下来。

"能听得出，周屿这个人很复杂，并不像你想象的那么容易掌控。"魏卓打破了沉默。

"是，也不是。"路海峰缓缓地说，"刚拉他下水的时候，我将所有力气用在塑造他的人设上，想让他尽快进入角色，为我所用，但没能压制住他的欲望和野心。但是面对巨额的财富和光怪陆离的生活，别说是他了，就算换作是你，能扛得住吗？"他抬头看着魏卓。

"哼，你把自己描述得像个导师一样，其实还不是为了利益，做一些肮脏的勾当。"魏卓撇嘴。

"肮脏……哼，何止啊……"路海峰摇头，"那是个黑洞啊，你只要踏进去就很难脱身。"

"马林呢？那个时候是什么角色？"魏卓又问。

"他？早已经不入我们的'法眼'了，他本来就是穿针引线的'工具'，周屿根本就看不上他。再说了，他既没头脑又没实力，成事不足败事有余，而且还知道我的底细，找这样的人合作除非是我的脑子坏了。"

"后来呢？又发生了什么？"

"别着急，心急吃不了热豆腐，慢慢来嘛。"路海峰笑，他缓缓地抬头，看着监控探头，"还有你们，是不是也想听后面的故事啊？"

在监控室里，林楠吸吮着一支香烟，默默地看着监视器里路海峰的表情。桌上的几张 A4 纸已经被他写满。

"闻行长和外号叫'招财猫'的彭博发都已经出事儿了，那个廖总和新出现的乔总，咱们得尽快落实身份。"林楠说。

"明白。"老黄点点头，"还有那个副市长蔺强，这孙子还没提到呢。"

"他不是说了吗？后面还有故事。"林楠撇嘴。

"这孙子的故事真真假假，我看是在故意引导我们，我看不能信。"老黄说。

"不能全信也不能不信，只要他愿意说，就能露出蛛丝马迹。就比如那个吴永伟，不就和'12·18'专案挂上了吗？"

"是，但咱们费了半天劲也没能查出那个吴永伟的真实身份。那起案子牵涉面极广，涉及嫌疑人数十名，虽然已经抓获了一大部分，但尚有多人在逃。而且这孙子不是说了吗？最后吴永伟脱罪了，那就应该不在追逃的名单上。"老黄分析。

"嘿，你不是说不能信他说的话吗？怎么也按照他的思路走了？"林楠笑。

"哼，听你的啊，不能全信也不能不信。"老黄在这儿等着他呢。

"这条线索不能放，还得继续往下追。还有，彭博发的尸检报告出来了，没有服药，判定就是自杀。"

"不会是被什么势力逼迫的吧？"

"我也怀疑有这种可能。但他是国家工作人员，咱们没有权限调查。"

"那就从他的通话记录和社会关系摸摸呗，没准儿能有收获。"老黄说。

"这事儿不能干私活儿，我一会儿跟郭局请示一下，看能不能协调纪检监察部门的同志进行配合。哎……要真是有股力量能让这个社会油子选择自杀，那这黑幕就真是深不见底了。"林楠感叹。

"咱们……真要刨得这么深吗？"老黄看着林楠。

"既然查了就不能半途而废。出了事儿有我扛着，您踏踏实实的。"林楠说。

"扯淡，要扛也是我扛，离退休没多久了，我还怕个毛啊。"老黄大大咧咧地说，"我是担心你，别陷入旋涡之中。"他有些担忧。

"听，这雨声又大了。如果风暴要来，咱们谁也拦不住。既然已经身处其中，就不妨与风暴共舞吧。"林楠故作轻松地说。

第十章　黄金时代　185

在审讯室里,路海峰又抽完了一支香烟。距离规定的最长提讯时间结束,只剩下不到一小时了。

魏卓知道路海峰还陷在回忆里,不想打断他的思绪。他知道,这家伙是个性情中人,只要想倾诉,不用你追问也能娓娓道来,而一旦被反复追问,就会产生抵触情绪,许多细节就很难进行还原。于是魏卓也点上一支烟,默默地等着他。大约过了五分钟的时间,路海峰开了口。

"那段时间算是我和周屿的一段蜜月期吧。"

"然后呢,发生了什么?"魏卓引导着。

"但我不想让那小子轻易起范儿,特别是不能让他失控,所以就想尽一切办法去控制他、压制他。有一次,我约他去夜市吃饭,就是羊肉串和啤酒,无非是想借着聊天的机会探听他近期的动向。但没想到碰到了不速之客,还让我挂了彩。"路海峰抬起头,笑了笑。

6

那天我们喝得挺多,也喝得挺晚,直到那个夜市快打烊的时候还在闲聊。但没想到,周屿惹了一帮小混混。他有点儿醉了,在拿啤酒的时候撞上了一个光头的矮个儿。没想到对方的人一下就围了过来,举起酒瓶就要干仗。我自然不能袖手旁观,于是走了过去。

"嘿嘿嘿,有话好好说,别仗人多在这儿拔份儿[1]。"我一嘴江湖气。

那矮个儿一愣,下意识地将手中的酒瓶缓缓放下。但没想到从他后边又窜出了一个高个儿。

---

1 拔份儿:方言,指出风头。

高个儿一脸横肉，眼睛喝得通红，嘴角有一块不大不小的疤，一看就是个狠主儿。

"嘿，你算哪根葱啊？我们跟他的事儿，轮得着你说话吗？"他大声问。

不知怎么的，我一下就陷入当时替陈铭拔份儿的回忆之中。记得那时，我还是个寄人篱下的打工仔，唯一的价值就是拿自己的这条命替别人扛雷。而时过境迁，如今我穿着巴宝莉的西装，踩着登喜路的皮鞋，没想到还要跟这帮混混周旋。不知这是不是命运跟我开的玩笑。

周屿看我过来了，也绷不住了。他转身抄起一个酒瓶，"哗啦"一下在桌角砸碎，酒瓶露出支棱的尖茬。"怎么着，想干仗啊？想干就试试，看谁先趴下！"他虽然嘴上说得强硬，但能听出语气的虚弱。我瞟了他一眼，是明显的外强中干。

但此言一出，对方几个人都不干了。他们齐刷刷地拿起酒瓶，喊里咔嚓地砸碎，都将尖头儿指向我们。我暗自数了一下，对方有六个人，以二对六，大概率得被打趴下。

"嘿，你们想怎么玩儿？"我问道。

"两种玩儿法。"为首的高个儿厉声说，"一种是单挑，一对一地磕，趴下的算输，站着的算赢。"

"那不用问了，另一种就是群殴了呗？"我笑着问。

"对，不把你们整服了，我们不走！"那个光头矮个儿叫嚣着。

"还有一种玩儿法，你们敢不敢？"我边说边从口袋掏出一枚硬币，"猜正反面儿，一翻一瞪眼儿。"

"你什么意思？"高个皱眉。

"带字的朝上算我们输，带画的朝上算你们输。谁输了就拿着瓶子戳自己，既然你是带头的，我就跟你玩儿，敢吗？"我冲着高个儿大声问道。

第十章　黄金时代

"路哥，你别这样。要玩儿也是我跟他们玩儿。"周屿不想跌面儿，跑到我面前说。

"你给我滚蛋，边儿上待着！"我一把推开他，"这儿没你说话的分儿，给我滚远点。"我不但语气强硬，而且眼神阴鸷，令人不寒而栗。

那个高个儿凝视着我，显然被镇住了。估计他也不愿意为了这点儿事儿玩儿命。但当着他的兄弟们，他也不得不逞强。"就这一种玩儿法吗？"他问。

"你还有什么想法？说说无妨。"我直视着他的眼睛。

"看你这身打扮应该是个有钱人。咱们不玩儿自残，玩儿钱怎么样？"高个儿笑着问。

"行啊。那这样，一万块钱一局。你赢了，我输你一万；我赢了，你用酒瓶子戳自己一下。"我用手指着他的脸说。

"嘿，你这不是装孙子吗？"矮个儿拿着酒瓶，一个健步冲到我面前。却不料他刚举起酒瓶，我就已经将抛起来的硬币拍在了桌上。抬手一看，正是带画的一面。

矮个儿一愣，下意识地看着硬币，而我则借此机会夺过他的酒瓶，毫不犹豫，冲着他的大腿就是一下。

"啊！"他顿时声嘶力竭地大叫起来。

我用力很猛，瓶子尖头深深扎进了他的大腿，他的腿顿时血流如注。

在场的人都被吓傻了，没想到我下手会如此凶狠。我一脚将矮个儿踹翻，将酒瓶扔在地上，拿起硬币，抛给高个儿。

"嘿，该你了。"我冷冷地说。

高个儿接住硬币，一时无语。他犹豫着，呆呆地看着我。

"嘿，别愣着啊，该你了。"我叫嚣着，"这样，你要是赢了，照我这儿扎，然后我还给你一万，行吗？"我指着自己的胸口。

"路哥，你疯了，不要命了？！"周屿扯着我的胳膊。

"走开。"我再次推开他,"好久不玩儿了,怕什么?"我不屑地撇嘴。

高个儿停顿了一下,终于说话了:"这位朋友看来也是在江湖上混的,敢下手,是个狠主儿。但刚才我可没答应要陪你玩儿啊,你这么贸然下手是不讲规矩啊。"他看似强硬,实际上是在给自己找台阶下。

"哎哟,你还没答应啊?那是我听岔了。那这样,刚才算是误会,我不白扎。你这兄弟的医药费我来掏,再外加两万,算是精神补偿。来,你朝我这儿回敬一下,咱们算打个平手。"我转头冲那个矮个儿说。

矮个儿在他人的搀扶下缓缓站起,牛仔裤已经被鲜血染红。他眼神惶恐地看着我,不知所措。我微微一笑,转身拿过手包,点出三万现金拍在了桌上:"快,拿走。然后,冲这儿扎。"我指着自己的大腿。

高个儿试探着将钱拿走,看看钱又看看我,然后冲几个人使了个眼色,转头就撤。

"哎,玩儿不起啊,这就想走了?"我在他们身后问。

"那你还想怎样?"高个儿不耐烦了。

"我看见你们好几回了,总在这个市场闲逛,游手好闲的,有没有正经工作啊?"

"我们有没有正经工作关你屁事儿!"高个儿回嘴。

"我想在我们公司设立一个保卫部,正缺人呢。怎么着,有兴趣吗?"我高声问。

"你别在这儿扯了,拿我们寻开心是怎么的?"高个不信。

"哎,路哥,你开什么玩笑啊?"周屿也劝。

"我们弄了一个公关部,每天有许多姑娘要出去应酬,得找几个能扛得住事儿的小伙子陪着,要是有兴趣就打这个电话。"我说着就从桌上抄起一张餐巾纸,蘸着菜汤写下了我司机的号码,然后举在手里。

高个儿犹豫了一下，试探着上前接过餐巾纸。

"您……怎么称呼？"他换了尊称。

"我姓路，他姓周，以后就是你们的老板了。"我昂着头说。

"好，好。"高个儿连连点头，"还不赔礼道歉？叫路总、周总。"他忙说。

几个人一看有工作机会，齐刷刷地鞠躬。"路总、周总……"他们异口同声。

我笑了，转过身扬长而去。而周屿也悻悻地跟在我身后。那一刻高下立现，周屿眼神中曾出现的傲慢和不屑在瞬间灰飞烟灭。我就是要以此告诉他，我还是我，那个能扶他站起来，受众人仰视的导师，无论何时，我都在他之上，不容他胡来。而一旦他有一天想摆脱我的控制去单飞，去肆意妄为，我就会露出狰狞的面孔和豺狼的本性，让他受到凶狠的惩罚与报复。

周屿是个聪明人，我想他应该能领悟到这里面的利害关系。而我将这些混混收到麾下，自然也是为了控制周屿。其实我早就认识他们，为首的高个儿叫赵亮，那个秃头的矮个儿是他的堂弟，叫赵梦金。这两个小子是这一片的混子，曾经因为打架斗殴、寻衅滋事而入狱，出来之后就通过关系找到了马林，想让我帮他们找个活干。但我考虑到公司现阶段的发展，并没有答应他们。但在近期目睹了周屿的所作所为之后，我便有了将他们招进公司，成立保卫部以监控公关部的想法。而这场戏就是我的一箭双雕，第一是拍山震虎，震慑周屿，第二也是看看这几个人的气势是不是足够唬人。这场戏演得很成功，基本达到了预期的效果。其实我知道，赵氏兄弟并不算是真流氓，摆出的架势也就是狐假虎威而已。但他们那副德行已经能震慑住大部分的"文明人士"了。这个世界就是个食物链，软的怕硬的，硬的怕横的，横的怕不要命的。

第二天一早，这六位便来到了公司，办理了入职手续。他们按照我的要求摘下了脖子上的金链子，用衬衣盖住身上的纹身，将奇形怪状的发型修整为板寸，然后换上了统一制式的黑色西装。我当着蒋澜和周屿的面宣布，他们的工作就是维护公司日常办公秩序，同时在公关部外出工作时保证安全。高个儿的赵亮和矮个儿的赵梦金齐刷刷地敬礼，向我保证一定好好干，不掉链子。我没绷住，咧嘴笑了，告诉他们穿西服不用敬礼，那样子不伦不类。一旁的蒋澜面沉似水，似乎对我的决定并不认可。周屿则始终面带笑容。我知道，这小子肯定明白我在做什么。

"我以为能用这些方法将他控制住，却不料在不久之后，他还是因为轻率招来了祸端……"路海峰叹了口气，轻轻地摇头。

"什么祸端？"魏卓问。

"你认识那些大人物吗？"路海峰问。

"大人物？你指的是什么人？"

"哼……"路海峰笑笑，"就是那种能力比你强很多，地位比你高很多，跟你说话的时候看似和蔼，却总是不经意地昂着头，而你得低眉顺眼地抬头仰望，总觉得伺候好了能帮你一飞冲天、一夜成名的那种人。"

"哼，我见过那种人，但是我不信他们。"魏卓摇头，"我从不把自己的命运交给别人，再说那帮人也没有闲心去帮助别人。越是大人物反而越自私，他们有时甚至没有乞丐慷慨。"

"说得好。"路海峰鼓起掌来，腕上的手铐哗哗作响，"但周屿可没有你这眼界，他那时曾笃定地认为，那个白总能改变他的命运。"

"白总？"

"哼，是啊，一个来自省城的大人物……"路海峰苦笑，"哎，你知道有种鱼叫三湖慈鲷吗？"他突然问。

"什么？"魏卓不解。

第十章 黄金时代

"那种鱼生活在非洲中部的三大湖里,因其艳丽的体色、优雅的体形和强壮的体魄成为观赏鱼种里的首选。但那种鱼不能和其他鱼类混养,它们是先天的掠食者,凶猛好斗。它们在捕食中会装死,把自己埋在沙土里,停止鱼鳃的张合,而当猎物临近,就会突然'醒来',疯狂地撕咬对方,一击必杀。哼,低调、隐忍、以退为进、为达目的不择手段,这才是杀手的特质……"他停顿了一下,仰头想着,"从哪里开始呢……就从进省政府大院的那次经历说起吧。"

第十一章　大人物

1

过了大概一年的时间吧，招财猫给周屿介绍了一个新朋友——来自省会城市的白韬。按照招财猫的话说，白总是个手眼通天的人物。他五十多岁的年纪，微微谢顶，大腹便便，穿一件看不出牌子的灰黑色无领夹克，腰间系一条国产品牌的皮带，是一副典型的党政干部打扮。他经常开的车是一辆是黑色的奥迪 A8，平时不带司机，独来独往。他出手很阔绰，为人也颇为高调，平时总有意无意地提一些大人物的名字，说话时总昂着头，一副甲方姿态，但看不出是做什么生意的。社会上是有这种"神人"的，他们有的是代持生意的"白手套"，有的是罗织关系的"掮客"，别小看他们的力量，有时候用好了能起到意想不到的作用。其实在最开始的时候，我对他是有所怀疑的。忘了是哪位高人说的，只要是自己驾驶奥迪 A8 的，大概率是骗子。其实这句话也不无道理，你想啊，都开上百万的豪车了，那还不雇个司机吗？如果有买车的钱却没有雇司机的钱，那只能说明这车是个狐假虎威的道具。但这种怀疑因为一次他组的局而在我心中烟消云散。

那时我和他还不是很熟，只在周屿组的局上见过一面。那次我们为了一个项目到省城出差，白总作为中间人坐在副宾的位置。酒过三巡，他似乎看出了一些端倪，不仅在饭桌上跟周屿周旋，还端着酒杯试探起我的背景。我自然不会多说，就随意搪塞。最后在饭局快结束的时候，他发出了邀请，想在周末的时候带我们去省政府大院里转转。一听这话，我来了兴趣。说实话，虽然在社会上混了这么多年，认识了不少关系，其中也不乏像招财猫这样的政府人员，但省政府大院我还真是一次都没去过。于是到了周末，我、蒋澜和周屿就坐上了白总安排好的一辆柯斯达商务车。开车的司机穿着米黄色的马甲，戴着棕色的墨镜，一副政府人员的样子。在车上白总叮嘱，一会儿进了省政府大院，只能在车上参观，最好不要下车。今天省里开会，不太方便，等领导们清闲的时候，他再组局约大家认识。听他这么一说，我们肃然起敬。之后我们便坐着这辆柯斯达驶进了省政府大院，在进门的时候，武警还正规地给我们敬了礼。在那一刻，我的心中是怀着一种崇敬的。也许这就是权力的力量，让每个普通人都不由自主地臣服、仰视。其实省政府大院里也没什么特别的，可能是因为周末或是在开会，院里的人并不多，也压根没看见几个领导。偶尔出现的几个人，也都是那种把衬衣掖在裤子里，头发梳得一丝不乱，看上去毫无生气的。整个过程不过十多分钟，但白总在我们的心里已经变得高大起来。那一刻，我放下了戒备与警惕，满脑子想的都是攀附的机遇。于是在柯斯达驶出省政府大院之后，我便由被动转为主动，开始贴靠起这位"神人"来。

　　白总很健谈，时事政治、大政方针、经济走向、小道消息，无一不通，偶尔还会说出某些领导的隐私。他应该早就从招财猫嘴里得知周屿的所谓"背景"了，所以对周屿的态度，一开始就要比对别人热情。为此我多次提醒周屿，千万不要穿帮，回答白总提问的时候要有所保留，含糊应对。周屿不傻，自然知道这其中的利害关系。那段时间，我总是拉着白总往东郊别墅跑。我让周屿选了几个最会来事儿的姑娘，陪着他做"一条龙"的服务。在白总身上，我是花了血本的，当然是以周屿的名义。白总特别能喝酒，每顿饭一斤起步，号称千杯不醉。他虽然说自己是省城的人，但听口音有山东的味道，特别是在某次喝大之后，出现了胶东半岛方言的尾音。为此，他解释是自己走南闯北的时间长了，口音也变杂了，对此我竟然没有深究。每次组局都是周屿张罗，而我则以作陪的姿态参与其中。我尽量避免让他看出我们之间的关系和猫腻，也尽量防止他在我们之间做什么文章。还是那句话，信息的不平等是这个世界上最大的不平等，我虽然时刻提防着白总利用我们之间的信息差来获利，但接触的时间久了，也不免放松了警惕。

在一次酒局后，我拉着他到KTV的包间里单聊。白总在喝完了半瓶洋酒之后，拉着我的手推心置腹。

"老路啊，我在社会上混了这么久了，看人是不会错的。在这个桌上，表面上大家捧着周总，但实际上呢，你才是幕后的老板。你再收敛眼神也藏不住锋芒，你才是干大事的人啊！"他冲我挑起大拇指。

我心里一震，琢磨着他话里的意思，表面却平静如水。"哎哟，您可高抬我了。我就是一个高级打工仔，一没背景二没实力，给周总、廖总他们打打下手混口饭吃而已。我这人啊，没什么欲望，踏踏实实地做生意，平平淡淡地生活，够吃够喝就行了。"我摆摆手说。

"呵呵……"他笑了，"这年头能踏踏实实、平平淡淡的人才是真正的高手。修心三境界啊，第一重，看山是山，看水是水；第二重，看山不是山，看水不是水；而你是第三重啊，看山还是山，看水还是水。早已有过高高举起的经历，现在懂得轻轻放下，但是……"他停顿了一下，"我还想劝你啊，要想平稳安定、一劳永逸，不仅要在商业上图谋，还得有政治上的保护。"

"怎么讲？"我皱眉。

"海城再怎么发展也是个小地方，要想真的成就大事，就得跨出舒适区，到更高的平台。"白总说，"但更高的平台同时也是高手如林的，不仅要有雄厚的资金，还要有深厚的背景。"

"呵呵，您不就是我的背景吗？"我逢迎道。

"我帮助你是没问题的,但是求人不如求己,你需要有个政治身份。就比如加入政协。"他笑着说。

听他这么说,我确实心动了。说实话,这些年在社会上混,我一直因为自己有前科而感到自卑。自己做的生意,无论是用信用证套现还是私募股权基金,大都是在"捞偏门",看似日进斗金,实际上是在刀尖上起舞,随时可能沉船。如果自己真能获得政治上的身份,就能逐渐"洗白",虽不能说是一劳永逸,但起码可以有所保障。我曾试着让招财猫、闻行长等人为我探路,但这些人显然办不成大事。没想到白总今天却把这事儿主动提了出来,这当然是个千载难逢的机会。

"那我自然求之不得,您'直给',需要我做什么?"我开门见山。

"呵呵,别着急啊,先听我说完。"白总笑了,"除了政治上的身份,你还要结交高级领导,以获得更高级的人脉。你那小兄弟虽然有些背景,但似乎他老子对他并不太上心啊。"他撇撇嘴。

我与他对视着,尽力控制着自己的表情,怕被他看透内心。"关于他,您知道多少?"我笑着问。

"嘻……我对别人的隐私并不关心,但我知道省里那个姓周的领导有个女儿。他女儿已经结婚了,女婿姓秦,他家里的生意都由这个姓秦的女婿打理。"他的语气平淡,但在我耳畔像响了一个炸雷。

我知道,不能再往下聊了,不然周屿的身世必将漏洞百出。但我刚要说些什么,他却抬手制止了。

"放心,老路,我什么也不会说。在社会上这么多年了,我懂得两句话,第一句是但行好事,莫问前程;第二句是送人玫瑰,手有余香。我是广结良缘的人,不然也不会有这么多朋友。帮人就是帮自己,成就别人就能让自己积德。我是不会干刨底、拆台的事儿的。"他轻描淡写。

这话已经说得很明白了,不用解释我也清楚,周屿在他的试探下已经露了底,彻底"玩儿现"[1]了。但我并不觉得紧张,因为他越是这么说,越说明他不会将周屿的底细暴露出去。当然,我自然不会相信他那什么"送人玫瑰,手有余香"的说辞。他是商人,图的是利,为了利益可以出卖一切。无论是帮我获得政治上的身份,还是给我介绍高级领导,无非是要从中获利罢了。只要是钱能解决的,就好谈。

我一边思索,一边又开了一瓶洋酒,默默地给他倒满,然后看着他的眼睛问:"你需要多少?"

他想都没想就伸出了五根手指。我倒吸了一口冷气,苦笑着摇头:"白总啊,这个数有点儿多吧?"

白总笑了:"佛说,经不可轻传也不可轻取,许愿还得有个香火钱呢。"

我也笑了,并不接话。

"没事儿,咱们朋友归朋友,事儿归事儿。什么时候觉得需要了,就联系我。"他大度地说。

这可不是个小数目,别说五百万,就是二三百万我也得有的放矢。我可不会当冤大头,拿钱打水漂。我开始通过蒋澜的关系调查他的身份,却并没获得什么结果。这个白总说话总是云里雾里,很少透露自己的情况和信息,就算喝醉了酒也守口如瓶,很难获得蛛丝马迹。我理解为这是他对自己的一种保护,但面对他索要的巨额款项又不得不多加防备,以免他收钱不办事,溜之大吉。但我怎么也想不到,他会这么快地撕开伪善的面具,露出狰狞的嘴脸。

2

在一周之后的一个中午,周屿慌忙地来到我的办公室。他坐在我

---

[1] 玩儿现:方言,指搞砸了。

对面，告诉我坏了，一切都完了，他被那个白总骗了。我心里咯噔一下，似乎之前的预感得到了应验。

周屿递给我一张纸条，上边歪歪扭扭地写着几行字，我仔细看去，那是一个人的身份信息。

"丁小炜，籍贯襄城，高中肄业，因涉嫌向非国家工作人员行贿被上网追逃……"

"怎么回事儿？"我皱眉。

"我也不知道他是怎么发现的。这段时间我们频繁接触，他引导我花钱去买个政协委员的位子，同时还声称可以帮我介绍高级领导，拓宽关系网。"

"他跟你要多少钱？"

"跟我要五百万。"

"你给了？"

"没有。我哪有那么多钱啊？但我给了他一百万做定金……"周屿叹了口气。

"你糊涂啊！这种事儿干吗不跟我商量？"我知道他中计了，浑身一激灵，像被泼了一盆冷水，所有的感官都恢复了正常，头脑也清醒起来。是的，这就是个骗子，只有骗子才会自己驾驶奥迪A8。

"除了你的身份，他还知道什么？"

"知道……"周屿犹豫着，欲言又止。

"说！"我拍响了桌子。

"咱们的经营方式，还有和闻行长、老廖、招财猫他们的合作，他都知道了。我……是有一次喝醉了，也不知道怎么的，就被他诱导着都说出来了。"

"他有什么要求？"

"五百万，要现金。说给了就会守口如瓶，离开海城。"周屿看着我，眼里都是求助。

我站起身来，原地踱步。我怎会不知道这事儿的严重性？先不说这笔巨款该从哪儿筹集，就算给了他，他也不会罢休，肯定会以此为要挟继续榨取。我对这种人太了解了。而且更可怕的是，他掌握我们的秘密之后，一旦被警察抓到，肯定还会连带着供出我们。这将后患无穷。

"怎么办？要不我去跟他砍砍价？"周屿试探地问。

"你闭嘴！让我想想。"我不耐烦地说，"你跟他说那些事儿的时候，还有别人在场吗？"

"没有，就我们俩。是在燕朝汇的包间里。"

"放着音乐吗？环境杂乱吗？"我又问。

"没有。喝酒的时候，他让姑娘们先走了，还把音乐给关了。"

"哼……大概率是被他录音了。"我苦笑。

周屿傻了，哑口无言。

"他知道你我之间的关系了吗？"

"我觉得他应该猜出来了，因为他给我这张字条的时候，还让我代问你好。"周屿痴痴地说。

"明白了，冲我来的。"我撇嘴笑了，"这事儿你不要管了，交给我吧。你，站起来。"我勒令道。

"什么？"周屿不解，缓缓地站起身。

我猛地抬手，给了他一个结结实实的耳光。"啪！"声音很响。

周屿被打得一个趔趄，跌倒在地："路哥，你干吗？"

"我要让你记住这个教训！我看你从没拿我的话当回事儿，时刻警惕、如履薄冰、如临深渊。"我教训他。

周屿不说话了，捂着脸，低下头。

"从现在开始，不要再和他联系了。如果他再威胁你，就让他直接找我。"

"那一百万……"

"已经不是钱的问题了,这事儿处理不好,会让咱们一起下地狱。"我并不是危言耸听。

我平复了一下情绪,将周屿打发走了。我坐在办公室的大班台后,一直思考到天黑,才离开了办公室。我打了一个电话,然后驱车去了海城西郊的游乐园,坐在过山车前望着漆黑的天幕。天气不冷,过山车的轨道上被布置了一些五颜六色的光带。有几个年轻人在过山车上大呼小叫。我沉默了良久,也花了二十元钱上了过山车。我面无表情地在布满阴霾的天空下腾飞、坠落,看着自己的身体飞速地撞向大地,又在最后一刻化险为夷,转到平稳之处。我没有大呼小叫,沉默得令自己害怕。当走下过山车的时候,我见到了在不远处等我的贺喜。

我看了他一眼,冲一旁的座椅指指,缓缓走了过去。

"最近过得怎么样?"我问他。

"过得好,我还能过来找你吗?"他穿着一件黑色外套,裹住健壮的身材,眼神还是那么阴郁。

"你不是在南方开了一个店吗?怎么,生意不好?"

"哼,让人给坑了。"他叹了口气。

"嘿,谁敢坑你啊?呵呵,女人吧?"

"你猜得没错,就是因为女人。"他苦笑,"我是前年底被放出来的,正好在春节之前。和你们不同,我在社会上没朋友,出来的时候天挺冷,我就裹着个破棉袄,等了半天公交车也没等到,就自己腿儿着[1]回了家。老妈没了,老爸也瘫着,要不是靠我二姑照顾,估计也挂了。没办法呀,我得找饭辙[2]呀,就在建筑工地谋了个活儿,以为还能凭着体力喂饱肚子,但这几年真给我干废了,还没干几天呢,

---

1 腿儿着:方言,指步行。
2 饭辙:方言,指谋生的门路。

腰就直不起来了。所以没辙了，我那时候才找你借那十万块钱。哎，我现在可没钱啊，得等有钱了再还给你。"他摊开双手。

"我都说了不用还了，这也不是什么大钱。"我摆摆手。"你拿那笔钱干什么了？就坐吃山空，都给花了？"

"没有，我当时找你要钱，是真想干点儿事儿的。我没跟你说瞎话，我确实去了南方，在一个服装市场租了个摊位，干的也是小打小闹的服装生意。哼，说白了就是卖些洋垃圾。嗯，开始干得还行。但是后来就认识了一个娘们儿。她也是练摊儿的，看我独身一人就有事儿没事儿地往我身上靠。我也是在社会上混过的，拿眼睛一瞟就能猜出个八九不离十。她以前肯定是'坐台'的，现在回家洗白了，想找个人接手。于是我就跟她混到了一起。"

"然后呢，说重点。"我有些心不在焉。

"然后我就给她宰了，把尸体碎了，然后就接到了你的电话。"他直接说出了重点。

"你不会是在跟我开玩笑吧？"我看着他的眼睛。

"你觉得我会拿这种事儿跟你开玩笑吗？"他反问，"我在那次入狱之前就杀过人，我从来没跟你说过谎话。说真的，要不是考虑到有朝一日会用得着你，我当时在打架时肯定把你胳膊给卸了。"他说得很冷静，眼神令人生畏。

"为什么跟我说这些，你不怕我告诉警察？"我皱眉。

"你是什么人我能不知道吗？你不会平白无故地给我十万块钱去接济我，你肯定是想花小钱办大事，让我成为你的马前卒。"他一针见血，"说吧，你叫我来想干什么？"

我笑了，长长地呼了一口气，在心里有了底："哎，你先跟我说为什么把那女的给碎了？"

"还能因为什么？还不是因为她拿我的钱出去找小白脸儿，给我戴绿帽子？"他轻描淡写。

第十一章　大人物　　201

"怎么碎的？尸体扔哪儿了？"

"具体的事儿你就甭问了，我干这种事儿也不是一次两次了，要是不周全，早就被一颗'黑枣'贴墙上了。"他不屑一顾。

"嗯，看来你的刀还没钝。"我点头，"我现在要是再让你干一次，你还敢吗？"

"一个还是两个？你能出多少钱？"他开门见山。

"你给我报个价，我觉得合适咱俩就成交。"

"一个二十万，两个给你打个折，一共收三十万。"他说出了价格。

"一个我给你一百万，现金。但里面包含着所有的费用。我要你做得不仅干净利落，不留痕迹，还要万无一失，不被人察觉。"

"放心，只要有钱就能干。"他答应得挺痛快。

"需要帮手吗？"

"不需要，我一个人就够了。"他显得挺自信。

"如果事情不成，你让警察抓到怎么办？"

"我就说自己缺钱了，想抢劫绑人，弄点儿钱花，肯定不会供出你。但你要答应我，如果我真是玩儿现了，被警察给毙了，你得给我老爸养老送终。"

"成交。"我伸出了手。

他抬手与我碰了一下："告诉我名字，还有下一步的计划。"

我站起身，望着远处的黑夜："明天这个时候，还在这个地点。我会把详细的情况交代给你。要处理的人很狡猾，不一定要马上动手，我要你近期跟着他，摸好他的行动规律，在最合适的时间让他消失。还有，明天我会把一百万现金都给你。"

"哼，这么早就给我钱？不怕我跑了？"贺喜撇嘴。

"只要跟着我干，以后你就不用再去南方练摊儿了。只要有钱，就能找到好女人。但你不能在海城扎根儿，得去襄城。以后咱俩再联系，得用专用的号码。"

"明白。只要有钱，我就跟你干。"他点头。

"哎，我很好奇啊，你在做事的时候会害怕吗？"

"你杀过鸡吗？会害怕吗？杀人和杀鸡有区别吗？"他反问。

"懂了。"我点头。

3

在找到贺喜之后，我便开始了准备。我知道，对待白韬这样的人是绝不能心慈手软的，只要留着他在这个世界上，就会有无穷的后患。所以我准备做事做到底，来个斩草除根。第二天，我约他到东郊别墅聊聊，他却将地点转到了燕朝汇。我知道他心存戒备，怕中了我的圈套。

在燕朝汇的小包间里，他打开了背景音乐，我开了一瓶洋酒给他倒上，但他迟迟不喝。我笑了，又给自己倒了一杯，抬头满饮，他这才将酒杯放到了嘴边。

"怎么了？怕了？"我笑着问。

"五百万不是个小数，我怕你一时想不开，做出什么令自己后悔的事情。"他笑着回答。

"你知道我是谁吗？"

"知道，路海峰，路总，之前因诈骗罪入狱两年，出来之后就开始玩儿信用证的买卖。"他对我的历史如数家珍。

"你知道周屿是谁吗？"

"他？不是省里领导的私生子吗？在新加坡和英国读过书，然后回国创业？"他装着傻。

"那你怎么给了他一张纸条，上面写着丁小炜啊？"

"嗐，你是问我他的真实身份啊，那还用多说吗？他亲口告诉过我，这一切都是你伪造的，他只不过是个提线木偶，一个傀儡，真正的老板是你，对吧？"他看着我的眼睛。

"哎，我很好奇啊，你是怎么能做到开车进省政府大院的？"我问。

"嗐，这事儿还不简单。我曾经在大院门口开过包子铺，跟值班的哨兵混得挺熟，有一次他们告诉我，那个大院有专门登记过的一些牌照，他们值班的时候认牌不认车，只要看见挂着这些牌子的车就立马放行。于是我就利用这个漏洞在门口盯着，抄下了不少进入大院的车牌号和车型，然后照方抓药，小试牛刀。我刚开始租了辆桑塔纳，套了个抄下来的假牌照，开到大院门口的时候腿都哆嗦，但没想到值班的哨兵真的抬手敬礼放我进入。几次之后，我就娴熟了，于是便如入无人之境。"他得意地笑。

"所以你就借此机会，来伪造自己的身份？"

"可不是这么简单，你以为带人进次省政府大院，就能让人相信我混得好啊？这得有个循序渐进的过程。"他颇为得意地说，"我第一次带进去的是老家的首富，呵呵，其实那家伙也没趁几个钱。他当时来省城出差，我就跟他吹嘘认识省政府的领导。他说我吹牛，于是我就开着那辆桑塔纳，带他进省政府大院转了一圈。这下可把他给惊着了，还真以为我有通天的关系，于是就请我吃饭，还给我拿了一万块钱作为活动经费，想来省城拓展自己的生意。我那时才意识到，这招挺管用。所以从那时便开始结交各色人等，拿着他们的钱，维护着自己的关系，抽不冷子[1]还真能做成几笔。哎，老路，咱俩其实一个样，干的都是一种事儿。"他伸出手，假装亲昵地拍了拍我的肩膀。

我冷冷地看着他，笑了笑："明白，你是高手，记忆力好、心理素质强，道听途说的事儿都能融会贯通，为自己所用。我能折在你

---

1 抽不冷子：指冷不防，偶尔。

手上，不冤。"我冲他拱了拱拳。

"哎，也别这么说，破财免灾嘛。你赚了这么多钱，就当拜佛烧香了。"

"你给周屿的录音能让我听听吗？"

"嘿，咱能不说瞎话吗？丁小炜，他叫丁小炜。"他提醒道。

"行，丁小炜。"我随声附和。

他转身拿过皮包，从里面掏出一支录音笔，操作了几下，播放出声音：

哎，白总，其实我最感谢的人就是路总，可以说，他对我有再造之恩。好，当着明白人不说暗话，什么省里的关系啊，什么海归留学啊，都是扯淡！我就是一个社会最底层的人，凭着自己的表演一步步地往上爬，现在虽然看着人模狗样儿的，实际上只是老路的一条狗！他才是真正的老板。我所做的一切都是他规划的……

他没有播放完，关闭了录音笔，然后手一甩，把录音笔扔到我面前。"拿回去好好听听，我还有备份。"他面无表情地说。

"我怎么相信你收了钱就能守口如瓶，不把这事儿抖搂出去？"

"学过刑法吗？知道你们什么罪过吗？信用证诈骗、非法集资、合同诈骗，加一起算是恶贯满盈了吧？要让警察给抓住，得牢底坐穿吧？"他威胁道，"但我现在管你要钱的行为，算是敲诈勒索，而且数额巨大，要是被警察抓住了，也得判个几年。所以……只要你付了钱，就等于将我拉下了水，咱们就是一条绳上的蚂蚱，荣辱与共了。你说，我会把你们的事儿给抖搂出去吗？"他说出一个"神逻辑"。

"行，你这个逻辑对，我相信。"我点头，"你已经收到一百万了，是吧？还差四百万。这不是个小数，我得分几次给你。你给我个地址，

第十一章 大人物　205

我送过去。"

"你就别跟我装了,你们不是缺钱的主儿,别说五百万了,就是一千万你也拿得出来。我跟你要这个数,是做人留余地,日后好相见,没赶尽杀绝。我给你十天时间,凑齐这些钱。只要收到了,我就会离开海城,与你们永不相见,就像什么都没发生过一样。以后你们继续当好路总、周总和蒋总,而我只是你们美好生活中的一次小波澜而已。"他轻描淡写地说,"行了,我走了。记住,十天,过时不候!"他加重语气。

"哎,我让司机送你啊。"我跟他客气。

"不用了,你业务繁忙,赶紧忙大事吧。"他站起来说。

我没跟着他走出燕朝汇,因为那样会引起他的怀疑。我透过包间的窗户看着他走出了大门,然后叫了一辆出租车,扬长而去。我想他此刻一定志得意满,觉得已经将我征服,能在十天之后收获巨款,平安逃离。但他没想到,坐在主驾驶位置上的出租车司机是我的一个故交,他叫贺喜,虽然杀了几个人,但是至今逍遥法外。

在半个小时后,我接到了贺喜的电话,他已经摸到了那个白总的住址——海城市中区的振华公寓 B 座。我拿出纸笔,详细记录下来,然后打了几个电话,便摸出了他的真实身份。他叫柏涛,与化名音同字不同,他用这个身份租房。

4

"就因为他勒索你,你就要杀掉他?不能用其他方式解决吗?"魏卓皱着眉,问路海峰。

"还记得我说的三湖慈鲷吗?一旦被它咬住,是很难让它松嘴的,唯一的办法就是将它干掉。而杀人,哼,就和杀鸡一样,只要干过一次,就不会有心理负担了。"

"有没有人说过你是个先天犯罪人?"

"我只知道适者生存。那孙子是自找的,我们是狼,是捕食者,当然不会坐以待毙,让别人欺辱。"他目露凶光。

"你怎么杀的他,能详细说说吗?"魏卓问。

"呵呵,你想听吗?很血腥的……"路海峰笑,"我不想亲自动手,才叫来老贺。他没有吹牛,做得干净利落,如果不是我自己说,估计那帮警察永远也查不到。"他仰头看着监控,发出挑衅。

在监控室里,林楠在翻阅着资料。突然,他在其中一页停下了。

"就是他!"林楠兴奋地说。

老黄忙过来查看,发现在翻开的那页卷宗上,贴着一页柏涛的户籍资料。

"他说的是真名?"老黄问。

"柏涛,曾因招摇撞骗罪、诈骗罪多次入狱。他已经失踪好多年了,最后一次确实是出现在海城,时间、地点都对得上。在他失踪之后,他家人曾经报过案,却一直没能找到。因为该人和路海峰有过接触,我们将此情况并入了卷宗,没想到还真的被害了。"林楠拍着大腿说。

"让记者再聊聊,没准儿能获得抛尸的地址。"老黄说。

"先不要打断他的供述,我相信一定能获得蛛丝马迹的。"林楠说。

这时,路海峰又说话了,两人紧盯着屏幕,生怕漏过什么信息。

"你知道,我是从不打无准备之仗的,所以要想让柏涛从世界上彻底消失,也一定要做足了准备工作。"路海峰回忆起来。

我让贺喜用整整一周的时间去跟踪柏涛,摸清了他的生活规律。这家伙把自己整得挺忙,每天清晨就出门,一直到很晚才回到他租住的公寓。在海城,他同时与几拨人进行接触,当然使的都是相同

第十一章 大人物 207

的手段，拉大旗扯虎皮，获得他人的信任，然后进行威胁或者诈骗。这个家伙胃口不小，想在海城"吃个饱"。

　　我知道，要想把柏涛约到某个地点是非常困难的，他如惊弓之鸟般一直防备着我。所以我只能另寻办法。我让贺喜使用假身份证，也在振华公寓B座租了一套房，租金是用现金支付的，押一付三。那套房不大，是个七十平方米的两居室，窗户朝东，窗外没有邻近的建筑，不挂窗帘也不会有人看到屋里的情况。屋里没有任何家具，装修也很一般，但浴室里有一个挺大的浴缸。这是我看中这里的原因。这个公寓是两梯四户，地库直通电梯，楼道面积不大且没有监控。柏涛租的公寓在4层的401，而我租的在6层的602，两层步行顶多用两三分钟的时间。我让贺喜给两居室做了简单的装修，在地上铺上了一次性的地板革，用黑色的塑料布将整个浴室的墙壁围了起来。同时我又让他去邻近的襄城租了一辆白色的丰田SUV。在一切准备完毕之后，已经过了整整八天时间。柏涛并没催我，但我知道，留给我们和他自己的时间，都不多了。

　　第九天，正值周末，柏涛一早就给我打了电话。他问我钱凑得怎么样了，明天能不能付款。我说差不多了，如果需要，今晚可以先付一部分。他说那倒不必，等明天一把一结最好。我说没问题，又问到交钱的地点。他让我等他的通知。柏涛很警惕，基本不会在外边过夜，无论多晚都会回到振华公寓，而且每次都不用别人相送，自己打车回去。他干的是见不得光的买卖，自然要处处提防。我想，恨他的人也不止我们一拨。我思索了一下，决定在这天动手。

　　当天傍晚，我约上了闻行长、廖总、招财猫等二十多个狐朋狗友，到燕朝汇相聚。名义是提前给廖总过生日。那天距廖总五十大寿还有不到一周的时间，用这个名义不算唐突。因为人数众多，我在燕朝汇开了三间包房，同时又在楼下的金叶宾馆提前开好了二十多个房间，以备众人欢聚后消遣。我没让周屿把公关部的姑娘们带来，而是从燕朝汇找的服务员。周屿似有预感，连续几次问我组局的目的。我只告诉他，好好陪着各位去耍，要尽兴，要喝大，要不醉不归。当然，这事儿蒋澜并不知情。

聚会和我预想的一样花天酒地、昏天黑地。酒场只是前菜，欢场才是主菜。众人喝尽兴后又在KTV进行了第二场，其间闻行长和廖总率先醉倒，搂着姑娘下楼去了金叶宾馆。我和招财猫也紧随其后，离开了燕朝汇。我搂着姑娘进入房间之后，抽了支烟，给了小费，便让姑娘离开了。我抬手看表，时间刚过晚上九点，于是洗了把脸，走金叶宾馆的后门，打车前往振华公寓。路上我给老贺的"工作号"拨去电话，他潜伏在地库里，说柏涛还没回来，我便赶了过去，在602房间里等待。在下车的时候，我已经换上了一件深灰色的衣服，戴上了一顶渔夫帽。而老贺也用他的方式进行了伪装。

一直到十点半的时候，老贺给我打来电话，说柏涛回来了，马上要乘电梯上楼，看样子喝得很多，走路都晃晃悠悠的。我立即到4层的步梯间里等待。也就过了三五分钟的时间，电梯开了，我透过步梯间的门缝看到了柏涛的身影。与此同时，老贺也从地库跑了上来。楼道里的声控灯亮了，点亮的时间不超过十秒。柏涛并没察觉到我们的存在。他走到401公寓的门口，拉开背包翻找钥匙。与此同时，声控灯灭了，楼道一片漆黑。借此机会，我和老贺立即蹿了过去。我们配合默契，老贺用一根闸线勒住柏涛的脖子，而我则用提前准备好的毛巾堵住了他的嘴。他剧烈反抗，但仍不是我俩的对手。我俩迅速将他掳到步梯间，然后又架到了602房间。在此过程中，老贺始终死死地勒住他的脖颈，他从剧烈挣扎到一动不动。

我本想到了房间之后再问他一些事情，可惜为时已晚，进屋之后他就咽气了。我翻开他的皮包，里边有三部手机、一串钥匙、一个钱包，钱包里有不到三千元。我查看那三部手机，其中一个是黑色的诺基亚，里边的电话本里有四百多个手机，我输入了自己和周屿、

第十一章 大人物 209

蒋澜、招财猫等人的名字，并没有查到。我判断这应该是他与家人联系的生活手机。而另一部银色的三星手机里，则存着闻行长、招财猫以及我和周屿、蒋澜等人的号码，这应该是他的工作手机，专门用于行骗的。同时在这部手机里还存着其他的二十多个号码，分别标注着不同的姓名，应该是他准备要挟或诈骗的客户。第三部则是一部白色的摩托罗拉手机，我翻看了一下，应该是他的另一部工作手机，里面存着上百条要挟敲诈的短信。我蹲下身，用手摸住他的颈动脉，确定他已经死透了，就拿着他的手机，和老贺一起到他的公寓搜查。我知道在他消失之后，这个地点必定暴露，我要清空与我们相关的一切痕迹。这时已经过了十一点，我估摸着闻行长等人应该还在金叶宾馆和那帮姑娘们翻云覆雨，不会注意到我的行动。我之所以组这个局，目的就是让他们成为我不在场的证人。

　　他皮包里的那串钥匙里，两把较大，三把较小。老贺用较大的一把打开了 401 的房门。这间房比 602 稍大一些，大概有九十多平方米的样子。屋里很乱，桌上堆满了吃剩下的快餐盒，地板上放着一个敞着口的棕色旅行箱，床上摊着一大片文件资料。我和老贺模仿着电视剧里的样子，套上鞋套，戴上手套，小心翼翼地进行查找。我们分工明确，我负责查找资料，老贺负责查找柏涛其他的手机、录音笔等设备。经过翻找发现，床上的资料大多与一家公司有关。根据合同约定，该公司先期支付了柏涛一百五十万元作为公关运作费用。我知道这又是一个中了圈套的倒霉蛋。在他的行李箱里，我找到了他的身份证，真实姓名果然叫柏涛，现年四十八岁，籍贯山东。与此同时，老贺则在旅行箱里找到了四支同一型号的录音笔。我让他再去搜搜，千万别留下后患。但就在这时，401 的门突然被敲响了。我的心顿时提了起来。

　　"柏涛，我知道你在屋里，我从外边都看见了，屋里的灯是亮的，快开门！"是个女人的声音。

与此同时，柏涛的那部黑色诺基亚也振动起来。我低头看去，上面显示的名字是阿敏。我缓步走到门前，透过猫眼向外看去，门口站着一个浓妆艳抹的女人。

我知道自己疏忽了，后悔进门的时候开了灯。

女人仍在剧烈地敲门，如果继续下去，将会惊扰到邻居。于是我冲老贺使了个眼色，迅速将门打开。老贺一把将她拽了进来。

她一进门就愣住了："你们是谁？"但话还没说完，嘴就被老贺捂住了。

她想要挣扎，老贺掏出匕首抵在她的脖子上。她颤抖起来，身体也软了。老贺用绳子将她捆绑起来，让她坐在餐厅的椅子上。

"你就是阿敏吗？"我问她。

她惶恐地看着我，下意识点了点头："柏涛……柏涛在哪里？"她问。

"他欠我们的账，我们也在找他。你跟他是什么关系？"我问。

"我跟他没什么关系，就是普通朋友。"她解释着。

"胡说！普通朋友能这么晚找他？普通朋友能发这么多情话？"我说着拿出黑色的诺基亚。

阿敏慌了，大概意识到柏涛已经凶多吉少。

"说实话，留你一条命；不说实话，我现在就弄死你。"老贺冷冷地说。

"我说，我说，我和他是情人关系。"阿敏说。

"他在老家有老婆孩子？"我问。

"是，他在山东有家，但他答应我了，做完这几笔就回家离婚，然后跟我一起去南方生活。"阿敏不像是在说谎。

"你跟他是怎么认识的？"

"他之前在省城做生意，经常去我坐台的KTV，我们就认识了。"

"你知道他在做什么生意吗？"

第十一章 大人物　　211

"他……"阿敏欲言又止,"他是在骗人吧。我和他在一起的时候,好几次都看他拿着另外两部手机跟别人通话,说自己认识高级领导,能帮助别人办事。"

"他在海城还有其他住处吗?"老贺在她身后问。

"没有了。只有这里。"

"今晚你为什么来找他?"我问。

"是他叫我来的,说是想商量一下过几天去南方的事儿。"阿敏如实回答。

我明白了,这小子是想拿到我们的钱之后就远走高飞。我默默地注视着阿敏,之后冲老贺使了个眼色。这个眼色被她看到了,她赶忙求饶:"你们放了我吧,我保证什么都不说。他做的事儿跟我没有关系。我保证……"

但她还没说完,就被老贺用闸线勒住了脖子。也就不到一分钟的时间,阿敏就随柏涛去了。

"对不起,我们本来没想杀你,是你自找的。下辈子别跟这种烂人一块混了。"我对着瘫软在椅子上的阿敏说。

我们又在房间里翻找了一通,确认没有遗留什么重要物品,才开始收拾柏涛的行李。我将床上的资料和他的衣物放进棕色的旅行箱里,然后提着出了门。我左顾右盼了一会儿,确认楼道没人,才让老贺把阿敏的尸体背出来。回到602房间,我看了看表,时间已经过了凌晨。我说自己要出去一趟,等明天回来再做下步打算。老贺问我该怎么处理现场,我说你看着办,但不要弄出太大动静。之后,我驱车回到了金叶酒店,从后门进入,拿门卡开门。我洗了个澡,在凌晨两点的时候入眠。等到第二天早晨,我大摇大摆地出现在自助餐厅,跟闻行长、廖总等人寒暄。我们坐在一桌,肆无忌惮地说着荤段子,像什么都没发生一样,天衣无缝。

次日晚上，当我打开602房门的时候，一股浓重的血腥味冲了出来。我赶紧关上房门，掩住口鼻。门厅漆黑一片，只有卫生间那里亮着灯，地上摆着吃剩下的盒饭和空啤酒瓶，还有一些男女的衣物。我走进卫生间，发现老贺正穿着一件黑色的雨衣进行着"工作"，现场惨不忍睹。

"怎么样？弄完了吗？"我问。

"差不多了，你想什么时候处理？"

"等凌晨街上没人的时候。"我说。

我没帮他操作，退回到门厅里，点燃一支烟，想遮遮血腥的味道，但抽了几口就险些呕吐出来。我在黑暗里思索了一会儿，便开门下楼，离开了那里。

次日清晨，我拿着一套鱼竿和两个带盖的塑料桶，打开了602的门。我让老贺将"东西"装到桶里，佯装成去钓鱼的样子，把"东西"往地库的车里运。我们忙活了大约一个小时，之后驱车驶离了公寓。

我开着柏涛的奥迪A8驶出地库，出小区的时候，保安还给我敬了礼。天刚蒙蒙亮，街上没什么人。我在前面引路，老贺驾驶着装"东西"的白色丰田SUV，始终与我保持着百米的距离。我这么做是有目的的，一旦遇到路上警察设卡，就让老贺及时折返，以免暴露。但没想到，这一路异常顺利，我们驶出了城中区，经过了城南区，从东郊上了海城高速，一直来到了海城港。

在路上，我打开了奥迪的音响，调到了古典音乐频道。里面正播放着海顿的降B大调弦乐四重奏《日出》，我将声音开大，让自己沉浸在清晨的旋律中。不远处的海岸线波光粼粼，偶尔能看到几个人抬着鱼竿，正在晨钓。我找了个隐秘的角落，让老贺将桶里的"东西"倾倒在海里，随着扑通几下，柏涛和他的情人便彻底从这个世界消失了。在回程的时候，我独自驾驶丰田SUV离开，而老贺则开着那辆奥迪A8驶向襄城的方向。他已经找好了买家，准备低价将这辆车处理掉。

第十一章　大人物

5

"你以为自己做得天衣无缝吗？"在审讯室里，魏卓质问。

"这个世界上当然没有天衣无缝的事情，但我已经尽量做到周全了。"路海峰回答。

"两个大活人就这样不明不白地消失了，他们的家属不会报案吗？"魏卓又问。

"肯定会报案啊，但柏涛是个骗子，卷了这么多人的钱，警方第一反应肯定是他跑路了。而且……"他轻笑了一下，"我还让老贺，又往下做了一步工作。"

"什么？"魏卓皱眉。

"我让他带着柏涛和阿敏的手机去了趟南方，然后在一个口岸城市相互发了多条短信，之后才将手机销毁。而这段时间，我则继续在海城高调活动，制造不在场证明。事情果然如我所料，在一个月之后，警察找到了我，询问柏涛的情况，我自然以受害者自居，控告他招摇撞骗。警察只约过我一次，草草做了笔录，之后就没信儿了。我想他们肯定查了柏涛的通话记录，认定他带着阿敏跑了，去南方追捕了。"路海峰颇有些得意地笑着。

"你太残忍了，用这种手段度过了危机。"魏卓倒吸一口冷气。

"遇到烂人要及时抽身，遇到烂事儿要及时止损，永远不要去抱怨已经发生的事情，你胆怯就去接受它，你强大就去改变它。"路海峰说。

"哼，你总是在给自己的恶行找理由。"魏卓摇头。

"但还是百密一疏啊，就像你说的，没有天衣无缝的事情。后来警方还是查到了线索，就是那辆租来的白色丰田SUV汽车。"路海峰叹气，"当我听到这个消息的时候，确实有些担心了。"

"你怎么知道警方调查的线索？"

"哼，这个……"他犹豫了一下，"这个世界是由各种网组成的，关系网、利益网、人情网……而我们都在这些网之中。"他没把话挑明。

"具体讲呢？"

"只可意会，不可言传。"他故弄玄虚，"我本不想把这事儿告诉他们，却不料已被周屿和蒋澜猜了出来。哼，当时周屿那个样子啊，可笑至极。"他摇了摇头，"周屿在得知情况之后，非常震惊，连看我的眼神都变了。蒋澜却很冷静，权衡良久，劝我出去暂避，等风平浪静的时候再回海城。我本不想这样，但思忖良久，也觉得她说的有理。于是我就以到国外学习考察的名义，带着公司的三名员工一起到了香港。我并没在香港多停留，之后又独自转机去了一个海岛国家。我当时觉得这只是一次短暂的旅行，却不料一走这么久。蒋澜在国内不断给我传递相关的消息，我得知警方开始扩大调查范围了，不但再次询问了蒋澜，连招财猫也约谈了，当然，周屿一直避而不见。当然，警察没有证据，也问不出什么实质性的线索。在此期间，一个山东口音的警察给我打了电话，问我某日晚上在什么地方，我告诉他当晚是廖总的生日，我和许多好友一起为他庆祝。警察又问了不少细节，才结束问话，并告知我回国后要补充一份笔录。我满应满许，但此后警方就没再联系我了。"

"你离开了多久？"

"一年多吧。我在那个海岛生活的那段日子，紧绷着的神经也慢慢放松了。我每日的生活很简单，十点起床，吃酒店的自助早餐，然后到海边做日光浴，然后吃饭、午休、看蓝天白云，在海面落满余晖的时候再回到房间，就这么混过一天。时间久了，我感到如坐针毡，这一成不变的阳光和沙滩已经成了禁锢我的囚笼。我开始给蒋澜打电话，询问风头是否已经过去了，自己是不是能回到海城了。但她还是操着那个口吻，让我少安毋躁，等等再说。这一等又是几个月……"

"但你最终还是回到了海城。"

"当然，我要拿回属于自己的东西，海城才是我的战场。再说，蒋澜也已经帮我摆平了一切。记得在回来的飞机上，我还曾天真地认为自己以后能洗手不干了，只要自己能渡过这一关，就替那几个死鬼烧香拜佛。却不料等我回去之后，一切都变了。"路海峰说到这里的时候，声音低沉，眼睛像狼一样地盯着魏卓。

魏卓心里一颤，继续追问："蒋澜是如何帮你摆平的呢？你所说的关系网、利益网和人情网，是买通了哪些人吗？"

路海峰一愣，没想到魏卓的问题这么尖锐。

但与此同时，审讯室的铁门被推开了，林楠走了进来，说："行了，今天的采访到此为止。"

"还没到时间呢，再等一会儿行吗？"魏卓问。

"结束了。赶紧收拾东西。"林楠勒令。

"为什么啊？我刚问到关键的地方……"魏卓沮丧。

"哈哈，哈哈哈哈……"路海峰却笑了。

"你笑什么？"魏卓皱眉。

"越是关键的问题，越不能这么轻易地被你问到。是吧，林警官。"他直勾勾地看着林楠。

林楠没说话，冷冷地看着路海峰："你刚才说的都是事实吗？包括杀害柏涛、阿敏的经过。"

"哼，当然不是事实，我又不是在接受审讯，只是在给这位记者讲故事。要是想核实，可以啊，你们去调查。要是有证据，我就认。"他耍着无赖。

"路海峰，你别嚣张，该查清的我们一定会查清。还有，你别以为自作聪明地将那些人的名字张冠李戴，我们就查不到。世界上没有完美的犯罪，那些无辜的死者一定会沉冤昭雪。"林楠一字一句地说。

"哼……"路海峰冷笑一下，"好，那我就拭目以待。"他用挑衅的眼神回敬林楠。

6

在筒道里，魏卓跟林楠急了："林警官，你这是什么意思啊？眼看我就能问出关键问题了，为什么要打断我？"

林楠并不回答，自顾自地往前走。魏卓见状，几步走到他身前，拦住他的去路。

"回答我的问题，到底是为什么，你们有什么顾虑？"

这时，一个浑厚的声音从魏卓背后传来。

"魏记者，停止采访是我的命令。"

魏卓回头望去，说话的正是海城市公安局主管刑侦的副局长——郭俭。

"郭局……"魏卓愣住了。

"让你去采访路海峰，我们是顶着巨大压力的。你该知道，他所犯罪行的严重性和涉及人员的复杂性。"郭局说着官话。

"所以你们现在顶不住压力了？"魏卓不客气地反问。

"哼……"郭局苦笑，并没直接回答他的问题，"确切地说，从现在开始，你已经没有继续采访路海峰的资格了。"

"为什么？"魏卓惊讶，"我……我刚采访出一些眉目，他还有更多的细节没说呢。"

"因为你违反了与我们签订的保密协议。"郭局正色。

"你不会忘了吧？不能录音录像，不能未经我们同意擅自发稿，不能对外透露采访信息，更不能为嫌疑人传递消息。如果违反，将承担泄密责任。"林楠走到魏卓面前说。

"这是之前的事儿了，不能成为这次阻止我的理由。"魏卓辩驳。

"你的行为已经严重影响到了我们的办案，而且还引发了社会上的动荡。同时,你有一些情况并未如实向我们反映,魏记者,你有什么顾虑吗?"郭局问。

"魏卓,你这已经不只是违规的问题了。"林楠也说。

"你们是在审讯我吗?新闻自由不懂吗?我没有义务跟你们说。"魏卓反驳。

"你要是这么说,我们可以申请法律手续,对你进行询问。"林楠强硬道。

"好,那你们就申请吧,我悉听尊便。"魏卓撞过林楠的肩膀就向筒道外面走。

林楠刚想去追,就被郭局阻拦。

"让他走,但不要让他离开本市。"郭局说。

"明白。"林楠点头。

"好好消化路海峰刚才讲述的情况,务必查出蛛丝马迹。"郭局叮嘱。

"您放心,我已经派人去核实了。用不了多长时间,肯定能查出线索。"林楠说。

"没时间了,省厅要求,马上将路海峰换押。"

"换押?"林楠惊得合不拢嘴,"为什么?"

"当然是觉得咱们工作不力,泄露了案件信息。"郭局叹气。

"这不行啊,刚套出一些新线索,弄出些眉目。一旦换押,嫌疑人的心态必将发生变化,那就前功尽弃了!"林楠说。

"人民警察以服从命令为天职,这个讲不了条件。但换押之后,你还是有提审权的。马上准备一下材料,两个小时后,省厅的领导要听汇报了。"郭局说。

林楠没再说话,点了点头。他望着窗外的暴雨,沉默着。

第十二章 沉默的羔羊

1

雨下得很大，魏卓走出看守所的楼门，在风雨廊下给钱宽打电话，却久久没能接通。他叹了口气，在心里咒骂这孙子总是在关键时刻掉链子，只得无奈地拿出手机叫车，在多次加价之后等了许久才有人接单。他上了出租车，将淋湿的雨伞用塑料袋包裹，仰靠在座椅上闭目休息。司机是个五大三粗的主儿，留着寸头、胡子拉碴，边开车边盘手串，音响里却放着一首古典音乐。魏卓仔细听去，是肖邦的《降E大调夜曲》，乐曲婉转悠长、饱含诗意，让这个雨夜显得更加宁静。

魏卓觉得很有趣，不禁问："师傅，您喜欢古典音乐？"

"嗐，听着玩儿呗，每天晚上十点，音乐台的《古典之约》。"司机大大咧咧地回答。

"您听这音乐不困啊？软绵绵的。"魏卓笑。

"不困啊，就听这个才精神呢。"司机说，"哎，其实我也不知道这些歌都叫什么名字，就觉得听了心里安静，能解乏，开起车来更清醒。"

"哦……"魏卓点点头。他听着音乐，望着窗外的雨，不禁想起了路海峰总挂在嘴边的《狩猎波尔卡》。他犹豫了一下，改了主意："哎，师傅，咱们不去我刚才下单的地址了，去海城东郊。从下个路口右转。"

车停在了距离海城港不足一公里的观海湾别墅区外。魏卓结账下车，撑起了伞。

雨小了一些，风却很大，呼呼的，吹得他睁不开眼。观海湾在二十多年前曾是海城的豪宅标杆区，里面都是独栋建筑，靠山望海，环境宜人，居住的人里也不乏一些社会名流。但近几年随着海城新区的崛起，加之这里的配套设施不健全，富人们纷纷将房产抛售或出租，这里便渐渐落寞下来。

魏卓之所以来这儿，是想寻找路海峰所说的"东郊别墅"。路海峰曾在采访中描述过："在海城东郊买了一栋五百平方米的独栋别墅。那里的环境很好，绿化率很高，从露台就能直接看到大海，而且交通方便，距海城港只有不到一公里的距离……"魏卓判断，应该就是这里。

别墅区的安保管理不严，门口供行人进出的铁门敞开着，魏卓很容易就潜了进去。里面漆黑一片，大多数的路灯都坏掉了，地面也坑洼不平，魏卓刚走两步就被绊了一下。他在黑暗中寻找着，漫无目的地走走停停，不知不觉就绕了一圈，等回到大门口的时候依然毫无所获。他想了想，来到了保安亭前，敲响了窗户的玻璃。

保安正在打盹，一听有声，揉着眼睛拉开了窗户。"什么事儿？"他问。

"哎，听邻居说，前几天有警察到咱们这儿来过？"他没头没尾地问。

"嗐，可不是嘛，来了好几波呢，听说是有案子了。"保安撇嘴。

"有案子了，哪家啊？被盗了？"魏卓皱眉。

"不是不是，听说是过来搜查。好像是……有个杀人犯住在小区里。"保安刚说完又觉得不妥，赶忙找补，"哎，我这可都是听他们说的啊，没有真凭实据。"

"哦……"魏卓点点头，继续套话，"是最中间的那家吧？门口有个喷泉池的。"

"不是那家，是靠西头的那家。好久没人住了，据说……"保安话说一半停了嘴，"哎，我看你……不像是业主吧？"他打量着魏卓。

"我……"魏卓语塞。

"哼，你肯定是记者。"保安一语点破，"这些天好多人过来问这事儿。"他说着就推开保安亭的铁门。

魏卓一看自己要露馅儿，赶忙从兜里掏出几张钞票塞进保安手里。"哎，哥们儿，行个方便。"他笑着说。

保安看他上道，就抬手往里面指了指。"一直往前走，在第二个路口向西走到头就是。"他咧嘴笑着说。

魏卓按照保安的指引来到了那户门前，隔着院墙就能看到里面荒草丛生，一看就是好久没人住了。他收起雨伞，攀墙翻了进去，一落地就踩了一脚泥。他用手机照亮，四处查看，发现花园里的硬化地面都被刨开了，大片的泥土裸露在外，被大雨冲得泥水四溢。魏卓不敢大意，穿上鞋套走到屋门口，发现上面贴着公安局的封条。这显然是路海峰描述的地点。他试着推了推大门，发现紧锁着，又来到花园里，仔细查看了被挖开的泥土。他停顿了一下，心想公安局的人既然来了，肯定已经做了勘查，不会再有什么有价值的线索，于是就拿出相机进行了拍照。这时，手机突然响了，他被吓了一跳，仔细一看，是钱宽的电话。

"喂，你在哪儿呢？刚才怎么不接电话啊？"他劈头盖脸地问。

"你在哪儿呢？我找你半天了！"钱宽反问。

"我……"魏卓环顾左右，犹豫了一下，"东郊观海湾南门，你快点儿过来吧。"他说完就挂了电话，然后又翻墙而出。

2

在车里，魏卓用纸巾擦着满头的雨水，嘴里不断抱怨着："我不是说你，老钱，你丫干事就总是这个德行，关键时刻掉链子。这么干，怎么跟别人竞争啊？怎么能取得优势啊？比的不就是这'最后一公里'吗？就冲你这样，趁早甭干了。"

"嘿，你还真说对了，我早就不想干了。"钱宽回嘴。

"你什么意思啊？"魏卓不高兴了，转头瞥钱宽，发现他正瞪着自己，"哎，你这是怎么茬啊？遇上事儿了？"他语气缓和了一些。

"我问你，你还要采访下去吗？一条道儿走到黑？"钱宽颤抖着问。

"当然了，都做到这个份儿上了，能半途而废吗？"魏卓反问。

"那个叫彭博发的商务局局长跳楼了，一帮人都被牵连，咱俩也被公安、纪委约谈了。魏卓，这事儿不是那么简单的，还玩儿啊？"

"我知道了。"魏卓避开他的眼神，应付着。

"还有曹主编，一个劲儿地催我上班，说再不回去就把我分流了。"

"别理他。"

"不理他？你是有本事啊，到哪儿都有饭，我不行啊！我不能因为路海峰这案子丢了饭碗啊。魏卓，这几天我总觉得有人在盯着我，这不是错觉！我不行了，受不了了，我承认，我没你胆大，我怂……"钱宽的声音虚弱起来。

"没事儿的，放心吧，他们不敢怎么样。"魏卓转过头，安慰他。

"你怎么知道他们不敢怎么样？他们是谁呀？你见过吗？知道他们的身份吗？了解他们的手段吗？他们都在暗处，可咱们是在明面儿上。明枪易躲，暗箭难防啊。"

"那你什么意思？不干了？停手了？"

"我觉得咱们趁早收手，实在不行就先跟那个粉红组合要笔钱，然后隐一段儿时间，等风头过了再出山也不迟啊。"

"闭嘴，不可能！"魏卓打断钱宽的话，"你忘了咱们的原则？干这种事儿不能一把一结。一旦让人抓住把柄，这性质就变了。钱宽，你清醒点儿，别有个风吹草动就坐不住了。"

"你还不明白吗？咱们惹上大麻烦了！总之我不干了，不干了！"钱宽大声说。

"到底是个大麻烦还是大机会，现在可不好说。关键看咱们怎么把握。"

"机会？哼……"钱宽冷笑，"别再被那个死刑犯利用了，好吗？他想拉你当垫背的，没看出来吗？他在外面还有同伙，在操作着这一切，那个录像肯定也是他寄给咱们的，这一切都是他策划好了的！"

"他利用我？扯淡！"魏卓不屑，"就算是利用，也是相互利用。钱宽，你冷静一下，我向你保证，只要干完这个活儿，咱俩以后肯定会有好的出路。已经有新媒体公司找到我了，希望我入职，我跟他们提了条件，让你也一起加入。"

"魏卓，你采访的那些资料在哪里？"钱宽根本不理会他说的话。

"你什么意思？"魏卓皱眉。

"五百万，有人要买那些资料。"钱宽说。

魏卓愣住了："是谁？谁要买？"

"我不知道，但他们已经给我打过好几次电话了。魏卓，咱们卖了吧，然后远走高飞。"钱宽说着就抢过魏卓的背包，翻找起来。

"你丫疯了吧！"魏卓一把夺过背包，"这都是涉案机密，你不讲职业道德了？"他狠狠推了钱宽一把。

"你丫有职业道德！整天盯着人家裤裆里的那些脏事儿。快，把资料给我，给我！"他又扑了过来。

魏卓急了，抬手就是一拳。这拳挥得太猛，一下打中了钱宽的眼睛。钱宽颓了，捂住脸不说话了。

魏卓有些于心不忍，停顿了一下，叹了口气，说："你要是想退出就退出吧。账户里剩下的钱都给你，算是对你的补偿。以后我自己干，出了问题也自己负责。那些偷拍的照片都给我吧，你留着也招惹麻烦。"

"嗯……"钱宽点头。

"还有，那个地址也给我。"魏卓又说。

"你还要继续往下做？你真的知道自己是在干什么吗？"钱宽气喘吁吁地问。

"当然，我当然知道。而且不仅要干，还要干好，干到底。"魏卓强调。

"好，我会把地址发给你。以后咱俩各走各路，互不相干了。"钱宽说完就下了车。

魏卓透过车窗，看着钱宽孤独的身影，心里百感交集。他点燃一支烟，压抑着自己的情绪，不让自己失控，却事与愿违，情绪爆发得更为强烈。他在黑夜里大声地呼喊，用手猛砸方向盘，歇斯底里。他知道自己从此之后将孤军奋战，独自面对未知的一切。他自然理解钱宽的担忧，面前的路极其凶险，说不好会是万丈深渊，但作为职业记者，魏卓铁了心要继续查下去。这起案件太特别了，可以说是千载难逢，他不能让这么好的机会从手中溜走，他要给自己的记者生涯留下浓墨重彩的一笔，哪怕付出些代价。

这时，他的电话又响了，他拿出手机，上面显示的是那个陌生的号码。

"喂。"他接通电话，对方却没有声音。

"说话呀，说话！别以为不说话，我就不知道你们是谁。我告诉你们，你们干的那些脏事儿、烂事儿我都了如指掌！早晚有一天我要把你们都揪出来，曝光于天下！"他怒吼着。

对方依旧没有声音，却也不挂断，就这么静静地听着。

"喂，喂！你们想干什么？说啊？"魏卓继续质问。

就这样持续了一分多钟，对方才挂断了电话。魏卓摇开车窗，让夜风吹进来，他颤抖着又点燃一支烟，努力让自己平静。他拿出手机，凝视着那个号码，这才发现有几条未读的短信。打开看去，其中一条是银行的收款通知，就在一个小时前，他在海城银行的个人账户收到了三十万元的入账。他有些惊讶，忙打开银行的 APP 查询，发现这笔钱是现金存入，并未显示对方姓名。他愣住了，浑身发冷，知道这肯定是有人在捣鬼。雨小了一些，周围很静，魏卓努力在思考着，却觉得大脑一片空白，什么线索也抓不住。他不知道该不该把这事儿通报给林楠，现在说合不合适，会不会暴露自己下一步工作的意图。思索了许久，他也没找出答案，于是重新启动了汽车，往家的方向开去，只等第二天再做打算。

而此时此刻，一辆挂着"海J"牌子的墨绿色越野车也在黑暗中紧随其后。开车的人面容不清，嘴上香烟的火光忽明忽灭。他把烟夹在手里，拧开了一瓶农夫山泉喝了一口，然后将车掉头开走。

这件事儿远比魏卓想象的严重，此时的他已经驶上了一条凶险的单行道，不容他中途退出了。

3

几天后的清晨，还没到上班的时间，省公安厅的大会议室里已经座无虚席。长条桌旁围坐着省厅刑侦、法制、情报、技术等部门的主要领导。海城市公安局副局长郭俭正在汇报。坐在主位上的是江副厅长，他五十多岁的年纪，中等身材，国字脸，表情严肃，不怒自威。当郭局说到记者采访的情况时，江副厅长打断了他的话。

"郭局长，你可是海城公安战线的老领导了，这么敏感重大的案件，为什么不通报省厅就贸然接受采访？你没评估过这么做会产生的风险吗？还是有什么其他的打算？"江副厅长质问道。

他的话说得很重，郭局停顿了一下，解释道："我们当时接受记者采访的初衷，也是进一步查清案件。我之前多次向您汇报过情况，路海峰虽然已经被采取强制措施很长时间了，经过审讯也供述了一些犯罪事实，但在许多关键问题上仍然语焉不详、遮遮掩掩。我们认为他是有顾虑的，不排除外界某些人或势力对他进行了威胁。所以我们想通过记者采访的方式引他说出更多的案件线索，以便更加全面、详细、客观、公正地调查案件。"郭局说得有理有据。

"我理解你的想法，但不能同意你的做法。就算你这么做的初衷是调查案件，但为什么不提前请示汇报？你是在怀疑谁吗？觉得在咱们专案组里有内鬼？老郭啊，我不是说你，不要轻信社会上的那些谣言，什么路海峰社会关系广、手眼通天啊，什么他只要扛过审讯就能重获自由。咱们警察讲的是什么？是忠诚，是信任，是可以把后背交给战友。你们海城总这么遮遮掩掩地办案，那省厅专案组怎么心往一处想，劲往一处使呢？"江副厅长拍响了桌子。

郭局没做解释，尴尬地点点头。

这时，一个声音从后排传过来："江厅，这么做是我的提议。"

众人循声望去，说话的是海城市公安局的林楠。

江副厅长看着林楠，停顿了一下，说："行了行了，事已至此，也不必相互揽过。当务之急，是尽快开展下一步的工作，亡羊补牢。林支队长，你有什么打算？"

林楠整了整警服，站了起来："江厅，我们在对路海峰采取强制措施的时候，他已经杀害了他的前女友。之后在我们对其住所进行搜查中，还发现了埋藏在院落之中的一块人类头皮。经过DNA比对可以认定，就是在逃人员周屿的。我们怀疑周屿已经遇害，凶手很有可能就是路海峰。加之之前失踪了一些人，初步推测，路海峰案涉及的被害人多达五人以上。可以说，此案无论是在海城还是全省，都是多年罕见的重大刑事犯罪案件。是否能圆满地将此案破获，不光关乎全省警方的荣誉，更关乎百姓的安全感和满意度，这是我们海城刑警的使命和责任。但该犯曾被处理过，反侦查意识较强，抗拒心理严重，我们虽然抽调了预审专家齐孝石、那海涛等人，但收效甚微，无法攻克他的心门。所以才制定了以记者采访为诱饵，引导其说出事实的工作策略。这点，也是没有办法的办法。"

"结果呢？有效吗？"江副厅长问。

"有效。"林楠给出了肯定的答案，"但具体细节不便在大会上汇报，我们已经形成了详细的工作报告，将在会后呈报给您。"

"下一步有什么工作计划？"

"通过记者采访，我们摸到了一系列涉案人的情况，比如吴某、柏某、陈某和马某……在此过程中马某遇害，我们经过现场勘查，发现作案的手段与路海峰供述的杀人手段相符，以此推测，社会上应该还有他的同伙，侦破工作正在全力进行中。同时我们根据路海峰供述的细节，已经破解出被害人柏某和陈某的身份，并已通过相关技术手段落地证实。而关键涉案人吴某的身份也在核查中。下一步，我们将从三个方面开展工作：第一，查清涉案人员的真实身份，将路海峰在采访中的供述落地核查，扩线侦查。第二，梳理路海峰的社会关系，以点带面，还原其整体关系网。第三，继续加大审讯力度，重点突破，涉及社会人员的，立即采取传唤等强制措施讯问调查；涉及党政干部的，通报纪委监察部门联合办理。第四……"

"行了，案件的细节就不用在会上说了。"江副厅长打断林楠的话，"会后你们尽快整理好所有的案件材料，交给省厅专案组办理。"

"省厅专案组？江厅，这是什么意思？"林楠愣住了。

"省厅领导的集体研究决定，即日起，这个案件由省厅专案组接手办理。郭局、林队，你们尽快移交材料，配合好省厅专案组的工作。"江副厅长下了命令。

"江厅，这不行啊，案件刚查出点儿眉目……"林楠有些激动。

郭局拦住林楠，回答江副厅长："明白，我们一定遵照省厅领导的命令办理。"

第十二章　沉默的羔羊

在警车里，林楠沉默着。电台播放着海城新闻："近日，由海城市公安局侦办的路某涉嫌故意杀人案件，疑似又有新的被害者被发现。据知情人爆料，警方在路某居住的院子里发现了重要证据。但记者拨打公安局外宣部门的电话，却被告知案件正在侦办中，不能公布相关情况……另据某网络公众号爆料，近期本市的官员自杀事件，疑与路某案件有关……"

林楠叹了口气，关掉了电台。他拿出手机，翻找到魏卓的电话，犹豫了一下，拨了过去，却迟迟没有接通。

4

在襄城市的西环路上，一辆MPV正在疾行，放在副驾驶座上的手机嗡嗡作响，重复着《狩猎波尔卡》的旋律。魏卓拿过手机一看，是林楠的来电，想了想并没接通，又放回到座椅上。

他正在全神贯注地追踪着一个目标——此刻距离自己五十米左右的一辆白色沃尔沃轿车。开车的是一个白衣女子，三十多岁，正在和后座宝宝椅上的一个小男孩说话。她叫佟莹，已经离开海城整整七年了。

魏卓至今想不通，路海峰在讲述的时候，为什么会说出她的真实姓名，而不是像吴永伟等人一样用化名。钱宽通过襄城的关系，很快就查到了佟莹的下落。魏卓从他手里要来的地址，自然也是她的。

魏卓来襄城已经三天了，作为深度调查记者，他确实不负"狗仔"的"盛名"，用最短时间摸清了她的情况。佟莹今年三十岁，是一个四岁男孩的妈妈，同居的是一名四十岁左右的男子，看样子应该是她的男友或丈夫。男人在襄城的一个国企上班，朝九晚五，非常稳定。而她则经营着一家灯具连锁店，生意很红火，每天都要开车辗转好几个销售点。她和路海峰描述的一样，面容姣好，皮肤很白，有一双会笑的眼睛，跟客户谈事的时候总是微笑着，会露出两颗小虎牙。能想象得出她二十出头时的样子，懵懂、单纯，能激发出男人的保护欲。只不过相比年轻时，她现在的笑容蒙上了岁月的风尘，显得职业、刻意，眼神也不再那么清澈了。

她的作息很规律，每天早晨七点从兴义路的吉祥花园出门，先把儿子送到位于城北的威顿双语幼儿园，然后再驱车前往位于振宇写字楼五层的公司。在路上，她有时会停在一个没有招牌的包子铺吃早点，有时会去公司附近的那家麦当劳买个外卖。然后一上午基本都在公司工作，午餐过后会离开公司，去往城南、城北、城西的几个销售点。在下午四点的时候，会到威顿双语幼儿园接上儿子，去附近的一家培训机构学习，在晚上六点之前，会带着儿子回家。晚上基本不会出门。魏卓感叹，当一个职场女性真是太辛苦了，既要工作又要顾家。不过，看来在离开周屿之后，佟莹已经找到了属于自己的生活。

在这期间，魏卓一直在寻找单独和佟莹接触的机会。他不想出现得那么唐突，让佟莹觉得被人跟踪。但佟莹的生活非常规律，很少有独处的时候，这让魏卓这个"狗仔"也犯了难。此时，佟莹已经将儿子送进了幼儿园，启动了车。魏卓不想再等了，驾车尾随而去。

在那个没有招牌的包子铺里，佟莹正坐在门口的一张桌旁，低头吃着一碗馄饨。她戴着耳机，吃得很慢，仿佛在享受清晨这段难得的悠闲时光。店里食客很多，摩肩接踵，魏卓没排队，挤到柜台前要了杯封装的豆浆，插上吸管便坐到了佟莹对面。他喝着豆浆，默默地注视着佟莹。

都说女人有第六感，果然没错。佟莹察觉到了魏卓的眼神，佯装拢了拢头发，瞥了他一眼。魏卓撞上了她的视线，下意识地侧过了脸。

"老板，埋单。"佟莹还没吃完那碗馄饨，就起身结账。魏卓见状也站了起来。

佟莹拿起包，就急匆匆地往车的方向走。

"佟莹。"魏卓叫出了她的名字。但她依然没有停步，反而走得更快了。

"我是《海城都市报》的记者，叫魏卓。"他快走几步，将佟莹拦住，"我到襄城，是专门来找你的。"

佟莹的脸色很难看，仿佛早有预感。"我不认识你，也不想接受什么采访。"她说着就绕开魏卓。

"周屿，你认识吗？还有路海峰。"魏卓开门见山。

"我不认识，你别缠着我！再不走，我报警了。"佟莹提高了嗓音。

"报警？哼，可以啊，我正好跟警察聊聊你的前世今生。"魏卓冷笑。

"你什么意思？"佟莹停住脚步，回头瞪着魏卓。

"你现在生活稳定、事业有成，我想你的那些陈年旧事，应该不想让你现在的老公知道吧？他肯定不知道你曾经经历过什么、干过什么事情，对吧？"魏卓缓缓地说。

佟莹沉默了，下意识地咬着嘴唇："你想要什么？钱吗？"她皱眉。

"我想要事实，十年前的事实。"魏卓说。

佟莹低下头，叹了口气，说："好吧，咱们换一个安静的地方。"

魏卓跟着佟莹来到了她的一个销售点。她找了一间办公室，给魏卓沏了一杯茶。

"说吧，你找我到底想干什么？"佟莹的语气平缓，表情却很紧张。

"这段时间，我在采访路海峰的过程中，获得了一些情况。"魏卓说。

"我知道。"佟莹直视他的眼睛。

"你知道？"魏卓惊讶。

"这么大的新闻谁能不知道呢，马林死了，彭博发跳楼了，都是因为你的爆料。'透视镜'，对吧？"佟莹的声音有些颤抖。

"你是不是觉得，我是个坏记者，让许多人不得安宁？"

"哼……他们也不是什么好人，是一群恶狼，死了也是因果报应。"佟莹冷笑。

"看来你很了解他们啊？"

"不算了解，有过接触而已。"佟莹躲闪着。

"怎么接触上的？通过周屿吗？"魏卓追问。

佟莹不说话了，拿起茶杯，抿了一口。

"你最近见过周屿吗？"魏卓问。

"怎么可能？我已经离开海城好几年了。这一切都与我无关了。"

"这只是你的自欺欺人罢了，人真的可以和过去一刀两断吗？"

"不然呢？又能怎样？继续让他们控制，被他们蒙骗，成为一个傀儡？"佟莹有些激动，"魏记者，我求求你，不要再纠缠我了，让我好好活着，行吗？我好不容易才让生活步入正轨，不想再回到过去了……"她恳求道。

魏卓看她这样，也有些过意不去："对不起，我不是想刺激你，只想知道当时的一些细节。我不会录音录像的，只用纸笔记录，也不会透露你的姓名。"他摆出一副诚恳的表情。

佟莹沉默了一会儿，稳定了一下情绪："但我什么也不会说，这里面牵扯到太多人了，我不想惹上麻烦。我已经拿到了在外国永居的身份，不久就会走。"

"你要离开？"魏卓诧异，"那你的生意呢？不要了？"

"我已经联系好了公司的其他股东，让他们代持我的生意。"

"孩子呢？也会带走？"

"不，我一个人走。"佟莹看着他的眼睛，"我知道，你找我一定是为了那些东西。放心，我会交给你的。"

"东西？"魏卓一愣，但随即又稳住表情，"是周屿交给你的？"

第十二章　沉默的羔羊　　231

他试探着问。

"是的。"佟莹点头,"但你要记住,那些东西很危险,谁拿到了,谁就会被牵扯进去。你真的想要吗?"她煞有介事地问。

"当然,我就是为它来的。"魏卓做出了肯定的回答。

"好,那我今天就交给你,但你要守口如瓶,不能泄露是从我这里拿到的。"她叮嘱道。

"放心,这是最基本的规矩。"魏卓点头,"你什么时候走?"

"干什么?"佟莹警惕。

"我会在你走之后再去处理这些东西,以保证你的安全。"魏卓做出了承诺。

"你值得相信吗?"佟莹审视着他。

"我以一个记者的尊严保证。"魏卓像宣誓一样,举起了右手。

"我下周走。"佟莹给出了答案。

佟莹带着魏卓离开了销售点,前往公司总部。她让魏卓在地库等着,自己去了位于五层的办公室,十多分钟后才回到魏卓的车里。

她把一个用胶带裹得严严实实的牛皮纸袋递给魏卓,说:"现在,这东西是你的了。"

魏卓小心翼翼地接过来,用手掂量了一下,并不沉。他问:"你不留个备份?"

"这是巨大的麻烦、烫手的山芋,我是不会留备份的。"佟莹苦笑,"别忘了我提醒你的,这些东西很危险,谁拿到了,谁就会被牵扯进去。"

但她越是这么说,魏卓就越是好奇。

"好了,我完成自己的使命了。魏记者,请好自为之吧。"她长长地叹了口气,推开了车门。

"哎,我还有个问题。"魏卓在后门说,"你和周屿……是真爱吗?"

佟莹停在了原地,许久才转过身。"我要说这一切都是假的,你信吗?"她反问。

魏卓没说话,注视着她。

"周屿是个好人,起码在最初和我相处的时候,他不坏。"佟莹一字一句地说,"他曾经真的以为自己能梦想成真,能有远大前程,哼……但那一切都是梦,是我辜负了他……"她惨笑着。

5

车库里黑漆漆的,笔记本电脑的屏幕是唯一的光亮。周围很静,隔绝了外面的雨声。魏卓查看着一个 U 盘里的内容。U 盘是那种很旧的款式,外壳却是崭新的,并没有使用的痕迹。这就是那个牛皮纸袋里所谓的"危险的东西"。

他操作着鼠标,发现 U 盘里有十多个文件夹,命名比较乱,有"新建文件夹 1""新建文件夹 2",还有"201203""201204"。他打开一个名为"VIDEO"的文件夹,里面排列着几十个视频文件。他犹豫了一下,打开了"VIDEO-001"。视频有 37 分钟的时长,画面很昏暗,镜头从上面俯拍,看环境是在一个酒店的客房。在中间的大床上,有一对男女在赤裸着缠绵。男的有些驼背,看年纪起码在五十岁以上,他的动作粗鲁,很饥渴的样子;女的很年轻,留着一头大波浪卷发,对男的百依百顺,非常配合。因为光线太暗,魏卓看不清那对男女的脸。他叹了口气,心想什么"危险的东西",也不过就是偷拍男女的那些破事。他有些不耐烦,又操作鼠标,打开了"VIDEO-002"。时长也是 37 分钟,画面依旧昏暗,看环境还是那个客房,但拍摄的角度有了变化。这个摄像头大概隐藏在床头,从这个角度能清晰看到那对男女的面孔。那个男人深眼窝、高鼻梁、国字脸,魏卓觉得有几分面熟。他又接连打开了其他十几个视频文件,发现都是差不多的内容,只不过男女换了,角度换了。他关上这个文件夹,打开另一个名为"AUDIO"的文件夹,点中了"AUDIO-001"文件,一段录音开始播放。魏卓调大声音,里面的背景音很嘈杂,环境像在浴池或者泳池。两个男人在对话。

"白厅。关于秘大伟的案子,您还得多多费心。我听说材料已经递到市公安局了,现在还是受理阶段,我怕一旦立案就不好收拾了。"

"到市公安局的哪个部门了?你打听打听,他们开没开受理回执单,要是开了,就算正式走程序了。"

"应该开了,是在海城市公安局的经侦支队,听说是支队长亲自去抓。"

"哼,怎么了?害怕了?自己的短处被别人攥住了?"

"嗐,您就别开我的玩笑了。您知道,我就是个土里刨食的穷孩子,能一步一步走到今天,还不是因为您的提携和照顾?这几年经济不景气,税又这么高,大家都这么干,我也不能免俗啊。"

"胡扯!我一而再再而三地告诉你,要脚踏实地、守法经营,不能急功近利,搞那些歪门邪道。我给你的项目还少吗?你只要踏踏实实地干,肯定能有好的发展。但你呢,自己不干,拿到项目就往下发包,不仅发包,还层层发包,你说能不出事儿吗?"

"是是是,白厅,我知道错了,以后长记性了。但事已至此,您得管啊,这关我要是过不去,可就真栽了。"

"行了行了,不用多说了,我会想办法的。你尽快找律师,搜罗一下对方的材料。"

"对方的材料?"

"还用我手把手地教你吗?就是控告你的那人的材料,先下手为强。是叫……秘大伟吧?你不办他,他就办你。涉税、侵占、行贿、嫖娼,总之有什么算什么,都往材料里写。"

"我明白了。先下手为强!"

"这件事儿要赶紧做,争取抢在他到公安机关立案之前。只要把他装进去，案子就能翻过来，就能让你从被告变成原告。"

"高！您太高了！佩服，真是佩服！"

"别乱拍马屁。我告诉你，这可是最后一次了，以后再有这种情况，我可不给你擦屁股。"

"您放心，我肯定吃一堑长一智，以后绝不再犯了。哎，咱们下次别来这儿了，您去我那球场吧，刚养护好的草坪，您去抽两杆儿啊。"

"再说再说，最近会太多，下周还要去下面调研。等有时间，我去你那儿瞧瞧。"

魏卓再傻也能听得出，这场对话涉及官商勾结。更何况他不傻，而且是深度调查记者。他又点开其他几个文件，录制的也都是类似的内容。他终于知道这个"危险的东西"是什么了，也清楚这些录像和录音一旦曝光会引发什么样的后果。那个时候，就不只是一个官员自杀，两个官员被查了，很可能在全海城甚至全省掀起一场巨大的风暴。而此时此刻，自己已经处于这个风暴的旋涡中心了。佟莹说得没错，这些东西很危险，是巨大的麻烦、烫手的山芋，谁拿到了，谁就会被牵扯进去。

他叹了口气，合上了笔记本，拔出 U 盘放在眼前。他知道自己已经骑虎难下了，他已经接过了佟莹的接力棒，下面何去何从只有自己选择。他沉默了一会儿，关闭了电脑，将 U 盘放进了背包，启动了车。刚开出车库，又停了车。他犹豫了一下，打开手机地图，操作了几下，按照上面的定位开了过去。

6

夜很黑，雨很大，魏卓的车在高速路上飞驰着，已经过了海襄高速的大渡口服务区，再过几公里就要下高速驶进辅路，然后要途经一段狭长的土路，才能到达海城的东郊。

车速不快，雨刷器已经开到了最大，这样才能不让雨雾遮住视线。魏卓有些走神，耳畔总是回想着那两个男子对话的声音，止不住在大脑的"信息库"中搜索着线索。经侦、报案、原告、被告、秘大伟……他突然想了起来。他边开车边拿出手机，在浏览器里搜索着——"秘大伟涉嫌行贿被抓，连锁餐厅福满楼'易主'"。果不其然，就是那个开连锁餐厅的老板。

这下魏卓全想起来了。那时自己刚到报社，整天跟着师父老刘跑一些"碎活儿"。福满楼为了宣传造势，邀请他们过去采访，临走的时候，还给他们每人塞了个红包。魏卓想拒绝，老刘却说这是行里不成文的规矩，美其名曰"车马费"。而秘大伟就是福满楼的老板。他个子不高，胖乎乎的，看上去挺憨厚。他跟魏卓互留了电话，之后还约过一次饭，但仅限于工作关系。后来听说秘大伟"折了"，是因为股东内斗。秘大伟为了扩大经营，接受了一家孟州企业的注资，他本以为强强联手可以让福满楼的生意更上一层楼，却不料对方另有目的。这家孟州企业的手段很毒，买通其他股东稀释了秘大伟的股份，成为实控者，又以福满楼的十多家连锁店作为担保，向银行贷款，获取资金。秘大伟自然不干，据理力争，双方因此发生纠纷。从口诛笔伐到对簿公堂，最后以秘大伟涉嫌职务侵占被抓告终。如果录音里说的真是秘大伟的案子，那这无疑是个错案，不，应该是一个人为操作的冤案。

"咔嚓——"耳畔突然响起一声炸雷，魏卓一抖，被拉回现实。风挡玻璃起雾了，他把车窗摇开一道缝，让冷风吹进来，又用手抹了一把脸，让自己清醒。这时，车已经开出了高速，行驶到辅路上，再往前不远就是那段狭长的土路。这时，他从后视镜看到了一辆深色的越野车，在百米外紧紧尾随。他抬起油门，放慢车速，逐渐缩短与后车的距离。他仔细地观察着，那辆车应该是墨绿色的，挂着"海C"的牌子，风挡玻璃后放着一个矿泉水瓶。魏卓突然想了起来，就在数日前曾有辆一模一样的越野车在跟着自己，虽然车牌不同，但那个矿泉水瓶一模一样，是农夫山泉的瓶子。

他感觉浑身的毛孔都张开了，一阵寒意袭来。他关闭车窗，环顾左右，四周都是树林和田野，再往前走会更加荒凉，而且只有一条路，只要有车堵住，连掉头都很困难。他边开边观察着后车的动向，突然意识到这几天自己在襄城盯着佟莹的时候，那辆车很有可能也一直在盯着自己。哼，这是螳螂捕蝉，黄雀在后吗？魏卓苦笑。虽然没有真凭实据，但魏卓是不相信生活中会存在多个巧合的。巧合多了，背后就会有人为的因素，更何况此时此刻，他手里正攥着一颗"炸弹"，不，应该是一颗"核弹"，足以引发一场地震。

魏卓自然不会坐以待毙，任人宰割。他拿出手机，给林楠回电。之所以说是回电，是因为这几天林楠给他打了十多个电话，他都没有接。林楠还没有睡，听背景音像是在办公室。魏卓编了个瞎话，说自己这几天到襄城采访，把手机调成了静音；又说自己现在可能在被人跟踪，想向他求助。林楠问他此刻的位置，魏卓说刚下了海襄高速，正在前往东郊。林楠自然知道那段狭长的土路，于是让魏卓不要着急往前开，他会立即过来接应。

魏卓挂断电话，长长地呼了口气，心里也踏实了一些。他没有贸然开上那条土路，而是在一个最近的路口右转，想兜一个圈子。他知道，林楠就是马上出发，到这儿也得半个小时，在这段时间他只能自保。他始终保持着六十迈的车速，想以不变应万变。那辆墨绿色的越野车匀速地跟着，既不远也不近，像一头等待捕猎的野兽。十多分钟后，魏卓又兜回到路口，仪表盘上的时间已经过了十一点。他抬头看后视镜，突然发现那辆越野车不见了。他刹住车，摇开车窗左右查看，根本没有那辆车的踪影。他长出了一口气，觉得可能已经渡过危机了，或是虚惊一场。他犹豫了一下，轻踩油门，将车向前开去，不一会儿就上了那段土路。

第十二章　沉默的羔羊

四周没有路灯，漆黑一片，MPV在土路上颠簸着，发出吱吱扭扭的声音。魏卓正估摸着是不是要给林楠打个电话，让他不要来了。但就在这时，耳畔突然响起了巨大的轰鸣声，一个黑影从土路旁的田野冲了过来。"砰！"黑影一下撞到了魏卓右侧的车头。他赶紧打轮，防止侧翻。

正是那辆越野车，它没开车灯，像一个凶恶的幽灵。魏卓调整方向，猛踩油门向前逃去。越野车紧随其后，不时撞击魏卓的车尾，一场追逐随即展开。魏卓紧握着方向盘，左突右撞，不让后车超车，而后车则疯狂追击，几次险些将魏卓逼停。魏卓满头是汗，不敢有丝毫怠慢，他知道，对方是冲着自己手里的证据来的，一旦被拦住，必将凶多吉少。但渐渐地，魏卓的那辆MPV顶不住了，后保险杠被撞掉，右后门也瘪了一大块，怎么狠踩油门也提不上速度，眼看就要被后车追上了。不知怎么的，魏卓突然想起了路海峰说过的话："风平浪静的时候最凶险，不要以为敌人走了，他们可能就潜伏在暗处，随时准备向你扑来，将你撕碎。"

"砰！"又是一声，魏卓的车再次遭到重创，MPV原地转了个一百八十度的弯。魏卓透过玻璃，直视那辆越野车，只见它丝毫没有停下的意思，又撞了上来。"砰！"商务车被撞得翻了一个跟头，栽倒在土路旁的田地里。魏卓系着安全带，在车里呈"倒栽葱"状。他慌乱地挣扎着，摸索着解开安全带，推开车门，趴倒在地。这时，他看到了一个魁梧的身影。那人从越野车里走出来，穿着一身黑色的雨衣，看不清面容，手里似乎拿着什么东西。魏卓奋力地爬出车厢，从泥里站起，慌不择路地往土路上跑，但没跑几步又跌倒在地。后面那人也跑了起来，他举起右手，手里的东西闪出一抹金属的光泽，距离魏卓不过十几米的距离。魏卓吓坏了，边跑边喊："救命啊，救命啊！"声音却被雨声遮盖。

两人的距离迅速拉近，在魏卓跑上土路的时候，已不到五米。魏卓浑身上下被雨水、泥水浸透，不停发抖，他意识到自己凶多吉少，环顾左右后，抄起一根树枝，转过身要与对方拼命。但就在这时，前方闪起了红蓝色的灯光，魏卓望去，是警车，而且还不止一辆。

"在这……这里！"他高喊着，声音刺破了雨声。

第十三章　落水狗

1

在东郊公安检查站的办公室，林楠见到了魏卓。要不是他及时呼叫了临近派出所的支援，还不知会发生什么。

"追你的人呢？"林楠坐在魏卓对面问。

魏卓用一块毛巾捂住额头上的伤口，脸色灰暗："不知道，一转身就没影了。"

"他开的什么车？什么号牌？"林楠打开记录本。

"墨绿色的越野车，号牌是海C，应该是假的。"

"为什么追你？"

"我哪知道，应该你们去查啊。"魏卓气不打一处来。

"你去襄城干什么了？"

"我不是说过了吗？去采访了。"

"采访谁？"

"哎，林队长，我是个记者，不是你们的犯人，你无权这么问我。"魏卓反驳。

"魏卓，我现在是在调查一起涉嫌袭击你的刑事案件。根据《刑事诉讼法》之相关规定，你必须如实提供证据证言，有意作伪证或者隐瞒证据要负法律责任。你是被害人，有配合的义务。我再问你一遍，去襄城干什么了？采访了谁？获得了什么情况？"林楠严肃地问。

"哎哟……"魏卓捂住头，做痛苦状，"林警官，能先送我去医院吗？我头晕，撑不住了。"他说着就趴在了桌子上。

"装，装是吧？"林楠皱眉。

"哎，林警官，根据法律规定，如果被害人受伤了，是不是应该先送医院啊。不然出现问题，你们是不是要负责？"他有气无力地说。

林楠叹了口气，合上记录本。这时，老黄走了进来。他也不说话，径直走到魏卓面前，不由分说地抄起背包就搜。

"哎哎哎，你干吗啊？"魏卓腾地一下站起来，伸手就要去抢。

老黄一闪身，把背包提在手里："怎么了？有什么不可告人的秘密吗？"

"你有什么权力这么做？你这是在侵犯我的人身权利！"魏卓怒了。

"你说反了，我这么做是在保护你的人身安全！"老黄提高了嗓音，"我告诉你，魏卓，你别跟我这儿耍小聪明，藏着掖着的。无缘无故的，你能往襄城跑？没拿到什么重要的证据，那孙子能开车撞你？你要明白，这危险现在还不算完，只要那孙子一天不落网，你就一天不得安生。什么叫明枪易躲暗箭难防，不用我多说吧？"

"保护公民的人身安全是你们警察应尽的责任，我遇到危险，你们理应予以保护。"魏卓回嘴，"我再说一遍，我这儿没有你们想要的什么重要证据！"

"哼，较劲是吧？得，那我就给你申请个传唤证，咱们二十四小时，好好聊聊。"老黄盯着魏卓的眼睛。

"可以啊，我倒想看看，你们能以什么理由传唤我。"

双方顿时剑拔弩张起来。

"魏记者，我看你挺精神啊，现在头不晕了？"林楠在旁边冷笑。

"我……"魏卓一时语塞。

"我提醒你，你面对的绝不只是刚才追你的人，还有许多人隐藏在暗处，窥视着你，在伺机行动。这点你是清楚的，我无须赘述。"

"行行行，要搜就搜吧，完事儿赶紧让我走。"魏卓打断林楠的话。

第十三章　落水狗

林楠冲老黄使了个眼色，老黄便拉开背包，仔细搜了起来，却并未发现什么有价值的物品。

　　"行了吗？"魏卓昂着脖子问。

　　"近期如果发生什么情况，或是遇到什么危险，就马上给我打电话。记住，你不能单打独斗。"林楠严肃地提醒。

　　魏卓叹了口气，点点头。

2

　　他当然没去医院，头晕不过是个借口。车自然是开不了了，他就打了辆车，去了前妻曾娜家。她家在一栋老楼的一层，魏卓到的时候，天刚刚放亮，雨还在下，奥迪 A3 就停在楼门口。他估摸着娘俩没起，就坐在楼道里抽烟。一直等到八点，才敲开防盗门。

　　曾娜一看是他，有些意外。"你脑袋怎么了？"她问。

　　"没事儿，磕了一下。"魏卓随意敷衍。

　　"都这时候了，怎么还不送孩子上学？"

　　"你糊涂了，今天是周六。"

　　"哦……"魏卓点点头，就要往里闯。

　　"哎哎哎，有事儿吗？"曾娜拦住他的去路。

　　"没事儿就不能过来看看？别忘了，我也是女儿的监护人。"他侧身钻了进去。

　　在客厅里，他自顾自地倒了一杯水，咕咚咕咚地牛饮。曾娜看他一身泥土，皱着眉问："你是不是遇到什么事儿了？"

　　"怎么了，你又接到谁的电话了？"魏卓很敏感。

　　"没有，我是说你这浑身上下……"曾娜抬手指着。

　　"哦，就是走路没注意，摔了个跟头。"他自嘲地笑笑，"哎，我那儿装修，得在你这儿住两天。"他看着曾娜。

"住我这儿？你开什么玩笑，咱俩已经没有关系了。"曾娜说。

"你们娘俩住卧室，我睡沙发就行，就打扰几天。"魏卓赔笑。

"魏卓，你跟我说实话，是不是出什么事儿了，你跑我这儿躲着来了？"曾娜问。

"瞧你说的，我能出什么事儿啊。"魏卓撇嘴，"真的，就是因为装修，下雨把西墙给淹了，我找工人刷刷墙。"

曾娜叹了口气："魏卓，我永远不清楚你在干什么。那你先洗个澡吧，轻点儿，孩子还没醒呢。把外衣脱了，我给你洗洗。"

"行，那就麻烦了。"魏卓客气地回答，心里被戳了一下。

他脱下外衣裤，洗了澡，换了身睡衣，站在阳台上望着窗外清晨的景色。雨淅沥沥的，窗户上起了雾。魏卓心事重重。他来前妻家自然不是因为家里装修，而是想过来看看她们有没有事儿，同时在这儿待几天，守护她们的安全。他知道，危险已经临近了，不光是自己，和自己相关的人也会受到牵连。曾娜和女儿自然是自己的软肋。他抬起头，闭上眼，长长地呼了口气，想让内心安静下来，却又想起了那笔现金转账，于是拿起电话，拨通银行客服的号码。

一辆出租车停在了这栋老楼附近，一个戴着渔夫帽的男子下了车。

"不用找了。"他甩给了司机一张大钞，声音略带沙哑。

他穿着一件黑色外套，撑开伞，压低帽檐，缓步走到曾娜的奥迪A3附近，侧身停在阴影里，看着不远处的一楼阳台。阳台晾晒着女人的内衣，还挂着魏卓刚刚洗过的外衣裤。男子拿出手机，拍了张照片，然后又退了出去。

3

审讯室里很安静，双层玻璃隔绝着外边的狂风暴雨，林楠和老黄坐在审讯台后,俯视着审讯椅上的路海峰。从中午两点到现在,这场审讯已经持续了将近七个小时,但路海峰对于关键问题仍然避而不答。

啪,老黄拍响了桌子。"路海峰,我再次提醒你,不要再抱什么侥幸心理了,你现在说与不说,结果都一个样。这点你自己最清楚,也不用我们再给你普法了,负隅顽抗只有自取其辱。"他继续唱着红脸。

"呵呵……"路海峰轻笑,歪着头,瞟着老黄,"是啊,黄警官,你说得对,既然说与不说结果都一个样,那我还有什么说的必要呢?"他挑衅道。

"你……"老黄嘴笨,一下被噎住了。

"那个记者呢,他怎么没来?"路海峰问。

"那个记者不会来了。"林楠说。

"噢……"路海峰点点头,"看来他确实去了……"

"去了哪里?"林楠追问。

"他去了哪里我怎么会知道?我一直在这儿,外面的情况应该是你们告诉我才对啊。"他不急不缓地说。

"你不给他指引,他能去襄城吗?"林楠索性把话挑明。

"襄城啊……"路海峰缓缓点头,"这么说,他遇到麻烦了?"

"什么麻烦?"林楠反问。

"如果他没遇到麻烦,为什么不来采访?受伤了?还是……挂了?"路海峰露出阴冷的笑。

"是你让人干的吗?"老黄忍不住插话。

"真的挂了?"路海峰皱眉。

林楠瞥了一眼老黄,示意他不要被路海峰套话。"他为什么去襄城?去找什么?"他继续问。

"我怎么知道?哎,两位警官,你们是不是觉得我有'天眼'啊,能穿过这堵墙,看到外面的一切?哈哈哈哈……"他笑了起来。

林楠知道不能按照他的节奏走,故意停顿了一下,才接着说:"和你想的一样,他受到袭击了,但人没事儿,袭击他的人我们还在追捕中。"

"哦,那就好。"路海峰点头。

"你还没回答我的问题呢,魏卓去襄城干什么?"林楠又问。

"现在几点了?"路海峰问。

"现在?"林楠皱眉,"晚上六点。怎么了?怕我们讯问超时?"

"我不是那个意思。"路海峰摇头,他转头瞟着窗外的大雨,"月黑风高杀人夜,暴雨会冲刷一切痕迹的。"他回过头看着林楠。

"你什么意思?"林楠站了起来。

"那个记者已经启动了'开关',一切会向着更坏的方向发展。"

"路海峰,你别跟我这儿打哑谜,是个爷们儿就有话直说,别藏着掖着!"老黄再次拍响桌子。

"哼……"路海峰冷笑,"这就是为什么记者能引我讲出故事,而你不能。因为你没有耐心、先入为主,即使我跟你说了,也抓不住重点。"

"你问几点干什么?"林楠接过话茬。

"我不知道你们……还有没有时间。"路海峰缓缓地说。

林楠知道他爱打哑谜,就顺着他说:"确实,时间不多了。"

"为什么?"路海峰皱眉。

"事已至此,我也明确告诉你吧。你的案子马上就要由省厅的专案组接手了,在今天这一次讯问之后,不光记者以后无法再对你进行采访了,就连我们也无权继续讯问了。所以……"林楠抬手看表,"我们之间的交谈还有最后一个小时。"他边说边盯着路海峰的眼睛。

这是场博弈,双方都不再说话了,任时间分秒流去。审讯室安静下来,静得令人窒息。

第十三章 落水狗 245

路海峰与林楠对视着，表情渐渐有了细微的变化。他显然对省厅专案组的介入感到意外，似乎正在心里权衡利弊。

"如果我说出了一个重要情况，让你们立了功，我的案子还会转到省厅的专案组吗？"他开了口。

"我不能欺骗你，就算你供述了重要情况，也无法阻止省厅专案组的介入。但是……"林楠停顿了一下，"如果我们发现了重要线索，没准儿还能继续参与办案。"

"明白了。"路海峰缓缓点头，"那你们记一下，周屿……"他抬起右手，比画了一个抹脖子的动作，"已经死了。"他说完身体微微后仰，表情如释重负。

"这个情况我们知道了。在你的院子里，我们发现了他的头皮。"林楠说。

"那你们找到他的尸体了吗？"路海峰身体前倾。

老黄惊讶，刚要说话，被林楠拦住。

"你埋在哪儿了？"林楠问。

"一个隐秘的地方，一般人找不到。"路海峰说。

"你别耍花样，想说就痛快点儿！"老黄警告。

"我不会说谎。我知道，这是我们彼此的机会。"他用手指了指自己，又指了指林楠。

看守所的楼道里，林楠和老黄一前一后地走着。

"通知今天的值班探组，一会儿跟我去查找尸体。"林楠说。

"这么晚了，又下着这么大的雨，安全吗？"老黄担忧。

"带上家伙，四个人看一个，应该没问题。没时间了，省厅的人上午就来了，想调走案卷，要不是我借口还没整理好，也拖不到现在。明天一早，这个案子就不是咱们的了。"林楠说。

"不跟郭局说一声吗？"

"跟他说干吗？让领导替咱们扛雷啊？"林楠反问，"紧急情况，等出了结果再说也不迟。"

"那我跟你去。"

"你还有别的任务。"林楠停住了脚步，"快查一下魏卓现在的去向，想办法马上找到他。还没听明白吗？路海峰一直在暗示，魏卓凶多吉少。"

"明白了。"老黄点头。

"带上家伙，注意安全。"林楠提醒。

"你也是。"老黄说。

4

看守所外，暴雨倾盆，林楠和值班探组的三名警员将路海峰押进了一辆依维柯警车。他们荷枪实弹，如临大敌，红蓝警灯将他们的面容照亮。

"路海峰，你给我老实点啊，记住，这是你最后的机会。"林楠提醒道。

"知道，放心。"路海峰戴着手铐微微点头。

"地点没错吧？"林楠又问。

"没错。"

"东郊，海城港。"林楠吩咐道。

依维柯警车缓缓启动了，林楠抬手看看，时间已经过了晚上十一点。

"咔嚓——"天空突然响起了一声炸雷。众人一惊，雨更大了。

"咔嚓——"炸雷声惊醒了魏卓。他睁开眼，才意识到刚才身处梦境。

在梦里,他似乎被一群人追着,他们面目不清,浑身上下都血淋淋的,令人生畏。他们似乎在呼喊着,却听不清声音,一切都被雨声掩盖了。魏卓在拼命地跑着,脚下软绵绵的,说不清是在草地还是泥沼。这时,突然有个人蹿到了他的面前,那是个三十多岁的男子,瘦高的身材,穿一身白色西装,长得很帅气,但头顶似乎少了一块头皮。他挡住了魏卓的去路,张开嘴在说着什么。魏卓突然觉得这人似曾相识,却一时又想不起来。就在这时,他醒了。

魏卓大口大口地呼着气,这才意识到自己是在前妻家里。他坐了起来,抹了一把脸上的汗,定了定神,把掉在地上的被子放回到沙发上。几个小时前,他和曾娜聊过了,想让她尽快带着孩子去希腊参加一个游学团,先适应适应环境,考察考察房子,为留学打下基础。这当然是面上的理由,魏卓实际上是想让妻女出去躲躲,暂避风头,留在海城太危险了。而那笔匿名入账的三十万,他还是没能查到来源。银行客服回复他,这钱是有人通过 ATM 机存入的现金,如果没有公检法的手续,是不能调取后台录像的。魏卓知道,如果这是有人刻意栽赃,肯定也会在存款的时候遮挡住面部。现在这钱取也不是,不取也不是,弄得他非常闹心。

他叹了口气,起身找到自己的背包,掏出香烟和火机,想到阳台上"冒"一根。

这时,女儿的房门开了,她揉着眼睛走了出来。

"爸,你干吗呢?"女儿问。

"没事儿,睡吧。"魏卓冲她摆摆手。

女儿走到沙发前,拿起茶几上的水杯,咕咚咕咚地喝着水。魏卓拉开了阳台的门,又打开了窗,一阵雨雾扑面而来。

一道闪电划破黑暗,"咔嚓——"又是一阵炸雷。

魏卓点上烟,刚要关上阳台的门,却突然发现门厅里的女儿不见了。他心里一揪,喊着女儿的名字,下意识地走进门厅,看她卧室的门还开着,刚要走过去。这时又是一道闪电,一瞬间,他看到了女儿,也看到了那个挟持女儿的身影。

那人穿着一件黑色的雨衣,戴着一顶渔夫帽,表情僵硬,眼里闪着凶光,正站在打开的防盗门前。

"谁?!"魏卓大惊,喊出了声音。

声影惊动了曾娜,她的卧室门也开了。

那人下意识地转头。趁这机会,魏卓猛地抄起一把凳子,冲他砸了过去。

"啪啦!"凳子砸空了,落在防盗门上发出巨大的声响。

那人一把推开小女孩,拔出一把利刃,猛地袭来。魏卓知道,他是冲自己来的。

客厅顿时大乱,那人手持尖刀向魏卓猛刺。魏卓躲闪不及,一下被划伤了手臂。

"杀人了!"曾娜在后面大喊。

"快出去!"魏卓抄起背包,向"渔夫帽"抡着。

曾娜只穿着睡衣,但也顾不了太多,拉起女儿就跑出了门。魏卓这才安心了一些,专注应付对手。

那人力量很大,几下就踢开了阻挡在面前的沙发和茶几。魏卓已退到了阳台,再无路可去。那人冷笑了一下,挺直了身体,熟练地倒手,将刀头朝下,步步紧逼。两人之间只有不到两米的距离。

突然,魏卓一甩手,将背包扔了过去,那人随手一拨,背包便掉在了地上。这时,魏卓手持从包里掏出的相机,冲着那人狂按快门。那人被闪光灯晃花了双眼,趁此机会,魏卓猛地抡起相机,砸在了他的头上,然后几步逃出了房间。

外面的雨很大,四周漆黑一片,魏卓大声喊着妻女的姓名,却找不到她们的踪迹。几户邻居被惊醒,屋里亮起了灯。借着灯光,魏卓看到那个黑影又追了过来。

第十三章　落水狗　　249

5

此时此刻，依维柯警车已经驶到了距离海城港五公里的一片山林之中，根据路海峰的供述，周屿的尸体就埋在山上。前面已经没路了，林楠就让警员停住车，押着路海峰走到车下。几个人都穿着警用雨衣，在路海峰的指引下走上山路。

山路湿滑陡峭，周围一片漆黑，几名警员始终围在路海峰身旁，保持着戒备。林楠也把枪拔出枪套，攥在手里。

"还有多远？"林楠问。

"不知道，还得有几百米吧。记得是埋在了一处缓坡。"路海峰含含糊糊地回答。

"走！"林楠推了他一把，打开了警用手电。

手电的光像尖刀一样，划破了浓重的黑夜。几个人不一会儿就走到了山腰之处。路更窄了，再往前只能容一人通过，两边就是上百米的密林陡坡。

林楠让三名警员走在前面，自己则紧贴着路海峰随后通过。突然，天空划过一道闪电，一个炸雷又随之响起。"咔嚓——"震耳欲聋。

闪电过后四周立即陷于黑暗，与此同时，几个人已经呈一字形走上了窄路。突然，路海峰猛地回身，冲着林楠就撞。林楠躲闪不及，脚一滑就跌进了一侧的陡坡里。路海峰趁机抢过林楠手里的枪。

"林队！"警员大惊，刚转过身，不料也被路海峰撞倒。

路海峰的背后只有林楠，此时他夺命狂奔，朝着山下就跑。

"砰！砰！"一名警员举枪就射，枪口的火花在黑暗中绽放。

"不要开枪！"林楠奋力爬回到窄路上，"追！不要让他跑了！"他大喊。

这时，魏卓已经跑到了小区的门口。他浑身湿透，不慎踩到了一个水坑，跌倒在地。他挣扎着想爬起，却脚底打滑，再次跌倒，抬起头能隐隐地看到曾娜和女儿就在前面不远处的路灯下。与此同时，那个渔夫帽追了过来，他的速度很快，已经蹿到了魏卓身后。魏卓知道自己凶多吉少，环顾左右，再找不到任何能抵挡的物品。他索性转过身，迎着那人的方向，一瞬间，他看清了那人的样貌，深眼窝、络腮胡，眼神像饿狼一样。那人猛地抬手，利刃在暴雨里划出一道寒光。

"砰！"身后突然响起了枪声。那人一惊，停住了动作。魏卓下意识地回望，看见一个身影正朝这里跑来。

"别动！警察！"正是老黄的声音。

魏卓奋力站起，朝着门口就跑，身后的黑影似乎消失了，不知躲到了哪里。魏卓顾不了太多，一直跑出了小区，大口大口地喘着气，心脏几乎要跳出胸口。

这时，老黄已经进入黑暗之中，他放慢了脚步，手持92式警用手枪，左右观察着。他不敢怠慢，边观察边拿出电台呼叫增援。却不料一个黑影突然蹿到他身后，一把尖刀猛地刺中他的后背。

"啊！"老黄痛苦地大叫，回手就是一个肘击。那人被击中了头部，踉跄后退。老黄赶紧掉转枪口，抬枪就射。

"砰！砰！"又是两枪，却没击中对方。再看，那人已消失在雨雾里。

6

林楠赶到医院的时候，大厅里的电视正播报着新闻：

"一个小时前，海城市公安局发布了警情通报。据悉，今晚22时许，在刑侦支队民警押解犯罪嫌疑人路某峰，赴东郊海城山指认现场的过程中，路某峰趁机脱逃。路某峰逃跑时外穿黑色警用雨衣，内穿深灰色衣裤，手上戴有手铐。目前警方正在全力搜捕中，请附近群众关闭好门窗，注意安全。有情况请立即拨打110报警……"

林楠叹了口气，上了二楼，进了一间病房。

老黄经过治疗已经脱离了危险，那刀刺得并不深，并未伤及要害。

看林楠来了，老黄挣扎着想坐起来，林楠赶忙将他按在病床上。

"路海峰怎么跑了？"老黄急切地问。

林楠没有回答，眼神呆滞，一言不发。

"我这边也是……人没抓着，还挨了一下。老喽，手钝了，要在年轻时肯定一枪给丫冒了！"老黄愤恨地说。

"魏卓呢？"林楠问。

"那小子也不是个省油的灯，趁乱也跑了。"老黄叹气，"刚才我听郭局他们说，这小子涉嫌受贿，可能跟路海峰是一伙儿的。"

"受贿？"林楠皱眉。

"在他最后一次采访路海峰之后，他的个人账户里收到了三十万元的转账，是现金存入。省厅专案组怀疑，他一直在帮路海峰传递信息，马林的死和彭博发等人出事儿都是他有意为之。"

"不可能，绝对不可能！"林楠摇头，"这是他们妄自猜测。"

"这么一折腾，估计咱俩彻底碰不了这案子了。"老黄摇头，"刚才郭局让警保部的老崔把档案柜给撬了，案卷已经让专案组给收走了。"

"那魏卓的家人呢？听说也遇袭了？"

"已经让属地派出所保护起来了。凶手一天不抓到，派出所的警力一天不撤。"

"哦……"林楠点点头。

两人正说着，病房的门开了，郭局带着几名警员走了进来。

"郭局。"林楠起身立正，但并不敢直视郭局。

"为什么不报告？"郭局冷冷地问。

"我……"林楠语塞。

"把这么重要的犯罪嫌疑人带出看守所，为什么不报告？回答我！"郭局提高了嗓音。

"他供述了一个关键线索，我是想……先有了结果再……"林楠欲言又止。

"你知不知道丢枪是什么责任？92式警枪有15发子弹，如果嫌疑人持枪行凶，会造成什么样的后果，你想过吗？！"郭局怒吼。

林楠无言以对，脸色惨白。

郭局摇头："糊涂！胡闹！胡作非为！亏你还是名领导干部。林楠啊，就因为你的私自行动，现在省厅、市局，襄城、孟州的上千名警力都在苦苦追捕。你知不知道自己这么做的后果？知不知道咱们现在有多被动？知不知道路海峰的案子有多重大，一旦他脱逃将意味着什么？你这么做不但是渎职，而且是犯罪！"郭局是真急了，他很少这么失态。

"对不起，郭局，我愿意承担后果。"林楠抬起头说。

"承担后果？你承担得了吗？"郭局问，"现在，我命令你立即配合省厅专案组对案件进行交接。不仅是案卷，还要将你们调查到的一切线索进行移交。包括那个记者采访路海峰的视频记录。"

"郭局，能不能再给我一个机会，让我参加对路海峰的追捕工作。"林楠恳求。

"不可能了。"郭局摇头，"省厅的江副厅长已经亲自做出了指示，立即对你进行停职处理，一会儿纪委将对你进行审查。还有，那个魏卓也已经被通缉，列为'二号嫌疑人'。"

"他除了采访之外，与路海峰没有其他关系。这点，我们早就调查过了。"林楠解释。

"你知道他为什么去襄城吗？他去见了周屿的前妻——佟莹，而且还从佟莹那里获取了重要证据。"

"佟莹？"林楠愣住了。

第十三章 落水狗 253

"她几年前离开海城,到襄城生活,一直住在一个名叫佟晖的男子家中。那男子是他的堂哥,离异未再婚,和前妻有一个男孩,叫佟旭东,今年四岁。佟莹平时帮佟晖打理生意,接送孩子上下学。经过排查,没发现她和海城有什么交集。"

"她有什么重要证据?"

"具体是什么,我现在也没掌握。但从襄城警方调取的相关视频录像里看,佟莹交给了魏卓一个牛皮纸袋,里面应该存放着一些资料。我想,如果这些资料不重要,魏卓也不会在半路遇袭。"

林楠倒吸一口冷气,回想这两天发生的一系列事件,应该与郭局的推测相符。他问:"能不能尽快找到佟莹?"

"她已经连夜外逃了。在接触魏卓之后,她当晚就乘坐航班去了北京,又从北京转机香港去了加拿大。根据江副厅长的指示,省厅'猎狐办'已经将此情况上报公安部了,启动了境外缉捕工作。"郭局说。

"外逃了?"林楠皱眉。

"还有,魏卓的个人账户收到了大额的现金转账,转款人系匿名,省厅专案组认为他涉嫌受贿,为路海峰办事。"郭局又说。

"如果魏卓真想受贿,会用自己的个人账户收款吗?这是不合逻辑的啊!一定是有人想栽赃陷害。"林楠大声说。

"无论合不合逻辑,这一切都与你无关了。省厅专案组已经开始行动了,首要的任务就是抓捕三个人,路海峰、魏卓和佟莹。当然,还有一个袭击魏卓的凶手。"

"明白。"林楠默默点头,"但郭局,现在最重要的是保护好魏卓的安全,一旦他出事儿了,那些关键证据也就灭失了。"他忍不住提醒。

"我知道。"郭局叹了口气,"你呀……"他抬手指了指林楠。这时,一个电话打了进来,郭局边接电话边走出病房。

"喂,江厅,明白,我们正在处理。好,您放心,马上配合省厅专案组开展工作……"他在楼道里说了半天，挂断后又开始给其他民警布置工作。

林楠知道，此时此刻，全局的警力都被调动起来了，这必将是个不眠之夜。他回头看了看病床上的老黄，苦笑了一下，刚想起身，郭局又推门进来了。

"你知道自己下一步该做什么吗？"郭局问。

"我不是被停职了吗？不是要接受纪委审查吗？"林楠反问。

"停职是让你停止履行职务，但你还是一名人民警察。如果你发现了什么有价值的线索，还是可以向我报告的。虽然省厅专案组接管了案件，但咱们局还是有义务进行协助的。明白吗？"郭局暗示道。

"明白。"林楠立正敬礼。

"时间不多了，别再给我掉链子了！找到路海峰，找到魏卓！"郭局加重了语气。

7

雨雾里，一辆白色的奥迪 A3 在路上飞驰着。魏卓坐在驾驶室里，紧张地盯着前方。风挡玻璃起了雾气，他下意识地摇开车窗，雨水顿时涌了进来。他又机械地关上车窗，打开空调，雾气才渐渐散去。雨刷已经开到了最大，但依然看不清前路，他感到自己在发抖，不知是因为寒冷还是恐惧。他不停地给钱宽的手机拨打电话，却始终没有接通。

"见鬼！"魏卓气急败坏地砸着方向盘，奥迪 A3 发出长长的鸣响。这时，他看到了远处闪烁的红蓝警灯。他猛踩刹车，车顿时打滑，横在了路上。幸亏夜里车少，才没酿成大祸。魏卓气喘吁吁地挂挡打轮，将车停在了辅路上，惊魂未定。

这时，远处响起了警笛，红蓝灯光迅速向他靠近。魏卓慌了，拉开车门，跑了出去。他在黑暗里摸索着，辨不清位置，分不清方向，只想远远逃离，不被任何人找到。他跑了大概有一两公里，才避开警察的追踪，见有一个出租车在路旁"趴活儿"，他没有犹豫，快走几步拉开了车门。

二十分钟后，出租车停在了城南区正阳东街的一个小区前。钱宽就住在这里。雨小了一些，魏卓举起背包遮雨，小跑着进了楼道。时间已经过了凌晨三点，四周静悄悄的，除了雨声没有任何声响。魏卓没坐电梯，步行上了三楼，在304门前停住了脚步。

他犹豫了一下，想着是不是该按动门铃，同时下意识地推了一下房门。不料门竟然开着，没有锁，随着他的推动，吱吱扭扭地开了。魏卓一惊，心中顿时升起了一丝不祥的预感。他没敢走进去，怕再出什么意外。但没有想到，就在此时，一个戴着渔夫帽的黑影已经摸到了三楼的步梯间里。那个黑影摸出尖刀，潜伏在黑暗里，在守株待兔。而魏卓却并未察觉到危险，还在钱宽家门前犹豫着，这时，一个高大的身影突然从屋里闪到他面前。

魏卓下意识地大叫，却被一把枪顶住了头。

"别动，要不我打死你！"那个嗓音沙哑而低沉。

魏卓缓缓抬起双手，惊愕地看着对方。天哪，那人竟是路海峰！他的身上穿着一件宽松的冲锋衣，应该是钱宽的衣服。

"是你？"魏卓声音颤抖，"你……把他怎么了？"他问。

"我没必要弄死他。"路海峰说着掏出了一副手铐，"自己戴上，别耍花样。"他警告道。

魏卓无奈，只得照做。路海峰看铐牢了，才放下了手枪，又拿出一条毛巾系在魏卓眼前。

"你想干什么？"魏卓问。

"从现在开始，我让你干什么，你就得干什么。记住，枪在我手里，你的命也在我手里。"路海峰提醒。

渔夫帽看路海峰有枪，躲在步梯间里没敢乱动。路海峰押着魏卓进了电梯，下了地库，将魏卓塞进了一辆车里。他锁上了车门，启动了车辆，车缓缓地驶出了地库。魏卓虽然被蒙着眼睛，但能听到周围的声音，轮胎的摩擦声、雨声、风声、雷声、路上的鸣笛声……车的速度很快，不知路海峰要把他带到什么地方。

　　"你想干什么？为什么要挟持我？"魏卓问。

　　"别害怕，我不想要你的命。"路海峰轻描淡写地说，"反而，是我救了你。"

　　"救了我？"魏卓不解。

　　"哼，刚才你要是走步梯的话，估计已经挂了。小子，算你命大。"他没把话点透。

　　"你要带我去哪儿？"

　　"别问那么多了，到了你就知道了。"路海峰边说边看后视镜，发现就在百米之外，一辆墨绿色的越野车正在尾随。

　　"坐好了，我要加速了。"路海峰说着就狠踩油门。车辆顿时发出轰鸣，猛地蹿了出去。

　　没过几分钟，车辆便剧烈地摇晃起来，似乎开上了颠簸的道路。魏卓猜测，路海峰可能是在躲避警方的追捕，把车开到了小道上。他戴着手铐，在黑暗里左摇右摆，头部几次撞在了车门上。大约过了十分钟，车才恢复了平稳，但没过多久，又摇晃起来。魏卓累极了，随着车的晃动渐渐睡去。他陷入黑暗，没有光亮，没有梦，竟觉得沉稳而安宁。

第十三章　落水狗

第十四章　与狼共舞

1

　　这一觉似乎睡了很久,等醒来的时候,魏卓发现自己正坐在一张沙发上。四周是一片浓浓的黑暗,面前只有一盏灯,照在脸上很刺眼。外面有风,呼呼地刮着,像海浪,又像野马在嘶鸣。魏卓有些恍惚,觉得自己似乎置身在一片山野之中,雾气氤氲,像美国电影《沉默的羔羊》里的场景;又像置身于海边,仿佛一阵巨浪袭来,就能让这里摇摇欲坠。他觉得很冷,下意识地抱紧双臂,侧过脸,躲闪着那束灯光。这时,他看到了路海峰。

　　路海峰坐在魏卓对面,正全神贯注地玩儿着一个魔方,似乎并不关注他的存在。

　　"为什么劫持我?你想干什么?"魏卓质问。

　　"很简单,让你听完后面的故事。"路海峰又摆弄了几下,将魔方拼好,"既然警察不给我讲述的机会,那我就只能用自己的办法。还记得我说的吗?就算失败也要保持攻势。"他笑。

　　"这一切都是你安排好的吧?包括寄给'透视镜'的那个视频?"魏卓猛地站了起来,但头一晕,又险些跌倒。

　　路海峰放下魔方,抬手拿起手枪,指住魏卓,然后缓缓地向下压了压。魏卓无奈,又坐了回去。

　　"不是我寄的。"他矢口否认。

　　"那是谁?"

"这个不重要，重要的是你收到了，而且将它曝光了。这个爆料可比那些明星的绯闻要高级得多。魏记者，你早就是个公众人物了。"路海峰撇嘴。

"你玩儿我？"魏卓皱眉。

"不，我只是借你的手来公布真相。"

"为什么要拉我下水？为什么是我？"魏卓激动起来。

"其实客观地说，不是我找到的你，而是你往我这儿撞的。你大概都忘了吧？在两年前的一天，你曾经给一个公司的老总打过电话，同时给他发了一些照片，内容是关于一个女孩和一个老男人在燕朝汇幽会的。你不要钱，而是希望那个老板的公司为你提供便利。"

"两年前……"魏卓想着，"哦，我记起来了，是一家娱乐公司。那是你的下属？"

路海峰笑而不语。"还有，在一年半以前，你一直在跟踪一个姓唐的小明星，想从她身上挖出爆料。那个女孩以前是我们公司公关部的。我让手下跟你联系，寻找解决的途径，我以为可以花钱了事，但你还是那句话，说需要我们的时候再联系。哼……"路海峰摇头，"你是不是好莱坞电影看多了，拿自己当'教父'了？"

魏卓愣住了："所以这一切都不是偶然？"

"当然！"路海峰点头，"我早就对你了如指掌了。你毕业于海城大学，学的是新闻传播学，毕业后一直在《海城都市报》工作。你工作能力很强，曾经被评为十佳记者，但近几年因为经济上的原因，干上了狗仔的勾当，和摄影师钱宽合伙，专坑一些文艺界的明星。但你做事很谨慎，从不进行金钱交易，而是攥着别人的短处为己所用。比如让明星降价为某企业的品牌代言，而自己则高价承揽该企业的宣传文案，以此牟利。呵呵，由此看得出，你头脑灵活，懂得如何趋利避害，而且，还有着极强的野心。"

"你调查我？"

第十四章　与狼共舞

"是的，我从不打无准备之仗。"路海峰接着说，"其实你是个讲规矩的人，说到的事情大多数都会做到，虽然私下干的都是些偷鸡摸狗的烂事儿，但你这么做是为了让家人过得更好。哦，确切地说，应该是你的'前家人'。说到底，你还是为了钱啊。钱很重要，没有钱就没有温饱，没有地位，没有名誉，没有安全感，没有自由，就无法在这个社会上立足。但你与那些为了钱能出卖灵魂的人还有所不同，你还残存着那么一点儿荣誉感和理想主义。"他笑了，"从这方面来说，你不算是个坏记者。"

"所以你才选中了我，利用我的理想达到自己的目的？"

"是经过反复研究、精挑细选的。"路海峰点头。

"是你，还是你们？"

"呵呵……"路海峰并不回答，哼起了歌，"哎，你为什么把手机铃声换成了《狩猎波尔卡》？"

"因为我想走进你的内心，感受你在想什么。"魏卓说。

"哼，我在想什么，你能知道吗？"路海峰看着他的眼睛。

"我能感觉到，你和我一样都处于困境，都想翻盘。看似作恶，但其实并不那么坏。"魏卓说，"路海峰，你确实像个核桃，用坚硬的外壳把自己包裹得很严，与外界总隔着一层铠甲。但只要有一把钥匙可以开启你，你就会暴露出软弱的内心。你其实特别愿意相信别人、依靠别人，但一旦发现被对方欺骗，又会视他们为仇敌，进行报复。是吗？"他刺激着对方。

"那是以前的我了……"路海峰叹了口气，"在蒋澜死后，其实一切的仇恨都烟消云散了。我想过死，想安安静静地等待审判，但又不甘心就这么任人宰割。你相信吗？我拉你下水，是为了让更多人知道真相。"

"所以那些匿名电话、那些往我资金账户里打的钱、那些对我的设计，也都是你让人做的？"

"对，可以这么说。只有把你更深地拉进来，你才能和我一起玩儿这个游戏。"

"你想让我干什么？"

路海峰往地上指了指，魏卓低头望去，那里放着一台笔记本电脑和一些播放设备。

"之所以把你带到这里，是为了让你更好地采访。我要你将我的故事实时发布出去，公众号、直播、贴吧，通过各种方式，让更多人知道。"

"如果我不照做呢？"

"其实我第一次见到你，腰后就藏好了一把牙刷。那把牙刷被我磨得非常锋利，如果你在采访时敷衍了事，让我丧失这最后的机会，我可能会选择另一种方法。那就是找机会把牙刷刺进你的喉咙，引发更大的事件。"

魏卓听着不禁倒吸一口凉气。

"怎么了？害怕了？"路海峰笑。

"为达目的不择手段，不达目的誓不罢休。哼，你确实是这样的人。"魏卓摇头。

"所以，此时此刻，你只有一种选择，那就是按我说的做。别忘了，咱们都在被警方追捕，他们认为你我是同谋。"路海峰说着拿起手枪，放在了腿上。

魏卓犹豫了一下，俯身拿起那台笔记本电脑，操作了几下，发现电脑竟然连着4G信号。路海峰显然早已做好了准备。

"登录你的'透视镜'。"路海峰说。

"我那个号已经被封了。"

"那就用小号。魏记者，别跟我耍花样。"路海峰挥了挥手里的枪。

魏卓无奈，登录了自己控制的几个不同平台的账号，又架好了视频直播设备，"好了，你可以讲了。"他恢复了采访者的状态。

路海峰微笑着点点头，从口袋摸出一支烟，缓缓地点燃。烟雾在

第十四章 与狼共舞

黑暗里升起、飘散，最后消失不见。

"许多时候，我们都要做出选择，没有提示和指引，只能凭一己之力在纷繁复杂的事态中做出判断。有人选对了，迈上台阶，收获利益；有人选错了，跌落谷底，一切归零。也有人原地踏步，不去选择，过着一眼望到头的生活。我羡慕他们的与世无争，也深知这是自欺欺人。无论如何，我们都逃不脱命运的风暴，在它面前，我们的挣扎只会像一片在无助起舞的凋零的落叶。时间、意外、对未知的恐惧，都让我们现出卑微渺小的原形。但即便如此，有时还是想奋力一搏，哪怕螳臂当车，一败涂地。但有时我觉得，其实风暴、旋涡和烟花一样，虽然危险，但又那么性感，那么可遇不可求。和大多数人一样，我没有胆量扑向它们，下意识地选择逃避，想要自救。但很可惜，事与愿违，我做出了错误的决定……"他像一个哲人般地娓娓道来。

他的故事又开始了。

2

我在离开海城之后，在那个海岛国家整整待了十八个月零七天的时间。哼，真是度日如年啊。我在回去之后，发现一切都变了。没有欢迎仪式，没有摆局设宴，甚至连一个问候和拥抱都没有。那个时候，我才真正懂了什么叫人间冷暖、人走茶凉。

为了避险，我在逃离时切割了险峰国际的所有股权，法定代表人变为了蒋澜。而屿岸国际和远大前程则开始由周屿实控。我在海城的生意悉数交到他们手中。2012年秋，我回到了海城，如果不是我主动登门，他们甚至连一个邀请都没有。我去了高新大厦，来到了自己曾经的办公室，发现里面已经改了格局，变成了财务室，我之前的老板台也不见了。经过询问才得知，是周屿让人给拉走了，说什么风水不好。我找到他询问，他才操着那副油滑的表情向我道歉，说是为了应付警察的检查，无奈而为。之后他引我去了一间新装修的办公室，告诉我以后可以在这里办公，而我的新身份则是险峰国际的顾问，是幕后主控。我笑着给了他一拳，佯装无事地说，幕不幕后无所谓，只要公司好、有钱赚就行。周屿笑了，说今晚给我摆了个大局，要接风洗尘。

那个局没设在燕朝汇的顶层包间或是东郊别墅，而是换到了一个新开设的豪华会所。这个会所不像燕朝汇布置得那么奢靡庸俗，也不像东郊别墅那样暧昧，这里有用天然大理石铺设的地面、用进口壁纸装点的墙壁、用黑金沙建成的迎宾水池和用意大利孔雀玉装饰的石制桌椅，当然，还有轻柔的音乐和温暖的烛光。周屿提醒我，大家现在不管彭博发叫招财猫了，改叫财神爷了，他已经高升为处长，手里的权力更大了，已经不再参加一般级别的饭局。而其他人也都有了变化。闻行长终于扶正，成了海城银行的"一支笔"；廖总的生意也蒸蒸日上，还进军了私募和"P2P"领域。所以不能再去像燕朝汇那样的地方，要更安全、更隐秘、更高级才行。我笑着点头，但知道无论把场地换到哪里，其中的交易和勾当依旧如故，一成不变。

但在席间，我没看到马林，后来得知，他早已被排除在外了。招财猫曾经说过："君子之交淡如水，水才珍贵。和酒不同，水是必需品，相互融合才是交往的前提。所以如果成了朋友，就要一荣俱荣、一损俱损，就要在一条船上经历风浪，智慧、财富、关系都要共享，而且要携手共进，奔着更高层次努力。"显然，马林不再适合继续停留在这条"船"上，他本就是个"工具人"，也没有与这些人携手共进的资本，被淘汰也就不足为奇了。

几个人都很客气，让我坐到了主位。周屿借口说我这段时间到国外发展了，近期回国，所以要接风洗尘。几人都不说破，频频向我敬酒。我在主位上与他们推杯换盏，看似谈笑风生，心里却十分压抑。我怎会看不出，他们早已被周屿拿下，成了他的利益共同体。他们越是操着相同的语言恭维我，就越是说明对我疏远。他们聊的话题我也听不太懂了，特别是廖总和闻行长谋划的一个大局，什么通过银行的高端客户吸引资金，然后建立资金池借鸡生蛋……听着似乎比之前的几个项目都要巧妙。酒过三巡，周屿让公关部的姑娘们入席，"素局"立马变成了"荤局"，气氛也暧昧起来。我佯装酒醉，冷眼旁观，觉得周屿这两年变化很大，已经不再是那个初出茅庐的年轻人了。他不但学会了花天酒地，以此为交际的手段，而且开始享受这样的生活。他喝酒的姿态、调笑的手段、搂姑娘的手法，显得自然而老练。我有些恍惚，一时竟想不起他昔日的模样。当然，我没有鄙视他的意思，我曾经告诉过他，与其装成一个流氓，不如成为一个流氓，只有那样，才能戒掉内心的羞耻感，让自己做事更游刃有余。显然，他做到了。我甚至怀疑，他与在座的姑娘多多少少都有些关系，当然，这只是猜测而已，并无真凭实据。但后来，我从他与佟莹破裂的关系上得到了验证，当然，这是后话。

那天的聚会持续到深夜，我获得了不少情况：

其一，周屿置办了新的别墅，买了新车，开始了新的生意。听闻行长说，他停止了屿岸国际信用证的生意，全面向私募行业进军，据说在这个朝阳行业中已占领了一席之地。我听了觉得很屈辱，自己公司的事儿竟然要从外人嘴里得知。

其二，周屿通过廖总搭上了海城的国企老板蔺强。这可是个商界的大人物，不但手握众多资源，而且所辖企业系国企，属于政商通吃的主儿，据说正在运作着往市里的领导岗位上走。但蔺强性格很怪，为人孤僻、恃才傲物，我几次组局想约他均未得手，通过中间人递钱送物，也都被退回，没想到周屿却将他拿下了。我百思不得其解，就趁着廖总喝大的机会深入打听，这才得知周屿是投其所好，摸准了蔺强爱下围棋的癖好，于是以棋会友，慢慢搭上了关系。我心中感叹，这小子果然是青出于蓝而胜于蓝，但又不免有一丝嫉妒，觉得他跃到了自己头上。

其三，周屿通过招财猫搭上了白忠信。这个消息令我震惊。要知道，白忠信可是实实在在的正厅级干部，手握重权。我试图探听周屿结识白厅的方式，但招财猫狡猾地岔开了话题，搂住一个姑娘潇洒去了，留下我一个人在主位上，守着散场的宴席。

我意识到，周屿在这段时间通过出让干股、利益分红等方式，进一步加固了与利益群体的关系，让他们成为自己的"同船之人"。他彻底颠覆了我之前为他打造的人设，已经从傀儡变成了主控。快结束的时候，我酒劲儿上头，跑到卫生间，大口地呕吐，直到将那些佳肴和美酒倾泻干净才告一段落。我扶着墙走到会所的平台，看着周屿殷勤老到地送几人离开。煞有介事的恭维、谈笑风生的姿态，以及漫不经心地送出豪礼的举动——他的如鱼得水让我仿佛看到了当年的自己，但他比我更加直接、更加无耻，有过之而无不及。

3

那夜我失眠了，我拿出手机，几次想拨打蒋澜的号码，但最后都放弃了。我不想在心爱的女人面前暴露出多疑和脆弱，让她觉得我失去了安全感。我知道，周屿之所以敢停掉信用证的生意，应该是因为挣了大钱。我走之前将从信用证里套出的几千万资金投进了股市和楼市里，只要"前单跟后单"不出问题，这笔钱就能一直被我们占有。在我离开的这两年之中，海城的股市大涨，房价更是翻了一倍。我粗略估算，在这里挣的钱就高达七八千万，算上其他获利应该已经过亿。如果不出意外，蒋澜应该已经通过期货市场利用"对敲"[1]等手段将钱

1　对敲：指一种故意影响证券市场行情的行为，买卖双方在事先串通的情况下，各自按照约定的交易券种、价格、数量，向相同或不同的证券经纪商发出交易委托指令并达成交易。

洗白，落袋为安。之后周屿才敢调整经营方向，将资金投入新的私募领域。他曾经跟我说过，私募是一片"蓝海"，在当下投资渠道不畅的情况下，只要编造出足够冠冕堂皇的理由，钱就会滚滚而来。就如同当年那些南方骗子的说法一样，人傻，钱多，速来！周屿挣了这么多钱，却不再跟我提分成的事情。我甚至忘了当初和他约定的分成比例，是二八还是五五？

我知道自己心中的不安全感，源于这两年远离"江湖"。我不想让自己显得虚弱，像个废人，于是次日醒来，便早早来到了公司，准备尽快回归到正常的轨道上来。但我等了一天，一直不见周屿的身影，问了秘书才得知，他去西郊的高尔夫球场陪白厅打球了。我一下就怒了，随意拿了一把公司的车钥匙，开车赶往了球场。在路上，我想了不下十种见到他的开场白。挖苦的、指责的，甚至想对他痛斥一番，但当我把车停进高尔夫球场的时候，我已经改变了主意。我不能因为愤怒而乱了阵脚，我要恢复成昔日那个老练沉稳的路海峰。

我没在球场见到周屿和白厅，询问服务生后得知，他们已经去了餐厅。经过这几天的探询，我渐渐摸清了周屿接近白厅的手段，和对待蔺强一样，是"随风潜入夜"地投其所好。周屿知道白厅经常在某五星级酒店游泳，于是便办了一张会员卡伺机去接近他。周屿深谙我的指导，懂得如何与位高权重之人周旋，而且他的酒保经历让他很会服侍人。于是一来二去，便与白厅搭上了。之后，白厅便经常光顾周屿新开设的会所，成了会所泳池的常客。据说白厅有时还会带一些外人来游泳，每当这时，周屿就会将会所清空，只留下几个男性服务员去伺候。我知道，这肯定是白厅要借会所去谈事。其实他并不是酷爱游泳，而是每次谈事都会选择在泳池或桑拿——这些"老油条"时刻都在防备明枪暗箭，只有在坦诚相待的时候才觉得安全。

当我来到餐厅时，周屿正谦恭地给白厅倒酒，偌大的餐桌前只有他们两人。桌上的菜品清淡而简单，但那瓶酒价格不菲。

"白厅，不好意思啊，我来晚了。"我走到近前，抬手作揖。

白厅缓缓地抬头，并不说话，看看我，又看看周屿。

周屿愣住了，表情尴尬，但随即又换成了笑脸："哦，白厅，这是路总，一直想来拜见您。我怕打扰您的清净，今天本不想让他来的，但拗不过他，您看……"他回答得很有技巧，既说明了我的来意，又规避了自己的责任。

"哦……路总，久闻大名啊。"白厅并不看我，轻轻地点点头，"我怎么听说，你离开海城了？"他不咸不淡地问。

"哦，我出国了一段时间，考察了几个项目，最近才回来。"我垂手而立。

"是这样啊……"白厅点头，拿起酒杯抿了一口，"小周，你坐，坐。"他冲周屿抬抬手。

周屿瞥了我一眼，缓缓地坐在了白厅对面。

"既然在海城做生意，就要踏踏实实的，重信誉、守规矩、脚踏实地，可不能崇洋媚外，把国外那一套盲目地搬回来。路总，你说是吧？"他并不让我坐，似乎故意冷落我。

"是，您说得对。"我连忙点头。

"哎，你们是什么关系啊？是在同一家公司共事吗？"他用余光看着我。

"这……"我一时语塞，权衡着该如何回答。

"白厅，是这样。我和路总之前曾合作过一些项目，但现在这些项目都结束了，暂时没有新的合作。"周屿接过了话茬，边说边给我使眼色。

"哦，对。我们现在是朋友关系。"我随着周屿的话说。

"哦……"白厅缓缓点头，"既然是朋友，那就要好好相处。现在是年轻人的时代了，像小周这样年轻有为的企业家，你可要多协助、

第十四章　与狼共舞

多扶持啊。"他说着端起酒杯,"来,路总,我敬你啊。"

见他这样,我赶忙摆出了诚惶诚恐的表情,抄起周屿面前的分酒器,拿起酒瓶倒满了白酒,然后用杯口谦恭地碰了一下白厅的杯底,一饮而尽。

"哼,好酒量,有气魄。"白厅终于笑了,却没喝,"哎,说了这么半天,怎么不坐啊。坐,坐下聊。"他这才吩咐我坐下。

那一口白酒喝得我烧心难受,我表面上微笑点头,心里却明白白厅此举的用意。他这个老江湖怎会看不出我和周屿的关系?这么做自然是在为周屿撑场,以此告诉我,周屿才是他的人,要想靠近他,必先要臣服于周屿。我尽力压制着内心的愤懑,让自己尽量表现得自然。要知道,在两年前,只要我站着,周屿是不敢坐的,但时至今日,周屿却跷着二郎腿坐在我的面前,而我却在垂手而立。这对我而言,自然是莫大的侮辱,我甚至怀疑,这是周屿怂恿白厅做的,他要借此宣称,他已经战胜我了,是公司的实控者了。但我不愿意相信自己的猜测。

4

午餐过后,我们一起回到了会所。在狭长的走廊里,周屿追在我后面说着:"老路,刚才的事儿你别在意啊。那个姓白的就这德行,拿人不当人。"在我回来之后,他对我的称呼就从"路总"变成了"老路"。

"嘻,没事儿,只要对生意好,怎么都行。"我佯装大度,"但我还是要提醒你啊,对待这帮人不能喂得太饱,由俭入奢易,由奢入俭难,人的欲望深不见底。"我提醒道。

"知道啦,知道啦,婆婆妈妈的,像个老太太一样。"周屿笑着搂住我的脖子。

"哎,听说招财猫过来了,需不需要过去打个招呼?"我拨开他的手臂问。

"呵呵,他现在可没空,正忙着呢。"周屿坏笑,"哎,我带你看个好玩儿的东西。"

"什么?"

"走走走,跟我来。"他挥着手说。

他带着我来到地下室一间面积十多平方米的房间里。里面只开着一排射灯,摆着一把椅子和一张茶几,四壁空空,什么也没有。周屿走到一面空墙前,用手一推,墙上的一个隐形门便打开了。我随之走了进去,发现里边别有洞天,是一个面积在三十平方米左右的监控室。监控室里摆放着一张巨大的监控台,面前的墙上镶嵌着十多个监视器,最中间的那个有七八十寸左右。监控柜里的各种设备闪着绿灯,显然是在正常运转中。

"这是哪里?你来带我来这儿干吗?"我问。

"哈哈……"周屿又笑了,"老路,你喜欢看戏吗?话剧、歌剧、舞台剧……总之就是现场直播的那种。看戏需要买票吧?动不动就大几百块,要想找个前排、弄个VIP还得上千。这里,就是看戏的VIP专座。"他张开双臂,像个做开场白的主持人一样。

"你什么意思?"我不解。

周屿走到监控台前,用手操作了几下,面前那个最大的监控器便亮了起来。我凑到近前,仔细看去,发现监控器里显示的是一个房间,中间有一张大床,上面有一对男女正赤裸着身体在纠缠着。

"这是……"我皱眉。

"还看不清楚吗?那好,就再多几个角度。"周屿说着又操作了几下,其他的监视器同时亮了起来。

可以看到,这些监视器里显示的都是那个房间、那张大床和那对男女,只不过是从不同角度进行拍摄。我这下看清楚了,床上那个臃肿的、贪婪的、像蛆虫一样蠕动着的男人，正是招财猫——彭博发。

我痴痴地看着，瞠目结舌。而周屿则环抱双臂，像在戏台看戏一样地"欣赏"着眼前的一幕。不知怎么的，我突然感到一阵恶心，有种想吐的感觉。

"停、停下来吧。"我冲他摆摆手。

周屿撇嘴笑笑，关闭了监视器，"怎么了？这样近距离多机位地观赏招财猫同志的表演，觉得不值票价吗？"

"你录这些东西干吗？有什么意义？"我皱眉。

"没什么意义啊，就是觉得好玩儿，留下来纪念。"周屿狡黠一笑，"还不止这些啊。来来来，我再让你看看更精彩的。"他说着又操作起来。

不一会儿，十多个监控器都显示出影像，但与刚才不同的是，这次显示的却是在不同房间、不同大床的不同男女的表演。我仔细看去，上面的人不只招财猫，还有闻行长、廖总和几个不认识的人。

"这几位我就不用介绍了，招财猫、老闻、老廖……这位，你应该见过吧。蔺强，刚拉下水的。还有这几位，都是新朋友，有市里各个部门的，还有公司新的合作伙伴。哎，特别是这位，看到没有。"他用手指着一个微微驼背的老者，"这位你熟啊，刚刚见过，白厅长，你瞧那身姿、那动作，真是老骥伏枥，志在千里，烈士暮年，壮心不已啊……"他大笑起来，"他最讲究，也迷信，汽车尾号、电话号码都是6666，我就把会所最大的包间改成了6666号。"

"你这是在玩儿火，你知道吗？"我突然爆发，一把揪住他的衣领，"一旦让他们知道，会是什么后果，你想过吗？"我质问道。

"哼……"周屿不屑一顾，摇了摇头，"不光是这些啊，我还买通了他们的司机，调查了他们的底细，掌握了他们的作息规律，了解了他们的社会关系。他们在哪里金屋藏娇，有几个小蜜；他们在哪里买了房子，充当小金库；他们借用谁的名字开了公司，充当白手套；他们向谁行贿，跟谁拉拢——这些都在我的掌握之中。这个会所不仅是他们的娱乐场，也是他们的表演台。我要用这些东西去控制他们，让他们臣服于我们脚下，成为我们的奴隶。老路，你不觉得我做的是一件伟大的事情吗？"他又张开双手。

我愣住了，渐渐地松开双手。我伫立在原地，注视着周屿在光影映照下的表情，像看个陌生人一样。

"你忘了我们做的事儿吗？我们只是借鸡生蛋，谋求获利，不能越界！"我提醒道。

"不能越界？哼……"周屿摇头，"老路，你别自欺欺人了，你早就越界了，不是吗？你问问自己，你曾经做的那些事儿干净吗？你的双手干净吗？如果干净，你干吗逃到海外？"

"你给我闭嘴！"我的火腾地一下就上来了，一时没忍住，冲着他就是一拳。

这拳正打到周屿的脸上，他一个趔趄，险些倒地。

"路海峰，你是不是觉得自己受了多大的苦啊？觉得我们在海城吃香的喝辣的享受人生？我告诉你，你错了！这两年我和蒋澜过的根本就不是人的日子，你犯了事儿，拍拍屁股脚底抹油一走了之了，但我们呢，得给你擦屁股！你知道我们托了多少人，花了多少钱吗？你知道我们为了摆平你的事儿，想了多少办法吗？我告诉你，要不是我们，你别说两年，就是十年也回不来。"他瞪着我，眼里露出凶狠。

我也觉得自己做得有些过分，就走过去拍拍他的肩膀。

"老路，我也是想争一口气！你想当一辈子骗子吗？你想永远被那些人踩在脚下吗？如果你不想，咱们就要利用他们、控制他们，让他们为咱们做事。是，咱们干的都是些空手套白狼的勾当，但刚开始是骗，是借鸡生蛋，只要等到蛋能孵出鸡，让鸡再去生蛋，循环往复，

第十四章　与狼共舞

不就不是骗了吗？"

"你不觉得自己太天真了吗？你以为凭这些下三烂的手段，真的可以挟持他们吗？我告诉你，在这个世界上，咱们混得再好，也只是乙方，甲方永远是他们。你就是再强，最终也是给他们打工。他们抛弃我们，还会有人前仆后继地给他们卖命。而我们一旦失去他们，就再无发展的可能。这事儿如果被发现，你、我、我们，都会死得很惨。你要了解他们，他们能走到如今这一步，都是经过血雨腥风的，他们不是狗，是狼！你面对的是凶狠的狼群！"我提高了嗓音。

周屿冷静下来，叹了口气，但随即又撇嘴笑了："哎，你是不是一直觉得我是你的小徒弟，总忍不住要将许多的人生感悟分享给我？"

"你本来就是我的小徒弟啊。"为了缓和气氛，我也笑了。

"明白，师父。"他冲我拱拳，"经商讲的是和气生财，是一荣俱荣，不到万不得已，我是不会用这些手段的。这是以备不时之需。"

"这么说，你在会所的泳池也安了不少机关啊？"我问。

"嘿，要不说你料事如神呢。为了能探听到白忠信的谈话内容，我可是煞费苦心啊，仅进口那些设备，就花了不少钱。哎，他不是在你面前耍派头吗？有朝一日，你也照方抓药，让他在你面前站着。"周屿狠狠地说。

"行。"我笑着点头。

"哎，听过一首叫'Let It Be'的歌吧，知道那歌词什么意思吗？哼，去他的！"周屿自问自答，"走走走，喝酒喝酒。"他说着又搂住我的脖子。

我们又来到了那个夜市，点了凉菜拼盘、花生米、拉面，外加两瓶白酒。我推心置腹地劝周屿，希望他暂缓扩大经营规模，规避私募可能涉嫌非法集资的风险，把控好和那些"甲方"的关系，以免被反噬。但周屿不屑一顾，操着年轻人特有的张狂反驳我说，现在有大好的机会，如不乘势而上，必将追悔莫及。我们话不投机，却依然心怀侥幸，试图说服对方。这样聊天很累，酒喝到一半，我们都感到精疲力竭。我们正聊着，不料旁边一桌闹炸，几个食客为了抢着结账扭打在一起。周屿刚开始只是隔岸观火，却不料一个食客喝多了，糊里糊涂地推了他一把，周屿立马加入战团。他借着酒劲儿，抄起一个酒瓶就往对方脑袋上抡，要不是对方躲闪及时，险些酿成大祸。酒馆老板报了警，不一会儿派出所的警察就来了，声称要把我们全都带回所里审查，这下周屿慌了。他自知"底儿潮"[1]，一旦到派出所录入指纹进行核验，没准儿就能查出他的真实身份，让他再度变回丁小炜。幸亏蒋澜来得及时，拨了一通电话，才把我们捞出来。

　　在回程路上，我沉默不语。我知道周屿刚才动手，是想模仿我当年在夜市收服赵氏兄弟的举动，以证明自己的能力，但他只学到了皮毛，根本没参透本相。我与对手较量，是表面上强硬凶狠，实际上留有余地，目的是不战而屈人之兵，用最小的付出获得最大的收获。而他的凶狠却是破釜沉舟、玉石俱焚，毫不留回旋余地，这样不仅害人害己，还会遭受意想不到的厄运。他的优势在于年轻，弱点也在于年轻，但我已没有再去教他的兴趣，我不希望他变得更强。

1　底儿潮：方言，指有违法犯罪的背景。

第十五章　低俗小说

1

但最令我失望的是，蒋澜也变了。

在我离开的这两年里，她没有停止前进的步伐。她到省会城市报考了EMBA，系统学习了相关知识，拓宽了眼界，也结识了更多年轻有为的企业家，建立起了更广泛的关系。她在经营险峰国际的同时，又与周屿联手，在全省多个城市设立了分公司和子公司，进一步扩大了商业版图。她同时也在政治上谋求进步，在白厅长和蔺强等人的运作下，成功当选了海城的政协委员，这个位置曾是我觊觎的。

据说她手里有一本账，里面记录着"各路豪杰"分红、入股的情况，当然，我从没见过。蒋澜与周屿一里一外、配合默契，借助政协委员的身份，影响力早已今非昔比。她既有钱，也有权，已经不再是昔日那个依偎在我身边的小女人了。她心高气盛，出门前呼后拥，已然成了一个名副其实的女企业家，对我的态度自然也有了变化。

在我回来之后，她刻意与我保持距离，尽量避免与我单独相处。我几次试图请她回到我们曾经的爱巢——那个山顶的农家院，但都被拒绝了。为此我异常沮丧，有时甚至显得失魂落魄，但蒋澜总是春风拂面、精力充沛，似乎一点儿没受到感情的影响。我意识到，她的心已经不在我这儿了，已另有所属。

那时，周屿已经与佟莹离婚了。这段婚姻我本不看好，却没想到会结束得这么快。但周屿并未另觅新欢，身边似乎没有女人。但我先天敏感，开始怀疑他与蒋澜的关系，几次想付诸行动，但又中途停止。我可能真是老了，害怕被欺骗、被抛弃，不敢揭开虚伪的表象，去直面赤裸裸、血淋淋的现实。但在一个雨夜，我还是忍不住跟上了周屿的座驾。我似乎有某种预感，觉得在这种天气会发生些什么。那个时候，他已经不开奔驰了，换了一辆白色的劳斯莱斯。那种车很扎眼，在海城一共也没有几辆，所以跟起来异常轻松。我坐在一辆老旧的出租车上，闻着车里难闻的烟味、汗味，听着广播里发出的杂乱音乐，目不转睛地盯着十米外那辆白色的"移动城堡"。我知道，此时此刻蒋澜就坐在那辆车上，穿着短裙，露出白皙的大腿，可能正在和周屿一同欣赏高级音响播放的优美乐曲，或是描绘着公司未来发展的伟大愿景。当然，这一切都与我无关。我不禁回忆起多年前的那个雨夜，那湿漉漉的空气，那双在西餐厅里起舞的身影，那两个寂寞的人。

我一直跟到了城中区，看着那辆白色的劳斯莱斯停在了海城国际饭店的门前。周屿下了车，把钥匙丢给了侍者，然后习惯性地搂住蒋澜的腰，同她一起进了酒店。我麻木地下了车，递给司机一张百元大钞，然后跟了进去。我曾是这里的常客，古铜色的大门、金碧辉煌的楼梯、狭长的通道，我都再熟悉不过。我不敢跟得太近，怕被发现造成尴尬，与他们始终保持着五六十米的距离，等他们进了电梯，才跑过去查看。电梯停在了五层，我的心才稍稍落下。

我犹豫着是否要继续探寻，但好奇心还是促使我跟了上去。五层是饭店的餐厅包房区域，里面弥漫着高档白酒的味道，耳畔不时传来推杯换盏的交谈声。这是我出狱后起步的地方，就是在这里，我遇到了昔日的贵人老吴。我提着气、拔着范儿，似乎生怕别人看不起自己，但我知道，此刻自己已经没了心气儿，泄了劲儿。我找了一个看着挺聪明的服务员，简单描述了周屿和蒋澜的外貌，便探听到了他们所在的包间。我给了他几张钞票，留了他的电话，让他趁上菜的机会，拍摄一下包间里的场景。他不假思索地同意了。我走到近前查看，发现隔壁的包间空着，便坐了进去。我叫来另一个服务员，点了一锅鸡煲翅，要了海城特色的炖海鱼和小炒皇，又要了一瓶五粮液，满满地给自己倒上了一杯。我并不吃菜，闭着眼倾听隔壁的声音。有一个男人说话，咋咋呼呼，语气夸张，是招财猫的声音；有一个老者，声音浑厚，发言不多，但只要说话包间就会安静下来，所有人都在洗耳恭听，如果没猜错的话，那个人应该是白忠信。他们似乎在谈着什么，细节却听不清楚。不一会儿，那个服务员走进了我的包间，给我看拍摄到的照片。果不其然，与我猜测的相同。在画面里，蒋澜和周屿正端着酒杯给白厅敬酒，白厅一扫往日的严肃傲慢，脸红扑扑的，表情温和，像个邻家大哥。我把照片放大，看到周屿的左手还搂在蒋澜的腰上。我打发走服务员，自斟自饮起来，喝着酒，吃着菜，却一点儿觉不出香味。

又过了半个多小时，隔壁的酒局似乎散了，陆续有人走出了包间。我怕被发现，就用手机给服务员发信息，让他盯住几人的去向。不久服务员回了信息，说两个男的下楼走了，一男一女上了十层的房间。我心里一震，自己的猜测果然应验了。我抑制不住身体的颤抖，觉得心里发冷，像冻结的坚冰。我麻木地离开包间，按动电梯，踏上了十楼客房的地毯。我茫然地站在楼道里，不知这对狗男女到底去了哪个房间，也不知自己下一步该如何行动。我彷徨着、犹豫着，感到此刻自己像一具行尸走肉，身体根本不由大脑支配。

我停顿了许久，才又想出对策。我又按动了电梯，回到五层找到了那个服务员，问他下楼离开的那两人的外貌特征。服务员说是一胖一瘦，胖的四十岁左右，留个分头，戴着黑框眼镜；瘦的三十出头，穿着西装，油头粉面。两人上了一辆白色的劳斯莱斯，酒店安排了代驾送他们离开。我心里一揪，没想到是这个结果。服务员又说，上楼的是一对男女，男的五十多岁，有些驼背，女的烫了个大波浪，身材挺好。我沉默了，又拿出几张钞票打发了他，然后默默地回到了包间。我一言不发，陷入漫长的停滞之中。就这样坐了整整一个多小时，脑海里抑制不住地浮现出白忠信和蒋澜在一起的场景。那场景清晰又模糊，清晰的是他们的面孔、他们的身影，模糊的是他们的表情、他们的动作。

天渐渐黑了，外面的雨越下越大，一切都被这该死的湿漉漉的空气包裹。耳畔似乎响起了那首歌。

When I find myself in times of trouble（当我发现自己深陷困境）
Mother Mary comes to me（玛利亚来到我身边）
Speaking words of wisdom（述说着智慧的话语）
Let it be...（顺其自然……）

我曾经以为，蒋澜是喜欢这种情调的，所以才会在雨天发生些什么。但这一刻我明白了，她喜欢的不是这种情调，而是钱和权力带来的快感。我可能一直在一厢情愿地误解她，把她想象成理想的样子，这不过是自欺欺人罢了。我感到冷极了，打了个喷嚏，这才回过神来。我起身开了灯，这才发现所在的包房竟然是 VIP8，我笑了，眼泪也流了下来，我知道这就是命运。

我端起酒杯，模仿着当年的样子，冲着对面空空的座位问："我一条丧家之犬，无事可做，还有什么可利用的价值呢？"

对面仿佛坐着老吴，他操着当年的表情笑着："这刚哪儿到哪儿啊，就没信心了？"

"我没有一技之长，不像你，人脉广，能重整旗鼓。"

"条条大路通罗马，只要敢想敢干，就能峰回路转。"他似乎举起了酒杯。

第十五章　低俗小说

我也举杯，一饮而尽。我浑身热了起来，心中的坚冰似乎融化了，身体也不再僵硬。我开始大口地吃菜，鸡煲翅、炖海鱼、小炒皇，吃了个干干净净，然后点燃一支中华烟，默默地吞吐。我仿佛看清了，对面的空位上坐的并不是老吴，而是昔日的自己，那个眼神犀利而充满杀机的路海峰。

2

　　路海峰说到这里，缓缓地低下头，显得异常沮丧。魏卓掏出香烟，拿出一支，犹豫着是不是要站起来递给他。

　　路海峰见状摇了摇头，用手指着魏卓手里的笔记本电脑，问道："都记下了吗？哼，是不是像一部情色小说？"他故作轻松。

　　"这么说，从那时开始，你便被孤立了，而蒋澜和周屿在一个阵营了？"魏卓问。

　　"确切地说，应该是从那天开始，我才真正地意识到自己被孤立了。也许在我外逃之前，他们就在一个阵营了。其实这一切都不能怪蒋澜，她和我是一样的人，我们之间最大的问题就是扯上了感情。既然是合作就要讲利益，就不要对人性有任何期待。别人绝对不会因为你对他好就会给你回报，别人只会因为你的价值而对你示好。蒋澜是个好的合作者，却不是个好的恋人。就算是恋人，有朝一日为了追求更好的生活而离开了你，也不能算是背叛。但我……哼……"路海峰自嘲地笑，"还是有种心如死灰的感觉。似乎有一把尖刀扎进了心里最柔软的地方，不停滴血，无法愈合。所以现在想想，还是做个'核桃'安全，一旦轻易把心扉敞开，最终会受到致命的伤害。"他叹了口气。

　　"你是不会坐以待毙的，对吗？你不是说过吗？就算失败也要保持攻势。"魏卓模仿着路海峰的语气说。

路海峰摇摇头:"哼……我不像自己描述的那么强,我也有软弱的时候……"

那段时间我又开始失眠了,在黑暗中总是睁着眼,经过冗长的折磨,天色才慢慢变亮。但当置身于阳光之中时,又觉得异常沮丧。我浑浑噩噩,想尽各种办法去填补空白的时间。我花天酒地,自我麻醉,去迪厅、去夜店,甚至去看了张学友在海城举办的演唱会。我不想让自己感受到那种被抛弃、被孤立的感觉,每顿饭都会找来一群狐朋狗友,让他们陪着我喝到酩酊大醉。而一旦回到住处,巨大的寂寞又会扑面而来。我真的老了,似乎连反抗的心气都没有了。为了睡眠,我开始服药,艾司唑仑、思诺思、褪黑素我也用过。但一旦睡着,噩梦便会袭来。那几个没头的家伙又挤到我面前,怎么甩也甩不掉,把我困在黑暗里。梦里漆黑一片,耳畔是狂风的呼啸和海浪的巨响,似乎随时能将我吞噬。

有一次,我喝多了,闯到蒋澜的办公室,勒令她跟我回家。蒋澜甩开我的手,找了个理由想要离开,但我仍不依不饶,像个孩子般地将她缠住。这时周屿跑了进来,挡在蒋澜的身前,于是我更加愤怒了。

"你给我滚开!这是我们之间的事儿,轮不到你插手!"我指着周屿的鼻子大喊。

看我失态,周屿表现得义正词严:"老路,这是公司,公共场所,希望你注意自己的言行,给大家留个体面。"

"滚开!"我一把推开他,又去拉蒋澜。

蒋澜终于忍不住了:"路海峰,你还不明白吗?一切都过去了!我们结束了,结束了!现在我们只是合作关系。"

我怔怔地看着她,一时无语,但随即就爆发了:"你是不是怕了?怕跟一个杀人犯扯上关系?怕连累到你自己,耽误了你的远大前程?"我失去了理智。

第十五章 低俗小说

蒋澜猛地抬手，啪地一下抽了我一个耳光。我竟也下意识地抬手想要回击。但突然，我的手被另一只手攥住了，停在了空中。那是一股年轻的力量，把我困住，让我无法挣脱，似乎要取代我。我转头看去，正是周屿。

这时，赵氏兄弟带着保卫部的人赶到了办公室，他们穿着统一制式的黑色西装，留着相同的寸头，站在了周屿和蒋澜身后。

"路总，请吧。"为首的赵亮伸出手，示意我离开。

"哼，呵呵……"我笑了，眼看着亲手招进公司的混子们要将我驱离。

"对不起，职责所在，我们也没有办法。"那个秃头的赵梦金竟然也说起了官话。

我点点头，用手抹了一把脸，然后努力挺直腰杆离开了办公室。在关门的时候，我听到了蒋澜的哭声，我知道自己搞砸了。

我又去了那个城南区的球场，坐在空空荡荡的观众席上看一群孩子训练。那里的设施很老旧了，塑料座椅破了漆皮，地面上散落着垃圾，连场地上的草皮也枯死了一大片。远处的电子显示屏出现了坏点，上面的"欢迎"二字变成了"欠印"。我打开手机，播放黑豹的《无地自容》、唐朝的《飞翔鸟》以及威猛乐队的"Careless Whisper"，但刚播了一会儿，音乐就停住了，手机的音乐软件显示"续费"。我站起身来，哼起《狩猎波尔卡》的旋律，从轻声哼唱到大声呼喊，自欺欺人地想以此缓解内心的压抑。我又不禁想起我妈的那句话：人生说到底是个悲剧，但要按照喜剧的方式去演。我觉得此刻，自己才真正明白了其中的道理。

那夜，我做了一个梦。在一个漆黑的房间里，蒋澜赤裸着身体坐在我面前，左手拿着一枚硬币，右手则握着一把手枪。

她说："抛到天上，试试运气。"她把硬币递给了我。

我接过硬币，凝视着她。四周很安静，时间仿佛停滞了。

"猜一下，咱们赌生死。"她说。

我愣住了，不禁问："赌谁的生死？"

"赌他们的，也赌我们的。"

"一枚硬币，就能决定生死吗？"

"是的。"她点点头，"对不起，我没有时间了，要及时行乐。所以不是你死，就是我亡。"她的眼神黑洞洞的，那样子像一个女巫。

我停顿了许久，还是照做了。我把硬币抛了起来，看着它翻了几个跟头，落在了手里。

我不禁看着她手里的那把枪，浑身颤抖起来，手心也出汗了。我缓缓地张开手，看到了硬币上带画的一面。

"砰！"枪响了，我的梦也醒了。但并没有结局，不知道是我死还是她亡。

3

从那次之后，我彻底被他们架空了。蒋澜作为总裁，独揽公司的行政大权，不论大事小事，都不给我插手公司事务的机会。周屿则以公司需要年轻化为由，辞掉了几个与我相熟的老员工，开始招录新人。他在公司的大会议室正襟危坐，像模像样地让每个前来应聘的年轻人回答问题，那样子像极了这个社会所谓的成功者。我想可能没有任何人能想到，面试他们的人是一个逃犯。

经过面试，周屿招录了一个新人，名字叫尚晋。他的简历很"漂亮"：留学海归、大型跨国公司经历、业务能手。他年轻英俊，长着一双像女人的眼睛——清澈透亮，像一汪水。他很会来事儿，刚到公司就忙前忙后的，很快便与其他员工打成一片，而且还特别会讨蒋澜的欢心。周屿便顺势将他安排在蒋澜身边，任命为总裁助理，月薪一万，年底还有分红。我知道这是周屿的有意而为，他无非是要找一个"当初的自己",再让他成为自己的傀儡,在关键时刻扛雷。但我还是低估了周屿。

作为总裁助理,尚晋经常要陪同蒋澜出差。刚开始我还不以为意,认为这是他的职责所在。但不久后我就看出了其中的问题。我了解蒋澜,她看似高傲却十分感性。在几次出差后,她看尚晋的眼神就发生了变化,那是一种无法用语言描述的柔软。我知道,他们之间已经发生了什么,这是不需要证据的,那个眼神像极了她当初看我的眼神。但这一切都与我无关了,蒋澜亲口说过,一切都过去了,结束了。

但我还是怀疑周屿这么做的目的,为什么要将蒋澜拱手让人?于是我开始私下调查尚晋的底细,结果正如所料,这个尚晋名不副实。他根本就没出过国,如果硬要说出过,可能也就是在上大学时去过一趟"新马泰"。他的业务确实不错,但不是在大型跨国公司,而是在夜店。这孙子是个"牛郎",曾经在燕朝汇混过。我说怎么第一次见到他的时候觉得眼熟。我明白了,这是周屿找来的"卧底",让他勾引蒋澜、控制蒋澜,以达到控制公司的目的。

我真是后悔啊,亲手培养了这个禽兽,让这只狐狸变成了饿狼。但我还是没有反击,我知道鹬蚌相争,渔翁得利的道理,如果贸然去斗,大概率会一损俱损。我算了一下自己在公司的股份,如果折现大约是三千万,只要断尾求生,就还能明哲保身。但无论是"屿岸"还是"远大前程",都经不住周屿这么折腾。他的野心越来越大,同时进行着十多个私募股权投资的项目,聚集了十多亿的资金。但别忘了,他毕竟是草根出身,虽然表面上青出于蓝而胜于蓝,但实际上是金玉其外,败絮其中。他高中肄业,没读过大学,虽然有一定社会经验,但在社会上用点手段招摇撞骗还行,要论公司经营却是个典型的外行。我断定,他那几个所谓的大项目迟早是要崩盘的,到时候不但他无法自救,就连身边的人也会"陪葬"。所以最好的选择就是尽早抽身，及时止损，这也是我那段时间忍气吞声的原因。

"他们同意你将股权变现吗？会这么容易？"魏卓问。

"哼，当然不会了，要不怎么会有之后的故事。"路海峰摇头，"周屿和蒋澜一直在私下运作，通过增加股东等方式稀释我的股份。我被蒙在鼓里，还在做着白日梦，等反应过来的时候，发现已经被他们玩儿了。如果按当时的股权折现，我能拿到的钱只有区区几百万。"

"于是你开始反击了？"

"呵呵，看来你已经很了解我了。"路海峰笑，"我表面上的容忍，不过是为了迷惑敌人，蛰伏是反击的前奏。还记得吗？越是风平浪静就越是危险，我想周屿肯定也感受到了，不然也不会让那个拳击手当他的司机。"

"拳击手？"

"是，一个姓阮的小伙子。"

"车开得好吗？"

"哈，刚开了一个月，就把周屿那辆劳斯莱斯撞了个稀烂。"

"那为什么要雇用他？"

"当然是防着我了。"路海峰拿起手枪，用枪柄砸着自己的大腿，"其实那小子人不错，能吃苦，人也单纯，但可惜跟了周屿……"他叹了口气，"当时不仅周屿防着我，蒋澜也看出了不对。她是了解我的，我不是逆来顺受的人，越是不动就越是酝酿着大动作。她提醒周屿要找个司机，不能总独来独往。周屿是多聪明的人啊，一点就透，于是就找到了小阮。小阮是个业余的拳击手，说是业余，是因为他没打过正规的比赛。"

"他很厉害吗？"

"呵呵，你听我说啊。我曾经在燕朝汇地下二层的健身中心看过他比赛。当然，那是个打着比赛旗号的赌局。我当时是陪着招财猫

第十五章　低俗小说　283

去的，说好听了是一起去观赛，实际上我不过是充当他的钱包。赌赢了算是他的，赌输了由我来买单。地下拳赛不同于正规比赛，选手不一定是同一级别，每个选手身上都有不同的赔率，有时碰到哪个不要命的'瘦马'以弱胜强了，赌客们就能赚得盆满钵满。而那天的'瘦马'就是小阮。那场比赛可真带劲啊，小阮的对手比他整整高了一头，要论实力，小阮肯定不是对手。但招财猫把全部赌资押在小阮身上，自称看到了小阮的潜力。我知道那是他在放屁，他看中的只是一比六的赔率。果不其然，一开赛小阮就显出劣势，身高、臂长、速度、力量，他都逊于对方。他几次被对方击倒，刚周旋了两场就鼻血横流，到了第三场更是被揍得爬不起来。招财猫大呼上当，说自己走眼，转身要走，但这时，小阮又站了起来。他的眼神有种特殊的光芒，凶狠、执拗、百折不挠，他用尽最后的力量向对手还击，最后几乎是和对手一起倒地，但在比赛铃声响起之后，他又爬了起来。现场的赌客们大呼'战神'，招财猫也大叫着欢呼起来。"

"这么说小阮是彭博发介绍给周屿的？"

"嗐，这不重要。重要的是周屿雇用了他。"

"所以你就不敢轻举妄动了？"

"呵呵，我会忌惮一个打黑拳的'瘦马'吗？别忘了，一个好汉三个帮。只要有钱，就能找到帮手。大鱼吃小鱼，小鱼吃虾米……"路海峰撇了撇嘴，"我曾经在大杂院住过许多年。家里闹老鼠，我爸就买了粘鼠板，放在老鼠可能出没的地方。隔三差五就能看到老鼠被粘在上面。有次我记得很清楚，被粘住的是一只大老鼠，它奋力地挣扎，但越挣扎就粘得越紧。这时，有一只小老鼠蹿过来，似乎想要施救，结果自然是和大老鼠一样落入陷阱。我看了觉得挺难受，想放了它们，但我爸说，小老鼠长大了也是大老鼠，你怜悯它们，就会让自己付出代价。"

"所以为了报复周屿，你要先对小阮下手？"

"哎哎哎，我对周屿可不是什么报复啊。我是为了自保，断尾求生。"路海峰解释，"我当时的想法很简单，找人吓唬吓唬周屿，逼他和蒋澜妥协，只要获得我应得的利益就一拍两散，从此不相往来。但没想到，周屿会败得那么快，崩得那么彻底，几乎将我都牵扯进去。他太嫩了，做事完全不考虑风险，而且欲望太盛，被金钱和权力蒙住了双眼。我想，如果我没在与他的争权夺利中明哲保身、退避三舍，如果我没有姑息，让他用手段控制蒋澜，如果我没有抱着断尾求生的想法对公司不闻不问，如果他没跟佟莹离婚，还有个人能苦口婆心地劝他，事态也不会发展得这么快……"他叹了口气，继续讲了起来。

第十六章 杀人回忆

1

周屿的项目爆雷了,原因很简单,股灾。那是一场突如其来的股市风暴,券商、保险股全线跌停,沪深两市受到重挫,单日跌幅达到 7% 以上。周屿不听我的劝告,将那十多个集资项目的资金都投入股市和楼市之中,自然受到重创,公司的资金链迅速断裂,多个项目岌岌可危,面临崩盘的危险。但他还心存侥幸,继续拆借资金往股市里砸,试图抄底补仓,平衡损失,却不料那场股灾持续数月,整体跌幅超越 40%。当他醒悟之时,为时已晚,巨大的黑洞已将绝大部分财富吞噬。

项目停滞了,集资人上门了,"远大前程"成了被追逃的目标。几十起民事诉讼面临应诉,更有一些集资人到公安局的经侦部门报案,控告周屿涉嫌非法集资。一切都滑向了最坏的方向。周屿慌了,他找招财猫、闻行长、廖总、蔺强,甚至白忠信求援,但这些人都选择明哲保身,迅速与他切割。周屿气疯了,在办公室扬言,如果那帮人忘恩负义,就把他们的丑事儿都抖搂出来,让他们陪葬。蒋澜劝周屿从长计议,而我则站在门口抽着烟,隔岸观火。我心想,如果他真敢这么做,必将第一个被干掉。但我明白,虽然此时我早已被周屿和蒋澜排除在外,成为一个坐冷板凳的所谓顾问,但如果他们真的被警察抓到,必将带出来这些年我们共谋的勾当:诈骗、侵占、集资、杀人……哼,到时候不只是一损俱损,而且是死无葬身之地。

我听不下去了，试图劝周屿："哎，你刚才说的是气话吧，你不会不知道这么做的后果吧？"我冷冷地问。

周屿正在气头上，不客气地回嘴："姓路的，你别在这儿说风凉话，要是出事儿了，你也跑不了。"他竟然用手指着我。

"哼……公司是你的，项目是你的，钱也是你的，公安和法院要找的人是你，与我有什么关系？"我冷笑道。

"老路，你别这么说啊，现在是公司生死存亡的关键时刻，你得想想办法。"蒋澜来软的，拉住我的手。

我没给她面子，甩开她的手："你不是政协委员吗？你不是和白忠信关系密切吗？怎么，不好使了？"

"路海峰，你要是这么说就没劲了。你才是这一切的始作俑者，我们都是被你带上道的。"周屿板起面孔。

"呵呵……小子，现在想起师父来了，临死想拉个垫背的了？"我摇摇头，"告诉你，我不伺候了。"我心冷了，转身推门走了。

我在离开公司之前，删除了硬盘、U盘上的所有数据，把电脑也格式化了。我把桌椅擦得干干净净，把垃圾清走，把窗户锁紧。我一丝不苟地做着，像在进行着一场告别仪式。我知道，自己可能再也不会来这里了。我走到办公区里，看着那些实木的大班台和高档的格子间，回想着昔日屿岸国际成立时的辉煌。我以一己之力让这里从冷冷清清变为生机勃勃，让那些真皮沙发上不停更替着客人，茶几上的烟灰缸总是插满烟蒂，订单接踵而来。我亲历了那段令人亢奋且美好的时光，见证了公司的蓬勃发展，但如今这里又重归宁静了。一切繁华都消散了，只剩下我孤独的脚步声在走廊里回响。

我驱车来到了西郊的游乐场，花十元钱登上了过山车。上面只有我和一对情侣，在过山车开启的时候，我同他们一起大叫起来。

"啊——啊——"

我歇斯底里地叫着,在空中腾飞、下坠,急速地撞向大地。在那一刻,我甚至希望过山车能发生事故,比如突然脱轨,那样我就会狠狠地拥抱大地,砰!血肉模糊,不用再经历挣扎和痛苦,一切归零。

但最终,我还是走下了过山车,坐到了那张冷冰冰的座椅上。不久,老贺来了,戴着墨镜,像一个职业的杀手。

"你干吗打扮成这样?"我仰头看着他。

"酷啊,名牌。"老贺撇嘴。

"你手怎么了?"我看他手上裹着纱布。

"跟几个小崽子干了一架,挂了点儿小彩。"他漫不经心地说。

"赢了输了?"

"那还用问,给他们都干趴下了!"老贺笑,"这次……几个人?"

"一个,或者两个。"我伸出两根手指,"也没准儿……是三个。"我又说。

"到底几个?"

"说不好。我再想想。"

"不管几个,钱到位就行。"他点上一支烟。"但要是人多,可能得拉个帮手。"

"要选可靠的、口风严的。"我提醒。

"放心,肯定做好'切割'。"

"先帮我办一个。我会把详细资料给你。"

"行。"老贺点头,"怎么了?遇到难事儿了?要办这么多人?"

"唉……"我叹了口气,"他们惹了大麻烦,如果不解决掉,会引来更多的麻烦,我也会死无葬身之地。"我说出了利害。

"得得得,具体的事儿不打听,我只管拿钱办事。何时动手?"他问。

"马上。"我说。

2

几天之后，尚晋失踪了，他没申请离职，也没打招呼。与此同时，蒋澜发现自己的保险柜里丢失了十万元现金。有员工认为，尚晋是看公司岌岌可危，趁火打劫，但周屿和蒋澜不相信这种论断。两人找到我询问情况，我自然装作无辜，一问三不知，心中却暗暗鄙视。那个夜店的"牛郎"果然是个软骨头，老贺刚亮出刀子，他就吓尿了裤子。老贺早已摸清了尚晋老家的情况，让他二选一，要么滚蛋，与海城的人和事儿一刀两断，要么死。我想，此时他应该已经逃回了老家，琢磨着重操旧业了。

周屿知道这是我的手段，于是第二天就约我吃晚饭。他选择了一个老地方，海城山脚下的松林餐厅。

天刚刚擦黑，餐厅里还没上人，我走进"竹韵"包厢的时候，周屿已经坐在里面了。桌上放着一瓶茅台，空着主位，他起身抬抬手，示意我坐。包厢的窗外是一片竹林，晚风拂过，传来哗哗的响声。

"路哥，喝茶。"他恢复了最初对我的称呼。

"找我有事儿？"我明知故问。

"嘿，瞧你说的，没事儿就不能请你吃饭了？"他虚情假意。

我看着他，笑了："装得挺像，学得不错。"

"呵呵……"他也笑了，"你不是教导过我吗？跟人谈事的时候要真诚，眼睛不能躲闪，即便自己用的是假身份，说的是假话，拿的是假支票，坐下来以后也要让自己踏实。"

"相由心生，只有自己踏实了，才能让对方踏实，让对方踏实了，才能达到自己的目的。"我接话。

他笑着举起杯，想与我相碰。我却并没有动作。

服务员上了一些看似简单却标价昂贵的菜肴，周屿叼着烟，拧开了茅台酒，给彼此斟满。

"还记得第一次见到你的时候,那天挺热,客人也多,我忙得晕头转向,被人呼来唤去。只有你,跟我闲聊天,还给了我不菲的小费。"

"哼,你问我要加什么酒。"

"对,威士忌,你喜欢的。"

"我那是投石问路,拿你当目标。"

"呵呵,我又何尝不是,对你热情,不过是讨你欢心,想拿更多的小费。"

"但你那时不喝威士忌,只喝柠檬茶。"

"是啊……"周屿点点头,有些唏嘘,"来,第一杯,我敬你,带我上道。"他举起杯。

我与他碰杯,抿了一口。

"你是我生命中的贵人。真的,你改变了我的命运。"周屿做出真诚的表情,"是你让我从 Neo 变成了周屿,让我从趴着的姿势站了起来。"他又举起杯。

"装,继续装……真拿我当'PUA'对象了?"我撇撇嘴。

"没装,别的不敢说,起码这句话是真的。"他举杯仰头,自己干了酒。

"还记得第一次来这里吗?跟那个冯总吃饭。我之后才知道,那是你对我的测试。我记得当时自己特紧张,生怕露出马脚,在路上就一直默念着你的话,'就像玩儿 cosplay 游戏,要熟悉人物、细化前史、确立形象、谋划台词,最重要的是要让自己相信,你跟别人说的一切都是真的'。"

"你做得挺好,没露,马林当时也没看出来。"

"你还教我,'不能跪舔的,要起范儿,灭他们的威风,才能显出自己的实力'。我也做到了,不是吗?"他又问。

我没回答,夹了一口菜。

"有时我在想,如果没遇到你,我可能还在 Hometown 当着那个酒保，或者回老家干着其他什么。哼，我不知这该不该算是缘分……"他感叹。

"许多的故事，都是事故，许多的巧合，都是人为制造，不要相信缘分，那最扯淡。"我自言自语，喝了一口酒，"我们之间本来就是一场交易。我说过，我是个生意人，不搞慈善，不做赔本的买卖。我和你是互相帮助、各取所需。我给你新的身份、洗白的机会、从头开始的可能，而你要全心全意地为我办事，帮我达到商业上的目的。还记得吗？"

"记得。"他点头，"所以我一直在努力地玩儿着这场cosplay游戏，新加坡国立大学本科毕业，在伦敦大学学院读的研究生，哼，包括贪官的私生子和这个名字。我已经要成功了！是那种大成。我已经摸到胜利边缘了！"他有些激动。

"你认为自己成了？"我问。

"不是吗？你不是说过，富人不光有钱，还有地位和傲慢，从穷到富不光是财富的提升，还要实现阶层的跨越。我已经实现了啊！"

"我明白了，这才是你失败的原因。你真把这个游戏当真了。"我摇摇头，"什么名誉啊，财富啊，阶层的跨越啊，都是假的！扯淡！咱们干的事儿始终是空中楼阁，禁不住推敲。一场风浪袭来，就会冲掉你所有华丽的外衣。别跟我扯什么鸡生蛋、蛋生鸡，咱们干的是一把一结的买卖！我让你止损，你听了吗？我让你功成身退，你做了吗？"我提高了嗓音。

"为什么要功成身退啊？是你怕了吗？路海峰，你相不相信，只要我扛过了这次风浪，一定能重整旗鼓！你说过啊，'不能允许自己失败，就算倒下也要保持进攻的姿态，一旦认输，就没有翻盘的可能'。我不能让自己再变回Hometown的Neo，或者那个逃犯丁小炜了！除了进攻，我没有其他的选择！"他的脸憋得通红，眼睛却像在求助。

第十六章　杀人回忆　291

"哼，哼哼……"我冷笑起来，"是你怕了吧？怕失去，怕被打回原形？"

他不说话了，眼神黯淡。

"快结束了，不是吗？这场 cosplay 游戏，最终会有个结尾。"我一语双关。

"不可能结束……"他轻声说，"就算你想结束，也不会那么容易。"他恶狠狠地看着我。

"什么意思，想拉我当垫背的？"我笑。

"你，我，现在是同一条绳上的蚂蚱，一荣俱荣，一损俱损，我完了，你也跑不了。"他的眼里露出像狼一样的凶光。

"我不怕失去，我已经没什么可失去了的。"我淡然，"这一切都是你造成的，你要为自己的所作所为付出代价。"我缓缓地说。

"扯淡！你看似在袖手旁观，实际上在姑息养奸！我知道自己无耻，是个恶人，但远没有你无耻，没有你邪恶！路海峰，到底为什么？为什么你要看着我出错，看着我完蛋？"他腾地一下站起来，一把揪住我的脖领。

我也绷不住了，抬手就给了他一拳："因为你动了蒋澜！这是我最后的底线！我告诉过你，无论到什么时候，都不能动她！"

这拳正中他的面门，打得他鼻血横流。

"你不也往我身边安插了人吗？"他说着也猛地挥拳。我没想到他会回击，躲闪不及，一下被他打倒。

"你真以为我是个傻子吗？你让她打扮得花枝招展地戳在那儿，往我手上写号码，在我最脆弱的时候安慰我，带我畅想什么'远大前程'……我真的信了，真以为在这个世界上有一个相信我、依赖我的女人了。但我怎么也没想到，这一切都是你安排的，是你在利用她监视我！"他气喘吁吁地嘶吼着。

我也愣住了，没想到他竟发现了佟莹的秘密。我停顿了一下，重新坐到座位上。

"我说过，咱们之间是一场交易，互相帮助、各取所需。为了达到目的，会不择手段的。"

"哼……"他点点头，也坐了下来，"所以我泡蒋澜，给她找'牛郎'，就是为了报复你。这算公平吧？"他挑衅道。

"公平！"我点点头，举起酒杯。

他毫不犹豫，与我碰杯。

"所以……尚晋是你给弄走的？"他问。

"他胆太小，一吓唬就跑了。"我轻描淡写。

他点点头。"我希望你再帮我一把，如果能渡过难关，一半资金归你，之后各奔东西。"他说出了条件。

"不可能。"我摇头。

"怎么不可能啊？当年的陈迟怎么样，白韬又怎么样？咱们不都摆平了吗？只要咱俩联手，一定还能摆脱危机，东山再起。"他求助道。

"你该知道，如今的事儿和当初不一样。你陷得太深了，已经没人能帮你了。"我推心置腹。

"不，我手里还有筹码，招财猫、闻行长、老廖、蔺强，还有白忠信……他们那些花天酒地的录音录像，还有……他们拿了多少钱，办了哪些事儿，做了什么肮脏的勾当，我也有证据。他们不敢不帮我，一定会帮我摆脱困境！"他颠三倒四地说。

"丁小炜，我再说一遍。你要是真敢这么做，一定会死得更快、更惨。他们不是狗，是狼！你面对的是凶狠的狼群！"我反驳道。

他不说话了，痴痴地看着我。

"我给你最后一个机会。明晚十点，我会安排一辆车来接你。你马上离开海城，远走高飞，我会替你处理之后的一切。"

"什么意思，让我跑路？"周屿皱眉。

"那你想怎样？被警察抓？除此之外，还有其他办法吗？"

"那我……会不会成为第二个陈迟呢？"周屿冷笑，"老路，你在断尾求生吗？"他一语道破。

我看着他，没有回答。

"如果我不走呢？"他直视我。

"你不走，也得走。"我加重了语气。

这时，"竹韵"的包间门开了，戴着墨镜的老贺走了进来。

"什么意思？霸王硬上弓？"周屿不屑，仰靠在椅背上。

"别误会，这是个靠谱的司机。"我说。

"那我就更不能走了。"周屿加重了语气。他拍了拍手，门又开了，小阮走了进来。

"我自己有司机，不用麻烦你。"他说。

小阮比老贺年轻很多，他站在老贺身后，剑拔弩张。

"你给我讲过泰森的故事，他之所以能成，是因为好胜心强、凶狠、坚韧、迎难而上，永远在进攻的路上。"周屿说着站起来，"老路，我也想做他这样的人。你好自为之。"

"你也好自为之。"我也站了起来。

3

我和周屿彻底撕破脸了，表面上我们相安无事，但暗地里都在进行着各自的计划。非法集资的案件继续发酵，投资人围攻了公司，公安局的经侦警察也上门找到了周屿。他写了保证书，声称一定能按期还款，但我知道，他余下的资金已经不多了，根本撑不到月底。他和蒋澜买了假护照，正在做外逃的准备，又通过地下钱庄分批次洗走了大额资金，却始终不提与我分成的事儿。这些情况，"内线"都通报给了我。

我准备动手了，却没想到周屿更快。在此期间，我险些出了车祸。

那夜我驾车去东郊别墅，在行至海城山盘山路的时候，一辆大货车突然迎面而来，我猝不及防，险些坠入深渊。幸亏有个倒霉蛋正从我后面超车，替我挨了撞。现场挺惨烈，大货车与超车的 SUV 相撞，SUV 的司机受了重伤。虽然我的车翻了，但由于系了安全带，我只受了点儿轻伤。交警在到达现场之后，立即开展调查。大货车司机一没酒驾，二证照齐全，辩称这只是疲劳驾驶造成的事故。最后的处理只是赔偿了事。但我隐隐地感觉，这与周屿有关。我相信那句话，许多的故事都是事故，许多的巧合都是人为制造。就算不是他做的，我也会将这事儿记在他头上。

周屿那段时间也非常警觉，他的司机小阮几乎二十四小时守在他身旁。但过了几天，他看我没有动静，就放松了戒备。在一个月朗星稀的晚上，他落了单。他一个人到公司楼下买烟——别看他已经开上了劳斯莱斯，抽烟却只认一种小众牌子。晚上很静，他一边点烟一边走在便道上。这时，一辆墨绿色的越野车突然冲了过来。周屿很机警，在街上狂跑，冲进了一辆出租车里，一上车就呼叫小阮，但小阮的手机一直占线。

他没敢回公司，让出租司机往家里开，路上还不断给小阮打着电话。

而与此同时，小阮在公司也如热锅上的蚂蚁。他的手机一直在狂响，却不知为何一接就断。他慌了，知道有诈，于是赶忙往楼下跑，但写字楼的电梯诡异地坏了。小阮等不及了，推开消防梯的门步行下楼，刚走几步就遇到了老贺。老贺没戴墨镜，手里攥着一条白毛巾，直勾勾地看着他。小阮知道来者不善，拉开架势就往前冲，没想到还没近身，就被人从后面勒住了脖子。老贺在毛巾上涂了迷药，找了个粗壮的帮手，把毛巾往小阮嘴上一捂，小阮就失去了意识。两人一起将小阮架到了车里。

"哼，什么拳击手，终究还是花架子。"老贺不屑一顾。

而这时，周屿已经乘着出租车到了家。他给了司机一张大钞，也不等着找钱，就走进了别墅。却不料刚一进屋，后脑就被一个重物砸到，昏了过去。等醒来的时候，他已经身处一个陌生的房间，地上铺着地板革，有难闻的甲醛味道，四壁空空，漆黑一片。

在黑暗里站着几个人，周屿想要大喊，却发现嘴被一块布堵着，手脚也被绳子捆绑。他涕泪横流、奋力挣扎，甚至给那几个人磕头，想做最后的求饶。他知道这肯定是我的手段。

老贺走过去，揪掉他嘴上的布，皮笑肉不笑地看着他。

周屿马上大喊："他给了你们多少钱？说个数！只要能放我走，我翻一倍。不，翻两倍、三倍都行！"

老贺笑笑："我们不要钱。"

"要是不要钱，要其他的也行，房产、汽车、女人，我都给你们。"

"我想要的是你的命。"老贺打断他。

"是路海峰让你们干的吧，我知道就是他！我跟他之间存在误会，你帮我传个话，我错了，我知道自己错了，求他再给我一个机会吧。"

"我没带手机，给你传不了话。我现在也找不到他。"老贺说。

"我家门口有监控，在车上我还给司机打了电话，我要是出事儿了，你们也跑不了！你想想自己的前程，还有你们的家人，为了路海峰这点儿臭钱值得吗？"他软的不行来硬的，叫嚣起来。

"去你大爷的！"老贺不耐烦起来，一脚将他踹倒，"想找你司机对吧，就在浴室里，走，我带你看看他。"老贺说着，一把将周屿拎起来，把他像拖死狗一样地拖到浴室里。

浴室里一片狼藉，地板上流满了鲜血。周屿顿时傻了，忍不住呕吐起来。

"求求你们，放了我吧。我还有好多事儿没做呢，我刚三十多岁，我不想死……"他匍匐在老贺脚下，哀求着。

但周屿不了解老贺，老贺没有人性，只认钱。他没有理会周屿的求饶，抬手接过了同伙递来的闸线，然后熟练地绕在周屿的脖子上，猛地使出全力，只不过一分钟的时间，就结束了他的生命。

"风平浪静时，不要以为敌人走了，他可能就潜伏在暗处，随时会向你扑过来，将你撕碎……"周屿在弥留之际，想起了路海峰说过的这句话。

"咔啪！"那是他颈椎断裂的声音。

他没能说出最后一句话就坠入到黑暗中，像坐着一辆脱轨的过山车，在空中腾飞、下坠，急速地撞向大地，砰！然后一切归零。

在周屿断气之后，老贺给我打了个电话。我让他以处理柏涛的方式照方抓药，于是周屿和小阮便葬身了鱼腹。

4

"为什么放过佟莹？"魏卓不禁问。

"为了安全。"路海峰回答。

"安全？"魏卓不解。

"如果他们俩一起消失，一定会引起公安的注意。周屿犯了这么大的案子，欠了这么多债，还把资金通过地下钱庄洗走了，他的消失，会被理解成畏罪潜逃，就和之前的陈迟一样。"

"那如果佟莹告发怎么办？"

"你忘了吧，她是我的人，不敢乱说什么。"

"她爱过周屿吗？"

"哼，这我怎么会知道。"路海峰摇摇头，"但我想，佟莹一定动了感情，不然周屿也不会知道她与我之间的秘密。"

"看来这一切都是你做的局，佟莹也根本就不是什么麦当劳的服务员。"

"怎么不是？她那时已经入职一个月了。"路海峰反驳，"当然，

第十六章　杀人回忆

她之前曾经在声色场所干过，不然也不会拿钱办事。"

"你真是个恶魔。"魏卓感叹，"你既然将周屿的尸体处理了，为什么还会遗留一块头皮在你的院子里？"

"嘻，那是老贺的失误，没清理干净，他干事总这个德行。"路海峰轻描淡写。

"死亡对你来说是个儿戏吗？没有愧疚，没有恐惧，没有任何心理负担？"魏卓质问。

"没有人不惧怕死亡，但无意义地活着，被别人践踏和背叛，不是更可怕吗？"他反问，"有时我就觉得死亡其实并不可怕，只要果断、干脆，就像陈迟、柏涛、周屿他们一样，咔嚓一下，什么都不知道了，反而没有痛苦。最可怕的是那种煎熬，那种直面死亡的过程，就像失眠一样，要独自面对漫漫长夜，仿佛置身在深海，无法控制自己的命运，任人宰割……"

"你体会过这种感觉？"

"是的。"路海峰点头，"其实，我在那个岛国的时候，已经死过一次了。那是我逃到岛上的第三个月，不，可能是第四个月了。我当时无依无靠，彷徨寂寞，闲来无事就到一个夜店喝酒。那天弄得特晚，我喝得酩酊大醉，出门的时候就被两个外国警察给拦住了。他们说要查我的身份，我想这无非是他们想赚点儿零花钱的借口罢了，于是掏出一些美金向他们行贿，不料两人却把我塞进一辆车里，上了车还用一个塑料袋裹住我的头。我一下就慌了，知道这俩孙子绝不是什么警察，但刚要挣扎，就被他们用刀顶住。他们说着不太利索的中文，把我挟持到了一个房间里。房间很黑，有股恶臭。他们拽掉我头上的塑料袋，我看清楚了，房间里还有另外两个人。我问他们想干什么，他们说，要钱不要命，要命不要钱。我让他们报个数，但他们并没说出个所以然。他们堵上我的嘴，每天只给我最基本的水和面包，然后就不见了踪影。几次我都将屎尿弄到了裤子里。我不知道他们到底要干什么，为什么会找到我，我整日被困在黑暗里，你知道吗？那就是生不如死的感觉——要独自面对漫漫长夜，仿佛置身于深海，无法控制自己的命运，任人宰割。我觉得自己肯定活不了了，我开始后悔，后悔自己无所事事时去了那家夜店，后悔自己跑路来到这个海岛，后悔自己冲动干掉了柏涛，甚至后悔自己出狱后跟老吴混在了一起……哼，我仿佛一个虔诚的教徒，整日反省和忏悔，但没想到，到了第七天，那扇门突然打开了，一道刺眼的光亮照射进来。那两个说着蹩脚中文的老外走了进来，又用塑料袋套住我的头，把我塞进车里。开了好远，他们打开车门，割开了我手上的绳子说，赶快滚，要敢报警，会再次找到我。我竟然自由了！我跌跌撞撞地向前跑去，狠狠地摔了一个跟头，这才想起来把头上的塑料袋拽去。面前是一片沙滩，阳光、海水、蓝天白云，游客们在晒着日光浴、游着泳或冲浪。一切竟如此美好，我甚至怀疑自己这些天是做了一个噩梦，根本没被人绑架。我躺倒在沙滩上，气喘吁吁地闭上眼，不明白自己为什么能捡回一条命。"

"你是在怀疑周屿吗？"魏卓问。

"你觉得呢？"路海峰反问。

"我不知道，我没有证据。"魏卓摇头。

"我也没有证据，但许多的故事都是事故，许多的巧合都是人为制造，就算不是他做的，我也会将这事儿记在他头上。"

"所以你回到海城之后，才会处处防备他。"

"我想，如果这事儿真是周屿做的，他当时肯定也在犹豫，让我生或死。他之所以让这帮人绑架我，是为了明哲保身，不让我被警察抓到。抛掉感情的因素，这是明智的选择。但他在关键的选择上犹豫了，这就是他的弱点。"

"弱点？"

"当然。他不够残忍，不够老练，还心存幻想，这是他的软肋和最终失败的原因。"

"你心里已经没有仁慈了，所以才会这么看待周屿。"

"哼，这就是命，不信不行。我们把彼此拽进了深渊，让对方万劫不复。蒋澜找的那个大师肯定是个骗子，什么'屿浮在水上，水可淹屿，屿却不会覆没水'啊，一派胡言。现在看，'险峰''屿岸'都是悬崖，我们终会摔得粉身碎骨。"

"蒋澜呢？"魏卓问。

"她……"路海峰一时语塞，表情惆怅起来。

"我还没禽兽到要对蒋澜动手，无论她变成什么样子，无论她是否与周屿狼狈为奸，去算计我，甚至陷害我，她都占据着我内心最柔软的地方。"

"周屿消失了，没有引起警方的注意吗？"

"当然，他的失踪引起了轩然大波。不仅是那些集资人，连警察也开始了行动。他们搜查了屿岸国际和远大前程的所有办公地，将公司的所有合同、材料、账册拉去审计，还传唤了我和蒋澜。我们被传唤了二十四小时，接受了审讯。但我并没有慌，因为我早就为这一天做好了准备，准备工作甚至从我在海岛被绑架的时候就开始了。那时险峰国际已经注销，之前的窟窿都填平了，而我在屿岸国际和远大前程也并没有股份，所以并未引起警方的注意。警方针对的是周屿，并不关注旁枝末节，他们很快查到了周屿的真实身份——丁小炜。因为他虚构身份，所以非法集资的主观故意也被确定。伪造身份、虚构项目、非法集资、获利外逃，证据链形成'闭环'，他很快被上网追逃。这个非法集资的罪名和他之前行贿的罪名，合并到了一张表格上。"

"你就这样全身而退了？"

"怎么可能。"路海峰摇摇头，"毕竟是我把他带到海城商圈的，我也难逃干系。由于关系密切，我被关押了三十七天，之后被海城市公安局经侦支队取保候审。取保候审的时间是十二个月，警察要求我不得离开本市，要随叫随到。我知道，自己能出来，一定是招财猫那帮人暗中使了劲儿，不排除白忠信也给了压力。当然，他们不是在帮我，而是在帮自己，他们怕我进去以后乱咬人，将他们牵扯出来。"

"他们知道那些录音录像的事儿吗？"魏卓问。

"刚开始不知道，但后来我告诉了他们。"

"为什么？你不是跟周屿说过，如果这么做会死得很惨吗？"魏卓皱眉。

"我跟周屿说的话，能相信吗？"路海峰狡黠地一笑，"再说，我手里已经没有其他砝码了，这是最大的'杀器'。"

"那蒋澜呢？也出来了？"

"她只关了不到二十天就出来了，因为在入所的体检中，她被查出了癌症。"

"癌症……"魏卓倒吸一口凉气。

"胰腺癌，号称癌中之王。"路海峰语气低沉，"她在被取保候审之后，就住进了医院。我被释放之后，没敢马上去看她，怕影响她的情绪，让她的病情恶化。她当然知道周屿消失是怎么回事儿。大概过了一个多月，她给我打电话，说要见我。我到医院见到了她，她已经极其消瘦，被病魔折磨得不成样子。我至今记得她的表情，冷冷的，像看一个陌生人一样。她向我托付了一些事情，我都认真记下，之后也照办了。"

"什么事儿？"

"我现在还不方便告诉你，等你将这些故事传播出去之后，再说也不迟。"路海峰用手摆弄着手枪。

"我现在正在几个平台实时发送，加起来已经有几万人在围观了。"

路海峰点头，放下手枪。

第十六章　杀人回忆　　301

"你为什么要将这些事儿传播出去？"

路海峰笑笑，并没直接回答："这需要你自己去寻找答案了。"

"你没说实话，你在欺骗我。我掌握了这个案件的情况，你之所以入狱，是因为你亲手杀了蒋澜！"魏卓提高了嗓音。

路海峰的表情毫无变化，他沉默了一会儿，说："是，是我杀了她，但那是她向我提出的请求，最后一个请求。"

"她提出的？"魏卓皱眉。

"是的。"路海峰点头，"她告诉我，自己已经精疲力尽了，不想再被这个世界折磨。她不想再成为别人的傀儡和砝码，想安安静静地离去。那天我在她的病床前犹豫了很久，最后还是关掉了她的呼吸机。我看着她的呼吸从急促到平缓，直至消失，看着那些仪器上的曲线被拉平。我久久地抱着她，感觉那身体瘦骨嶙峋，不再丰腴，感觉她的体温在慢慢冷去。你知道吗？那是一种直面死亡的感觉。我亲手杀了我最爱的女人，摧毁了自己生命中最珍贵的东西。所以我罪该万死、死有余辜！"路海峰哭了，泪流满面。

魏卓看着他，身体也冷了起来，似乎与路海峰产生了共情，也陷入蒋澜死亡的巨大悲痛之中。

"也许你当时是想拯救她，让她逃离那种痛苦和折磨。"魏卓说。

"扯淡，我只是为了自保而已。我是凶手，无恶不作的凶手，别忘了我的身份。"路海峰抑制住情绪。

"然后你就去自首了？"魏卓问。

"是的，我在病房里打了110，说自己杀了人。警察很快就来了，指纹、痕迹、口供，证据确凿，我被绳之以法了。"

"为什么要这么做？为了赎罪吗？"

"哼，我还有资格去赎罪吗？我的罪赎得清吗？"他惨笑。

"那你为什么要自首？"

"为了自保。"

"自保？"魏卓彻底蒙了。

"这个世界上没有绝对的答案，一切都是相对的。生活才是你最好的老师，失败才是你最好的老师。要自己去体会，明白吗？"路海峰打着哑谜。

"还有，马林为什么后来没再出现在你的故事里，他为什么能全身而退？"

"他只不过是个过渡人物，没什么大用。至于为什么能全身而退，那是因为他'醒'得比较早，一闻到味儿就闪人了。那孙子最鬼。当然，他最终也没跑得了。"路海峰鄙夷地撇撇嘴，"哎，刚才这些都发出去了吗？"他问。

"文字、视频、音频，都发出去了。"魏卓回答。

"好。"路海峰点头。

"还有一个问题。"魏卓问，"那些东西为什么会在佟莹手里？"

"你找到她了？"路海峰问。

"我……"魏卓欲言又止。

"那就是找到了。"路海峰点头，"你看到那些东西了吗？"他刻意不提证据等字眼。

"是的，白厅长、泳池，还有那些录音。"魏卓如实说，"但还有一部分看不到，不知道密码。"

"密码，我不是早就告诉你了吗？"路海峰说着站了起来。

"告诉我了？"魏卓仰视着他。

"每个人都有迷信的东西。就比如周屿，盲目地自信，想凭借这些手段一飞冲天，最终才葬身于此。"

"你要怎么对待我？像对待他们一样吗？"魏卓下意识地将身体后仰。

"哼……"路海峰冷笑，"你觉得自己知道了这么多事儿，看到了那些东西，会有什么结果？忘了吗？敌人就潜伏在暗处，随时可能

第十六章 杀人回忆

向你扑来,将你撕碎,夺走你的一切。"路海峰抬起枪,指住魏卓的头,"记住,听到和看到的不一定是真实,故事只是故事,有时与现实有天壤之别。我给你讲的故事,结束了!"他说着就扣动了扳机。

"砰"的一声巨响。

第十七章　勇敢的心

1

"砰！"穿着防弹衣的刑警用撞门器撞开了铁门。林楠一马当先，闯了进来，双手持枪，在漆黑的房间里搜寻着，一眼就看到了魏卓。

"魏卓！"他大喊，但魏卓却没有回答。

魏卓伏着身，埋头在笔记本电脑前打着字，噼里啪啦，动作机械。

"停手！"林楠大喝。

但魏卓不为所动，继续操作。

林楠几步上前，一把合上他的笔记本。魏卓被吓了一跳，恍然地抬起头。

"路海峰呢？"林楠问。

"他……"魏卓左右环顾，眼神茫然。

"说！"林楠急了。

"他走了。"

"你干什么呢？"林楠指着那台笔记本。

"他说让我写完之后的故事。"

"什么故事？"

"你不上网吗？"魏卓苦笑，"上百万人都知道了。"

这时，一个刑警慌慌张张地跑到林楠面前，"林队，这些设备还在直播。"他指着一旁的器材。

林楠大惊，赶忙查看。他没有犹豫，几下就关闭了电源。

"魏卓,你知道自己在干什么吗?你这是泄密,泄露涉案机密!要承担法律责任的!"林楠大喊。

魏卓看着他,面无表情。他缓缓地打开笔记本,抬起右手伸出食指,然后颇有仪式感地按下键盘上的回车键。"我当然知道自己在干什么。"他说。

林楠一把抢过笔记本,发现那篇文章已经发布出去了。

"程明志,省海关工作人员,分五次受贿一百七十二万元……潘晓蓉,海城医院副院长,分三次收取劳力士手表、周生生金饰品以及一百万现金……"

这显然是张贪官表,而列在最后一个的人竟然是:省公安厅副厅长,江浩。

"江浩,现年五十四岁,省警校毕业,十九岁参加公安工作,历任海城市城中区刑警队民警,城中区范阳路派出所警长、副所长,市局刑侦支队副支队长,市局经侦支队政委、支队长。在从警的前二十年里,他一直在海城工作,但在四十二岁之后平步青云,被调到省厅任职,历任省厅经侦总队副总队长、总队长,直至升任主管刑侦、经侦等部门的副厅长。"监控室里,郭局拿着一份材料念着,"林楠,听出些什么没有?"

"他在范阳路派出所任职的时候,路海峰和蒋澜参与经营的险峰国际在高新大厦办公,而高新大厦就在范阳路派出所的辖区;他在市局经侦队任职期间,吴永伟因涉嫌犯罪被经侦部门刑事拘留,之后被取保候审。"林楠回答。

"嗯。"郭局点头,"经过路海峰和魏卓这么一折腾,十多个涉案官员都浮出了水面,省纪委已经开始行动了,控制了其中大部分人。而且不仅如此,中纪委也下来调查了。江浩被留置审查,省厅专案组的主官落了马,这真是个莫大的丑闻啊……"他感叹。

"郭局，对不起，是我的工作不力。"林楠低下头。

"不晚，去早了，这场大戏也不会上演，那些蛀虫也不会露馅儿。这将是一场史无前例的大风暴啊。"郭局话里有话。

"为了避嫌，我没让你去审讯魏卓，你对这个决定没意见吧？"他凝视着监控室墙上的75寸监视器，里面正实时播放着询问室里的景象。

魏卓正坐在审讯台前，接受着预审员的询问。

"没意见，您的决定依法依规。"林楠回答。

郭局抬手按动耳畔的蓝牙耳机，命令预审员："不用跟魏记者用什么预审手段，直接发问，知道就知道，不知道也不强求。现在这个案子已经归省厅直管了，咱们对他进行询问是例行公事，明白吗？"

声音传到了预审员的耳朵里，预审员冲着监控拢了拢头发，示意收到。

"路海峰呢？有下落了吗？"郭局问林楠。

"还没有，专案组的兄弟们还在全力追捕。"

"别忘了，他手里还有把枪，你的枪！"郭局提醒，"一定要穷尽手段。光奔着人不行，还得查他的手机，关机前的位置、通话记录、行动轨迹，还得查他和关系人的账户，有没有提款记录，有没有可疑的异动。"

"明白。"林楠点头。

"魏卓的笔记本电脑，技术的人勘查了吗？"

"勘查了，提取了全部的电子数据，但上面还有个U盘的浏览记录，他浏览了名为'VIDEO'的一些数据。我们搜查了他的住所和车辆，还没有发现U盘的下落。"

"查到他浏览数据的时间了吗？"

"应该是他从襄城回来之后。"

"这么说与佟莹有关？"

"很有可能，但佟莹已经在境外了。我刚才问过省厅'猎狐办'的同志了，他们还没查到她的下落。"

"一定要尽快找到她，但动作不要太大。看看能不能沿着这条线顺藤摸瓜，找到其他的线索。"

"明白，佟莹不会无缘无故地出境，我想，她是去找某个人了。"

"还有，魏卓的妻子和孩子呢？"郭局问。

"已经出境了。"

"出境了？"郭局皱眉。

"去希腊了，参加一个游学团，两周时间。"

"是魏卓安排的吗？"

"应该是。"

"看来魏卓是早有准备啊。但他的个人账户曾收到过大额的现金转账，转款人是匿名，省厅专案组一直揪着这个不放，认为他涉嫌受贿，为路海峰办事。加上他用直播的方式泄露案件秘密，估计……"郭局停顿了一下，"省厅专案组会对他采取强制措施。"

"但这明显是陷阱啊，明摆着有人想把水搅浑，拉他下马。"林楠说。

"是啊，太多人想让魏卓闭嘴了，要是他没入这个局，这起案件就不会这么快地破局，也许还会不明不白地走下去。江浩指挥，省厅接手，然后化于无形，内幕也不会被揭开，隐藏在里面的肮脏与黑暗就不会曝光于天下。"

"所以幸亏有了魏卓。"林楠插话。

"不，是幸亏你坚持让魏卓采访。"郭局说，"记住，开弓没有回头箭，要做就做到底，坚持下去才能柳暗花明、云开雾散。搞案子就是这样，刚开始找不到头绪，只能拼命去扩线，做加法，然后收集到一大堆线索，看似有进展却杂乱无章，哪些是沙，哪些是金，不得而知。于是就要沙里淘金、去伪存真，寻找关键证据。一旦关键证据找到了，咱们就有了抓手，能从某个切入点直入重点，揭开案件的部分原貌。林楠，你是个老侦查员了，办案不循规蹈矩，会用简单的方法处理复杂的事情，案子办到了现在这个阶段，连主管案件的副厅长都落马了，这个时候我们更不能慌，要学会闭上眼睛，听从自己内心的判断，凭警察的肌肉记忆去开展工作。"

"警察的肌肉记忆……"林楠重复着，琢磨着里面的含义。

"就是忠诚、责任和担当，警察的肌肉记忆就是公正执法的底线和良心。"

"懂了。"林楠重重点头。

"我没几年就要退休了，把每一起案子都视为自己警察生涯的倒计时。以前当刑警的时候，师傅告诉我，抓人要'锁边儿、封口儿、压顶子'，把事情做穷尽了，才能不留遗憾。路海峰这案子，无论是不是省厅接手，咱们海城警察都不能袖手旁观，得一办到底！无论是谁胆敢站在法律的对立面，咱们都不能允许。"郭局笃定地说。

"放心吧，郭局，我是您看着成长起来的，我知道自己该做什么。"林楠郑重地说。

"下一步你想怎么办？"

"我想分两步走。第一，继续调查，推进案件；第二，到点儿放人，欲擒故纵。"

郭局没马上回答，思索了一会儿才说："好。"他点了头，"上面的压力有我顶着，你就放开手脚干吧。记住，听从自己内心的判断，做让自己不后悔的选择。"

"明白。"林楠点头。

2

暴雨还在持续着，似乎没有停下的迹象。魏卓在长达二十四小时的传唤时间里，始终对预审员的审讯答非所问，最后甚至一言不发，最终扛过了这令人窒息的冗长对峙。他走出审讯区，看着面前的雨雾，叹了口气，把纪委留给他的名片丢在了雨里。

时至傍晚，他撑着一把伞在熙攘的人流中穿梭，在一个路口被红灯阻拦。红灯闪烁着，面前是灰色的城市和人群，耳畔是雨声、风声、鸣笛声以及嘈杂的脚步声。魏卓觉得大脑一片空白，一时竟想不起自己该去哪里。他知道，背后那两个便衣警察始终如影随形，与自己保持着五十米左右的距离。他也知道，在面前不可预测的黑暗里，肯定还隐藏着即将接踵而来的危险。奸商、贪官、杀手，一切路海峰案的利益相关者都想将自己置于死地。但此刻他的内心没有惶恐，妻女已经离开了这里，到了那个美丽的海洋国家，那里有五个小时的时差，她们大概正沐浴在海边的阳光里。

她们安全了，自己还有什么可怕的呢？

红灯变绿，他的耳畔又恢复了雨声、风声、鸣笛声和嘈杂的脚步声。他随着人流走过路口，来到一座公交候车亭，收起雨伞，坐在雨檐下，茫然地看着街景。在余光中，那两个便衣也停住了脚步，在另一个公交候车亭下驻足。他觉得荒诞，自己竟成了他们眼中的嫌疑人。

魏卓拿出手机，拨通了一个号码，简单说了几句就挂断了。他打开手机备忘录，在上面记下一个地址："东郊松岩镇14号出口向北摄影棚"。

这时，一辆公交车从远处缓缓地驶来。他站起来，随手甩了甩伞上的水，准备上车。与此同时，一辆黑色轿车急停在了他的面前。车窗摇开，露出了钱宽的胖脸。

"快上车！"他言简意赅。

"你？"魏卓觉得意外。

"快！"钱宽招手。

魏卓用余光观察，那两个便衣已经迈开腿，朝自己奔跑过来。他不再犹豫，拉门上了车。

轿车在横流的积水中画出了一道弧线，像一艘在海面行驶的冲锋舟。钱宽一言不发地开着车，表情僵硬。

"你怎么知道我在这儿？"魏卓问。

"我一直在公安局门口守着，就怕你出不来了。"钱宽回答。

"你不是不干了吗？"

"废话，我倒是想全身而退，能吗？"钱宽转过头，沮丧地看着魏卓。

"你没事儿吧，我是说，没被人威胁吧？"

"幸亏我在家装了监控，要不就被那孙子给废了。我是说，那个戴渔夫帽的家伙。"

"你当时没在家？"

"我去我妈那儿了，发现手机报警，就见那孙子摸进来了。我还看见了另一个家伙，个子挺高，手里还拿着家伙。哎，那人是路海峰吗？"

魏卓没说话，判断着钱宽的话的真假。

"他们又联系你了吗？"他凝视着钱宽。

"谁？"

"要给你五百万的人。"

"没有。"钱宽摇头。

"为什么？"魏卓追问。

"哎哎哎，你这是什么意思啊？怀疑我？"钱宽不耐烦起来。

魏卓不再说话，沉默了一会儿。

"你还记得咱们刚来报社时的入职宣誓吗？"他看着前方的雨雾，缓缓地问。

"记得，老曹那孙子就爱玩儿那些虚头巴脑的事儿。"钱宽撇嘴摇头。

第十七章 勇敢的心　　311

"书写真实与客观,捍卫公平与正义,心怀对天下苍生的悲悯,毕生都要寻找光明,做灵魂高贵的人……"魏卓默念着,"老钱,咱们做到了吗?"

"你这是怎么了?发什么癔症。"钱宽诧异。

"我是觉得像现在这么活着,挺没劲的。刚开始考新闻专业,当记者,真的是心怀理想的,觉得自己未来真的能成为那个书写真实客观、捍卫公平正义、心怀天下苍生、灵魂高贵的人。虽然理想这个词儿现在听起来挺虚的,但那毕竟是咱们出发的起点,曾经为之努力的方向。"

"但人总是要活在现实中的,不是吗?英雄也要为五斗米折腰,更何况是咱们。魏卓,你我都不是英雄,改变不了什么,只能在这个世上苟活。"

"但就算是苟活,是不是也应该有些意义呢?"

"意义?"钱宽撇嘴,似乎不想继续这个话题。两个人又沉默了。

"带我去报社吧。"魏卓说。

"这么晚了,去那儿吗?"

"听我的,从前面路口右转。"

"去报社不是左转吗?"

"你看看后面。"魏卓抬手指了指后视镜。

钱宽望去,后面正有一辆白色的索纳塔在紧紧尾随。

"是什么人啊?"他紧张起来。

"不知道。黑白两道,都有可能。"魏卓苦笑。

"明白了。"钱宽点点头。

他缓缓打轮,将车开到了路口的右转道上,然后猛地加速,蹿了出去。

后车显然措手不及,但也猛地提速,而钱宽已经趁这个间隙拐到了一个小巷里。就在后车茫然寻找的时候,他又加速绕到了下一个路口,向着相反的方向疾行。

"行啊,这几年的狗仔没白当。"魏卓拽着扶手笑。

"别废话,你还没告诉我呢,去报社干什么?"钱宽问。

"拿子弹。"魏卓说。

"子弹?"钱宽惊讶,"哎,我说魏记者,你这真真假假的,没跟我开玩笑吧?"钱宽犯了含糊。

"没开玩笑。是能将那帮孙子一网打尽的子弹。"魏卓正色道。

3

车停在了报社二百米外的公用停车场里。两人披着雨衣,在夜色里左顾右盼了好一会儿,才悄无声息地进了楼。看门的大爷正在刷手机,对两人也没多询问。报社早已经下班了,楼道里空荡荡的,每走一步都能听到回响。

"哎,你玩儿什么幺蛾子啊,来这儿干什么?"钱宽还在疑惑。

魏卓没说话,冲他比了个闭嘴的手势,加快脚步,掏出钥匙,打开了办公室的门。

办公室在四楼的西北角,屋里一共有四张桌子,靠里面的是小冯和王刚的,靠外面的是魏卓和小柳的。除了小柳的桌面干净整洁之外,其他的三张桌子上都堆满了书籍和资料。而小柳在勾搭上主编之后,就很少来办公室坐班了,美其名曰要跑外勤。

魏卓的桌面堆满了过期的报纸和刊物,上面落着厚厚的尘土。他迅速地翻找,终于找到了一个压在下面的黄色邮政纸箱。他打开抽屉,拿出裁纸刀,割开纸箱,从里面的报纸团里拿出了一个小东西。他把那个东西举在眼前,注视着。

钱宽仔细望去,是一个U盘。"这就是你说的'子弹'?"他不禁问。

"是的。"魏卓点头。

"你……就这么随意扔在办公室?"钱宽皱眉。

"这是我从襄城的邮局寄回来的,要不是我长了个心眼儿,估计早就被警察搜走了。哼,越是随意的地方反而越安全。"魏卓撇嘴。

"你想怎么办?"

"我想……"魏卓还没说完,楼道里突然响起了脚步声。两人警觉起来,赶忙锁上办公室的门。

"魏记者,你在吗?"门外的人在问,声音略带沙哑。

"怎么办?"钱宽慌了,满头是汗。

"忘了以前是怎么逃班的了?"魏卓眯起眼。

"哦,没忘,没忘。"钱宽茫然地点头。

"咚咚咚!"那人开始敲门:"我是市局刑侦支队的,你在屋里吗?"

魏卓并不回答,缓步走到窗前,轻拉开窗。他冲钱宽使了个眼色,自己率先爬了出去。

窗外是一个小平台,墙上密布着爬山虎,往前十多米就有一个消防梯,沿着那儿就能下到一楼。魏卓和钱宽爬了出去,一前一后地走着,雨越下越大,钱宽脚下一打滑,险些摔下去,幸亏被魏卓一把拉住,才化险为夷。

魏卓留了个心眼儿,没马上下去,而是带着钱宽从消防梯上了五楼,又沿着小平台向回走了十多米,推开了一扇窗户,爬了进去。屋里漆黑一片,魏卓试探着踩到一个大班椅上,顺利下了地,又将钱宽扶了下来。

"你怎么知道主编室没锁窗户?"钱宽问。

"我哪知道,凑巧罢了。"魏卓闪烁其词。钱宽自然不知道,魏卓之前往这里安录音设备的时候,就是瞅准了曹主编不锁窗户的毛病。

魏卓随手锁上窗户,和钱宽一起俯下身。两人隐藏在黑暗里,竖起耳朵听着楼道里的声音。很奇怪，刚才说话的男人似乎并没有进一步的举动，也没叫来看门的大爷逐屋搜寻。楼道里安静极了，一点儿声音也没有。

又过了一会儿，魏卓试探着起身走到窗旁，想查看外面的情况，钱宽也随后向外张望。就在这时，窗外闪过了一个黑影。魏卓赶忙按下钱宽，蹲在窗根，一瞬间，他看到了那个黑影。那人中等身材，身材健壮，深眼窝、络腮胡，戴着一顶渔夫帽——正是那个杀手。

钱宽大惊失色，魏卓狠狠地搂住他，不让他发出声音。

杀手试探着推了推窗户，把脸贴近，向屋里看。魏卓和钱宽蹲在窗根，屏住呼吸，一动也不敢动。双方此时的距离不超过半米。

突然，窗户剧烈地晃动起来，杀手似乎发现了什么。

魏卓猛地起身，一拽钱宽。"跑！"他大声地喊。

"哗啦！"与此同时，窗户的玻璃被从外面敲碎了，杀手打开里面的把手，闯了进来。

两人在楼道里狂奔，四周漆黑一片，根本分不清方向。魏卓凭着记忆，摸进步行梯，快步下楼。钱宽跌跌撞撞，紧随其后。耳畔除了雨声、风声之外，充斥着急促的呼吸声和剧烈的心跳声。两人几乎忘了怎么逃出的报社，怎么蹿上的车。但好在有惊无险。

当钱宽猛踩油门，将车速提到一百二十迈的时候，危险才似乎远了一些。

"去哪儿？"钱宽声音颤抖，眼神木然。

魏卓拿出手机，打开备忘录。"东郊松岩镇14号出口向北摄影棚。"他抹了一把头上的雨水和汗水说。

"大晚上的去东郊干吗？荒郊野外的。"钱宽疑惑。

"别问那么多了，好好开你的车。"魏卓不多解释。

"哎，你那个……'子弹'呢？"钱宽突然想了起来。

"放心，早收起来了。"魏卓微微一笑。

第十七章　勇敢的心　　315

"那就好，那就好。"钱宽不禁点头。

"跟我说实话，那里面到底装着什么？到底是多大的事儿？怎么那孙子都追到报社了？"

"天大的事儿。"魏卓说，"只要报出去，就将改变一批人的命运。记得彭博发、蔺强和闻章吧，他们就是前车之鉴。"

"你扛得住吗？不怕引火烧身？"

"整个人都掉下井了，耳朵挂得住吗？事已至此，没有退路了。"魏卓苦笑，"索性，我就尽尽记者的本分，书写真实与客观，捍卫公平与正义……"

"别扯淡了，你不要命，可别拉上我。"钱宽摇头。

"我没想让你参与，一会儿把我送到地儿，你就走。"

时间已近凌晨，车开得很快，不久就驶出了松岩镇出口。车颠簸着，越往前开越黑，路灯几乎绝迹，四周除了漫无边际的旷野之外，再无其他。

"魏卓，这是什么地方啊？哪有摄影棚？"钱宽心里打鼓。

"再往前走走，看看有没有路牌。"魏卓抬手指着。

车又行驶了不到五分钟，到了一个大院，门口立着一个硕大的木牌。魏卓下车查看，上面有"新蓝海摄影棚"的字样。他没犹豫，从车里取了伞，独自向里面走去。

"哎，里面什么情况啊？你还真去啊？"钱宽在后面喊。

"你走吧，等着看明天的新闻。"魏卓回头冲他摆摆手，"记住，我干的是一件非常牛的事情！"他佯装轻松地笑了笑，转头走了进去。

钱宽没再说话，犹豫了片刻，还是踩下了油门，驱车离去。

4

前路漆黑一片，但走着走着就亮了。大院深处果然是个摄影棚，门口的大铁门开着，里面亮着灯光。魏卓迈步走了进去，看到了"新蓝海"那个富有现代气息的巨型标志。

"有人吗？"他大喊着，下意识地给自己壮胆。

声音在摄影棚里回荡着。

"巴总，郑总，你们在吗？"

这时，一个身影从远处走来。魏卓仔细看去，是新蓝海公司的董事长，郑远大。

他穿着一件深蓝色的西装，头发梳得一丝不乱，表情轻松。"魏记者，我以为你不会来了。"郑总笑着说。

"说好的事儿是不会变的，无论发生什么，我都会来。"魏卓笃定地说。

"我知道，外面有许多人在找你，所以才把你约到这儿。"

"这里安全吗？"魏卓环顾四周。

"放心吧，这是新蓝海的地方，没有外人。"

"证据我带来了，你想怎么办？"

"尽最大力量让更多人知道。事情到了这个阶段，越高调就越安全。"

"我同意。"魏卓点头，犹豫了一下，取出U盘，递到郑总面前。

"就是这个？"郑总皱眉。

魏卓从包里拿出笔记本电脑，把U盘插上，操作了几下，跳出一个密码框。他在键盘上敲下了"6666"，U盘里的内容随即被解开了。

"你知道密码？"郑总问。

"路海峰爱打哑谜，总喜欢在谈话中隐藏一些关键的信息。在上次的采访中，他刻意提到了三次这组数字，我想，这就是他要告诉我的东西。"

"哼，这家伙都到这个份上了，还有游戏的心态。"

"所有证据都在这里，我选择相信你，请不要让我失望。"魏卓看着郑总，一字一句地说。

"这些东西我不能要。"郑总说。

魏卓一愣："你……这是什么意思？"

"这是烫手的山芋。我是新媒体公司的老板，不是公安机关，没有权利获得这么重要的证据，也根本不想知道U盘里装了些什么。我只是按照咱们之间的口头协议，在今晚，在这个摄影棚里，给你提供一个舞台，让你说出自己想说的话，仅此而已。"郑总摊开双手。

魏卓轻轻一笑，明白了他的意思："不主动，不拒绝，不负责。"

"呵呵，也可以这么理解。聪明人不需要多讲。"郑总点头。

这时，巴培德走了过来。他端来两杯红酒，递给郑总一杯，将另一杯递给魏卓。

魏卓接过酒，并没有喝，问道："你们新蓝海能给我提供什么舞台？"

"我们的十多个大号，在境内外拥有上千万粉丝。如果让这些号同时给你做一个长达一小时的直播，我想影响力是不输卫视黄金档的。"郑总轻笑。

"明白，我求之不得。"

"但我还是要提醒你，一旦这些证据被传播出去，你可能就当不了记者了。这条路有去无回。"郑总说。

"既然决定了，就不会打退堂鼓。车到山前必有路，是不是记者，并不在于有没有记者证。"魏卓说。

"嗯，有理想，有追求。"郑总点头，"现在像你这样的人不多了。"

"哼，那倒谈不上。但既然已经蹚上这摊浑水了，就索性走下去吧。说实话，刚开始采访路海峰的时候，我是为了蹭热点、做爆款，但在听了他的讲述之后，我觉得自己必须要做点儿什么了。我承认，自己为了钱曾经干过一些下三烂的事儿，但在大是大非面前，我并不糊涂。我想，既然不愿与黑暗为伍，就索性站在他们的对立面吧。"

郑总鼓起掌来："你是个好记者，但很可惜，没有机会发挥自己的能力。"

"没什么可惜的，书报业的时代即将结束，新的时代来临了。你的新蓝海不是已经为我敞开大门了吗？"魏卓笑，"我希望在你们的平台，能少干一些违心的事情，多有一些积极的努力。"

"放心，你会在新舞台上展现出光彩的。我之前说的年薪不过是保底，只要你能发挥出自己的能力为公司打拼，一定能名利双收。如果你现在缺钱，我可以马上把第一年的年薪付给你。"

"不着急，先做完这场直播再说。但我也要提醒你，一旦直播，新蓝海将有被封号的危险。"魏卓说。

"你都不怕，我怕什么？"郑总环抱双臂，"如果能让网民知道真相，让那些贪官奸商得到惩处，无论产生什么样的后果，我都愿意承担。"

"好，冲这句话，我敬你！"魏卓举起酒杯。

"我也敬你。"郑总也举杯。

两人满饮了红酒。

"那就开始吧，还等什么，已经到直播的黄金时间了，宅男宅女们翘首以盼，就等你出马了。"郑总笑，"走，我带你进'战场'。"他抬抬手，引魏卓向摄影棚的深处走去。

第十八章 国王的演讲

1

摄影棚里有个巨大的直播间，面积在两百平方米左右，十多名工作人员正在调试设备。中间搭建了一个两米多高的舞台，上面有一道追光。魏卓知道，那就是自己今晚的"战场"。他自然不会天真地认为，郑总这么做是为了揭露黑暗、抨击罪恶。正如郑总自己所说，新蓝海是一个公司，公司就要盈利，就要讲投入产出比，此时他弄出这么大阵仗来配合自己直播，目的只有一个，就是借助路海峰的案件提升公司的影响力，让公司的价值乘势而上。而相比企业的发展，自己这百万年薪不过是九牛一毛，自己不过是颗助推新蓝海发展的棋子而已。但魏卓并没觉得这样有什么不好，他深知在漫长的人生中，许多机会稍纵即逝，一旦把握不住就会错失。事业停滞、家庭崩溃，他已经从一名堂堂正正的记者沦为蹲坑的狗仔，他已经没有什么值得炫耀的事情了。今天就是他放手一搏的机会，他要逆袭，要站在面前的舞台上向全世界宣布，我魏卓不是一个狗仔，是一名揭批黑暗、捍卫真理的记者！我愿用生命去书写真实与客观，捍卫公平与正义。

在舞台对面的墙上，挂着一个巨大的电子显示牌。郑总告诉魏卓，上面的数字就是在线网友的数量。

魏卓没再犹豫，迈步踏上了舞台。

"啪。"全场都黑了，只剩下他在聚光灯下。面前的电子牌亮了，显示出初始的数字。

10、9、8、7……3、2、1，摄像师抬手示意，魏卓开始了讲述。

"大家好，我曾经是一名记者。之所以说是曾经，是因为我由于采访路海峰，即将被剥夺这个身份。而我现在的新身份是一名自媒体人，或者说，是一名普通的公民。路海峰的案件想必大家都有所耳闻，在公开的信息中，他被描绘成一名恶贯满盈、无恶不作的连环杀人犯。但实际上，他的人生了无生趣，一直在被别人控制、裹挟，他曾经拥有心爱的女人，有可托付的朋友和想奋斗终生的事业，却不幸次次落入陷阱。那些人都背叛了他，利用他的欲望将他引入犯罪的深渊，让他成为替罪羊和提线木偶。他最心爱的女人将他抛弃，最真挚的朋友落井下石，为之奋斗终生的事业成了诱饵，他慢慢变成了自己厌恶的样子，披上了肮脏的外衣。是的，这是个悲惨的故事，不见光亮，深不可测。而我现在之所以要将这个故事公之于众，不再是为了爆款的新闻和诱人的报酬，而是为了让更多人知道，那些隐藏在黑幕中的真相……"魏卓做着开场白。

郑总坐在台下的第一排，默默地喝着红酒，转眼看向墙上的电子显示牌，数字已经过了十万。

"我的工作就是采访别人，听他们讲述生命中引以为傲或者不堪回首的故事，之后将这些故事形成文字，让更多人看到，产生共鸣，造成影响。在平时，我不会掺杂个人情绪，会尽力客观描述事实。但在采访路海峰的过程中，我抑制不住内心的波澜，觉得自己必须要做点儿什么。众所周知，他伤人害命，为达目的不择手段，不达目的誓不罢休，让许多人为他的欲望付出了生命，网民都说他罪该万死。但当我用记者视角进入路海峰的内心深处之后，却发现了这起案件一些隐秘的真相，他在刻意掩盖许多人的罪行。前面我说了，他不仅是杀人的凶犯，还是'他们'的替罪羊和提线木偶。'他们'是谁，做了哪些见不得光的事儿？'他们'的能量有多大，怎样让路海峰心甘情愿地成了傀儡？这才是我要深挖的信息！为了突破信息围墙，

第十八章 国王的演讲 321

我在采访过程中，刻意将部分真相曝了出去，从而引发了一些社会震荡。当然，我也为此付出了代价，被威胁、被攻击、被陷害，包括失去了记者身份。但我不后悔，我要利用今天这次直播，将自己所获得的更多重磅信息一次性地释放出去，也希望广大网友能支持我、帮助我，一起将这些肮脏事挖出，曝光于天下！"

魏卓的演讲激情澎湃，极富煽动力。郑总放下了红酒杯，凝视着他。此时电子牌上的数字已经突破了一百万。

"路海峰的背后隐藏着一个巨大的黑恶势力，他们由奸商和贪官组成，控制全局，坐收渔利。而路海峰、蒋澜和周屿等人，则被顶在前头，充当'白手套'，下场做着脏事儿。我今天要曝光的有三个人，第一个，就是省公安厅的副厅长江浩，他徇私枉法、纵容包庇，充当犯罪团伙的保护伞。蒋澜第一次向他行贿的时候，他还是一名派出所的小领导，当时他纵容犯罪的交换只是一块浪琴手表。按照路海峰的讲述，那是一块当时比较流行的月相腕表，内地售价两万三，香港水货一万六。就因为这一万六，他徇私枉法、知法犯法，让一个罪犯逃脱了打击。之后江浩到经侦部门任职，不仅为路海峰等人提供帮助，还为其搭建了更多所谓的上层关系。之后他又一步步高升，直至成为省公安厅的副厅长。我相信，他每一次的进步都是利益交换的结果，所以我希望广大网友能爆料更多关于他的情况，让这个贪官的罪行无所遁形！第二个，我要爆料的是彭博发，海城市商务局的前局长。之所以是前局长，是因为该人已于近期跳楼自杀。他外号叫招财猫，是为路海峰犯罪团伙'拉皮条'的掮客。他利用自己的职务便利，为路海峰等人搭建各路关系，银行的行长、证券公司的老板、知名企业家、政府的高官……作为回报，路海峰和周屿为他在燕朝汇设了单独的包间，甚至为其租了一栋别墅，供其花天酒地、骄奢淫逸。路海峰的那个皮包公司之所以能在短时间内做强做大，甚至成为海城的知名企业，与彭博发等人的配合有直接关系。所以我推测,他的死是畏罪自杀,他没有脸面去接受法律的审判。当然,也不能排除他在死前受到威胁,在某种势力的逼迫下才选择轻生。所以在此,我希望发挥网络的力量去发现蛛丝马迹。大家不用回复我,不用往我的邮箱里发证据,可以直接拨打中纪委的电话,举报他的犯罪事实!"

魏卓说这番话的时候,义正词严、气势如虹,仿佛一个演讲家在对着上千万人振臂高呼。他找到了当初从业宣誓的感觉,认定自己做的是一件正义、光荣、伟大的事情。台下的郑总不禁鼓起掌来。于是他便继续发力。

"第三个,也就是最后的一个人,我寻找的重点。我今天要发布'人肉通缉令',希望借网络的力量将他揪出来。这个人在路海峰的讲述中叫吴永伟,当然,这是个假名。路海峰曾经描述过,吴永伟是他的狱友,但经过我到监狱查询,并没有发现这人的信息。我认为,路海峰在刻意回避这个人的身份,没有胆量将他的真实身份曝光。他是如何和这个人认识的?这个人在他的犯罪过程中起到了什么样的作用?是不是如他轻描淡写讲出的那样,吴永伟只是一个最初推波助澜的过客,还是另有隐情?这一切都是个谜。但我预感这个人大有来头,不但不是一个过客,而且是诱导、拉拢甚至胁迫路海峰等人实施犯罪的策划者,甚至很有可能是这一系列官商勾结事件的幕后真凶!但我没有证据,也无法凭借一己之力去寻找。所以我希望通过网友的力量去寻找这个人,获取他的真实身份,曝光他的现状——他到底做过什么,和路海峰是什么关系?他现在是在监狱里还是逍遥法外?这是我今天来到直播间的最大目的。我知道这个人很危险,如果他真的存在,一定有着强大的势力,甚至通天的手段。路海峰人生中的许多选择都是被他诱导的,是他让路海峰一步步地走向犯罪的深渊。蒋澜、周屿也都是他的牺牲品。对了,我可以提供关于这个人的一些细节。比如他经常出入一些豪华场所:海城国际饭店、

第十八章 国王的演讲

船上餐厅和燕朝汇娱乐城。又比如他曾涉嫌一宗税案,公安机关的代号是'12·18',涉嫌通过销售CPU去骗取出口退税;他的年龄应该比路海峰要大,和路海峰、蒋澜、周屿虽然没有合伙开过公司,但一定有过紧密的合作,而且在某个阶段,经常共同出入一些场所。这个人社会关系广泛,无论在海城还是省里都有根深蒂固的关系,很有可能有着政协委员的身份。而马林的死大概率也与此人有关……"

魏卓在缜密地分析着吴永伟的身份情况,引导着网民去协助寻找。他知道"人肉"的力量是巨大的,只要能获得蛛丝马迹,就能有重大突破。正如郑总所说,事情到了这个阶段,越高调就越安全。他深知此刻自己处境的凶险,所以想利用新蓝海这个平台来实现逆袭。这是他最后的机会,如果丢掉了,这个案件很可能会再次夭折,真相也会石沉大海。更重要的是他自己也会受到牵连,甚至会有生命危险。所以他要破釜沉舟、孤注一掷,正像路海峰说过的那样,就算失败也要保持攻势。

2

对面电子牌上的数字已经突破了五百万,魏卓边说边下意识地寻找郑总,却发现前排的座位已经空空如也。他突然觉得心慌,嘴上也不利落起来,连打了几个磕巴。他环顾四周,发现那几个负责摄像的工作人员正在扎堆聊天,似乎并不关心直播的进展,而离他最近的一台设备甚至灭了灯。一股无名火突然冲到了头顶,魏卓几步走下台,揪住一个摄像师。

"你干吗呢?怎么把设备关了?"他怒了。

却不料摄像师一把甩开他的手,冷脸相对。

"啪!"直播间的灯亮了,魏卓一愣。他无暇顾及对方的态度,又去查看另几台设备,发现竟然是在录像而并非直播。

"这是怎么回事儿啊？我讲了半天，为什么没有播出去呢？"魏卓大声质问。但那个工作人员不为所动，似笑非笑地向后退去。

"郑总，这是怎么回事儿？郑总！"魏卓一头雾水，大喊着。

"啪！"直播间的灯又黑了，一束光打在魏卓身上。魏卓蒙了，不知道怎么回事儿。这时，只听"吱扭"一声，直播间的门被推开了，郑总走了进来，脸上依然是那副波澜不惊的表情。而与此同时，他身后还跟着一个人，那人身材健壮，戴着一顶渔夫帽。魏卓呆住了，竟然是那个杀手！

他打了一个冷战，下意识地向后退去，没走几步就到了墙边："你们……想干什么？"

"哼……"郑总轻笑，"继续说啊，你还知道些什么？哦，对了，你刚才给我的那些资料还有备份吗？"

魏卓明白了，皱皱眉："当然，肯定还有备份。"

"放在哪里了？"郑总逼近魏卓。

"我没想到，你也是他们的走狗！"魏卓咬牙切齿，"哼，我真傻啊，竟然从没怀疑过你。但你要知道，江浩已经被纪委带走了，招财猫那帮人也折了，你们早晚也会被揪出来的。"

"哼，这就不用你操心了。但现在的情况是，如果你不配合我交出这些证据的备份，那你就真的要永远闭嘴了。"郑总威胁道。

魏卓看着他，犹豫了一下："我可以交出备份，但有个条件。我想知道，这些事儿都是不是路海峰干的。"

"唉……这就是你们记者的毛病，总爱刨根问底。没听过一句话吗？好奇害死猫。知道得越多就越危险。"

"事已至此，我不会幼稚到认为你们会放过我。既然这样，还不如弄个明白。"

"呵呵……"郑总冷笑，"这么说吧，就算江浩落马，彭博发自杀，也影响不了白省长。正像你分析的那样，路海峰就是个彻头彻

第十八章　国王的演讲　　325

尾的傀儡，他活着的价值就是去顶雷。包括他身边的蒋澜、周屿，都是不值一提的蚂蚁，之所以被葬送，也是因为碍了大人物的事儿。在这个世界上，是没有所谓公平的，在丛林法则中遵守规则的人，往往都会被奴役、被驱使，而善于使用非常手段、敢于破坏规则的人，才能制订和建立新的规则，成为这个世界的驾驭者。"

"所以路海峰他们，就是你们的裹脚布，用完即弃。"

"哼，他们不冤枉。得人钱财替人消灾，这些都是他们自己的选择。"

"呵呵……"魏卓苦笑，"真没想到这个故事会这么复杂，这么烧脑，这么一波三折，这么多反转。哎，郑总，你这么大方地说出事实，是不是会像警匪片那样，说完就要动手了？"

"要死要活，现在由你自己决定。"郑总的表情阴沉下来，"其实刚开始，我们没想对你下手。作为记者，你完全可以走个过场，写个'豆腐块'的文章，但你非要深挖，给别人制造麻烦。现在你是自找苦吃、咎由自取！你要为自己的行为买单，这就叫作公平。说！你的备份在哪里？"他提高了嗓音。

"你说的这些话……真是无耻啊！"魏卓感叹，"备份，等我离开了这里再给你。"

"你以为我是在开玩笑吗？"郑总话音未落，杀手立马掏出手枪指住魏卓。

魏卓下意识地后撤，知道今天凶多吉少。这是郑总提前设好的圈套，他把自己引到这个荒郊野外的摄影棚里，套出实情然后杀人灭口。自己的结果大概也会和周屿等人一样。想到这里他不禁浑身颤抖起来。

但就在这时，黑暗里突然响起了哼唱声。那声音略带沙哑，但节奏汹涌澎湃，魏卓听过，正是约翰·施特劳斯的《狩猎波尔卡》。他循声望去，看到一个人从黑暗里走出来。那人身材高大，穿着一件黑色的雨衣——竟是路海峰。

3

"是你！"魏卓脱口而出。

郑总也显得惊讶，但随即就稳住神情。

"郑总，久违了，我一直在等待这一天，能再次与你相见。"路海峰眯着眼睛说。

杀手立马调转枪口，指住路海峰。

"嘿，老何，你也在啊。怎么，又缺钱了？这么大岁数还替人卖命呢？"路海峰轻蔑地摇头，"我告诉你啊，挣钱可没个头儿，不能没完没了。"

"我只恨当初没一枪打死你。"杀手冷冷地说。

"哎，魏大记者，还记得我跟你提过的老贺吗？就是这位。"路海峰抬手指着。

魏卓一愣，重新打量起面前的杀手。

"路海峰，你为什么要这么做？为什么不按之前的约定行事，而是把一切都泄露出去？这么做对你有什么好处？最终不还是一死吗？"郑总质问。

"是啊……最终不还是一死吗？"路海峰长叹，"所以我走投无路了，才到这儿找你。"

"你是怎么找到我的？"郑总皱眉。

"很简单，跟着魏大记者。"

"你不怕有去无回？"

"我不想像马林那样，像只老鼠一样地东躲西藏，最终也躲不过宿命。"

"那你想怎样？想反抗，想翻盘？"

"哼……"路海峰冷笑一声,"我想和你聊聊。"

"他是贺喜,那他是谁?"魏卓指着郑总。

"嘘……"路海峰故作神秘,"你猜。"他笑着说。

"那你呢?是故事里的路海峰吗?"魏卓又问。

"是,也不是。"路海峰说,"在你听到的故事里,只有一部分是我做的事儿,大部分都是我以自己的名义,在讲述别人的故事。你是玩儿文字的,看的书肯定比我多,难道所有第一人称的小说都是作者的亲身经历吗?不一定啊。所以我只是个讲述者、说书人,我只是在用我的第一人称讲述别人的故事。哎,我给你拉个'人物表'啊。现实中的我,是故事里的周屿;而现实中的周屿,则是故事里的尚晋;贺喜不用说了,真名叫何刚,就在那儿杵着呢;马林没改名字,但化名叫张伟了;还有郑总……"

"够了!路海峰,到现在这个时候了,说这些还有什么意思?"郑总打断他的话,"你别以为江浩落马了,我们就无计可施了,你该知道上面那些人的手段!"

"我知道,手眼通天,只手遮天。"路海峰用挑衅的语气说,"但你该知道,我今天之所以敢来,也有着自己的计划。"他向前几步,走到郑总面前。

贺喜见状,立即持枪逼近。但郑总摆摆手,让他放下枪。

"我不怕死,为了家人的安全,我可以履行对你们的承诺。但是……"路海峰停顿了一下,"我要确认,她还活着。"

郑总看着路海峰,紧绷的表情舒展了一些。"放心,只要你履行承诺,我们会善待她的。"他说着拿出手机,拨通了一个电话,之后把手机递给了路海峰。

路海峰拿过手机,听着里面的声音,眼睛湿润了,浑身也颤抖起来。他挂断了电话,还给了郑总,下意识地点着头。

"还有什么要求?"郑总冷冷地问。

"我希望把故事讲完。"路海峰说。

郑总看着他，没有说话。

"我想讲完这个故事，起码让这个记者听完。我知道，前面已经没有路了，但起码我想有人知道，我不是个恶贯满盈的罪犯、杀人如麻的凶手。"路海峰有气无力地说。

"哼，这又何必呢？这不是自欺欺人吗？"郑总摇头，"我不是说你，海峰，这就是你和我们不同的地方、不上道的原因。你太幼稚了，太理想主义了，太拿自己当回事儿了！要不是因为你，公司能陷入困境吗？要不是因为你，柏涛能趁虚而入吗？你呀，烂泥扶不上墙！"

"老板，别跟他废话了，动手吧！"何刚几步上前，用枪顶住路海峰的额头。

"没事儿，让他把故事讲完吧。我也想听听，他到底知道多少。"郑总摆摆手。

第十九章　审判日

1

　　路海峰停顿了一下，走到魏卓面前，问："都听见了吧？今天咱俩是离不开这儿了。怎么样，想不想听我把故事讲完？"

　　魏卓张开嘴，但嘴唇颤抖着，一时不知该说些什么。

　　"半真半假，云里雾里。你需要去伪存真，才能拨云见日。"路海峰娓娓道来，"我给你讲的自己的出身、经历，以及在商务局上班、认识马林，以及之后入狱的过程都是真实的，但这么做只是为了获得你的信任，让你能继续听我把故事讲下去。是啊，那是段不堪回首的经历，如今想来，如果我没那么多私心杂念，能在商务局好好地上班，然后相亲、结婚、生子，没准儿到现在过的是平常安稳的生活，也不会身陷囹圄、生不如死了……后来我出狱了，确实认识了老吴，但他并不是我的狱友，而是马林的狱友。"

　　"马林的狱友？"

　　"是的，我之前给你讲的监狱中的故事，是发生在马林身上的，只不过他不是老吴的'同号'。马林出狱之后，就一直在帮老吴办事。是他把我引到这个局里的，一步步让我成为老吴的傀儡。当然，最后他也付出了代价。"

　　"马林的死是你的布局吗？"

　　"是的。我要让他们内斗，趁乱取胜。"

　　"他们是谁？"

"别着急，慢慢听。"路海峰打断魏卓，"刚开始老吴是信任马林的，一直让他监视我。但到了后期，马林也见识了老吴的狠毒，所以才选择了逃亡。但他狗改不了吃屎，贪图小利，一直在威胁我，试图从我这里获得好处。无奈之下，我才设了一个陷阱，从公司挪用了一大笔钱，然后以他的名义存了一张大额存单，以此来吸引他在某个固定的时间出现。"

"你怎么知道他会按照你的计划行事？"

"没听过那句话吗？江山易改，本性难移。他逃不出自己的命运和本性。"

"所以你断定马林会在大额存单到期的时候出现在银行，然后让杀手去干掉他？"

"不，我只是引他出来，至于老吴等人是否会干掉他，与我无关。如果说他的死与我有关，我顶多算是间接谋杀。"路海峰冷冷地说。

"你说是吴永伟杀的他？"

"当然，除了他还能有谁？"路海峰反问，"马林知道得太多了，必死无疑。再说，他也是咎由自取。哦，你还陷在我之前讲述的故事之中吧？那好，我帮你还原真实的故事。其实老吴在'南方税务'出事儿之后，并没有马上自首，而是选择将知情人陈迟接到了海城。也是从那时开始，故事中'我'所做的一切，就是'他'做的了。"

"等等，我不太懂。你的意思是从那时开始，你叙述的路海峰的行为就都是吴永伟做的了？"

"是的。设置的骗局、做的生意、杀的人，都是吴永伟做的。而我和蒋澜，只是他的工具而已。他，从没有离开过。"路海峰一字一句地说，"为了避险，他诱骗陈迟到农家院将其杀害，并将尸体抛于大海。但他没想到，我在屋里暗藏了监控，将他杀人碎尸的整个过程都录了下来。在他离开之后，我回到别墅，经过搜寻，在卫生间的浴室柜下发现了那把斧头。斧头上带着血迹，我猜那就是他作案

第十九章 审判日

的工具。于是我便将那把斧头藏了起来，以留作日后的证据。"

"你的意思是，陈迟不是你杀的？整个杀人过程都是你想象的？"

"不能说是想象的，是我依据录像进行还原的。"

"那你怎么知道他将尸体抛进大海，而且还遇到了一个警察？"

"你不知道有个东西叫行车记录仪吗？我也获取了那里面的录像。"

"你怎么证明自己说的是真的？"

"斧子上有陈迟的血迹，也会有吴永伟的指纹和痕迹。只要进行DNA鉴定，就能认定凶手。"

"这些破绽，老谋深算的吴永伟怎会没有察觉？"

"他为了打时间差，在杀害陈迟之后就去外地的公安机关投案自首了。等出来的时候，已经过了好久。他曾找我和蒋澜谈过一次，告诫我们要守口如瓶，否则将会付出代价。之后，他更紧密地拉拢我俩，进一步将我们控制、裹挟。其实我根本不像自己描述的那么强大，我一直是他的傀儡、提线木偶，任其摆布，生不如死！"他的声音颤抖着。

"所以，故事里的周屿才是你。"

"也是，也不是。但老吴确实是对我进行了培训。"路海峰苦笑，"我是老吴的一个失败作品。是他亲手训练了我，让我从一个出身卑微、性格懦弱的普通人一步步变成那头野心膨胀、自以为是的野兽。是他带我进到那个肮脏的圈子，一步步拉我下水，让我沉迷于灯红酒绿、纸醉金迷之中。同时也让我用卑鄙的手段记录下那些禽兽的肮脏勾当，作为要挟他们的砝码。"

"那真实生活中的周屿呢？"

"他确实是个酒保，但并没有前科，也不是什么逃犯。有段时间我心情不好，总去那个 Hometown 酒吧消磨时间，看他很聪明，试探了几次，就把他拉进了公司。我学着老吴的样子，把他摆在我前头，让他去具体联系业务，自己则退居幕后。这样既可以规避风险，也能多个人去抗衡老吴。在故事里，我将他描述成了尚晋。他只是个无足轻重的人物。"

"所以你用他的名字成立了屿岸国际？"

"是的，既然要让他扛事，就要做得像些。当然，虽然他名义上是屿岸国际的法定代表人，但实际只是帮我代持而已，我才是幕后。"

"那真实的佟莹呢，也是周屿的妻子吗？"

"是。他们是一对苦命人，我挺后悔将他们拉下水的。"

"这么说，你给我讲的那些与周屿的矛盾、博弈也都是假的？"

"事儿是真的，但人物是转换过的，实际上是我与吴永伟的斗争。他想控制我，我想挣脱，于是就开始厮杀，就是这么简单。但故事里的其他人物大都是真的，比如彭博发、白忠信……"

"那柏涛呢？是谁杀的？"

"当然是吴永伟杀的，但他的死也与我有关。我如果不是当时野心膨胀，就不会陷入柏涛的骗局，就不会将那么多隐秘的情况向他透露，也不会让老吴痛下杀手。唉，我还是嫩啊，不知江湖险恶……因为这事儿，老吴还险些对我动手。要知道，一旦柏涛将我和吴永伟的勾当曝光，那必将产生连锁反应，甚至会威胁到上层的利益集团，所以老吴才让何刚动手做掉柏涛。"

"何刚就是贺喜？"

"是，就是那个戴着渔夫帽的变态杀人狂。"路海峰冲那边努了努嘴。

"他是吴永伟的狱友吗？"

"这是我虚构的。他是北边专门'干脏活儿'的，只要给钱什么都干。要不是我的保镖小阮，我险些也被他干掉了。"路海峰眯着眼说。

"小阮的死和故事里描述的一样，只不过是老吴指使？"

"是。"路海峰点头。

第十九章 审判日　333

"那他们为什么不干掉你，以绝后患？"

"这是他们的失误。他们本想将所有的罪行都栽赃给我，然后再像对待陈迟一样把我做掉，让我人间蒸发。但没想到，我比他们快了一步。"

"快了一步？"

"对，我开始了自己的计划。破釜沉舟，置之死地而后生。还记得我说的话吗？就算失败也要保持攻势！"路海峰狠狠地说。

"那拉我进来，也是你的计划吧？"魏卓皱眉。

"算，也不算。虽然是我拉你入局，但之后的行动可都是你自己的选择啊。你是可以明哲保身、缄口不语的，但你选择了将情况曝光，继续深挖。我想你这么做无非有两个原因，一是私利，出名、发财；一是公义，公理、正义。"

"那给我寄录像、往我的个人账户里汇钱、往我身上泼脏水的是谁？是吴永伟吗？"

"不，是我让人干的。"

"是你？"魏卓愣住了，"为什么要这么做？"

"拉你入局，我是经过慎重考虑的。只有将你更深入地裹挟进来，才能更好地卷起这场风暴。"

"你！"魏卓急了，上前揪住他的脖领，"你无耻！卑鄙！"

路海峰摊开双手，坦然道："对，我无耻、卑鄙，不然也不会陷入这个深渊。要知道，你我面对的是什么样的势力，是白忠信、江浩、蔺强！在他们眼里，咱们都是不值一提的蝼蚁。我这么做也是在变相地保护你。如果你手里的底牌不够多，就很难保证安全。"

魏卓缓缓松开了手，问："你是说，他们之所以没对我动手，是因为我掌握着那个U盘的秘密？"

"他们狡猾多疑，出手之前要确保绝对安全。"路海峰说着凑到魏卓近前，"所以，对待他们，也要用非常的手段。"他轻声说。

"你别再骗我了！"魏卓一把推开路海峰，"照你所说，在整个犯罪的过程中你就没杀过人吗？"

"我当然杀过，但只有一个……就是蒋澜。"路海峰的语调变得低沉。

"蒋澜？"

"是的，这也是我入狱的原因。"

"为什么要杀她？你们可曾经相爱过。"

路海峰移开视线，望着远处的黑暗，说："蒋澜那时已经病发，表面上是胰腺癌，实际上是老吴让人在她的咖啡里做了手脚。那是一种源自东南亚的慢性毒药，在服用后经过身体的新陈代谢不会留下痕迹。当然，这是我事后得知的。老吴将蒋澜送到了一家由他控制的私立医院，表面上在全力救治，实则是让她成为人质，逼我听他们的摆布、接受由他们安排的命运。我知道她时日无多，于是才潜进病房，想带她离开。但她向我提出了最后一个要求。"

"让你杀了她？"

"对，她不想再继续傀儡的生活了，死亡是她对老吴的最后一次抗争。我犹豫良久，最终照做了。我不能让她像陈迟、柏涛一样，死于这帮恶棍的毒手，成为一个被抛之荒野的孤魂野鬼。于是我关掉了她的呼吸机，亲手结束了她的生命。是的，我杀死了我最爱的女人。"路海峰极力压制着情绪，但眼泪还是流了出来，"在我动手的时候，蒋澜已经无法动弹、很难说话了，但她用力地眨着眼，仿佛在央求我，给她自由。我久久地抱着她，感受着她的体温在慢慢冷去、呼吸在慢慢平静。脑海里都是当初的那首歌，'Let it be, let it be, let it be'……让她去，让她去……唉，那像是一首寓言，在预示着她的命运……"

"为什么自首，引警察到现场？"

"这当然是我的计划。别以为他们只有蒋澜这个筹码，我的孩子还在他们手里。"

"你的孩子?"魏卓愣住了。

"叫蒋立宁,随蒋澜的姓,是个漂亮的女孩。现在应该已经三岁了。一直被寄养在郑总公司旗下的幼儿园。"路海峰说着转过头,"郑总,我要谢谢你啊。"

郑总冷笑一下,并不回答。

"他们始终抓着我的软肋,让我无法挣脱。所以我知道,只有依靠警方的力量,才能有一线生机。于是,我选择自首。"

"自首有用吗?路海峰,你这是自欺欺人、垂死挣扎。"郑总发了声。

"我是不是该对你改个称呼了,郑总?"魏卓插话,"你就是吴永伟,对吗?"

郑总摇摇头,说:"我从没听说过这个名字,如果是他硬加在我头上的,我也无可奈何。但这不是重要的问题。重要的是,他在讲述中一直在竭力美化自己,把自己粉饰成一个被人拉下水、心怀良善的无辜者,而现实呢,他又何尝不是一个为了利益摇尾乞怜的无耻走狗。他始终改不了底层的习气,一心想着出人头地,成为人上人,却眼高手低,净干些上不了台面儿的事儿。就像你刚才说的,他是块裹脚布,就应该用完即弃。像他这样的人,和陈迟、柏涛一样不值得可怜,是注定要被抛弃的。"

"哎,他说话总是这么振振有词吗?"魏卓转头问路海峰。

"是,觉得自己牛,高高在上。"路海峰撇嘴,"凭你的智商,不应该没猜出他的身份啊?"

"嘻,疏忽了,大意了,就没往那边想。"魏卓苦笑,"我知道,你早就给过我提示,是个字谜。你故意将他名字中的每个字向后移位,'周—吴—郑—王''永—远''伟—大',所以吴永伟就是郑远大,是吧?"

"嗯，但你破译得有点儿晚了。如你所见，他从未离开过，一直在控制着我的生活。"路海峰叹了口气。

"你该为自己的错误负责。"郑远大冷冷地说，"如果不是你利欲熏心、胡乱投资，如果不是你肆意妄为、不听招呼，如果不是你心存侥幸、心怀背叛，又何至于此。现在，到了该你偿还的时候了。"

路海峰看着他，点点头，"我记得你曾经说过，在我心里，有头野兽。"

"是啊，那头野兽能成就你，也能毁灭你。"

"记得那天是在船上，天已经暗了，但我听你说话的时候，觉得四周都是亮的。是啊，商场是战场，更是江湖，不仅要做事，更要为人处世……还有，人最大的弱点就是感情，凡事只要从感情入手就能事半功倍。"

"哼，你还记得呢？但你忘了，我们做事的最终目的是利益，为了利益，其他一切都可以牺牲和抛弃。"

"所以你最终没放过马林。"

"他知道的太多了，而且贪念太重，陷得太深。没办法，我才让老何动手的。"郑远大移开视线，"再说，是你让他重新现身的，真正杀掉他的人是你，而不是我。"他掏出一支烟，不紧不慢地点燃，吸吮，"我知道，你一直在努力破局。找记者采访，从里边传出消息，引起外部的震荡；通过爆料等手段，让招财猫、江浩他们落马，向我逼宫。不可否认，你这么做在某种程度上起到了效果，让我们有些被动。但你认为这么做就能动摇我们的地位吗？哼，痴心妄想！你知道多少人在这条船上？有多少利益与我们捆绑？海峰，你醒醒吧，人啊，得认命，得人钱财替人消灾，得知廉耻、识时务。但你……已经没有机会了。"他说着拍了拍手。

第十九章 审判日 337

2

　　这时,摄影棚的门开了。巴培德带着几个人走了进来,手里都拿着家伙。看样子,他们是要动手了。

　　"我明白了,故事也通顺了!"魏卓加快语速大声说,"郑远大通过马林拉你入伙,然后让你和蒋澜成为傀儡,而他则躲在幕后。在郑远大因为税案东窗事发之后,蒋澜通过向江浩行贿替他脱罪,而他为了自己的安全,将陈迟除掉。之后,你因为轻信柏涛而暴露了犯罪证据,于是郑远大又让何刚做掉了柏涛。在你和蒋澜因为利益与郑远大反目之后,他给蒋澜下了慢性毒药,又杀掉了你的保镖小阮,同时挟持了你和蒋澜的孩子。无奈之下,你才关掉了蒋澜的呼吸机,打110自首,承担了所有杀人的罪责。是这个经过吧?"

　　郑远大突然警觉起来,大喊:"快动手,别再让他们说了!"

　　何刚和巴培德同时举枪,但与此同时,路海峰也拔出了手枪,指向了郑远大:"别动!不然我开枪了!"他也大喊起来。

　　双方剑拔弩张,僵持不下。

　　"哼,干什么?想拉我当垫背的?"郑远大皱眉,"你别忘了,你要是敢这么干,不光是你的孩子,你的父母,我们也不会放过!"他狠狠地说,"再说了,你这把枪是真的吗?"他笑了起来。

　　魏卓一听这话,转眼望去,发现那把枪的光泽显然不对。

　　"还有,魏大记者,你是一直在录音吧?哼,还有意义吗?你觉得自己还能走出这里吗?我劝你最好不要反抗,不然那对到国外旅行的母女也难保平安。"他威胁道。

　　"你一直这么自信吗?没想过自己会有失败的一天?"路海峰皱眉。

　　"哼,这个不用你操心,起码你看不到那一天了。"郑远大冷笑。

　　"哎,你知道有种鱼叫三湖慈鲷吗?"路海峰突然问。

"什么？"郑远大一愣。

"那种鱼生活在非洲中部的三大湖里，因其艳丽的体色、强壮的体魄和优雅的体形成为观赏鱼种的首选。但那种鱼不能和其他鱼类混养，它们是先天的掠食者，凶猛好斗，但在捕食中会装死，把自己埋在沙土里，停止鱼鳃的张合，而当猎物临近，它们就会突然'醒来'，疯狂地撕咬对方，一击必杀……你忘了吗？就算失败也要保持攻势。为了赢你，我已经准备好久了。"

"你说什么？"郑远大皱眉，隐约听出了不对，"何刚，快动手！干掉他！"他大喊。

"砰！砰砰！"枪声响起，火光划破了静寂的黑暗。

魏卓下意识地用手护头，蹲在地上，耳畔听到有人倒下，转眼一看，却不是路海峰，而是何刚。

转眼间，几名特警如神兵天将，从摄影棚的棚顶绳降下来。原来是他们开的枪。

轰的一声，几个大门同时被撞开，又一群特警冲了进来。为首的正是警官林楠。

林楠跑到近前，用枪指住郑远大："郑远大，我们是海城市公安局的人民警察，根据"刑事诉讼法"之相关规定，你因为涉嫌犯罪已经被刑事拘留。你必须立即放弃抵抗，不然我们将依法使用武力！"林楠义正词严。

郑远大彻底傻了，惊得合不拢嘴："这……这……"

"这当然是一个计策。"路海峰淡定地说，"你以为凭我一个人的力量，能掀起这么大的浪吗？姓郑的，我是在配合警察做事，只有依靠他们，才能将你们这些王八蛋一网打尽！"他说着解开外衣，露出里面的录音录像设备，"郑总，刚才的这些话，算是你的亲口供述吧？"他大笑起来。

几个特警将郑远大和巴培德控制起来。林楠拿出电台："郭局，现在'蒙斯特'专案的几名主要犯罪嫌疑人都已落网，相关证据也进行了拍摄，行动成功了。"

郑远大默默看着，不禁拍手："精彩，真精彩啊！真是好剧本！"

林楠走到他面前："事到如今，你还有什么可说的？"

"我真没想到，你们会和路海峰共演一场戏。"郑远大摇头。

"我们早就盯上你们了，只不过为了做成铁案，让路海峰引你们暴露。"

"明白，姑息养奸、引蛇出洞。"郑远大点头，"但仅凭这些证据，就能扳倒我们吗？哼，如果这么想，也未免太天真了。"

"能不能扳倒你们，不是我一个小警察能说了算的。但我相信，黑夜再长也能等到黎明。告诉你，不仅是我们在办这起案件，省纪委和省公安厅也早就开始了对白忠信和江浩的调查，我们背后的专案组才是整个计划的设计者。"林楠的声音铮铮作响。

郑远大长长地叹了口气。"真没想到啊，竟然被自己养的一条狗给咬了。路海峰，我承认，我轻敌了，低估了你，但你要知道，你拉我下水，自己也注定不得好死。"他咬牙切齿地说，那样子像一头饿狼。

"很高兴能看到你愤怒，看到你无助，看到你失魂落魄、无力回天。郑远大，我终于亲眼看到你为自己的罪恶付出代价了。"路海峰一字一句地说，"佛说，最大的恶是利用别人的善，最大的善是化解别人的恶。我妈说过，人生说到底是个悲剧，但要按照喜剧的方式去演。无论余生还有多久，我决定了，要过踏实的日子了。"

"带走！"林楠一挥手，几个特警将郑远大等嫌疑人押走。

"林警官，我的孩子呢？"路海峰迫不及待地问。

林楠拿出手机，操作了几下，播放出视频。在视频中，一个胖乎乎的小女孩正在特警的怀中酣睡。"另一组已经提前行动了，孩子很安全，放心吧。"林楠说。

路海峰热泪盈眶，连连点头："谢谢！谢谢！"

魏卓眼神茫然，还没缓过劲来："我不懂，这怎么会是你们的计划，那我……也是计划的一部分？"

"当然，你是计划中的重要一环，是破解这重重黑幕的钥匙。"林楠说。

"哼，我成钥匙了。我明白了，戏台是你们搭建的，角色也是你们选好的，就等我这个傻子上台唱戏了。我只是个传递信息的工具。"魏卓摇头。

"别说得这么难听啊，你是这个戏台上的主角。你唱得很好啊，字正腔圆、有板有眼、余音绕梁、刚柔并济，不仅自己入戏了，还让所有人都为之倾倒。魏卓，我要感谢你呢。"林楠真诚地说。

"我真够傻的，这些天一直在被你们牵着鼻子走。哎，别扯没用的了，当初说的还算数吧，我要这个案件的独家首发。"魏卓谈起了条件。

"没问题，但稿件还是需要我们过审的。"林楠说。

魏卓转过头，看着路海峰，缓步走到近前："还有你，就不能把故事讲全吗？我工作丢了，稿费也没挣着，起码能照猫画虎写个小说吧？"

路海峰不动声色地看着他，笑了笑，转头问林楠："我能对他说吗？这算是涉密吧？"

林楠没说话，走到一旁，背过身："五分钟后，我带你走。"

路海峰看着魏卓，伸出手。

"什么？"魏卓问。

"用一支烟换一个完整的故事，要求不过分吧？"

魏卓赶忙从包里摸出香烟，递给路海峰。

路海峰缓缓地吸吮，享受着这最后的自由时间："其实在一年多前，我就开始警惕郑远大了。我之所以将那把斧头埋起来，又将一部分证据传到网上，就是为了防备他对我下手。我知道，这孙子已经疯了，为了他自己的安全，迟早会像对待陈迟、柏涛一样对待我。但我没想到，他会这么快动手。他给蒋澜下药，挟持了我们的孩子，还逼着我杀掉周屿，以绝后患。我知道凭他们的势力，可以轻易地让我从这个世界上消失，然后通过江浩或白忠信将事情'码平'。万般无奈之际，我才开始了自己的计划。我首先做了两件事儿……"他开始了讲述。

3

2014年6月18日晚上，我将周屿带到了我住的别墅里。我告诉了他实情，把提前准备好的护照交给他，让他尽快离开海城去往境外。为了伪造他被我杀害的假象，我让他割掉了自己的一块头皮，埋在别墅的院子里。周屿很害怕，想把佟莹也带走，但我告诉他，必须相信我才能活下去，佟莹暂时不能离开国内。

2014年6月20日，在周屿出境的第二天，我找到佟莹，把存有重要证据的U盘交给了她，让她带着U盘尽快离开海城，到安全的地方隐匿起来。如果有一天有人找到她，向她索取关键证据，就毫不犹豫地把U盘交给那个人，然后出境去找周屿。在此之前，她务必要保证这些证据的安全，这关系到我们每个人的性命。

在安顿好周屿和佟莹之后，郑远大等人犯罪的人证和物证就留下了。

到了6月24日，久未露面的马林突然找到我。他那时早已改头换面成了张伟，一直在躲着郑远大等人，财务状况捉襟见肘。他递给我几张我和佟莹密会的照片，以此为要挟，让我支付一百万元的封口费。我意识到，他一直在暗中监视我。于是我权衡利弊之后，答应了他的条件。

那几天我很惶恐，怕马林走漏消息，让计划破产，于是思忖良久，决定反守为攻，给他设置陷阱。6月28日，我约到了马林，将一张面值三百万的大额存单交给了他，作为封口费。我曾经跟他有过业务往来，存着他那个叫张伟的身份证复印件，这些钱也是以这个名字存的。我告诉他，自己和姓郑的闹掰了，从他那儿吞了这笔钱，并提醒他在近期不要提取，以免暴露。我说自己可能凶多吉少，如果真出了事儿，请他帮助照顾我的女儿。他知道郑远大挟持我女儿的事情，于是便看在钱的面子上，假惺惺地答应了。我告诉他这张存单的期限是一年，到期必须临柜转存，不然利息就会自动转成活期。从那时开始，我就按下了"定时器"。

2014年6月29日下午，我潜到医院的病房，关掉了蒋澜的呼吸机，然后用隐秘的号码给郑远大打了电话。第一，我告诉他周屿已死，尸体被我埋在深山里，而头颅则在我别墅的院子中。我相信他肯定过去看过，也发现了那块头皮，但为了将罪责栽到我头上，不会将头皮挪走。第二，我告诉了他一个确切的日期，只要那天他去某银行守候，就能见到失联已久的马林。打完电话之后，我处理了那个号码，然后用自己常用的号码拨打了110自首。

警察立即开展了调查，他们通过视频监控，轻而易举地掌握了我谋杀蒋澜的证据，于是将我刑事拘留。当然，这并不是郑远大设定的"剧本"。他原本是想让我扛下所有的罪责，再制造我死亡的现场，最后在江浩的运作下做成铁案。但我不会坐以待毙，我学会了他的口头禅，就算失败也要保持攻势。在审讯中，我承认了杀害周屿的罪行，还有意把陈迟和柏涛的失踪往自己身上引。我知道，要想让自己更加安全，就必须将这个案件搞大，弄得街谈巷议、尽人皆知，这样他们才不敢轻易对我动手。不久之后，郑远大通过新进来的一名嫌疑人给我传递了口信，说只要我将一切罪责揽在身上，就能保

第十九章　审判日　343

我的家人平安。我能感到，警方办案的速度开始加快，我想这一定是江浩和白忠信等人在幕后操控的结果。

但毕竟我身在看守所，他们不敢轻举妄动。我知道，只要自己一天不死，我和蒋澜的孩子就不会有生命危险。于是我高调地承认了自己的所有"罪行"，却不透露任何具体细节，故意拖延时间，不断供述似是而非的罪行，关押我的时间也一次次被重新计算。就这样，我把时间拖到了将近一年。警方的审讯陷入停滞，无奈之下，主管刑侦的郭副局长找我谈话。我提出条件，希望由市局刑侦的林楠警官主审我。郭副局长同意了，万幸，林楠来了。

当然，我找林楠并不是盲目的决定。我提前调查过他，他年轻有为，破获过许多大案要案，而且还是"三叉戟"的徒弟，刚从经侦调到了刑侦，与江浩那帮人应该不是一丘之貉。而且，我在入狱之前还接触过他。

那是 2014 年 6 月 22 日，佟莹离开海城的第二天。我通过关系，约林楠在城中区的一个浴池见面。我和他赤诚相待，说了一些关于郑远大的事情。他很震惊，问我为什么不直接报案。我告诉他，对方的势力很强大，仅凭现有的证据根本扳不倒他们。林楠非常警惕，对我并不信任。于是我告诉林楠，在几日之后，我会按照他们的要求，主动扛下罪责，成为替罪羊，而到了那时，我希望林楠能成为我的主审。

万幸，我赌对了，林楠是个好警察。

但仅凭他一个人，也无法将整个案件翻盘，毕竟江浩是他的上级，有着强大的势力。于是在我的提议下，林楠同意了让记者入局的计划。而人选，我也早已找好了，就是《海城都市报》的魏卓。他不仅是个深度调查记者，还经营着一个自媒体号，他为求利益，常游走在法律的边缘，可以说是个"坏记者"，但这正符合一个搅局者的条件。

我至今记得林楠对我说的话,他说:"你知不知道,如果这件事儿失败了,我可能会丢了这身警服。"而我回答:"但如果你坐视不理,这身警服你以后也穿不踏实。"林楠沉默了良久,并没有立即给我答复。但在2015年6月27日的下午,魏卓还是如期来到了看守所。当然,我并没把关于马林的计划向林楠透露。

"搅局者?呵呵,你对我的定位很精准啊。"魏卓感叹,"那你的越狱呢?也是林楠同意的?"

"当然,如果他不同意,我怎么可能逃走。那天开的枪其实都是空包弹,做做样子罢了。而我抢走的枪,也只是个道具。"路海峰笑,"那个时候,案件已经不由林楠主导了,这么做也是没有办法的办法。"

"实际的情况并不是这样。"林楠说着走了过来,"其实省纪委早就接到了对江浩的举报,但领导的意见是,打草惊蛇才能引蛇出洞,所以阵仗要搞得更大一些。"

"对不起,把你卷进来了。"路海峰冲魏卓深鞠一躬。

"现在说这个有什么意义?"魏卓并不领情,转过头摆了摆手,"为了配合你们演戏,我可是付出了巨大代价啊。"

"我们已经和报社对接了,你不会被分流的。你的家人也得到了保护,现在很安全。"林楠说。

"嗯,那就好。"魏卓松了口气。

"路海峰,五分钟到了,该走了。"林楠提醒。

"林警官,感谢你对我的信任,我愿意为自己犯下的罪行接受法律的惩处。"路海峰由衷地说。

"法律是公正的,你协助郑远大等人实施诈骗、非法集资等行为,明知陈迟、柏涛等被害而不举报等问题,都要承担法律责任。但鉴于你有重大的立功表现,省厅专案组已经跟检法部门做了充分的沟通,认为你符合从轻条件。省纪委领导在会上还说了八个字,算是对你的评价：身处黑暗，期盼光明。"

"身处黑暗，期盼光明……"路海峰重复着。

"相信对你的定罪量刑是会有帮助的。"林楠说着拿出手铐，给路海峰戴上。

"从小到大，我都害怕黑夜来临，怕自己独自面对漫漫长夜无法入眠，那种感觉仿佛置身于深海，无法控制自己的命运，任人宰割。但现在，一切终于有了结果，我想自己可以睡个安稳觉了。"路海峰长叹一声。

"等有朝一日出来之后，你还可以包下足球场，听黑豹的《无地自容》、唐朝的《飞翔鸟》和《狩猎波尔卡》啊。"魏卓说。

"呵呵，不做梦了，我这儿已经空了。"他指着自己的胸口，"蒋澜曾经说过，我像个核桃，与外界隔着一层铠甲。但现在，铠甲没了，核桃也空了。也许人生就是一场空，空空地来，空空地去，什么也带不走、留不下。我希望余生能为自己的过往赎罪。"他低下头，流下了眼泪。

路海峰被押走了，魏卓恍惚地走出了摄影棚。外面的雨停了，天已经蒙蒙亮了，空气中散发着泥土和花草的气息，让人觉得清新舒畅。他抬手看表，在心里估算着此时欧洲某地的时间。他想，在那边，佟莹和周屿大概也已经会面了。

第二十章　新世界

1

上午十一点，在欧洲某国的繁华大街上。佟莹在默默等待着，她表情紧张，左顾右盼，不时地看表。这时，一辆黑色的大众轿车停在了她的面前。

车窗摇开，露出一张华人面孔。"是佟莹小姐吗？"那人彬彬有礼地问。

"你是？"佟莹保持着警惕。

"我是周先生派来接你的。"

"哦，谢谢。"佟莹连忙点头。

司机打开车门，佟莹坐了进去。

轿车在午后的阳光中行驶着，开得很快，不一会儿就驶离了市区。

"您好，这是要去哪里呢？"佟莹问。

司机耸耸肩，说："我也不知道，周先生让我接上您，然后听从指令。"他拿出手机，拨打电话，不一会儿电话便接通了。那头是一个男人的声音，司机并不说话，把电话递给了佟莹。

"喂，是周屿吗？"佟莹问。

"你在哪里？"确实是周屿的声音。

"我在你司机的车上。"

"我司机？我没安排人去接你啊！"

这时，车已经开到了郊外，司机一脚刹车，回手就夺过了电话：

"喂，周屿吗？哼，你藏得够深的啊。听见了吧，佟莹现在在我手上，要想保证她的安全，你就必须立即现身。"他表情凶恶，一扫刚才的温和。

佟莹惊呆了，意识到了危险，刚要拉门下车，一把手枪就顶在了她的脑后。

"别动！不听话就让你脑袋开花！"司机威胁道。

佟莹吓傻了，抖如筛糠："你……你是什么人？"

"得人钱财替人消灾，对不起了。"司机冷冷地说。

他重新启动了车，将车速提高，但没开多久，就被几辆农用车挡住去路。司机不耐烦地鸣笛，让前车闪开，几个农夫打扮的男人围了过来。

"Sorry, my car is broken.（对不起，我的车坏了。）"其中一个人对他说。

司机叹了口气，只得在原地等待。但这时，那人突然冲到近前，拔出手枪指住他。"Put your weapon down!（放下你的武器！）"他大喊，亮出了警察的徽章。

"Hands up!（举起手来！）"另外几个人也冲了过来。

司机看大势已去，只得丢掉手枪，举起双手。

几个便衣警察将他从车里揪了出来，戴上手铐，进行搜身。

佟莹恍惚地下了车，惊魂未定。这时，一个身材高大的中国男人走了过来。"你是佟莹吗？"他问。

"是，我是。"佟莹点头。

"我是海城市公安局的刑警，这是我的证件。"他向佟莹出示了警官证，"郑远大已经被捕了，白忠信和江浩也都落马了。马上联系周屿，让他现身，我们需要他的证词。"这人正是老黄。

"好，好……"佟莹不住地点头，热泪盈眶。

几个小时后，一辆出租车停在了警察局的门口。周屿戴着一顶棒球帽,战战兢兢地下了车,他面如土灰,四处张望。佟莹远远地就看到了他,迈开脚步不顾一切地跑了过去。两人拥在了一起,痛哭流涕,没想到时隔一年真的能再次相聚。

时间已经过了傍晚,不远处的社区亮起了灯火。不知谁家在放着那首老歌,歌中唱道:

And when the broken hearted people(所有伤心的人们)
Living in the world agree(生活在这个世界上)
There will be an answer, let it be(都将会有一个答案,顺其自然)
For though they may be parted(即使他们被迫分离)
There is still a chance that they will see(他们仍有机会相见)
There will be an answer, let it be(都将会有一个答案,顺其自然)
Let it be, let it be(随他去,顺其自然)
Let it be, let it be(随他去,顺其自然)
There will be an answer, let it be...(都将会有一个答案,顺其自然)

周屿紧紧地搂着佟莹,恍如隔世,不禁问:"海城最近下雨了吗?又该到了风暴来临的时候吧?"

佟莹看着他,轻声说:"风暴来了,又走了,等你回去的时候,一定是个晴朗的天气。"

2

是的,在一万公里外的海城,那场"蒙斯特"风暴已经过去了。

因为准备充分、措施得当，城市受到的影响并不大。相关部门形成合力，有力保护了百姓的安居乐业和人身财产安全。在风暴过去之后，城市恢复了正常的秩序，渔船又出海了，阵阵轰鸣声响彻港口。

但另一场风暴还在持续中。经过路海峰的主动交代，郑远大因故意杀人、涉嫌多宗经济犯罪被批准逮捕；副省长白忠信因违反中央"八项规定"精神、非法收受私营企业主巨额贿赂、大肆进行权色交易、违规干预和插手市场经济活动，被中纪委带走审查；省公安厅副厅长江浩因为涉嫌巨额受贿、徇私枉法、为黑恶势力充当保护伞，被省纪委带走审查；海城主管文教卫生的副市长蔺强和海城银行的行长闻章因涉嫌犯罪被批准逮捕；涉嫌信用证诈骗的商人廖猛到公安机关自首，被刑事拘留。另有十余名涉案嫌疑人因不同罪名被抓获归案；另有两名嫌疑人被从欧洲遣返回国，接受审查。

在 MPV 里，魏卓默默地听着新闻里的广播。钱宽坐在一旁，摆弄着相机："这个活儿可太刺激了，以后打死我都不干了。得，这下咱俩低调不了了，成名人了，以后还怎么盯人家梢啊。"

"那就踏实上班儿呗，不是没被分流吗？好好干记者，这行一时半会儿还黄不了。"魏卓心不在焉地说。

"踏实上班？那'透视镜'怎么办？我早上查了一下，咱们的粉丝可都突破五百万了，邮箱也快被塞满了，怎么着，就这么放弃了？"钱宽不甘心。

魏卓望着车窗外的景色，沉默了一会儿。"早上林楠联系我了，让我今天再去趟公安局，采访一个犯罪嫌疑人。你说，咱们还去吗？"他转头问。

钱宽愣住了，张开嘴又闭上，犹豫着。

"那就算了，还是回报社踏实上班吧。你说得对，这活儿太刺激，以后打死都不干了。"魏卓说着就启动了车。

"哎,你没问问是什么案子啊?只要不是连环杀人的就行。"钱宽说。

"不知道啊,林楠也没说。怎么着,要不先过去探探?"魏卓皱眉。

"探探就探探,觉得不行再撤呗!"钱宽大大咧咧地说。

"得嘞,那咱们现在就去。坐稳了,走着!"魏卓说着踩下了油门。

MPV开动了,在阳光下飞驰起来。魏卓看着窗外的景色,不禁哼起了歌。

"什么歌?"

"约翰·施特劳斯的《狩猎波尔卡》,每次我紧张的时候就会哼起它。"

"紧张什么?"

"呵呵,紧张和兴奋是一回事儿。听,狩猎的感觉。"魏卓笑了,猛踩油门,加快了车速。

2023 年 3 月至 10 月,一、二稿

2023 年 10 月至 11 月,三稿

2023 年 12 月,四稿